HEYNE

Das Buch
Das kleine Städtchen Crediton in Devonshire ist in heller Aufregung, weil der Bischof von Exeter seinen Besuch angekündigt hat. Doch vor dem Bischof wird die Stadt von einer Horde Söldner heimgesucht, die überall Angst und Schrecken verbreitet. Entgegen deren Versprechen verlassen sie auch nicht die Stadt, sondern setzen sich in einer Schenke fest, wo sie den Wirt und das Personal terrorisieren. Als dann eines Tages die Leiche eines ermordeten jungen Schankmädchens in einem Schrank gefunden wird, schlägt die Stunde für Sir Baldwin und Simon Puttock, den Bailiff von Lydford. Der Verdacht fällt zuerst auf Sir Hector, den Anführer der Söldner. Er hatte sich nämlich das Schankmädchen zur Geliebten genommen. Doch im Lauf der Ermittlungen tauchen noch weitere mögliche Täter auf.
Ein weiterer Band der Krimiserie aus dem England des Mittelalters, mit den bekannten Hauptfiguren, dem ehemaligen Tempelritter Sir Baldwin und Simon Puttock.

Der Autor
Michael Jecks hat seine Karriere in der Computerindustrie aufgegeben, um sich ganz der Schriftstellerei und dem Studium der mittelalterlichen Geschichte widmen zu können. Er lebt in Surrey und Devon.
Bereits im Heyne-Verlag erschienen: *Der letzte Tempelritter* (Bd. Nr.: 01/13381), *Sir Baldwin und die Hexe von Wefford* (Bd. Nr.: 01/13382), *Sir Baldwin und der Mörder im Moor* (Bd. Nr.: 01/13383).

MICHAEL JECKS

Sir Baldwin und die schöne Tote

Roman

Aus dem Englischen
von Thomas Hag

WILHELM HEYNE VERLAG
MÜNCHEN

HEYNE ALLGEMEINE REIHE
Nr. 01/13572

Die Originalausgabe
THE CREDITON KILLINGS
erschien 1997 bei Headline Book Publishing

Umwelthinweis:
Dieses Buch wurde auf
chlor- und säurefreiem Papier gedruckt.

Deutsche Erstausgabe 07/2002

Printed in Norway 2002
Umschlagillustration: Bridgeman/Artothek
unter Verwendung des Gemäldes SIR GALAHAD
von George Frederick Watts, 1862
Umschlaggestaltung: Nele Schütz Design, München
Satz: (3698) IBV Satz- und Datentechnik GmbH, Berlin
Druck und Bindung: AIT, Trondheim

ISBN: 3-453-21138-3

http://www.heyne.de

Für Rachelle, Vicki, Chris,
Gwynn und Alan.
In Liebe.

1. KAPITEL

Adam brachte seinen Karren zum Stehen und stieg schnaufend vom Sitz. Dabei blieb er an einem Holzsplitter hängen und riss sich den Jackenärmel auf. Der kleine, stämmige Mann seufzte laut und begutachtete den Schaden betrübt. Seine Frau würde nicht sonderlich erfreut sein.

Das Pferd spürte, dass die Aufmerksamkeit seines Herrn anderen Dingen galt und begann zu grasen. Der Mann warf dem Tier einen ärgerlichen Blick zu. In der Ferne hörte er ein metallisches Klirren. Er versetzte dem Gaul einen heftigen Knuff, aber das Tier, das seine Launen und Wutausbrüche gewohnt war, beachtete das gar nicht.

Er machte sich keine Gedanken über die Geräusche. Auf der Straße von Exeter nach Crediton waren ständig Reisende unterwegs, meistens friedliche Kaufleute und Händler wie er. Adam schlug nach einer Fliege, die sich auf seinem Unterarm niedergelassen hatte und kratzte sich ausgiebig an dem Mückenstich an seinem Hals, so lange, bis sich seine Fingernägel blutig färbten.

Um ihn herum erklangen die Laute der Natur; Vogelgezwitscher in den Bäumen, das Rauschen des Windes in den Blättern und Zweigen, das Murmeln und Gurgeln eines Rinnsals. Er wandte den Blick himmelwärts und sehnte sich nach einer Abkühlung. Selbst im Schatten der Bäume lähmte die Augusthitze.

Sich an den Bach kniend ließ er sich Wasser über den Kopf laufen. Für eine Sekunde nahm ihm die Kälte den Atem. Langsam richtete er sich wieder auf und schüttelte sich. Er war Anfang dreißig, hatte ein rundes, grobes Gesicht und bereits schütteres, mittelblondes Haar. Sein runder Bauch verriet, dass er gerne ausgiebig aß und trank. Für seine Kunden hatte er stets einen freundlichen Gruß und einen Scherz parat, und kaum einer verließ seinen Laden beim Schlachthof ohne ein Schmunzeln auf den Lippen. Da er sein Geschäft erst vor kurzem eröffnet hatte, gab er sich bei jedem Käufer die größte Mühe.

Nun fiel ihm wieder ein, warum er überhaupt angehalten hatte. Er schürzte sein Wams, stellte sich an den Bach und erleichterte sich. Ich hätte bei diesem Bauern nicht so viel Ale trinken sollen, dachte er.

Nachdenklich strich er das Wams glatt. Seine Frau würde sicherlich schlechter Laune sein, wenn er so spät nach Hause kam. Er hatte ihr versprochen, sich sofort auf den Heimweg zu machen, nachdem er die beiden Kälber, deren Kadaver auf dem Karren lagen, abgeholt hatte. Er schaute zur Sonne hinauf und kniff die Augen zu. Es war schon später Nachmittag. Mit jeder Minute, die er zu spät kam, würde Marys Zunge schärfer werden – wie ein gut gewetztes Messer – und er würde ihr Opfer sein.

»Pah«, sagte er leise zu sich selbst. »Was hat das Leben für einen Sinn, wenn ein erschöpfter Mann nicht mal einen Schluck mit einem Freund trinken darf?« Er kratzte sich an einem anderen Mückenstich auf der Brust, kletterte auf seinen Karren und nahm die Zügel in die Hände. Sein alter Gaul rupfte noch ein paar Halme aus der Erde und legte sich ins Geschirr. Mit einem Ruck fuhr der Karren an. »Jesus und Maria!«, fluchte er. »Schindmähre, lass es langsam angehen! Soll ich vom Wagen fallen?«

Während das Gefährt knarrend und ächzend dahinrollte, beruhigte er sich wieder, ließ die Schultern hängen und kümmerte sich kaum um sein Pferd. Eigentlich war es auch nicht nötig. Das Tier kannte den Weg nach Crediton und wollte weder Zügel noch Peitsche spüren. Die Fliegen wurden durch das Rumpeln von den toten Kälbern aufgescheucht, und er schlug fluchend nach den ihn umschwirrenden Insekten.

Adam war kein Dummkopf. Er wusste genau, dass er

kein idealer Ehemann war und ihm war auch durchaus klar gewesen, dass Mary sich bei ihrer Heirat Sorgen um die Zukunft gemacht hatte. Aber nun besaß er ein gut gehendes Geschäft, er brachte recht viel Geld nach Hause und das hatte zu ihrer Beruhigung beigetragen. Mit ihrem zarten Körper und den großen, hellen Augen erinnerte sie ihn immer an einen Vogel. Sie war klein und zierlich, und vielleicht bemühte er sich deshalb, sie gut zu behandeln, auch wenn er das niemals zugegeben hätte. Er kannte genug Männer, die ihre Frauen schlugen. So etwas tat er nicht.

Das Pferd mühte sich eine Steigung hinauf. Es waren nur noch etwa drei Meilen bis zur Stadt. Das Sonnenlicht brach durch die Zweige und zeichnete helle Kreise auf die Straße, und das monotone Klappern der Hufe machte ihn so schläfrig, dass ihm die Augen zufielen. Das ist das Ale, dachte er. Warum nur hatte er so viel getrunken. Er rülpste laut und überlegte, wie er sich vor Mary rechtfertigen könnte. Zu erklären, dass er nach ein paar Stunden schwerer, schweißtreibender Arbeit nicht Nein zur Einladung des Bauern hatte sagen können, würde kaum ausreichen.

Auf dem Gipfel des Hügels blieb das Pferd stehen. Schon wollte er verärgert die Zügel schnalzen lassen, als das Klirren erneut an sein Ohr drang. Er drehte sich um. War das ein Trupp Soldaten? Aber noch sah er niemanden, zu verschlungen wand sich die Straße zwischen den Bäumen hindurch. Schließlich schnaufte er missmutig, klatschte mit dem Zügel auf den Pferderücken und fuhr den Hügel hinab auf Crediton zu. Er verspürte wenig Lust auf einen Haufen bewaffneter Männer zu treffen.

Die Bäume lichteten sich langsam; am Fuße des nächsten Hügels sah er bereits die strahlend weißen Mauern der ersten Höfe. Dahinter stiegen Rauchsäulen aus den Kaminen der Stadt auf. Adam lächelte. Es stimmte ihn jedes Mal froh, wenn er in seine Heimatstadt zurückkehrte, der ältesten und schönsten von ganz Devonshire, Geburtsort des Heiligen Bonifatius. Er wandte den Blick erst davon ab, als die Bäume ihm wieder die Sicht verdeckten.

Dann sah er den Priester, der am träge murmelnden Bach entlangging. Sofort griff Adam nach seiner Geldtasche und schob sie nach hinten. Er hatte gewiss nichts dagegen, ein paar Münzen für die Obliegenheiten der Kirche zu spenden, besonders da die Kleriker gute Kunden waren, aber auf der Straße Almosen zu geben, hielt er für übertrieben.

Der Mann hörte ihn erst jetzt, drehte sich um und blinzelte kurzsichtig zu ihm hinauf. »Adam... Wie geht es dir?«

»Gut, Vater«, antwortete er und senkte ehrfürchtig den Kopf.

»Ist das nicht ein herrlicher Tag, mein Freund?«

»O ja, Vater«, seufzte Adam. Wenn der Priester in Plauderstimmung war, konnte er ihn kaum einfach stehen lassen. Peter Clifford war ein bedeutender Mann. Doch dann erhellte sich seine Miene. Der Priester bot ihm genau die Entschuldigung, die er für Mary brauchte.

»Wo bist du gewesen?«, fragte Clifford, als er sah, dass Adam das Pferd anhielt. Offenbar wollte sich der Mann unterhalten. Innerlich seufzte auch er auf. Er war ein freundlicher Mensch, aber er kannte Adams vierschrötige Art und war nicht besonders erpicht auf ein Gespräch mit ihm. Doch rang er sich ein Lächeln ab und tat, als lausche er mit Interesse der Erzählung des Metzgers von dem kleinen Bauernhof im Osten, wo er zwei Kälber abgeholt hatte. Das Summen der Fliegen ließ die Geschichte überaus realistisch wirken, dachte Clifford und verzog gequält das Gesicht. Ganze Wolken umschwirrten die Kadaver und ließen sich darauf nieder.

»Da kommt jemand«, sagte Clifford plötzlich.

»Wo?«, fragte Adam verwirrt. Als er sich umdrehte, sah er endlich, wer den Lärm verursacht hatte.

Eine Gruppe von Männern kam die Straße herunter,

aber es waren keine gewöhnlichen Reisenden, es waren in der Tat Soldaten. Adam wurde es mulmig zumute.

An der Spitze des Zuges ritten zwei Männer auf erschöpften, aber kräftigen kleinen Pferden. Beide trugen gesteppte Westen über grünen, staubbedeckten Wämsern. Der eine trug einen Helm mit geöffnetem Visier und hielt eine Lanze, der andere hatte die Hand auf einen Dolch mit langer Klinge, fast ein Kurzschwert, gelegt. Sie sahen die beiden Männer am Straßenrand an, und im Vorbeireiten zwinkerte der Helmträger Adam zu.

Ihnen folgte ein Mann auf einem gewaltigen schwarzen Hengst, dessen Fell im flackernden Sonnenlicht glänzte wie Teer. Peter Clifford musterte ihn achtsam.

Er war groß, über ein Meter achtzig sicherlich, und seine Haltung verriet, dass er es gewohnt war, anderen Befehle zu erteilen. Seine Ruhe und Gelassenheit zeigte sich darin, dass er die beiden Männer kaum eines Blickes würdigte, während er mit so ernstem Blick an ihnen vorüberritt, als ginge es in eine Schlacht. Sein Gewand trug ebenfalls die Spuren der Straße. Es schien aus teurem Stoff gewebt, doch war keinerlei Wappen oder sonstiges Signum darauf zu sehen. Crediton war für seine Wolle bekannt, und wie die meisten Männer hier hatte auch Peter einen Blick für gutes Material; das Gewand dieses Reiters war edel. Unter der Staubschicht verbarg sich ein weicher, fein gewebter Stoff, purpurrot wie ein guter, vollmundiger Wein. Wer der Fremde auch sein mochte, er verfügte über Geld.

Adams Blick fiel auf die Männer dahinter. Drei weitere saßen auf Pferden, mindestens zwanzig waren zu Fuß unterwegs, und den Schluss des Trupps bildeten einige Karren. Unwillkürlich schauderte es ihn. Er wusste, was umherziehenden Soldaten zuzutrauen war.

Als der Mann auf dem Hengst an ihm vorbeiritt, trat Peter Clifford einen Schritt vor. »Guten Morgen, Sir. Friede sei mit Euch.«

Die kleine Kolonne hielt an, und für einen Augenblick

herrschte Schweigen. Der Reiter wandte Clifford den Kopf zu und sah ihn kühl an. Der Priester lächelte, aber der abschätzige Blick des anderen ließ sein Lächeln gefrieren. Die hellgrauen Augen des Fremden standen weit auseinander, und in ihnen spiegelte sich nichts als Verachtung. Fast wäre der Priester zurückgewichen, so sehr verunsicherte ihn dieser Blick. Er fragte sich, wie sein harmloser Gruß eine solche Reaktion auslösen konnte. Gerade wollte er noch etwas hinzufügen, da spie der Ritter vor ihm auf den Boden.

»So viel zu dir und deinem Frieden, Priester.«

»Ich wollte Euch nicht beleidigen, Sir, es war nur freundlich …«

»Nicht beleidigen?«, höhnte der Reiter, und sein Pferd stampfte auf und atmete schwer, als unterstriche es die Worte seines Herrn. Clifford trat hastig einen Schritt zurück, und Adam wurde Angst und Bange, als sich der Reiter so weit vorbeugte, dass sein Ellbogen auf dem Widerrist des Pferdes ruhte. Er schaute auf die beiden Männer hinab. »›Nicht beleidigen‹, sagt der kleine Pfaffe. ›Nicht beleidigen‹«, wiederholte er höhnisch. »Hältst du uns für Mönche, Priester? Sehen wir aus wie Klosterbrüder? Oder glaubst du, wir sind Weber und Müller auf dem Weg zum Markt? Wir sind Soldaten, Mann! Wir müssen kämpfen. Wir wollen keinen Frieden! In Friedenszeiten verhungern wir. Wir wollen Krieg! Zur Hölle mit deinem Frieden!«

Mit diesen Worten warf der grimmige Mann den Kopf herum und gab seinem Pferd die Sporen. Die Soldaten folgten ihm, und der ein oder andere warf Adam und dem Priester einen trüben Blick zu.

»Vater, für wen um alles in der Welt hält er sich, dass er glaubt, einen Mann Gottes beleidigen zu dürfen?«, flüsterte Adam entsetzt.

Clifford lächelte bekümmert. Er war groß und hager, etwas über 50 Jahre alt, und sein einstmals dichter roter Haarschopf war licht geworden. Schweigend sah er den

Männern nach, die an ihm vorbeimarschierten, gefolgt von den schwankenden Karren, die mit Truhen und Kisten beladen waren.

Peter Cliffords Haltung war leicht gebückt, und da er seine Augen stets zusammenkniff, gab es einige in seiner Gemeinde, die darin etwas Verschlagenes sahen und sich gar vor ihm fürchteten. Doch kam beides in Wirklichkeit nur daher, dass er zu oft beim schwachen Licht der Kerzen las. Seine Haut hatte die Farbe alten Pergaments, ein Zeichen dafür, dass er viel zu selten an die frische Luft kam. Manchmal ritt er aus, doch obwohl er noch gut im Sattel saß, machte ihm das Jagen und Falknern nicht mehr so viel Spaß wie in seiner Jugend. Die Krähenfüße in den Winkeln seiner hellwachen dunklen Augen verrieten, dass er über Humor und Gutmütigkeit verfügte, aber nun schaute er den staubbedeckten Männern, die gerade um eine Biegung verschwanden, mit sorgenvollem Blick hinterher.

Er wandte sich Adam zu und sagte traurig: »Das sind Männer, die nur Krieg und Gewalt kennen. Soldaten – Söldner! Sie wissen nichts von der Freude, die der Dienst für Gott bereitet. Sie wissen nur, wie man mordet. Freundliche Worte – die können sie nicht würdigen.« Mittlerweile war die Straße wieder leer. »Ich frage mich, wohin sie wollen«, murmelte er mehr zu sich selbst.

»Und hoffen wir vor allem, dass sie nicht lange bleiben, Vater«, betonte Adam. »Ich kenne diese Sorte. Wenn sie sich bloß nicht allzu lange in Crediton aufhalten. Es wird Ärger geben.«

»Das glaube ich nicht. Die Stadt kann sich wehren. Es sind ja nicht mehr als dreißig Männer. Aber du hast Recht, gut Kirschen essen ist mit ihnen nicht, und es wäre wirklich besser, wenn sie weiterzögen.« Clifford drehte sich um und ging in Richtung der Stadt. »Aber ich habe Wichtigeres zu tun, als mich über eine Gruppe unhöflicher Vagabunden zu ärgern. Ich muss zurück nach Crediton, um alles für den Besuch des Bischofs vorzubereiten.«

Adam trieb sein Pferd an und fuhr eine Weile neben dem Priester her. »Der Bischof?«, fragte er.

»Ja. Walter Stapleton hat Cornwall besucht. Er ließ mich wissen, dass er auf seiner Heimreise nach Exeter bei uns Rast machen will. Es muss alles bereit sein, wenn er kommt.«

»Ich... braucht Ihr noch Fleisch? Zufällig habe ich diese beiden Kälber hier, und ich...«

»Vielleicht. Ich werde die Köche zu dir schicken«, sagte Clifford zerstreut. Offenbar beschäftigten ihn andere Dinge, und kurz darauf trieb auch Adam sein Pferd an, um schneller nach Hause zu kommen. Wenn seine Frau erfuhr, dass sich ein Trupp Soldaten in der Nähe aufhielt, würde sie glatt vergessen mit ihm zu schimpfen.

Schließlich lichtete sich der Wald, und Adam sah die Männer und Frauen, die auf den schmalen Feldern arbeiteten. Eine Gruppe ruhte gerade aus, die Bauern tranken Ale, aßen und unterhielten sich. Die Ernte würde zur Zufriedenheit aller ausfallen. Dieses Jahr hatte es das Wetter endlich einmal gut mit den Menschen gemeint und Weizen und Gerste gediehen prächtig. Adam bog von der Hauptstraße ab und nahm eine Abkürzung, auch um den Soldaten nicht noch einmal zu begegnen. Bald war er am Rande Creditons angelangt. Er kam an den alten Hütten aus Lehm und Stroh vorbei und erreichte die Straße, die durch die Stadtmitte führte. Der Lärm und das geschäftige Treiben der Einwohner vertrieben die letzten Nachwirkungen des Ale, und er richtete sich etwas auf.

In Crediton ging es stets geschäftig zu. Hier gab es eine wichtige religiöse Gemeinde, und die Vielzahl von Bauernhöfen bot den Händlern und Handwerkern gute Verdienstmöglichkeiten. Aus dem nahe gelegenen Exeter kamen Spezialitäten und wertvolle Güter, die mit dem Geld bezahlt werden konnten, das die Tuchmacher verdienten.

Jetzt, am späten Nachmittag, ging es hier so rege her, wie es sich wohl manch ein Lehnsherr für seine Grafschaft gewünscht hätte. Adam war auf einem Gehöft im

Westen aufgewachsen, aber er hatte die Erlaubnis bekommen, Lehrjunge zu werden, daher kannte er den Unterschied zwischen dem städtischen Leben und dem der Bauern auf dem Land. Die Städte waren nicht vom Regiment der Feudalherren geprägt, und in Orten wie Crediton gab es viele Einschränkungen einfach nicht. Hier konnten Handel und Handwerk blühen, und die Regeln dienten einzig dem Schutz und dem Wohl der Einwohner.

Und nach der Zahl der Menschen auf den Straßen zu urteilen, blühten die Geschäfte in der Tat. Die Bewohner Creditons hatten es eilig und sie hasteten umher. Stets bedacht, nicht in die Kothaufen zu treten, die Ochsen und Pferde hinterlassen hatten, blieben sie am Straßenrand und wichen den Urinpfützen aus, ob sie nun von Tieren oder Menschen stammten. In der Mitte der Straße verlief der offene Abwasserkanal, und Adam sah, wie ein Mann, der trotz der Hitze einen pelzgesäumten Umhang trug, ins Stolpern kam und in den Dreck fiel. Der Metzger stimmte herzlich in das allgemein aufbrandende Gelächter ein, während der Unglücksrabe voller Ekel versuchte, den Dreck von seinen Händen abzuschütteln. Scham und Wut röteten sein Gesicht.

Etwas weiter die Straße hinauf begegnete Adam dem Gastwirt, Paul, der unter seinem neuen Schankzeichen stand, und die beiden Nachbarn begrüßten einander. Adam musste noch immer grinsen. Er bog nach links ab und hielt vor seinem kleinen Laden an. Drinnen versuchte sein Lehrling gerade, einer Gans den Hals zu brechen. Er drückte ihren Kopf mit einem Besenstiel zu Boden und riss an den Beinen des Tieres. Adams Grinsen wurde breiter. Auch wenn er sich alle Mühe gab, der Junge war nicht kräftig genug und schwitzte vor Anstrengung, während der aufgeregte Vogel mit den Flügeln schlug und Federn hoch aufwirbelten. Adam stieg von seinem Wagen, ging hinein und schob den Jungen beiseite, wobei es ihm schwer fiel, ernst zu bleiben. Ein kräftiger Ruck – bei dem der Junge erschrocken zusammenfuhr –, und der kräftige Hals des Vogels brach mit einem dumpfen Krachen.

»Kümmere dich um das Pferd und hol die Kälber herein«, sagte er und deutete mit dem Daumen nach draußen. Erleichtert eilte der Junge hinaus.

In diesem Augenblick erschien Adams Frau.

»Und? Was hattest du den lieben langen Tag zu tun? Warum hat es so lange gedauert, zwei Kälber zu schlachten und herzubringen?«

»Es treiben sich wieder Söldner in der Gegend herum.«

Das brachte sie augenblicklich zum Verstummen, und während er berichtete, was er auf der Straße nach Crediton gesehen hatte, vergaß sie ganz, ihn wegen seiner Verspätung zu schelten.

2. KAPITEL

Der Gastwirt war mit seinem neuen Witzchen zufrieden. Der alte Hinweis auf seine Schänke, ein kleiner, an einen Pfahl gebundener Schlehdornbusch, war nach einigen Monaten langsam auseinander gefallen. Als einige Zweige und ein Holzstück Tanner, dem Constable, auf den Kopf gefallen waren, hatte es Paul für angebracht gehalten, einen neuen Zweig anzubringen, bevor Tanner ernstlich böse wurde. Doch dann hatte er sich für den Kauf eines Gasthauszeichens entschieden. Nun hing ein Holzkreuz in der Form eines X an einem stärkeren Pfahl über ihm, mit Ketten befestigt. Er stemmte die Arme in die Seiten und sah hinauf. Jetzt konnte niemand seine Wirtsstube übersehen.

Er wollte gerade wieder hineingehen, als er merkwürdige Geräusche auf der Straße hörte. Die lauten Rufe der Wasserträger und Straßenhändler wurden leiser; die Menschen blieben stehen und starrten; die Kinder hörten auf zu spielen und reckten die Hälse. Im Haus gegenüber trat eine Magd vor die Tür, die den Inhalt einer Schüssel in die Gosse leeren wollte. Sie verharrte mit offenem Mund.

Paul folgte ihrem Blick und wünschte sich mit einem Mal, er hätte seine Schankstube weniger auffällig gekennzeichnet. Doch dann holte er tief Luft, hob entschlossen die Schultern und eilte ins Haus. »Margery! Margery, wo bist du?«

»Was gibt es?« Seine Frau kam aus der Vorratskammer und wischte sich die Hände an ihrer Schürze ab. Sie kochte gerade die Würze für die nächste Ladung Ale auf und konnte keinen störenden Ehemann gebrauchen. Ungeduldig sah sie ihn an und wollte ihrem Unmut schon Luft machen, als er aufgeregt nach draußen deutete.

»Ein Trupp Soldaten kommt mit ihrem Anführer die Straße entlang. Schnell, hol die Mädchen, sie müssen helfen. Allein können wir sie nicht bewirten.«

»Aber wir haben nur noch Zimmer für fünf.«

»Bleiben können sie nicht, aber wir werden sie mit Essen und Trinken versorgen. Vielleicht kann uns Adam beliefern. Ansonsten müssen wir sehen, was die Küche hergibt.«

Sie sah an ihm vorbei zur Tür und öffnete den Mund, sagte jedoch nichts.

»Einen guten Tag!« Die Stimme des Ritters riss den Gastwirt aus seinen Überlegungen, und er fuhr erschrocken herum.

»Herr, wie können wir Euch dienen?«, fragte er hastig und bat den Mann hinein. Unter den Blicken seiner Frau führte er ihn an den besten Tisch im Schankraum, unablässig lächelnd und sich verneigend.

»Dein Wirtshaus sieht recht ordentlich aus. Meine Truppe ist auf dem Weg in die Gascogne, aber wir müssen eine Rast einlegen. Wir wollen zur Küste.«

»Zweifellos, um sich einem großen Lehnsherren anzuschließen?«

»Das hoffe ich. Wir kamen zurück, um den König im

Norden zu unterstützen, wir fuhren mit dem Schiff nach London, verpassten ihn jedoch und gingen nach York, wo wir auf seine Bevollmächtigten trafen. Sie scheinen jedoch unfertige Jünglinge erfahrenen Kriegsmännern vorzuziehen. Nun, diese Wahl werden sie vielleicht noch bereuen.«

»Sie haben Eure Dienste abgelehnt?«, fragte der Wirt überrascht.

Der Ritter nickte kurz. »Sie wiesen uns einfach ab, deshalb marschierten wir zurück. In London kursierten Kriegsgerüchte, doch es war unmöglich, dort ein Schiff zu finden, das uns in die Gascogne brachte, entweder fuhren die Kapitäne mit ihren Ladungen nach Norden, oder sie verlangten unverschämten Lohn. Wir beschlossen, einen anderen Weg zu nehmen. In ein paar Tagen werden wir an der Küste sein und dort sicher ein Boot finden.«

»Ich fürchte, wir haben nicht genug Zimmer für all Eure Männer, aber es gibt andere Häuser in der Stadt, wo Ihr Euch einquartieren könnt.«

»Ich würde es vorziehen, mit meinen Männern hier zu bleiben.«

»Sicherlich, sicherlich, aber wie ich schon sagte, es mangelt an Zimmern. Ich werde mich umhören, ob …«

Erschrocken sah Margery den Blick, mit dem der Anführer ihren Mann bedachte. Der Ritter schlug seinen kurzen Umhang zurück und legte die Hand auf den Griff seines Schwerts.

»Ich bin sicher, dass deine Gäste Verständnis für meine Wünsche zeigen und ihre Zimmer nur allzu gerne mit meinen Männern teilen werden. Aber nun bringt mir ein Viertel Ale. Und ich glaube, meine Soldaten möchten auch Bier.«

»Ja, Sir, natürlich.« Paul zögerte. »Aber lasst mich noch einmal darauf hinweisen, dass mein Gasthaus fast belegt ist«, wagte er einzuwenden.

»Wir werden sehen.« Der Ritter wandte den Blick ab. Das Gespräch war beendet. »Ein Viertel Ale … Sofort.«

Margery überließ es ihrem Ehemann, den Ritter zu bedienen und eilte in den Hof. Im Gasthaus logierte eine Kaufmannsfamilie, ein Tuchhändler mit Frau und Tochter und ein Goldschmied mit seinem Lehrling. Was würden sie dazu sagen, ihre Zimmer mit zwielichtigen Söldnern teilen zu müssen? Sie wollte nicht darüber nachdenken. Und dann gab es die Mädchen: Cristine, Nell und die junge Sarra. Bei dem Gedanken an sie lächelte sie spöttisch; Sarra würde sich über die Aufmerksamkeiten von dreißig kräftigen, ausgehungerten Soldaten sicherlich freuen.

Am anderen Ende des Hofes blieb sie erst einmal stehen und holte tief Luft. Dann stieg sie die Stufen zu dem Zimmer über den Ställen hinauf und schlug mit der Faust gegen die Tür. »Sarra, bist du da? Sarra!«

Sie hörte ein leises Stöhnen, gefolgt von einem fragenden Murmeln. Margery wurde ungeduldig. »Mach die Tür auf – schnell. Du musst kommen und uns helfen. Sarra!«

Ein Riegel wurde zurückgeschoben, die Tür öffnete sich knarrend, und ein mürrisches Gesicht erschien. Margery trat ins Zimmer. Sie wusste, dass Sarra letzte Nacht erst spät ins Bett gekommen war. Das Mädchen hatte bis in die frühen Morgenstunden Gäste bedient, hatte Paul ihr erzählt, und dabei die ganze Zeit die Nähe des Goldschmiedelehrlings gesucht. Amüsiert hatte der Gastwirt ihre Versuche beobachtet, mit ihm ins Gespräch zu kommen. Zunächst hatte sie ihm Komplimente über seine Kleidung, besonders den prächtigen Gürtel gemacht, und als ihr nichts anderes mehr einfiel, hatte sie übers Wetter gesprochen. Dem griesgrämigen Jüngling, der überdies mundfaul und verklemmt schien, sah man an, wie unangenehm ihm das alles war. Paul hatte nicht den Eindruck gehabt, er sei interessiert gewesen, aber offenbar hatte sich Sarra in den Kopf gesetzt, dass sich ihr Einsatz hier lohnen könnte, weil aus dem jungen Mann eines Tages vielleicht ein reicher Goldschmied werden würde. Nachdem er mit seinem Herrn die Kammer aufgesucht hatte, ohne viele Worte mit ihr gewechselt zu haben, war sie mit Leichenbittermiene aus dem Schankraum gestapft. Sarra hatte nie verhehlt, dass sie heiraten wollte, so schnell es ging.

Das würde ihr sicher auch gelingen, dachte Margery, während sie das Mädchen betrachtete. Die Wirtin selbst war von ihr nicht besonders angetan. Für eine Kellnerin waren ihre Beine zu dünn und ihr Hintern nicht prall genug, aber sie hatte ein gewisses Glitzern in den Augen, wenn ihr ein Mann gefiel, und ihr Gesicht glich dem eines Engels; augenblicklich jedoch dem eines ziemlich missgelaunten. Ihrer Stimme war der Unmut eines Menschen anzumerken, den man aus dem Schlaf gerissen hatte.

»Nun, was gibt es? Ich habe heute Morgen noch aufgeräumt und alles erledigt, was zu tun war. Darf ich nicht wenigstens ein paar Stunden schlafen, bevor der Abenddienst beginnt?«

Durch den dünnen Stoff von Sarras Nachthemd sah Margery im Sonnenschein die Umrisse ihrer schlanken Figur. Als das Licht über ihr zerzaustes Haar glitt, leuchtete die honiggoldene Mähne wie ein Heiligenschein. Margery fiel auf, wie verletzlich das Mädchen wirkte. Auch wenn sie ständig betonte, heiraten zu wollen, bevor sie »alt« sei, und in Margery wahrscheinlich eine gebrechliche Greisin sah, war sie im Grunde noch ein Kind. Als Margery an die Sorte Mann dachte, die nun in ihre Schänke einfiel, rührte sich ihr Gewissen. Sie dort bedienen zu lassen, war so, als würde man ein Reh einem Rudel wilder, hungriger Hunde vorwerfen.

»Und?«, fragte Sarra gereizt.

Hastig berichtete Margery ihr von den Soldaten. Noch während sie sprach, hellte sich das Gesicht des Mädchens auf, und Margery konnte sich schon jetzt vorstellen, was geschehen würde: Männer, angeführt von einem wohlhabenden Ritter, von dessen gelassenem, selbstbewusstem Auftreten Sarra beeindruckt wäre. Margery seufzte. »Sarra, komm gar nicht erst auf den Gedanken, einer von denen würde dich mitnehmen. Das sind keine Männer, die eine Familie gründen wollen.«

»Ach nein?«, entgegnete das Mädchen schnippisch.

»Nein«, beschied Margery ihr. »Ich kenne die Männer weitaus besser als du.« Das leicht verächtliche Lächeln auf Sarras Lippen verriet, dass sie das aufgrund des Altersunterschiedes für durchaus erklärlich hielt, und die Wirtin spürte, wie der Zorn ihre Wangen rötete. »Ich weiß, wie diese Kerle sind; ich habe sie schon oft erlebt. Einem Techtelmechtel sind sie niemals abgeneigt, doch dann verschwinden sie, ohne dem Mädchen auch nur auf Wiedersehen zu sagen. Ihr Anführer ist nicht besser, vielleicht noch schlimmer.«

»Schlimmer – wieso?«

Margery sah sie ernst an. »Er kennt keine Gefühle, für niemanden. Er weiß nur, wie man Krieg führt. Glaub mir, Sarra, diese Männer taugen nichts. Bediene sie, aber mach ihnen keine schönen Augen. Das ist zu gefährlich.«

Das Mädchen fuhr sich mit den Fingern durchs Haar und strich die wilden Strähnen glatt, bevor sie mit erstaunlicher Duldsamkeit erwiderte: »Natürlich, Margery, ich passe schon auf.«

»Tu das. Aber nicht meinetwegen, sondern in deinem eigenen Interesse. Du bist viel zu gut, um dich an Männer wie diese zu verschwenden. Halte dich lieber an den Lehrling, wenn du jemanden zum Heiraten suchst, und lass Cristine sich um den Ritter kümmern. Die weiß, wie man mit solchen Kerlen umgeht.«

Nachdem sie gegangen war, blieb das Mädchen im Zimmer stehen, und während sie ihr Haar richtete, huschte ein Lächeln über ihr Gesicht, bevor sie das Nachthemd vom Körper gleiten ließ und eine saubere Bluse und einen Rock anzog.

Sir Hector de Gorsone lehnte sich zurück, streckte die müden Glieder und genoss die Wirkung des Alkohols. Seine Männer saßen um ihn herum, Bierkrüge standen vor ihnen auf den Tischen. Der Sommer war vorangeschritten; Wein gab es jetzt nicht mehr. Erst später würde man wieder welchen bekommen, wenn es kälter wurde und das Getränk nicht so schnell verdarb. Er sehnte sich nach der Gascogne, wo der Rebensaft frisch und stark war. Nach den vielen Jahren, die er dort verbracht hatte, bekam ihm Wein einfach besser. Ale blähte ihn nur auf.

Der Schankraum sah aus wie alle anderen, die er kannte. Manche Pferdeställe boten mehr Komfort. Er hatte sich zu sehr an die Gasthäuser Frankreichs gewöhnt. In diesem lang gestreckten, einfachen Raum roch es essigsauer nach abgestandenem Alkohol und schimmelnden Essensresten, die zwischen den Binsen lagen, von anderen Gästen achtlos beiseite geworfen. Dem Ritter erschien dies alles trist und armselig, nur das Glühen der Kohlepfannen und der Glanz der Kerzen vermittelte so etwas wie Behaglichkeit. Bänke und Tische standen durcheinander, und der Wirt und seine Bedienungen eilten umher und hielten die Gäste bei Laune, indem sie die Krüge mit Ale füllten und die Schüsseln mit Eintopf und Brot. Die Fensterläden waren geschlossen, um die Kälte fern zu halten, und ihr Klappern verriet, dass draußen ein heftiger Wind pfiff.

Sir Hector gähnte und widmete sich wieder seinen Überlegungen. Hatte er erst einmal genug Geld, würde er ein Anwesen auf dem Land erwerben, weit fort vom Dreck des Stadtlebens. Ein Sitz mit mehreren Gebäuden sollte es werden, die Platz für sein Gefolge boten. In den Städten waren kaum Grundstücke vorhanden, aber Sir Hector war ohnehin an einem großen Anwesen interessiert, mit einem geräumigen Herrenhaus als Mittelpunkt, in dem er eine Familie gründen konnte. Krieg und Ruhm, die so lange sein Leben bestimmt hatten, begannen ihren Glanz zu verlieren, und er spürte den Wunsch, ein Dasein in Frieden zu beginnen und ein neues Kapitel seines Lebensbuchs aufzuschlagen. Aber dazu benötigte er mehr Geld.

Er saß am hinteren Ende des Schankraums, von wo er

seine Männer und den Durchgang zu den Zimmern beobachten konnte. Einen Kamin gab es nicht. Der Rauch der Feuerstelle in der Mitte stieg bis zum Dach hinauf, wo er durch einen einfachen Turmaufsatz entweichen konnte. Der Wind pfiff durch diesen Abzug und wirbelte den Rauch im Raum umher, was der Gemütlichkeit der Gaststube nicht eben zuträglich war. Sir Hector musste husten.

Seine Männer hatten jedenfalls die Absicht, sich zu amüsieren, so viel stand fest. Für die drei Kellnerinnen war die Arbeit das reinste Spießrutenlaufen, sie mussten sich ständig gegen derbe Scherze und Aufdringlichkeiten zur Wehr setzen. Zwei der Frauen waren erfahrene Tavernenweiber, die mit Ohrfeigen oder schlagfertigen Bemerkungen konterten. Die Männer grölten besonders laut, wenn ein Witz auf Kosten eines anderen gerissen wurde. Immer wieder versuchte es einer der Soldaten mit einer Anzüglichkeit, und ein Rüffel erzeugte meist brüllendes Gelächter. Er kannte diese Szenen aus Tavernen und Gaststuben von London bis Rom, aber sie riefen bei ihm, dessen Züge meist ernst waren, doch immer wieder ein Lächeln hervor.

Das dritte Mädchen fiel ihm auf. Sie sah jünger aus als die beiden anderen, naiver. Fanden die älteren Frauen auf jede Derbheit die passende Antwort, schlängelte sie sich schweigend an den Tischen vorbei und machte den Mund kaum auf, so oft sie auch angesprochen wurde. Auch war sie weniger geschickt darin, den Händen der Männer auszuweichen und schien sich gleichzeitig davor zu fürchten, allzu unwirsch zu reagieren. Sie kam dem Ritter vor wie ein verwundetes Tier in der Falle, das nur noch darauf wartete, welcher der Jagdhunde als Erster über sie herfallen würde.

Er sah, dass zwei seiner Männer die Köpfe zusammensteckten. Henry Hurdle und John Smithson taten alles gemeinsam. Nun erhob sich Henry, während sich das Mädchen den Weg zwischen zwei Tischreihen bahnte, und tappte unter den Anfeuerungsrufen seiner Kameraden auf sie zu. Sie starrte ihn ängstlich an. Als sie sich schließlich umwandte, hatte sich John vor ihr aufgebaut und schnitt ihr den Weg ab.

Eine der anderen Frauen, Cristine, wollte ihr beistehen, aber bärtige, grinsende Männer, die nur darauf warteten, dass sie sich an ihnen vorbeidrängte, hielten sie auf. Sie wusste nicht, was sie tun sollte: Hilfe holen oder selbst eingreifen? Mittlerweile hatte Henry die Krüge, die vor ihm auf den Tisch standen, beiseite geschoben und deutete grinsend auf die freie Stelle.

»Schluss jetzt!«

Zwei Worte, nicht einmal besonders laut gesprochen, doch sie fuhren durch den Lärm und die aufgeheizte Atmosphäre wie ein Schwert. Sarra sah sich beim Klang seiner Stimme hoffnungsvoll um. Der Ritter aus ihren Träumen eilte zu ihrer Rettung herbei! Ihr Herz schlug so laut in ihrer Brust, dass sie glaubte, alle im Schankraum könnten es hören. Mit zitternder Hand stellte sie den Krug ab, den sie in der Hand hielt. Plötzlich spürte sie ein leeres Gefühl in der Magengrube, als müsse sie sich übergeben. Sie wäre vergewaltigt worden, zweifellos, dachte sie und spürte unendliche Erleichterung.

»Lasst sie in Ruhe! Du, Mädchen… Komm und bedien mich. Bring mir Ale.«

Sir Hector beobachtete, wie sie den Krug ergriff und auf ihn zukam. Als sie vor ihm stand, hielt er ihr herrisch seinen Becher hin und sah sie scharf an, während sie einschenkte. Das Licht umspielte ihre Arme und ihr Gesicht; ihre Lippen waren voll und feucht, auch wenn sie den Mund zusammenkniff. Als sein Becher gefüllt war, trat sie einen Schritt zurück und erwiderte seinen Blick. Er hob die Augenbrauen. Sie schien keine Angst vor ihm zu haben. Vor seinen Untergebenen schon, doch nicht vor ihm, stellte er anerkennend fest. Ihre Augen hatten die graublaue Farbe des Himmels an einem Wintertag, und ein paar goldene Strähnen hatten sich aus ihrem Haarnetz gelöst. Sie war keines jener stämmigen Bauernmädchen, die man in den kleinen Städten so oft sah, sondern eine strahlende junge Frau, die auch das Heim eines reicheren Mannes als er selbst war geschmückt hätte.

»Bleib hier und bediene nur mich«, sagte er sanft. »Hab keine Angst vor meinen Männern. Sie werden dich in Ruhe lassen.«

Sie nickte erstaunt und schenkte ihm dann ein Lächeln, so voller Wärme, dass er es unwillkürlich erwiderte.

Draußen stieß der Wirt einen erleichterten Pfiff aus und lehnte sich gegen die Wand. Margery kam atemlos angelaufen. »Was ist los? Geht es ihr gut?«

»Gott sei Dank, ja! Der Ritter hat sie beschützt und seine Männer zurückgehalten.«

Sie warf einen Blick durch die Tür. »Sie hat Glück gehabt. Bei denen weiß man nie, wo es endet.«

»Nun, jetzt kann ihr nichts mehr passieren.«

»Ja. Ich gehe jetzt besser wieder hinein.«

Der Wirt nickte beklommen, während sie mit frisch gefüllten Krügen an ihm vorbeiging. Er sah, wie sie mit den flinken Bewegungen einer erfahrenen Kellnerin einschenkte und sich dabei immer wieder den Griffen der Soldaten entwinden musste. Aber Paul beschäftigten noch andere Sorgen. Sir Hector bestand nach wie vor darauf, dass seine Männer bei ihm blieben und sperrte sich gegen alle Angebote, sie in anderen Häusern unterzubringen. Bei dem Gedanken, sich dem Ritter zu widersetzen, war dem Wirt alles andere als wohl. Meistens gaben sich spät gekommene Gäste damit zufrieden, auf den Bänken in der Schankstube zu schlafen oder gar unter den Tischen, aber so etwas wagte er den Soldaten nicht vorzuschlagen. Diese Männer wollten in Betten nächtigen, und er hörte schon die Beschwerden seiner Gäste, wenn er sie aus ihren Zimmern vertreiben würde.

Er lehnte an der Tür zum Schankraum, während er über seine Lage nachgrübelte. Die Männer, die von den

Ställen hereingekommen waren, bemerkte er zunächst nicht einmal. Der Schankraum nahm die Hälfte des Gebäudes ein, den Rest bildeten die Küche, die Speisekammer und andere Lagerräume. In der Mitte lag der Flur, in dem der Wirt stand und von dem aus zwei Türen in die Schankstube führten. Nun erst sah er die Männer. Es waren der Goldschmied und sein Lehrling, sowie ein dritter, den er nicht kannte. Unschlüssig wartete er darauf, welchen Lauf die Dinge nehmen würden.

Sir Hector waren die Neuankömmlinge ebenfalls nicht entgangen. Er hielt Sarra seinen Becher hin und betrachtete sie interessiert. Ein zynisches Lächeln glitt über seine Lippen, als er den pelzbesäumten Umhang des Goldschmieds sah, den edlen Stoff, aus dem er gewebt war, und die schweren Ringe an seinen Fingern. Sein Gang und seine Haltung verrieten, dass er sich für einen wichtigen Menschen hielt, der keine Zeit für die Vergnügungen des gemeinen Volkes hatte. Hinter ihm folgte mit gesenktem Kopf der Lehrling, in einfachen Beinlingen und Hemd. Sir Hectors Mundwinkel zuckte, und er nickte Henry zu, der den beiden Männern sogleich hinterherging.

Sir Hector trank einen Schluck Ale. Er befehligte einen rauen Haufen, das wusste er, aber zumindest gehorchte ihm jeder. Henry war ein guter Mann, wenn man ihn entsprechend dirigierte. Sobald er wusste, was auf ihn zukam, wurde er mit allem fertig. Aufgrund seines Charakters gab er einen ausgezeichneten Soldaten ab, grausam und habgierig, wie er war. Als einer der ersten Söldner hatte er begriffen, dass man am schnellsten zu Geld kam, wenn man Menschen einschüchterte und erpresste. Selbst in den ärmsten Dörfern und Gemeinden gelang es ihm, den Einwohnern das Wenige zu nehmen, das sie besaßen, indem er ihnen drohte, sie zu vertreiben, ihre Ernte zu vernichten oder die Geschäfte zu zerstören. Henry und sein Freund John waren es auch gewesen, die bei den letzten Streifzügen in der Gascogne einen Blick für die Händler gehabt hatten, die zu berauben sich lohnte. Sie erkannten, wen man für ein Lösegeld als Geisel nehmen konnte oder hinter welchen Mauern sich die größten Schätze verbargen. Ihr Eifer, andere um ihr Hab und Gut zu bringen, hatte Sir Hector vermögend gemacht, aber sie neideten ihm seinen Reichtum nicht. Sie wussten, dass er nicht auf sie verzichten konnte und wähnten sich so in Sicherheit. Solange er an ihnen verdiente, würde er sie nicht der Justiz übergeben.

Dieses gemeinsame Interesse führte dazu, dass Sir Hector sie oft mit besonderen Aufgaben betreute und sie wie Vertrauensleute behandelte. Nun sah er, wie der Goldschmied mit aschfahlem Gesicht aus dem Schankraum eilte, begleitet vom Gejohle und den Pfiffen der Männer. Auch dieser Anblick belustigte ihn.

Der Wirt war in die Vorratskammer gerufen worden und stieß fast mit dem Goldschmied zusammen, als er wieder auf den Flur trat. »Ich grüße Euch, Herr, wie wäre es mit einem...«

»Wie viel bin ich Euch schuldig?«

Pauls Miene verfinsterte sich. Sein Gast bemühte sich um ein Lächeln, aber das Zittern seiner Lippen war nicht zu übersehen. »Geht es Euch gut, Sir?«, fragte Paul resoluter. »Wurdet Ihr von diesen Burschen dort drinnen beleidigt? Wenn sie Euch bedroht haben, werde ich...«

»Nein, nein, nichts dergleichen, aber ich muss Crediton schleunigst verlassen. Eine geschäftliche Angelegenheit, Ihr versteht. Ich muss sofort nach Exeter... ein kleines Problem...« Er warf einen wütenden Blick auf den Lehrling, der träge neben ihm stand. »Ich habe dir doch gesagt, dass du dich um unser Gepäck kümmern sollst, und zwar sofort! Ein Jammer mit diesen Lehrburschen! Denken an nichts als Weiber und Essen und Trinken.« Theatralisch hob er die Hände, ohne seine Angst verbergen zu können.

Paul durchschaute das erbärmliche Schauspiel. Der Schmied zwinkerte ihm zu. »Ihr habt es sicherlich nicht bemerkt, aber der Bursche hat sich hinsichtlich Eurer jungen Kellnerin völlig zum Narren gemacht. Albern, ich weiß, aber so sind sie nun mal.«

Während Paul versuchte, den Goldschmied zum Bleiben zu überreden, auch wenn er dies aus Angst vor den Söldnern nicht allzu dringlich tat, sonnte sich Sarra an der Seite Sir Hectors in dessen Glanz.

Margery mochte sie vor den Soldaten gewarnt haben, aber der Ritter schien sich ernstlich für sie zu interessieren, dachte Sarra. Sie sah in Margerys Belehrungen nur die Eifersucht einer alten, verbrauchten Frau auf ein junges Mädchen. Natürlich richteten sich die Blicke auf sie, war sie doch die attraktivste der Bedienungen. Margery war so alt, dass sie schon vergessen hatte, wie es war, begehrt zu werden. Außerdem dachte Sarra recht praktisch. Manche Frauen waren mit dreißig noch nicht verheiratet, und wenn sie dann unter die Haube kamen, waren sie fast schon zu alt, um Kinder zu kriegen. Das sollte ihr nicht geschehen. Sie wollte jung heiraten, um viele Jungen und Mädchen auf die Welt zu bringen und gleichzeitig die Annehmlichkeiten zu genießen, die ein reicher Ehemann ihr bieten würde. Und einen reicheren Herrn als diesen neben ihr hatte sie noch nie kennen gelernt. Sie hatte die Truhen voll Silberlinge gesehen, die seine Soldaten in sein Zimmer getragen hatten. Er musste unermesslich wohlhabend sein.

Unter anderen Umständen wäre Sarra vielleicht nicht als Bedienung in einem Wirtshaus gelandet. Sie verfügte über einen scharfen Verstand, und oft kam es vor, dass sie andere brüskierte, wenn sie umständliches Gerede unterbrach, weil sie schon längst gemerkt hatte, worauf der Gesprächspartner hinauswollte. Die Arbeit galt ihr als notwendiges Übel, das sie erdulden musste, bis sie einen Ehemann gefunden hatte. Bis dahin erging sie sich häufig in Tagträumen. Immer wieder stellte sie sich vor, dass ein reicher Lehnsherr verwundet vor der Tür der Schänke auftauchte, den sie durch ihre Pflege vor dem Tod bewahrte. Natürlich verfiel der edle Herr seiner Retterin und machte ihr schließlich einen Antrag. Es gab endlose Variationen dieses Themas, in denen sie ihn vor Räubern oder Attentätern bewahrte, aber am Ende all dieser Geschichten stand stets eines: Sie hatte in ihm ein solches Verlangen entfacht, dass er sie mit auf sein Schloss nahm.

In diese Traumwelt floh sie nur allzu gerne vor der Realität der schweren, stumpfsinnigen Arbeit, aber jetzt schienen diese Träume wahr zu werden. Sie sah Sir Hector in die Augen, als sie ihm nachschenkte. Er bemerkte ihren Blick und betrachtete sie noch eingehender.

Sie ist recht hübsch, dachte er. Ihr Haar hatte sich immer mehr gelöst, ihr fester junger Körper strahlte Sinnlichkeit aus. Ihre Augen waren klar, und sie schien gerne zu lächeln, auch wenn er etwas Keckes, Berechnendes in ihrem Blick zu erkennen glaubte. Für ein paar Tage konnte er kaum eine bessere Abwechslung finden, und als er sah, wie sie die Augen senkte und ihre Wangen sich röteten, schien es, als habe sie seine Gedanken erraten und ihm bereits zugestimmt. Ihre Reaktion gefiel ihm und er wandte sich in der Gewissheit ab, dass sein Bett heute Nacht nicht kalt bleiben würde.

Henry war noch nicht an seinen Platz zurückgekehrt, stellte Sir Hector stirnrunzelnd fest. Der dritte Mann, der mit dem Goldschmied gekommen war, stand noch immer an der Tür und sah zu ihm herüber.

Es handelte sich nicht um einen reichen Kaufmann oder Bürger. Er trug nur ein schmuckloses Wams und kurze Hosen, deren Grün schon lange ausgeblichen war. Über seinen Schultern hing ein rostbraunes Tuch, und das Gesicht wurde von einer Kapuze verhüllt. An seinem Gürtel hing kein Schwert, es steckte nur ein langes Messer darin. Er schien unschlüssig, ob er nicht lieber eine andere Taverne aufsuchen sollte.

Zu Sir Hectors Überraschung kam der Mann plötzlich auf ihn zu, wobei er sich mit erstaunlicher Selbstsicherheit einen Weg zwischen den grölenden Soldaten hindurch bahnte.

»Seid Ihr Sir Hector de Gorsone?«

3. KAPITEL

Die Stimme klang jugendlicher, als es die breiten Schultern des Mannes hatten vermuten lassen. »Ja, ich bin Sir Hector«, antwortete der Ritter.

Zum zweiten Mal an diesem Abend legte sich Schweigen über den Raum. Nicht älter als neunzehn oder zwanzig schien der Jüngling, der nun die Kapuze vom Kopf zog. Sein langes gewelltes Haar hatte die Farbe von ungebranntem Ton. Das Gesicht war schmal und glatt rasiert. Er hatte eine hohe Stirn und auf der Nase zeigten sich Sommersprossen. Die dünne Linie des Mundes ließ auf einen gewissen Starrsinn schließen, und die weit auseinander stehenden grünen Augen blickten ernst und verrieten wenig Humor.

»Ich habe schon genug Männer«, sagte Sir Hector abweisend.

»Einer mehr kann in Gefahr stets nützlich sein.«

»Hat man dich in der Kampfeskunst unterrichtet?«

»Nein, Sir, aber ich bin jung und stark. Ihr könntet mein Lehrer sein.«

»Warum ausgerechnet ich? Es gibt genug andere, erfahrene Söldnerführer.«

»Ich bin gesund und treu. Gern möchte ich mich Eurer Truppe anschließen und leben wir Ihr. Ich habe es satt, auf den Feldern zu arbeiten. Lasst mich mit Euch gehen.«

Sir Hector wollte den aufdringlichen Burschen schon zurechtweisen, doch dann geriet er ins Grübeln. Im Grunde konnte er den jungen Mann gut gebrauchen. Er schien kräftig und geschickt zu sein, und der Ritter sah auch die Entschlossenheit in seinen Zügen. Jetzt stand er aufrecht und gerade vor ihm, vorhin hatte er sich trotz seiner Kraft mit fast katzenhafter Geschmeidigkeit bewegt. Schweigend sah er ihn an, die eine Hand am Messer, die andere am Gürtel. Er strahlte einen Stolz und eine Selbstsicherheit aus, die Sir Hector daran denken ließ, wie viele kriecherische und verschlagene Burschen schon bei ihm vorstellig geworden waren.

Er beobachtete die Reaktion seiner Männer. Die meisten saßen schweigend da und warteten auf die Antwort ihres Anführers. Ein oder zwei grinsten, offenbar in der Hoffnung auf eine verächtliche Absage. Ihre Blicke verärgerten ihn. Er hatte sie auf ähnliche Weise rekrutiert. Schon lange hatte er es nicht mehr nötig, nach neuen Soldaten zu suchen – ein erfolgreicher Söldnerführer zog willige Männer an, ohne dass er etwas dafür tun musste. Wie der Jüngling vor ihm, waren auch die anderen zu ihm gekommen, weil sie von seinen Triumphen gehört hatten. Warum sollte er diesen abweisen, wenn er die anderen genommen hatte?

»Du scheinst einigermaßen tapfer zu sein«, sagte er schließlich. »Man braucht Mut, um in einen Raum voller Männer zu treten, von denen man nichts weiß, und um Aufnahme zu bitten.« Der Fremde neigte den Kopf, als wisse er die Antwort zu schätzen. Ein seltsames, fast ironisches Lächeln umspielte seine Lippen.

»Komm her.« Der Ritter reichte Sarra seinen Becher, beugte sich vor und ließ den Jüngling vor sich niederknien. Dann ergriff er dessen Hände. »Schwöre, dass du mir treu dienen und von niemandem Befehle annehmen wirst, außer von mir.«

»Ich schwöre.«

»Gut. Henry, kümmere dich um den Mann. Erkläre ihm alles und sorge dafür, dass er bewaffnet wird.«

»Danke, Sir Hector«, sagte der neue Rekrut, nachdem er sich erhoben hatte.

Der Ritter hob die Augenbrauen. »Danke mir lieber noch nicht. Ich kann ein gestrenger Herr sein, aber wenn du alle Befehle pflichtbewusst ausführst, wirst du es gut haben.«

Sarra beobachtete, wie der Jüngling dem Mann folgte, der sie vorher belästigt hatte. Was für ein hübscher Bursche, dachte sie. Eine Schande, dass er sich nun in die Obhut eines Lumpen wie Henry begab.

»Wie heißt du eigentlich?«, rief Sir Hector ihm hinterher. »Philip Cole«, antwortete der neue Soldat, und sah sich dabei nur flüchtig um.

Henry kam der Name irgendwie bekannt vor, aber kaum hatten sie sich an einen Tisch gesetzt, war der Gedanke auch schon wieder vergessen. Zur Rechten Coles hockte ein schmächtiger Kerl mit rabenschwarzen Haaren. Seine dunklen Augen wanderten unruhig durch die Schankstube, als suche er jemanden, und das Licht der Kerzen spiegelte sich in ihnen wider. Sie leuchteten gierig, böse und schlau. Seine Lippen waren feucht und hingen herab, und die schwarzen Zahnstummel verursachten Cole heftigen Ekel. Er war spindeldürr, hatte jedoch kräftige Hände, mit denen er gerade ein gebratenes Huhn zerrupfte.

»Das ist John Smithson«, sagte Henry. »Er gehört wie ich schon lange zur Truppe.«

»Stimmt. Wir waren bei den Ersten, die sich Sir Hector anschlossen.«

»Genau. In der Gascogne war's.«

Cole ließ sich von einer der Frauen einen Becher mit Ale reichen. »Ihr habt sicherlich schon in vielen Schlachten gekämpft?«, fragte er vorsichtig.

John lächelte. »Allerdings. Erst für den einen Herrn und dann für einen anderen.«

»Es ist ein gutes Leben«, sagte Henry, nahm einen kräftigen Schluck Bier und rülpste. »Andere werden gezwungen, einer Armee beizutreten, aber wir gehen, wohin es uns passt und kämpfen, für wen wir wollen. Wir sind freier als irgendein Bürger oder Bauer.«

»Ja – und wir verdienen auch noch Geld damit.«

»Und dürfen es sogar behalten«, fügte Henry lachend hinzu.

»Was meint ihr damit?«, fragte Cole.

»So ist es nun mal«, Henry beugte sich vor. »Wenn du in der Armee deines Lehnsherren kämpfst, dann deshalb, weil er dich dazu erpresst hat. Alles, was an Reichtümern erbeutet wird, gehört ihm, auch das Lösegeld für Geiseln – der Soldat hat keinerlei Rechte. Wir aber kämpfen für uns selbst. Wenn wir etwas erbeuten, behalten wir es. Alles für den Sieger, zum Teufel mit den Verlierern.«

»Dorthin schicken wir sie meistens sowieso«, meinte John beiläufig und verschlang ein Stück Huhn.

Henry bemerkte Coles Skepsis. »Keine Sorge, Sir Hector ist ein guter Herr. Er verliert nicht, und nur wenige werden unter seinem Befehl verwundet. Wenn der Wind uns ins Gesicht bläst, wechselt er die Seiten, bevor uns die anderen in Stücke hauen. Der eigene Sarg ist eine schlechte Beute.«

Cole nickte, als sei er beruhigt.

Henry verkniff sich das Grinsen. Dieser Cole war einer der typischen Bauernburschen, gutwillig, aber ahnungslos und nicht besonders gescheit. Ein Narr. Lachend schlug er dem Rekruten auf den Rücken. »Schau nicht so missmutig drein! Bald bist du reich.« Henry hatte ein offenes, freundliches Gesicht, das schon erfahrenere Männer als Cole getäuscht hatte, und das dichte sandfarbene Haar machte ihn jünger, als die Narben und Falten vermuten ließen. Seine Arme waren kurz, seine Finger breit und kräftig, und Cole hatte den Eindruck, als habe ihn ein gutmütiger Riese getätschelt. »Mach dir keine Sorgen. John und ich werden schon auf dich aufpassen, nicht wahr, John?«

»O ja.«

»Danke …«, entgegnete Cole etwas unschlüssig.

Henry sah sich vorsichtig um und beugte sich zur Seite. »Und warum willst du abhauen?«

»Was?«

»Warum du fort willst. Jeder hat einen Grund. Ich

musste verschwinden, weil ich einen Mann getötet hatte, im fairen Kampf versteht sich, aber dennoch war mir ein Suchtrupp auf den Fersen.«

»Und ich musste fliehen, weil mir die Frau meines Meisters schöne Augen machte«, erklärte John. »Ich war Lehrling bei einem Schmied, und als ich sie zurückwies, behauptete sie, ich hätte ihr unter den Rock gefasst und sie in mein Bett zerren wollen. Ihr Mann ging auf mich los und wollte mich töten. Mit einer Axt«, fügte er mit schmerzlichem Blick hinzu.

»Und warum willst du dich aus dem Staub machen? Wir haben hier keine Geheimnisse voreinander. Also heraus mit der Sprache.« Henry lächelte ermutigend.

»Ich ... ich habe eine Frau geschwängert.«

»Ah.« Henry zwinkerte ihm wissend zu.

»Aber ich will sie nicht heiraten.«

»Ein Mädchen aus deinem Dorf, nehme ich an. Wo war das? Kommst du von hier?«

»Nein, aus dem Nordosten, aus der Nähe von Exeter – Thorverton heißt das Dorf.«

»Oh. Wohl ziemlich weit weg.«

Cole warf ihm einen Blick zu und fragte sich, ob er seine Geschichte überprüfen würde. Aber noch bevor er etwas sagen konnte, zwinkerte ihm der Schmächtige zu und deutete mit einem Hühnerknochen in den Raum hinein.

»Nun, wenn du dich hier an die Frauen ranmachst, von der da lass besser die Finger.«

Er sah in die angegebene Richtung. Sarra lachte über eine Bemerkung des Ritters. »Sie gehört ihm?«

Henrys Stimme wurde ernst. »Eines solltest du schnell begreifen, Philip. Unser Herr ist ein guter Befehlshaber, aber was ihm gehört, rührst du besser nicht an, egal, ob es seine Pferde, sein Geld oder seine Frauen sind. Wenn du ihm da in die Quere kommst, greift er sofort zum Schwert. Nein, die lässt du in Ruhe, bis er ihrer müde ist. Früher oder später passiert das immer.«

»Halte dich nur an uns. Wir wissen, wie es den Neuen geht, deshalb will Sir Hector, dass wir uns um die Rekruten kümmern. Er weiß, dass wir ihnen alle Kniffe zeigen können.«

»Ja, dein Geldbeutel zum Beispiel, er scheint prall gefüllt. Hier gibt es einige, die ihn dir gerne abnehmen würden, um seinen Inhalt zu prüfen.«

»Nun, was soll schon drin sein, Geld natürlich«, meinte Cole leichthin.

»Verrate das bloß nicht den anderen«, flüsterte Henry. »Ein paar von den Männern würden dir die Kehle durchschneiden, wenn sie das wüssten.«

»Er hat Recht«, murmelte John düster und ließ den Blick über die Soldaten schweifen. »Manchen kann man nicht über den Weg trauen. Für einen Geldbeutel, wie du ihn herumträgst, würden sie ihre Frau verkaufen – ein paar haben's wahrscheinlich auch getan. Wie gesagt, halte dich an uns, wir passen schon auf dich auf.«

»In deinem Dorf gab es bestimmt keine Diebe und Mörder, stimmt's? Als du dein Mädchen verlassen hast… Wie hieß sie eigentlich?«, fragte Henry, die Börse nicht aus den Augen lassend. Wenn Cole ein einfacher Bauer aus einem kleinen Dorf war, hätte er wohl kaum so viel Geld anhäufen können.

»Was?« Er zögerte einen Augenblick. »Anne. Anne Frauncey.«

Henry war das kurze Innehalten nicht entgangen, und sein Grinsen wurde breiter. Die Geschichte klang erfunden, und möglicherweise verbarg sich dahinter ein lukratives Geheimnis, das den jungen Mann dazu gebracht hatte, sich einem Söldnerhaufen anzuschließen. Henry würde schon dahinterkommen, aber es schien sicher, dass der Bursche ein Dieb war.

»Nun, als du deine Anne verlassen hast, warst du ein freier Mann, der nichts auf der Welt fürchten musste, nicht wahr?«, sagte er leutselig. »Zuhause konntest du dich ohne Waffe bewegen, ohne Furcht. Aber nun sitzt du inmitten eines Trupps von Soldaten, und einige von ihnen sind heimtückische Gesellen. Wenn die einen Geldbeutel sehen, reagieren sie wie der Rüde auf die läufige Hündin. Aber wir werden dich schon beschützen.«

»Ja, als wärst du ein Teil unserer Familie.« John lächelte und entblößte seine fauligen Zähne.

Cole sah von einem zum anderen, und als sie ihm freundschaftlich auf den Rücken klopften, lächelte er schüchtern. Dann widmete er sich seinem Essen, während John und Henry hinter seinem Rücken wissende Blicke austauschten.

Es war schon mitten in der Nacht, als Paul sich endlich in der Vorratskammer niederlassen konnte. Die Rufe und das Gelächter waren nur langsam verstummt, während die Männer in den Schlaf sanken. Einige, darunter auch der Anführer, waren auf ihre Zimmer gewankt, Sir Hector bereits vor drei Stunden. Zumindest er würde bereits schlafen, dachte Paul und wischte sich mit einem Handtuch die Stirn.

Seine Frau betrat die Kammer. »Margery? Ich dachte, du wärst schon zu Bett gegangen.«

Sie sank neben ihm auf die Bank und ließ den Blick über die leeren Fässer, Töpfe und Becher gleiten, die überall herumstanden. »Morgen muss ich neues Ale brauen«, sagte sie erschöpft. Ihr Gesicht sah selbst im Kerzenschein aschfahl aus, die Falten in den Mundwinkeln wie Schnittwunden. Ihr grünes Kleid und die weiße Schürze hingen schlapp von ihrem Körper herab. Sie zog das Kopftuch herunter und löste ihr Haar, während er ihr die Hand auf den Arm legte. »Es tut mir Leid, einige wollten einfach nicht Schluss machen, aber zumindest hat keiner Ärger gemacht. Es hat keine Schlägerei gegeben, nichts dergleichen.«

»Was ist mit den anderen Gästen?«

»Sie haben es allesamt vorgezogen, abzureisen. Zuerst der Goldschmied und sein Lehrling, dann der Händler aus Bath und der Kaufmann und seine Familie. Es gab plötzlich dringende Angelegenheiten zu regeln, die zum sofortigen Aufbruch zwangen – seltsamerweise immer, wenn einer der Männer des Ritters mit ihnen gesprochen hatte. Ich glaube, wir können froh sein, dass alles glimpflich abgelaufen ist.«

Sie zuckte müde mit den Schultern. »Ja, nur ein paar Krüge sind zerbrochen, die lassen sich leicht ersetzen. Wollen wir hoffen, dass sie sich morgen davonmachen.«

»Da wäre ich nicht so sicher. Ich habe gehört, wie sie miteinander gesprochen haben. Es scheint, als würden sie einige Tage bleiben.«

»Hoffentlich nicht!«

Er verstand ihren Ärger. Sie hatten es meistens mit ruhigen Gästen zu tun, Händler, Geistliche, Reisende. Selten befanden sich mehr als zehn in der Herberge, und eine Gruppe von dreißig Männern, noch dazu Söldner, hatten sie bislang nicht unterbringen müssen. Sicher, das Geld käme ihnen gelegen, aber Paul wusste auch, dass solche Gäste gerne auf einen großzügigen Rabatt spekulierten, oft mittels unverhohlener Drohungen. Paul seufzte. Nun, dann musste er eben von vornherein etwas auf die Rechnung draufschlagen. Ansonsten käme ihm dieser Besuch teuer zu stehen, und das konnte er sich nicht leisten.

Seine Frau dachte das Gleiche. »Wir müssen nicht nur Essen und Trinken bereitstellen, sondern auch das Futter für ihre Pferde. Was, wenn sie vorhaben uns zu betrügen?«

»Wir werden sehen«, sagte er beruhigend und streichelte ihr Knie.

Sie lächelte, doch dann runzelte sie die Stirn. »Weißt du, wo Sarra ist?«

»Sarra?« Er sah sie nicht an.

»Sie ist bei ihm«, sagte sie. »Bei Sir Hector. Sie ist mit in seine Kammer gegangen.«

»Nun, sie ist alt genug, um zu wissen, was sie tut.«

»Nun ja, das sollte man meinen«, entgegnete seine Frau aufgebracht. »Aber du weißt, wie sie ist, ständig mit dem Kopf in den Wolken. Und was ist mit ihm? Du weißt, wie diese Männer sind. Er wird sie ausnutzen.«

»Margery, das muss sie selbst entscheiden«, wiederholte er. »Und wenn, was könnten wir dagegen tun?«

»Diese romantische Närrin glaubt womöglich, er würde sie heiraten.«

»In diesem Fall will sie ihn ebenfalls ausnutzen«, meinte Paul gelassen.

»Aber was, wenn er sie schwängert? Er wird sich wohl kaum um sie kümmern, und dann haben wir das Problem am Hals.«

Der Wirt drückte ihre Hand. »Lass uns erst einmal abwarten, was geschieht.«

»Ja, aber wenn etwas Schlimmes geschieht? Vielleicht landet sie auf der Straße, wie Judith und ihr armer kleiner Rollo. Du weißt, was man über den Jungen redet. Vielleicht …«

»Genug, Margery«, unterbrach er sie und erhob sich. »Es wird Zeit, schlafen zu gehen. Wir haben morgen noch eine Menge zu tun. Ich kann mir jetzt keine Gedanken über Kinder machen, die es noch nicht gibt. Komm ins Bett.«

Sie sah etwas verärgert zu ihm auf, weil er ihr das Wort abgeschnitten hatte, doch dann lächelte sie. »Sehr wohl, mein Gebieter. Aber es wäre mir wohler, wenn das dumme Ding sich von ihm fern gehalten hätte.«

»Ich fürchte auch, dass sie ihre Entscheidung noch bereuen wird«, meinte er und schaute hinüber zu der Kammer, in der Sarra und Sir Hector beisammen lagen, als könne er durch die Lehmwände sehen. Aus irgendeinem Grund beschlich ihn ein ungutes Gefühl. Er spürte, dass Unheil in der Luft lag.

4. KAPITEL

Zwei Tage später, an einem anderen Ort, trat Baldwin, der Ritter von Furnshill, in die Sonne hinaus. Der Morgen war hell und klar, kleine Wolken hingen wie Wattebäusche am strahlend blauen Himmel. Lerchen tirilierten, in den Büschen trällerten Meisen. Amseln flatterten auf und segelten zwitschernd davon. Einen Augenblick lang lenkten sie Sir Baldwin von seinen düsteren Gedanken ab.

Er war groß und hatte braunes Haar, durchzogen von silbergrauen Strähnen. Sein Kinnbart war längst aus der Mode, die meisten Männer, wie auch sein Freund Simon, der Vogt von Lydford, waren glatt rasiert, einige trugen einen Schnurrbart. Auch seine Kleidung war nicht so elegant, wie es der Mode entsprach; er trug ein altes Wams, das lose im Gürtel steckte. Andere Ritter hätten sich vielleicht auch über seine abgewetzten alten Stiefel lustig gemacht, denn die höfische Mode favorisierte die Schnabelform, bei der sich die verlängerte Schuhspitze nach hinten wölbte. Eine Narbe zog sich über seine Wange, die Erinnerung an eine kämpferische Vergangenheit.

Wie schon sein Äußeres zeigte, war Baldwin in einer stets säkularer werdenden Welt eine fast anachronistische Gestalt. Er war ein Kriegermönch gewesen, ein Tempelritter, bis man den Orden aufgelöst hatte. Mit dessen Vernichtung war auch sein Glaube an die Kirche erschüttert worden. Er war sechsundvierzig Jahre alt und wollte für den Rest seines Daseins ein ruhiges Leben fernab vom Pomp der Turniere und der höfischen Feste verbringen. Das vermeintlich aufregende Treiben an den Schaltstellen der Macht langweilte ihn, nicht weil ihn Macht nicht interessierte, sondern weil er die, die sie ausübten, für prinzipienlose Despoten hielt. Seine Erfahrungen hatten ihn gelehrt, den religiösen und politischen Führern zu misstrauen, und er hatte keine Lust, sich in der Gesellschaft von

Männern zu bewegen, die in seinen Augen korrupt und verlogen waren.

Dies war in den Zeiten des schwachen Königs Edward II. keine verbreitete Sicht der Dinge. Viele suchten die Nähe des Monarchen, weil sie glaubten, dass sie sich einen Teil der Macht sichern konnten, die dem König aus den Händen zu gleiten schien. Diese Intrigen und Machenschaften überließ Baldwin Furnshill gerne anderen. Er begnügte sich mit seinem Platz in Devon, wo er Befriedigung in seiner Arbeit fand. Mochten diejenigen die Geschicke des Volkes lenken, die sich dazu berufen fühlten.

Aber es gab Zeiten, in denen auch er sich einmischen musste. Während er an das bevorstehende Treffen dachte, legte sich ein Schatten über sein Gesicht, und auch die Schönheit der Natur konnte ihn nicht mehr aufheitern.

Eigentlich fühlte er sich stets wohl, wenn er vor seinem alten, lang gezogenen Gutshaus stand und gen Süden blickte. Das Gebäude befand sich auf einer Anhöhe, und außer einem kleinen Hügel verdeckte nichts die Aussicht. Wenn es ein Problem gab, saß er oft hier auf einem alten Holzstamm und sinnierte.

Aber heute würde er auch hier keinen Frieden finden. Er setzte sich, legte die Arme auf die Oberschenkel und starrte vor sich hin. Ihm fiel einfach keine Lösung ein.

Vor zwei Jahren hatte er zugesagt, den Posten des Friedensrichters anzunehmen. Zunächst hatte er gezögert, da er wusste, dass ihn seine neue Aufgabe in jeden Streit hineinziehen würde, den es unter der Bevölkerung gab; außerdem erlaubten ihm seine Machtbefugnisse auch, die gemeinsten Verbrechen zu verfolgen. In den letzten beiden Jahren hatte er geholfen, zwei Mordfälle aufzuklären und die Schuldigen ihrer gerechten Strafe zuzuführen. Das war die angenehme Seite; die unangenehme bestand darin, sich mit denen beschäftigen zu müssen, die ihn aufgrund seiner Stellung hofierten.

Und nun musste er Peter Clifford aufsuchen, bei dem ein Treffen mit Walter Stapledon anstand.

Er seufzte und richtete sich auf.Nicht, dass er Stapledon nicht leiden konnte – er kannte ihn gar nicht persönlich – aber der Bischof von Exeter galt eher als ehrgeiziger Politiker denn als demütiger Priester. In den letzten Monaten des Jahres 1316 hatte Walter Stapledon sich zusammen mit Gleichgesinnten bemüht, die festgefahrenen Beziehungen zwischen dem König und dessen Cousin Thomas von Lancaster neu zu beleben. Der erbitterte Streit zwischen Edward II. und seinem Kämmerer hatten Britannien an den Rand des Bürgerkriegs getrieben, und nur durch geschickte Verhandlungen hatten Stapledon und seine Freunde das Land vor Unruhen bewahrt.

Und nun hatte er Baldwin eingeladen … Es gab nur einen Grund, warum sich der Bischof mit dem Ritter treffen wollte. Er wollte sich seiner Unterstützung versichern. Baldwin fühlte sich vor allem seinen Dörflern verpflichtet. Andere Allianzen brauchte er nicht einzugehen. Er sah nicht ein, dass er Stapledon und dessen Leuten seine Loyalität andienen sollte. Dies war der Grund für sein Zögern, und doch konnte er der Einladung nicht aus dem Weg gehen.

Eine Tatsache erleichterte ihm den Besuch; sein alter Freund Simon Puttock würde ebenfalls anwesend sein. Peter Cliffords Bote hatte besonders betont, dass der Vogt von Lydford und seine Frau auch zu dem Treffen erscheinen würden. Dies zeigte Baldwin, wie sehr sich Clifford der Abneigung des Ritters gegen Politiker bewusst war, und er hätte beinahe aufgelacht, als der junge Reiter seine Botschaft mit konzentriertem Stirnrunzeln vorgelesen hatte: »Mein Herr lässt Euch wissen, dass Simon Puttock und seine Familie ebenfalls eingeladen sind. Er glaubt, dass Ihr sie sicher gerne wiedersehen werdet. Mein Herr erwartet sie zum Essen.«

Baldwin atmete tief durch. Ja, er würde sich mit diesem Bischof treffen, aber er würde sich vorsehen und darauf achten, nicht in irgendwelche politischen Ränke hineingezogen zu werden.

Es sollte sich erweisen, dass sein Besuch bei Stapledon das geringste Problems dieses Tages wäre.

Peter Cliffords Haus lag neben der neuen Kirche, deren Bau noch im Gange war. Überall lagen Steine herum, die verarbeitet werden mussten, und es sah aus, als habe der Bauplatz unter Beschuss gelegen. Als Baldwin zusammen mit seinem Diener gegen Mittag eintraf, schaute er sich interessiert um.

Die Mauern der Kirche erinnerten ihn an die Kais eines betriebsamen Hafens. An allen Seiten ragten Gerüste in die Höhe, fast wie die Masten einer Flotte vor Anker. Mit verkniffenem Gesicht betrachtete er die wackeligen Planken der abenteuerlichen Gerüstbauten, die mit Hanfstricken zusammengehalten wurden. Baldwin fürchtete wenig – aber seine ausgeprägte Höhenangst hatte er nie ablegen können. Er konnte einfach nicht begreifen, dass die Bauarbeiter wie Affen auf diesen lockeren Balken herumturnten und sich auf die Festigkeit der Stricke verließen, die andere für sie angebracht hatten. Dass dieses Misstrauen nicht unbegründet war, bewies die Tatsache, dass es immer wieder tödliche Unfälle gab.

»Nach deiner Miene zu urteilen, traust du den englischen Baumeistern noch immer nicht, Baldwin.«

Ein kräftiger, dunkelhaariger Mann mit sonnenverbranntem Gesicht war an seine Seite getreten und lächelte zu ihm hinauf.

»Simon!« Baldwin reichte seinem Diener Edgar die Zügel und stieg vom Pferd. Lachend schüttelte er dem Freund die Hand. Aber Simons Lächeln wirkte müde, als verberge der Vogt einen tiefen Schmerz.

»Baldwin, schön, dich wiederzusehen.«

»Ich freue mich auch.«

»O ja, und sei es nur, damit du jemanden zum Plaudern hast, wenn der Bischof sich gerade nicht über Staatsgeschäfte auslässt«, meinte Simon.

Baldwin grinste verlegen. »Nun, ganz so ist es nicht,

aber zweifellos wird deine Gesellschaft mich aufheitern, wenn die Gespräche allzu ernst werden.«

»Das hoffe ich«, sagte Simon lächelnd. »Und Margaret sicherlich auch.«

»Margaret ist hier?«

»Wo sollte sie sein, wenn nicht an meiner Seite? Ja, sie ist mitgekommen.«

Während Edgar die Pferde in den Stall brachte, gingen sie zu Cliffords Haus, aber noch bevor sie es erreicht hatten, blieb Baldwin stehen, nahm seinen Freund beim Arm und betrachtete ihn. Simons Gesicht war schmal geworden, tiefe Falten zogen sich über seine Stirn. Sein Haar schien schütterer, was ihn weniger jungenhaft wirken ließ, und seine sonst so lebhaften grauen Augen waren leer und glanzlos. »Simon, entschuldige, wenn ich mich in Dinge einmische, die mich nichts angehen, aber irgendetwas betrübt dich doch«, sagte Baldwin leise.

»Du bist mein bester Freund«, entgegnete Simon und Baldwin erschrak, als er sah, dass die Augen des anderen feucht wurden. »Du kannst dich überall einmischen, ich habe keine Geheimnisse vor dir.« Er wandte den Blick ab und sagte mit gebrochener Stimme. »Es ist wegen Peterkin, meinem Jungen.«

Der Ritter schaute ihn beunruhigt an. Peterkin war Simon und Margarets Sohn, ein kleiner Bursche, gerade anderthalb Jahre alt. »Was ist geschehen, Simon?«

»Er ist tot.«

»Simon… es tut mir so Leid.«

»Es geht schon. Aber es war nicht leicht. Du weißt, wie sehr wir uns einen Sohn gewünscht haben, und ihn so früh zu verlieren… das war grausam.«

»Wann – und wie ist es passiert?«

Hilflos hob Simon die Hand. »Drei Wochen ist es her. Er hatte schon eine ganze Weile gekränkelt, weinte und hustete viel, aber wir konnten nichts tun. Dann bekam er plötzlich hohes Fieber und Durchfall… und einen Tag später war er tot.«

»Mein Freund, ich...«, murmelte Baldwin, aber Simon schüttelte den Kopf.

»Schon gut, Baldwin.«

»Und Margaret?«

»Sie ist untröstlich. Wie könnte es anders sein.« Simons Stimme klang angestrengt.

»Gehen wir ins Haus«, sagte Baldwin. Es tat ihm weh zu sehen, wie sein Freund um Haltung rang. Der Ritter fühlte mit ihm.

Als sie das Haus betraten, saß Margaret am Kamin, ihre Tochter Edith neben sich. Hugh, Simons Knecht, stand bei Peter Clifford, der in seinem Sessel saß. Erleichtert stellte Baldwin fest, dass der Bischof noch nicht eingetroffen war – seine Anwesenheit hätte Margaret sicherlich befangen gemacht. Sie schien den Ritter kaum zu bemerken, der Peter mit einem Kopfnicken begrüßte. Der Priester war ein guter Freund Simons, aber auch ihm fielen die Worte schwer; Eltern zu trösten, die ein Kind verloren hatten, schien ihm fast unmöglich. Er war froh, dass ein anderer Freund der Familie gekommen war.

Noch bevor er das Wort an Peter richtete, ging Baldwin zu Margaret hinüber und kniete vor ihr nieder. Scheppernd schlug die Scheide seines Schwerts auf den Steinboden. »Margaret, gerade habe ich es von Peterkin erfahren. Es tut mir unendlich Leid. Ich weiß, dass ich nichts tun oder sagen kann, was dir deinen Verlust leichter machen würde, aber du sollst wissen, dass dir mein ganzes Mitgefühl gilt.«

»Ich danke dir, Baldwin«, erwiderte sie mit einem mühsamen Lächeln. »Wir vermissen ihn sehr und können nur hoffen, dass Gott uns noch einmal einen Sohn schenkt.«

Peter Clifford beugte sich vor und strich ihr über das Haar. »Das wird er, meine Liebe, das wird er. Wenn du treuen Glaubens bist, wird er euch weitere Kinder senden, die euer Leben erleuchten werden.«

Margaret schwieg und sah Baldwin an. Sie kam ihm vor wie eine Gestalt aus einer Tragödie. Hatte sie ihn früher mit ihrer schlanken Figur, dem hellen Teint und den langen blonden Haaren an eine Frau des Heiligen Römischen Reiches erinnert, so saß sie nun zusammengefallen und wie verkümmert vor ihm. Ihre sonst so samtene Haut sah trocken und stumpf aus, und ihr Haar, das sie stets sorgfältig gekämmt und unter einem Netz getragen hatte, hing in Strähnen herab und ließ sie viel älter aussehen, als sie war.

»Er war unser erster Sohn«, murmelte sie. »Nach sieben Jahren hatten wir endlich einen Bruder für unsere Tochter bekommen. Und nun ist er uns genommen worden.«

Baldwin wollte sie trösten, aber er fand keine Worte. Er stand auf und sah auf sie herab. Sie starrte auf den Boden, als habe sie seine Anwesenheit bereits vergessen. Simon blickte verzweifelt zu ihr hinüber. Der Kummer seiner Frau brach ihm das Herz, aber sein eigener Schmerz machte es ihm unmöglich, Trost zu spenden.

Der Ritter trat einen Schritt zurück. Er bedauerte jetzt nicht mehr, gekommen zu sein, und sei es nur, um Margaret und Simon vor irgendwelchen unbedachten Bemerkungen des Bischofs zu bewahren. Bekümmert sah er wie Margaret die Hand ihrer Tochter ergriff, als wolle sie sich ihrer kostbaren Existenz versichern und verhindern, dass auch sie verloren ging.

Als Walter Stapledon eine Stunde spater eintraf, herrschte noch immer eine gedrückte Stimmung. Peter hatte das Zimmer verlassen. Baldwin hörte das Schnaufen der Pferde im Hof, und ein junger Geistlicher sprang nervös auf, weil der Herr des Hauses nicht zugegen war, um den hohen Gast zu begrüßen. »Hol deinen Herrn«, sagte Baldwin zu ihm. »Ich werde mich um den Bischof kümmern.« Der junge Mann hastete aus dem Zimmer. Mit einem Seufzer ließ Baldwin die Puttocks und ihren Knecht allein. Sein Diener Edgar folgte ihm.

Vor dem Haus stiegen der Bischof und seine fünfköpfige Gefolgschaft gerade von ihren Pferden. Sie streckten sich und rieben sich die vom Reiten steifen Rücken. Ein Mann, dem Aussehen nach ein Kleriker, kletterte von einem Karren, und Baldwin ging auf ihn zu. »Seid Ihr der Bischof?«

»Er nicht. Ich bin Bischof Stapledon.«

Der Ritter wandte sich um. Vor ihm stand Stapledon, Mitte sechzig, in einem einfachen Gewand von guter Qualität und gutem Schnitt. An seinem Gürtel hing ein kurzes Schwert, dessen Griff Spuren häufigen Gebrauchs zeigte. Sein Haar war akkurat geschnitten, seine Gesichtszüge die eines Soldaten. Baldwin fühlte sich an die Führer der Tempelritter erinnert. Der Bischof hatte die gleiche noble Haltung, die seine Herkunft aus einer alten Familie und Machtbewusstsein verrieten. Seine Stiefel waren leicht und elegant und die Spitzen wölbten sich nach oben, wie es Mode war. Baldwin seufzte innerlich auf.

»Gott zum Gruße, Eure Eminenz.« Da er den Mann zum ersten Mal sah, zog Baldwin es vor, ihn auf traditionelle Weise zu begrüßen und verbeugte sich.

»Gott zum Gruße.« Der Bischof hatte lebendige grünbraune Augen, die dauernd ein leichtes Lächeln zu umspielen schien, als sei er mit sich und der Welt vollkommen im Reinen. Baldwin gefiel dieser Blick. Während er sich vorstellte und erklärte, dass sich Peter Clifford in der Küche befinde, um die Zubereitung der Speisen zu beaufsichtigen, nickte der Bischof abwesend und erteilte seinen Männern einige Befehle. Zwei Diener führten die Pferde in die Ställe, die anderen luden Kisten und Säcke von den Karren und trugen sie ins Haus.

Bevor der Bischof ihnen folgte, bat Baldwin um ein vertrauliches Wort.

»Natürlich, Sir Baldwin. Worum geht es?« Stapledon sah ihn aufmerksam an.

»Mein Freund Simon Puttock, der Vogt von Lydford Castle, hat vor kurzem seinen Sohn verloren, Herr. Ich fürchte, Ihr werdet auf keine fröhliche Gesellschaft stoßen.«

»Wie alt war der Knabe?«

»Gerade einmal anderthalb Jahre.«

»Das ist furchtbar. Nun, Roger, wir werden versuchen, sie von ihrer Trauer abzulenken, nicht wahr?«

Diese Worte waren an einen jungen Mann gerichtet, der ein einfaches geistliches Gewand trug. Er wurde Baldwin als Roger de Grosse vorgestellt, der Sohn Sir Arnolds aus Exeter. Der Ritter hatte bereits von Sir Arnold de Grosse gehört. Er war Kirchenpatron einer Reihe von Gemeinden in Devon und Cornwall. Nun hatte er offenbar beschlossen, dass sein Sohn Pfarrer werden sollte.

»Ihr habt den Beruf des Geistlichen gewählt?«, fragte Baldwin.

»Ja, Sir, Callington wird meine Gemeinde. Wir kommen soeben von dort. Ich hoffe, dass ich bald in meiner neuen Position bestätigt werde«, antwortete er und warf dem Bischof einen etwas nervösen Blick zu.

Baldwin bat die Männer ins Haus. Während er dem Bischof folgte, fragte er sich, ob es richtig gewesen war, ihm von Simon und seiner Frau zu erzählen, aber kaum hatten sie den Raum betreten, wurden seine Zweifel zerstreut.

Peter war inzwischen eingetroffen und begrüßte den Geistlichen etwas verlegen, doch der wandte sich sofort Margaret zu. »Mylady, ich hörte von Eurem Verlust, und glaubt mir, ich bin tief betrübt. Ich werde Euren Sohn und Euch in meine Gebete einschließen. Ihr seid eine kluge Frau und wisst, dass nichts, was ich tun und sagen kann, Eure Trauer mindern wird, aber bedenkt eines: auch wenn Gott aus Gründen, die wir nicht kennen, beschlossen hat, Euch Euren Sohn zu nehmen, so hat er ihn Euch doch zuerst gesandt. Dafür muss es einen Grund geben. Ich glaube, dass er Euch einen anderen Sohn schenken wird, den ihr behalten werdet.« Margarets Augen füllten sich mit Tränen und Baldwin befürchtete, die Worte des Bischofs hätten ihren Kummer noch vergrößert, doch dann sah er, dass sie sich um ein Lächeln bemühte und atmete erleichtert auf.

Um die Mittagszeit saß Paul in der Vorratskammer seines Wirtshauses und stellte eine sorgfältige Rechnung auf. Obwohl er weder lesen noch schreiben konnte, bereitete es ihm keinerlei Schwierigkeiten, auch größere Summen zusammenzuzählen. Da sämtliche Zimmer mittlerweile von den Männern Sir Hectors belegt waren, durfte er auf einen ordentlichen Umsatz hoffen.

Allerdings fühlte er sich völlig ausgelaugt. Die Mädchen hatten bis zur Erschöpfung gearbeitet, alle bis auf Sarra. Das dumme Ding hatte behauptet, es sei zu müde aufzustehen, als er an ihre Tür geklopft hatte und hatte ihm ärgerlich beschieden, dass er sie in Ruhe lassen solle, sonst würde sie mit Sir Hector darüber sprechen. Diese Drohung reichte aus. Paul blieb nur noch der Hinweis, dass der Ritter und seine Soldaten bald weiterziehen würden. Wenn sie dann noch in der Schänke arbeiten wolle, wäre es ratsam, aufzustehen und sich bereit zu machen. Es hatte nichts genutzt. Eigentlich hatte er auch nicht darauf gehofft, denn er wusste, wie starrköpfig sie sein konnte.

Jetzt wurde es Zeit für ihn, in die Küche zu gehen und sich um das Abendessen zu kümmern. Die Männer hatten das Stew verschlungen, als hätten sie seit Wochen gehungert, und er konnte kaum genug Nachschub liefern. Darüber hinaus musste sich der Wirt an ihren Tagesablauf gewöhnen. Wie fast alle Bewohner der Stadt befolgte er die von der Religion geprägte Abfolge der Mahlzeiten. Im Morgengrauen aß er eine Kleinigkeit, nahm gegen neun die Hauptmahlzeit zu sich und aß am Nachmittag zu Abend. Die Lehnsherren auf dem Land aßen später, auch deshalb weil sie keine täglichen Arbeit zu verrichten hatten und ihre Diener das Essen zubereiteten. Der Ritter und seine Männer standen erst gegen neun auf, einige der Soldaten schliefen gar bis zehn. Dafür nahmen sie die letzte Mahlzeit erst später ein, viel später. Nach den Erfahrungen des gestrigen Tages konnte das nach Mitternacht sein.

Als er Schritte hörte, schaute er in den Gang hinaus. »Guten Tag, Sarra«, sagte er streng.

Das Mädchen hatte ihn nicht gesehen. Dennoch überraschte es ihn, wie heftig sie bei seinen Worten zusammenzuckte.

»Musstet Ihr mich so erschrecken?«, fuhr sie ihn an. Sie zitterte vor Zorn, ihr Gesicht war aschfahl, die Augen weit aufgerissen.

»Es tut mir Leid, Sarra. Das wollte ich nicht.«

Wortlos eilte sie zur Tür hinaus auf den Hof, der in gleißendem Sonnenlicht lag. Sie überquerte ihn, ohne auf die Zurufe zweier Söldner zu achten, und beeilte sich, in ihr Zimmer zu kommen. Erst als sie Tür hinter sich verriegelt hatte, atmete sie erleichtert auf.

Der Narr hatte sie zu Tode erschreckt, so wie er plötzlich aus dem Dunkel aufgetaucht war. Bei einer anderen hätte er das sich niemals erlaubt. Aber sie war für ihn ja nur eine dumme Gans, gerade gut genug, die Gäste zu bedienen und zu unterhalten. Nichts traute er ihr zu.

Langsam beruhigte sich ihr Puls, und sie schaffte es gerade noch von der Tür bis zu ihrem Strohlager, wo sie sich schluchzend zusammenrollte.

Der vergangene Abend hatte so vieles versprochen. In ihrer Fantasie wurde jedes Gespräch mit einem Mann zu einem höfischen Liebesabenteuer. Es gab so viele Lieder, in denen Ritter ihre Turniersiege der Angebeteten widmeten und sich Ruhm erwarben, um sie zu beeindrucken. Immer wieder hatte sie sich Situationen ausgemalt, in denen Sir Hector sie, seine Lady, aus irgendwelchen Gefahren rettete, während sie in Wirklichkeit neben ihm stand und ihm Bier nachschenken musste. Statt sie zu behandeln wie eine Lady, hatte er sie wie eine Sklavin genommen.

Sie hatte sich darauf gefreut, mit Sir Hector allein zu sein. In der Schankstube hatte er sich als ruhiger, zurückhaltender Mann präsentiert, sodass sie sich schon gefragt hatte, ob er sich überhaupt für sie interessierte. Doch all das hatte sich geändert, kaum waren sie in seiner Kammer gewesen. Sie hatte Komplimente erwartet, wohlgesetzte Formulierungen, wie sie ein gebildeter Ritter seiner Liebsten gegenüber verwandte. Aber er hatte sie behandelt wie einen Feind, den es zu besiegen galt. Er besaß keinerlei Zartgefühl. Sie war dazu da, ihn zu befriedigen, mehr nicht. Als sie ihn abwehren wollte, schlug er sie, nicht hart, aber es tat weh. Sie spürte noch immer die Stelle an ihren Rippen, an der seine Faust gelandet war.

Am Morgen hatte er sie aufgeweckt und praktisch hinausgeworfen. In den Armen ihrer früheren Liebhaber war das gemeinsame Aufwachen stets etwas Schönes gewesen. Sir Hector war bereits aufgestanden und hatte sich angezogen, während sie noch schlief. Dann hatte er sie mit dem Fuß angestoßen und sich über ihr zerzaustes Haar lustig gemacht. Zuerst war sie über sein Verhalten so wütend gewesen, dass sie sich vornahm, ihm keine Avancen mehr zu machen, doch dann überlegte sie es sich anders. Wenn sie nicht sofort aufgab, würde er ihr vielleicht doch noch verfallen. Hieß es nicht, Frauen seien das klügere Geschlecht? Beherrschten sie nicht letzten Endes die Männer, auch wenn diese über mehr Jähzorn und Muskeln verfügten? Wenn eine Frau wusste, was sie wollte, konnte sie ihre Ziele erreichen.

Sir Hector zu erobern, würde nicht leicht werden, so viel stand fest. Am Nachmittag hatte sie sich für ihn hübsch gemacht, hatte sich adrett gekleidet und war mit einem verführerischen Lächeln zu ihm gegangen. Aber der Ritter hatte sie behandelt als sei sie Luft, und sie schließlich sogar mit angewidertem Blick fortgeschickt. Dieses Gebaren hatte sie völlig verwirrt. Warum tat er ihr das an? Er hatte kein Wort mit ihr gesprochen und war am Abend gar nicht in die Schänke gekommen. War sie von Henry, dem Mann, der sie zuvor bedrängt hatte, bei ihm schlecht gemacht worden? Aber der Ritter war den ganzen Tag fort gewesen, während Henry und sein Freund sich ständig im Schankraum oder in den Ställen aufgehalten hatten. Sein Sinneswandel musste andere Gründe haben.

Sie zog die Augenbrauen zusammen. Hatte sie eine Rivalin bekommen? Etwa Cristine? Der Gedanke traf sie wie ein Stich ins Herz. Dass er ihr eine Frau vorziehen könnte, die zehn Jahre älter war als sie, verursachte ihr fast Übelkeit.

Sie musste ihn zurückgewinnen! Heute Abend wollte sie ihr schönstes Kleid anziehen und sich so verführerisch präsentieren, dass er keine andere mehr ansehen würde.

Sarra war es gewohnt, dass die Männer ihr hinterher schauten, selbst wenn sie in Begleitung ihrer Ehefrauen an ihr vorbeigingen. Das gefiel ihr, und den Gedanken, dass eine andere ihre Stelle einnehmen könnte, ertrug sie kaum.

Da kam ihr eine Idee. Vielleicht würden ihre Träume doch noch wahr werden, vielleicht konnte sie Sir Hector wirklich aus großer Gefahr retten. Das würde seine Leidenschaft neu erwecken. Wenn er wusste, dass er in ihrer Schuld stand, würde er sie mit anderen Augen sehen.

Sie legte das Kinn auf die Knie und umschlang ihre Beine mit den Armen. Dass Henry und sein Freund verschlagen und böse waren, wusste sie, sie hatte eines ihrer geflüsterten Gespräche belauscht. Ihre Miene hellte sich auf, und ein Plan nahm Gestalt an.

5. KAPITEL

Es fiel Margaret schwer, das Abendessen zu genießen, aber sie gab sich die größte Mühe, schon wegen der anderen. Peter Clifford hatte groß auftischen lassen, und sie wollte ihren Gastgeber nicht beleidigen. Sie war inzwischen in ihr schönstes Kleid geschlüpft, das grüne, hatte ihr Haar geflochten und unter das Netz gebunden. Simon versuchte ebenso Haltung zu bewahren, aber er wich ihren Blicken aus.

Seit dem Tod ihres Sohnes schien er verstummt zu sein. Sie suchte das Gespräch mit ihm, um dem Verlust auf irgendeine Weise einen Sinn zu geben, aber er hatte seinen Kummer tief im Inneren vergraben. Sie hatte das Gefühl, als habe sie nicht nur ihren Sohn, sondern auch ihren Mann verloren. Sein Gesicht war eingefallen und verhärmt, die Haut sah aus wie Pergament, das man zu fest auf einen Rahmen gespannt hatte. Früher hatte sie in seinen Augen stets ein verliebtes Funkeln gesehen, aber dieses Licht war erloschen wie eine Kerze im Wind. Manchmal fürchtete sie, es würde nie mehr zurückkehren. Der Verlust seines Erben hatte ihn schwer getroffen.

Der große Tisch, an dem sie saßen, stand leicht erhöht auf der Estrade, rechts unter ihr hatten sich Peters und Stapledons Männer um eine Tafel versammelt. Hugh und Edgar saßen an einem weiteren Tisch, zusammen mit Edith. Ihre Tochter hatte gedrängt, nicht auf dem Podium Platz nehmen zu müssen, und Margaret hatte ihr den Wunsch sogleich erfüllt. Der große Tisch kam ihr vor wie eine Bühne, und das wollte sie ihrer Tochter nicht zumuten. Es fiel ihr selbst schon schwer genug, den Blicken des Gefolges ausgesetzt zu sein.

Nur mühsam gelang es ihr, dem Gespräch am Tisch zu folgen. Die Diener und die anderen Gästen unterhielten sich gedämpft, aber da sich an die vierzig Personen versammelt hatten, übertönten ihre Stimmen und das Klappern des Geschirrs die Konversation. Die Geräusche hallten in dem hohen Raum wider. Zwar dämpften die vom Rauch und vom Alter gedunkelten Wandteppiche den Lärm etwas, dennoch spürte Margaret ein Pochen in den Schläfen. Sie wusste, dass sie schlecht schlafen würde, da das Mahl so spät stattfand.

Zu Ehren der Gäste am Haupttisch hatte Peter dort Schüsseln für jeweils zwei Personen aufstellen lassen. Die Dienerschaft bediente sich zu viert aus einer Schüssel, aber alle achteten darauf, nicht mehr zu nehmen, als ihnen zustand. Erschrocken sah Margaret, wie Hugh die besten Stücke herausfischte. Es würde Simon sehr peinlich sein, wenn das auffiele, aber als sie feststellte, dass er nur Ediths Teller damit füllte, lächelte sie erleichtert.

Ein Diener brachte frisches Brot und legte die Scheiben auf die Speisebretter, die bereits von Sauce und Bratensaft troffen. Gleichzeitig füllte ein anderer ihren Becher mit Wein. Sie nahm den Geschmack kaum wahr, aber ihr fiel auf, dass Peter die Diener offensichtlich zu größtem Eifer gemahnt hatte, solange der Bischof sein Gast war. Es wäre peinlich für den Gastgeber gewesen, sollte einer der Becher nicht sofort aufgefüllt werden. Das angestrengte Lächeln des Dieners verriet, dass diese Aufgabe ihm einiges abverlangte. Er war derlei Betriebsamkeit nicht gewohnt, und fast hätte er Margaret Leid getan, aber ihr eigener Kummer beschäftigte sie zu sehr.

»Margaret, wie hat Edith es verkraftet?«

Baldwins leise Stimme riss sie aus ihren Gedanken. »Es geht ihr gut – sie ist noch zu klein, um es wirklich zu begreifen. Zwar vermisst sie Peterkin, aber so, wie sie ein Schoßhündchen vermissen würde. Im Grunde hat sie ihn nie wirklich kennen gelernt.«

»Du wirst sicher darüber hinwegkommen, Margaret.«

»Ja – aber was ist mit ihm?« Sie sah zu ihrem Ehemann hinüber.«

»Auch er wird es schaffen. Bald wird er wieder der Simon sein, den du kennst.«

»Hoffentlich.«

Besorgt schaute der Ritter sie an. Drei Jahre lang kannte er Simon und Margaret nun, und in all dieser Zeit schienen sie ihm wie füreinander geschaffen. Simon hatte seit der Geburt seines Sohnes Lydford nur verlassen, wenn es unbedingt nötig war, um so viele Stunden wie möglich mit seiner Familie zu verbringen.

»Und, Sir Baldwin, was meint Ihr dazu?«

Die Worte des Bischofs ließen ihn aufschauen. »Ich bitte um Entschuldigung, Mylord, ich sprach gerade mit Margaret. Was sagtet Ihr?«

Der Blick Stapledons streifte Margaret und Baldwin, und der Ritter glaubte zu bemerken, dass es dem Bischof unangenehm war, sie unterbrochen zu haben. Er räusperte sich. »Ich sprach von unserem Land. Glaubt Ihr, das Volk kommt zur Ruhe, nun, da die kirchlichen Bräuche fest geregelt sind?«

Baldwin zupfte an dem Brot auf seinem Teller. Eben diese Art von Gespräch hatte er vermeiden wollen. »Wenn die Führer Englands sich über wichtige Themen austauschen und Blutvergießen vermeiden, wird auch das Volk ruhig bleiben.«

»Ah, Ihr wählt Eure Worte sorgfältig, Sir Baldwin. Aber genug der Zurückhaltung, wir sind hier unter Freunden. Was denkt Ihr wirklich?«

»Mylord, ich bin nur ein einfacher Ritter, der auf dem Land lebt, ich interessiere mich nicht für die Staatsgeschäfte.«

»Ich verstehe.« Stapledon nickte. »Und ich habe Verständnis für Eure Haltung. Es wäre besser für alle, wenn die Geschicke des Staates es dem König erlaubten, das Volk in Frieden leben zu lassen. Dennoch befürchte ich das Gegenteil.«

»Was wollt Ihr damit sagen?«, fragte Peter Clifford und ließ sich seinen Becher mit Wein auffüllen.

»Thomas von Lancaster will an die Macht. Vor einem Jahr tauschte er mit dem König den Friedenskuss aus, nachdem sie bei Leake ihren Vertrag besiegelt hatten. Letzten Endes hat er jedoch nur einen Gnadenerlass für sich und seine Freunde erreicht. Als er im Oktober nach York ins Parlament kam, forderte er das Recht, die Männer für die wichtigsten Staatsämter zu bestimmen. Das galt besonders für den Posten des Königlichen Kämmerers. Damals wurde er abgewiesen, aber als er vor kurzem nach York zurückkehrte, wiederholte er seine Forderungen – mehr noch, er selbst verlangte diesen Posten.«

»Ist das nicht vernünftig? Er ist der Kämmerer Englands, und es scheint doch sinnvoll, beide Ämter zu verschmelzen«, warf Simon ein.

Stapledon lächelte milde. »Es mag so scheinen, aber so ist es nicht. Wenn er beide Ämter innehätte, würde das bedeuten, dass er den König beherrscht. Ihn und all seine Berater. Das wäre eine zu große Machtfülle in den Händen eines Mannes.«

»Wie dem auch sei«, meinte Baldwin. »Das scheint jetzt keine Rolle mehr zu spielen. Robert Bruce hat Berwick erobert, und die Armee des Königs greift an. Kleinlicher politischer Streit hilft jetzt niemandem. Wir müssen einen Krieg führen. Die Schotten werden sich blutige Nasen holen.«

»Ich kann Euch nicht zustimmen.« Stapledon kaute auf einem Stück Fleisch und nahm den leichten Rüffel mit einem gelassenen Lächeln hin. »Was auch immer im Norden geschieht, es wird bald zu Ende gehen. Und was dann? Wir wissen alle, wie schwach der König ist. Der Vertrag von Leake zwischen ihm und Lancaster war in Wahrheit ein Abkommen zwischen Lancaster und den anderen Baronen. Der König hatte dabei recht wenig zu sagen. Nein, das Problem müssen andere lösen, nämlich Pembroke und Lancaster.«

»Dann gibt es wieder einen Bürgerkrieg«, sagte Baldwin. Ihm war gar nicht aufgefallen, wie laut er gesprochen hatte, aber die Stille, die seinen Worten folgte, ließ ihn aufschauen. Der Bischof sah ihn aufmerksam an. Baldwin wich seinem Blick nicht aus. Er wusste, dass seine Worte womöglich Anstoß erregt hatten, aber so sah er die Dinge.

»Ihr scheut das offene Wort nicht, Sir Baldwin«, sagte Stapledon und nahm einen Apfel aus der Schale, die vor ihm stand. »Aber ich fürchte, Ihr könntet Recht haben.«

»Und was werdet Ihr unternehmen, wenn es zum Krieg kommt?«, fragte Baldwin.

»Ich werde Gott um Rat bitten. Und dann werde ich für den kämpfen, der das Beste für England will.«

Der Ritter wollte gerade etwas entgegnen, als er hörte, wie neben ihm Besteck klapperte. »Meine Freunde, verzeiht mir …« Margaret war aufgestanden, die flackernden Kerzen erhellten ihr leichenblasses Gesicht. »Mir ist nicht gut, ich glaube, ich …«

Sie schwankte, und sofort nahm Baldwin ihren Arm und stützte sie. Simon kam zu ihnen. »Ich bringe sie auf unser Zimmer«, sagte er leise. »Sie ist sicherlich nur müde. Mach dir keine Sorgen, ich kümmere mich um sie.«

Baldwin sah dem Vogt hinterher, der seine Frau aus dem Saal führte. Peter Clifford leuchtete ihnen mit einer Kerze den Weg.

»Sie leidet sehr, nicht wahr?«, fragte Stapledon.

Baldwin hatte sich wieder gesetzt und ohne es recht zu wollen, antwortete er: »Es war wohl unser Gespräch über den Krieg, das sie so sehr erschüttert hat.«

Der Bischof hatte ihn verstanden. »Vielleicht habt Ihr Recht, mich zu schelten.« Er beugte sich vor, und mit einem Mal klang seine Stimme schärfer. »Aber schaut mich an, Sir Baldwin. Sehe ich aus wie ein herzloser Narr?«

Der Ritter sah ihn an, und als der Bischof weitersprach, war der Ton seiner Worte sanfter, aber nicht weniger ernst. »Ich weiß, wie sehr sie trauert, und wenn ich ihren Kummer irgendwie lindern könnte, würde ich es tun. Aber hier und heute geht es um andere Dinge. Es geht darum, ob der Streit, der unser Land zerreißt, dazu führen könnte, es auch in den Krieg zu stürzen. Glaubt mir, Sir Baldwin, wenn die Armee aus Schottland zurückkehrt, wird es Krieg geben, und dann werden sehr viele Frauen den Verlust ihrer Söhne beklagen. Und den ihrer Väter, Ehemänner und Brüder dazu. Vielleicht dauert es ein Jahr, vielleicht auch zwei, aber wenn Lancasters Flügel gestutzt werden sollen, muss es Krieg geben.«

»Und wen seht Ihr an seiner Stelle?«, fragte Baldwin skeptisch.

»Pembroke«, antwortete der Bischof.

»Vielleicht.«

»Mir geht es vor allem darum, mich der Loyalität der Ritter auf dem Land zu versichern. Vielleicht könnt Ihr mir folgende Frage beantworten: Auf welcher Seite stünde ein ehrenwerter Ritter wie Ihr, wenn es zum Kampf kommt?«

Mit Erleichterung sah Baldwin, dass Peter zurückkehrte. Aber der Bischof hatte ihn in die Ecke gedrängt, und er musste ihm antworten: »Auf der des Mannes, dem er den Eid geleistet hat – er darf auf keiner anderen stehen.« Er füllte Cliffords Becher mit Wein auf und reichte ihn ihrem Gastgeber. »Wie geht es ihr?«

»Sie ruht sich aus.« Seufzend sank der Priester auf seinen Stuhl. »Sie will allein sein.«

Stapledon hätte das Gespräch sicherlich fortgesetzt, aber in diesem Augenblick drang Lärm von der Straße ins Haus – Rufe, das Klappern von Hufen, dann ein Aufschrei und lautes Gebrüll.

Baldwin sah fragend zu Peter hinüber, der mit den Schultern zuckte. Der Ritter entschuldigte sich, stand auf und ging zur Tür. Die Unterbrechung kam ihm gerade recht. Edgar folgte ihm. Er diente seinem Herrn schon seit vielen Jahren mit bedingungsloser Treue, hatte ihm schon zur Seite gestanden, als er noch Tempelritter gewesen war und würde ihn vor jedem Angriff schützen.

Zwei von Peters Männern waren bereits zur Tür geeilt, einer hatte einen Knüppel ergriffen, um Eindringlinge zu vertreiben. Baldwin und Edgar schoben sich an ihnen vorbei. Draußen herrschte ein heilloses Durcheinander; auf der dunklen Straße liefen Männer mit brennenden Fackeln umher. Es waren Sir Hectors Soldaten, die durcheinander brüllten und die Leute zur Seite trieben. Eine schmächtige Frau in einem staubigen grauen Kleid saß am Straßenrand und tröstete ihr weinendes Kind, einen fünf oder sechs Jahre alten Jungen, den einer der Männer zu Boden gestoßen hatte. Die eisenbeschlagenen Hufe der Pferde hallten auf dem Pflaster, die Reiter hatten Mühe, ihre nervösen Tiere im Zaum zu halten. Neugierig traten die Bewohner vor ihre Türen, einige schon im Nachtgewand. Der beißende Geruch der Pechfackeln hing in der Luft.

Der Ritter sah dem Treiben einige Sekunden zu, bevor er auf einen rundlichen Mann zuging, der scheinbar gelassen an einer Mauer lehnte. Baldwin hatte ihn im Fackelschein erkannt, es war der Metzger. »Adam, was geht hier vor?«

»Es hat einen Diebstahl gegeben, glaube ich. Jemand ist im Wirtshaus bestohlen worden.«

Baldwin stöhnte innerlich auf, während Adam lakonisch mit den Schultern zuckte und einen großen Schluck aus dem Krug trank, den er in der Hand hielt. Dieser Abend nahm einen noch schlimmeren Verlauf, als Baldwin befürchtet hatte. Er hielt einen der Bewaffneten an. »Du! Wen hat man beraubt?« Der Soldat sah ihn nur verächtlich an und wollte den Ritter offensichtlich beiseite schieben. Doch dann sah er dessen Schwert. »Nun?«, fragte Baldwin.

»Unseren Anführer, Sir Hector de Gorsone. Jemand hat sein Silber gestohlen. Die Truhe, in der es war, mussten drei Männer tragen, so schwer war sie, und nun ist alles fort.«

»Meiner Treu!« Das hatte Baldwin nach all dem Unbill des Tages noch gefehlt. Offenbar hatten die Soldaten bereits ihren eigenen Suchtrupp gebildet. »Ich bin der Friedensrichter«, sagte er, »und will nicht, dass ein Unschuldiger zu Schaden kommt. Wo ist dein Herr?«

»Dort drüben.«

Baldwin sah in die Richtung, in die der Mann deutete. Der Anführer der Söldner stand mit verschränkten Armen unter dem neuen Schankzeichen und verfolgte das Geschehen mit finsterer Miene. Als Baldwin sich ihm in Begleitung Edgars näherte, hörte er, wie der Mann sagte: »Und wenn er nach Schottland geflohen ist! Ich will, dass ihr ihn schnappt! Findet ihn und bringt ihn mir!«

»Halt!«, rief Baldwin und hob die Hand.

»Wer seid Ihr?«

»Ich bin der Friedensrichter. Ich dulde kein Blutvergießen. Wen sucht Ihr – einen Eurer eigenen Männer?«

»Ja. Er hat sich erst gestern Abend meiner Truppe angeschlossen und hat mich heute Nacht beraubt!«

»Wie lautet sein Name?«, fragte Baldwin.

»Philip Cole.«

»Wie sieht der Mann aus?«

Sir Hector beschrieb ihn vage. Er war nicht mehr nüchtern gewesen, als ihn der Bursche angesprochen hatte und konnte sich nicht mehr allzu gut an dessen Gesicht erinnern. Innerlich kochte er vor Zorn darüber, dass ihn ein Bauerntölpel so rasch und so leicht hatte betrügen können. Er schlug sich mit der Faust in die offene Hand. »Er muss aus dieser Gegend kommen. Erst gestern bat er mich um Aufnahme in meine Truppe, dieser Hund!«

Einer der Soldaten, der in der Nähe gestanden hatte, warf ein: »Thorverton – er sagte, er käme aus Thorverton.«

»Da habt Ihr es, Friedensrichter«, höhnte Sir Hector. »Ein Einheimischer! Einer Eurer Männer. Es freut mich, dass Ihr Eure braven Bauern so gut unter Kontrolle habt.«

»Ich werde einen Suchtrupp organisieren, der den Mann findet!« Baldwin ignorierte die Beleidigung und bemühte sich, ruhig zu bleiben. Ihm lag nichts daran, Sir Hector vor den Kopf zu stoßen. Der Söldnerführer hätte die kleine Stadt in Aufruhr versetzen können. Und wenn er beraubt worden war, hatte er das Recht, die Verfolgung des Schurken zu fordern.

»Meine Männer können Euch die Mühe ersparen.«

»O ja.« Baldwin betrachtete die schwer bewaffneten Soldaten, die um ihn herum standen. »Werden sie ihn lebendig zurückbringen, damit ich ihn verhören kann?«

»Ihn und mein Silber.«

»Davon bin ich nicht überzeugt.«

»Es dauert zu lange, bis Ihr einen Suchtrupp zusammengestellt habt. Bis dahin ist Cole über alle Berge. Es ist besser, wenn meine Männer sofort losreiten.«

Er wollte weitere Befehle erteilen, aber Baldwin unterbrach ihn mit ruhiger, fester Stimme. »Ich zweifle nicht daran, dass Eure Männer ihn zurückbringen. Ich will ihn aber lebendig. Seid Ihr Zeuge gewesen, wie er Euch bestohlen hat? Nicht? In diesem Fall werde ich nicht zulassen, dass er aufgehängt wird, bevor er die Gelegenheit hatte, sich zu verteidigen. Du!« Er deutete auf den Metzger, der noch immer an der Mauer lehnte. Adam fuhr zusammen. »Geh zu Peter Clifford und sag ihm, er soll Männer für die Suche zusammentrommeln. So viele er entbehren kann. Und frag auch Bischof Stapledon, ob er uns Leute zur Verfügung stellt.«

»Aber während Ihr von mir verlangt, dass ich warten soll, macht sich Cole aus dem Staub«, schnaubte Sir Hector, nachdem sich Adam auf den Weg gemacht hatte.

»Hat ihn irgendjemand verschwinden sehen?«

»Nein, ich glaube nicht.«

»Hat er ein Pferd gestohlen?«

Sir Hector schwieg. Daran hatte er noch nicht gedacht. Er sah einen seiner Stallknechte fragend an.

»Nein, Sir. Es fehlt keines der Tiere.«

Baldwin überlegte. Ein einziger Mann, zu Fuß unterwegs, konnte kaum so viel Silber bei sich tragen. »Wenn er kein Pferd hat, macht die Verzögerung kaum etwas aus. Wir brauchen auch mehr Leute. Von Crediton aus führen zwei große Straßen nach Norden und Süden. In der halben Stunde, die es braucht, Suchtrupps zu organisieren, wird er nicht weit kommen.« Er lächelte ermutigend. »Seid unbesorgt, Sir Hector. Wir finden ihn – und Euer Silber.«

»Das hoffe ich für Euch. Ich mache Euch für diese Verzögerung verantwortlich, Richter. Wenn er entkommt, müsst Ihr mir den Schaden ersetzen.«

Die Männer, die um Baldwin herumstanden, schienen es ihm ebenfalls übel zu nehmen, dass er sie bei der Verfolgung des Täters aufhielt, und es schien, als könne es sehr ungemütlich werden. Erleichtert hörte er das Klappern von Pferdehufen. Der Suchtrupp traf ein.

Zu Baldwins Überraschung führte Simon die Männer an. Er ritt an der Spitze und hatte Baldwins Pferd bei sich. Als er ihm die Zügel reichte, huschte ein kurzes Lächeln über sein Gesicht. Der Ritter schwang sich in den Sattel und sah Simon fragend an. »Du hättest nicht mitkommen müssen, alter Freund.«

»Etwas Bewegung tut mir gut.«

Baldwin nickte, und Simon wusste genau, was sein Freund dachte. Der Vogt hätte bei seiner Frau bleiben sollen. Aber Simon hatte nicht vor, die Angelegenheit auf der Straße zu besprechen.

Baldwin überlegte gerade,wie die Männer in kleinere Gruppen einzuteilen wären, als Simon plötzlich den Platz an seiner Seite verließ. Er drehte sich um und sah, dass der Vogt auf die Frau und ihr Kind zuritt. Mit einem leisen Fluch folgte Baldwin ihm.

Ein berittener Söldner trieb sie mit dem stumpfen Ende seines Langspießes vor sich her. »Aus dem Weg, Weib, bevor ich dich über den Haufen reite!«

Sie weinte noch lauter und presste das Kind an ihre Brust. »So hört doch, er ist verletzt – von einem der Pferde.«

»Weg! Fort mit dir, du dummes Stück. Und nimm deinen Balg mit, sonst hat der gleich noch mehr Grund zum Weinen.«

Simon brachte sein Pferd zwischen den Soldaten und die Frau. »Lass sie in Frieden!«, schrie er.

»Und wer bist du, dass du mich herumkommandieren willst?« Der andere hob seinen Spieß, als wolle er ihn damit angreifen.

»Er ist mein Freund, und ich bin der Mann, der dich eine Woche einsperren lassen könnte«, drohte Baldwin, der hinter dem Söldner aufgetaucht war, eine Hand am Schwert. »Verschwinde – und rühr die Frau nicht an!«

Leise vor sich hinschimpfend verzog sich der Söldner, nicht ohne ihnen trotzige Blicke zuzuwerfen, aber Simon beachtete ihn nicht mehr. Er stieg vom Pferd und untersuchte den Jungen. »Es ist nicht weiter schlimm«, sagte er zu der Frau. »Nur ein paar blaue Flecken. Aber du solltest verschwinden, bevor der Kerl wieder kommt.«

Scheu nahm sie ihm ihren Sohn ab, mit gesenktem Kopf, der typisch untertänigen Haltung des Bauern in Gegenwart des Lehnsherren. Der Zwischenfall hatte Simon in Rage gebracht, und nun, da die Anspannung sich gelegt hatte, spürte er ein Gefühl der Leere. Baldwin beobachtete, wie er wieder in den Sattel stieg, als würde es ihn große Anstrengung kosten.

Kurz darauf hatten sie die Männer in Gruppen eingeteilt. Baldwin hatte auf vier Suchtrupps bestanden, einen für jede Straße, die aus der Stadt hinausführte, und er hatte darauf geachtet, dass sich bei jedem genügend Männer Peter Cliffords und des Bischofs befanden. Schließlich war er überzeugt davon, dass die Söldner Cole auf der Stelle töten würden, wenn sie ihn fanden, um ihrem Anführer Genüge zu tun, und das wollte er verhindern.

Er überlegte kurz und beschloss, mit Simon zu reiten. Nachdem er die anderen auf ihre angewiesenen Routen geschickt hatte, machte er sich mit seiner Gruppe auf den Weg nach Süden.

Simon saß steif im Sattel. Sein Diener Hugh, der neben ihm ritt, wirkte ausgesprochen mürrisch. Er war dünn, dunkelhaarig und seine Gesichtszüge erinnerten ein wenig an die eines Frettchens. Jahrelang war er nur unter Protest geritten, Spaß hatte es ihm nie gemacht. Simon wusste, dass seine schlechte Laune auch mit der Tatsache zusammenhing, dass sie Margaret allein bei Peter Clifford zurückgelassen hatten. Der Diener hatte ihren Sohn ebenso geliebt wie sie, und sein Tod ging ihm ebenso nah. Hugh war praktisch ein Familienmitglied geworden, er bediente sie nicht nur, sondern aß auch mit ihnen zusammen. Er wäre lieber bei Margaret geblieben, um sie in ihrem Kummer zu trösten.

Der Vogt hoffte, dass ihn die Verfolgung ein wenig ablenken würde, aber er spürte die Ablehnung der anderen.

Ihre Haltung war nur schwer zu ertragen. Wenn sie ihn doch nur verstehen würden. Er wusste, dass er seiner Frau nicht helfen konnte. Egal, wie viel Zeit er mit ihr verbrachte, er konnte ihr seine Gefühle nicht erklären, und wenn sie sich stundenlang darüber erging, wie sie den armen Peterkin tot in seinem Bett gefunden hatte, kalt und blau angelaufen, vergrößerte das nur seinen eigenen Schmerz. Manchmal verspürte er den Wunsch, sie zu schlagen, nur damit sie aufhörte. Er hatte genug mit sich herumzuschleppen. Sie zu stützen, dafür fehlte ihm die Kraft. Peterkin war tot, und er konnte sich die Zukunft ohne seinen Sohn nicht mehr vorstellen. Ohne seinen Erben.

Baldwin, der in seiner Nähe ritt, konzentrierte sich auf die Suche. Der Dieb, überlegte er, würde kaum in Richtung der Moore geflüchtet sein. Jeder Mann, der seinen Verstand beisammen hatte, wäre nach Exeter geflüchtet. Dort konnte man sich verstecken und dort gab es Goldschmiede, die nicht danach fragten, woher das Silber stammte, das ihnen zum Kauf angeboten wurde, solange der Preis stimmte.

Immer wieder sah er zu Simon hinüber. Der Ritter konnte nicht begreifen, warum er nicht bei seiner Frau geblieben war. Das passte nicht zu ihm. Baldwin wusste, was es hieß, Freunde und Verwandte zu verlieren. In solchen Zeiten hatte es ihn stets zu denen gezogen, die ihm nahe standen. Umso verwunderlicher fand er Simons Kühle Margaret gegenüber.

Wenn es zu einem Kampf kommen sollte, würde er seinen Freund schützen müssen. Der Vogt hatte sein Schwert nicht dabei und trug nur sein altes Messer im Gürtel. Andere waren besser gerüstet. Roger de Grosse, der sich ihnen auf einem lebhaften Braunen angeschlossen hatte, war mit einem Kurzschwert bewaffnet. Die Aufregung hatte sein Gesicht gerötet, und amüsiert registrierte Baldwin den fast kriegerischen Enthusiasmus eines Mannes, der sein Leben Gott gewidmet hatte. Die faszinierendste Jagdbeute, hatte er einmal gehört, war eben der Mensch.

Sie kamen an einen Bach, dessen ruhiges Wasser im Mondlicht wie Blei glänzte. Als sie hindurchritten, spritzte die Gischt auf und fast bedauerte Baldwin, dass sie die friedliche Idylle gestört hatten. Er fühlte sich an wilde Ritter erinnert, die eine Spur der Verwüstung hinter sich zurücklassen. Fast schien es ihm ein böses Omen für ihre Unternehmung zu sein. Doch dann verscheuchte er die dunklen Gedanken. Zweifel gehörte eher zu Simons Eigenschaften als zu seinen.

Kurz nachdem sie das Gewässer durchquert hatten, stießen sie auf eine andere Straße, die nach Westen führte, und hier teilte Baldwin seinen Suchtrupp auf. Er sandte fünf Männer nach Osten, während er mit den anderen und Simon nach Süden ritt.

Links und rechts des Weges erhoben sich die Bäume wie eine Armee der Finsternis. Baldwin dachte daran, wie er und Simon bei früheren Verfolgungen auf die Hilfe von geübten Spurensuchern hatten bauen können. Nun fiel ihm auf, wie sehr sie stets auf die Hilfe dieser Männer angewiesen waren. Selbst bei Dunkelheit konnten die Jäger die kleinsten Spuren erkennen und deuten. Er sah sich um. Die elf Männer seines Suchtrupps veranstalteten einen solchen Lärm, dass sie ein zu Fuß Flüchtender aus weiter Entfernung hören konnte. Hatte er sich erst einmal zwischen den Bäumen versteckt, würden sie ihn nicht finden. Ihm wurde klar, wie sinnlos ihr Vorgehen war. Sie hatten kaum eine Chance, den Dieb aufzuspüren, sollte er sich überhaupt auf dieser Straße befinden. Dazu bräuchte es ein Wunder.

Gerade wollte er die Hand heben und den Trupp anhalten lassen, als aus der Ferne ein Schrei ertönte. Er versuchte, irgendetwas in der Dunkelheit zu erkennen und gab seinem Pferd die Sporen. Der Weg bog leicht nach links ab und führte hinunter bis zum Fuß eines kleinen Hügels. Als sie um die Biegung kamen, sah Baldwin drei schemenhafte Gestalten. Ein Mann lag auf dem Boden, anscheinend bewusstlos, die beiden anderen beugten sich über ihn. Er verlangsamte sein Tempo und griff instinktiv nach seinem Schwert. Edgar war bei ihm. Noch bevor er einen Warnruf ausstoßen konnte, trat einer der Männer einen Schritt vor.

»Gott sei Dank, da seid Ihr! Wir haben ihn!«

»Wer seid ihr und wen habt ihr da?«

Einer der beiden sah mit ängstlichen Augen zu ihm auf. »Sir, wir haben einen Dieb gefangen. Dieser Kerl hat Sir Hectors Silber gestohlen.«

»Und nochmals wer seid ihr?«

Der andere kam heran, ein kräftiger, selbstbewusster Mann, so kam es Baldwin vor. »Ich bin Henry Hurdle, Sir, und das ist mein Freund John Smithson. Wir gehören zu Sir Hectors Truppe.«

»Und wer ist das?«, fragte Baldwin und deutete auf den am Boden Liegenden.

»Das ist Philip Cole. Jedenfalls hat er behauptet, er hieße so, aber vielleicht ist es nicht sein richtiger Name. Er tauchte vorgestern in der Schänke auf, und nun hat er das Silber meines Herrn gestohlen. Seht her! Das haben wir bei ihm gefunden.« Er hielt zwei Silberteller und einen Geldbeutel hoch.

Baldwin nahm sie an sich. »Warum seid ihr ihm gefolgt? Habt ihr gewusst, dass euer Herr sein Silber vermisst?«

»Nein, Sir, aber wir haben ihn beobachtet, wie er zwischen den Bäumen herumschlich, und irgendwie kam er uns verdächtig vor, also sind wir ihm gefolgt, um rauszukriegen, was er vorhatte. Dann sahen wir, wie er eines der Silberstücke begutachtete, und ich erkannte, dass es aus dem Besitz unseres Anführers stammte.«

Henry sah Baldwin mit ernsten, erwartungsvollen Augen an, und der Ritter nickte aufmunternd.

»Als wir ihn riefen, rannte er davon. Wir liefen ihm nach und haben ihn hier eingeholt. Da er sich wehrte, mussten wir ihn niederschlagen.« Er seufzte tief. »Jetzt überlegten wir gerade, wie wir ihn die Stadt bringen könnten, wo wir doch kein Pferd haben.«

»Das habt ihr gut gemacht. Euer Herr wird euch belohnen, zweifellos«, meinte Baldwin und schaute auf den reglosen Körper hinab. Er würde den Mann vor Gericht stellen und ihn anklagen. Aber irgendetwas an der Geschichte kam ihm seltsam vor…

6. KAPITEL

In Crediton übergaben sie ihren Gefangenen dem Constable Tanner, der darüber nicht sehr erfreut schien. Edgar, der ihn kannte, erklärte mit einem süffisanten Lächeln, dass Tanner mit einer einsamen Witwe bekannt sei, die ihn eigentlich an diesem Abend erwartete.

Sie hatten mit den beiden Söldnern, die zu Fuß gehen mussten, recht lange für den Heimweg gebraucht. Den mutmaßlichen Dieb hatten sie auf das Pferd eines Mannes aus dem Suchtrupp gebunden. Der Verdächtige war unterwegs aufgewacht und hatte sich lautstark beschwert, aber als ihm mitgeteilt worden war, warum man ihn ergriffen hatte, war er vor Entsetzen verstummt. Mit blutunterlaufenen Augen hatte er seine Häscher angestarrt. Baldwin war sicher, dass es ergiebiger sein würde, ihn erst am Morgen zu befragen.

Die beiden Männer, die ihn gefangen hatten, waren darüber nicht sehr erfreut. »Unser Herr wird ihn sehen wollen«, sagte der Hagere.

Baldwin schüttelte nur kurz den Kopf. »Er muss warten. Dieser Mann muss verhört werden, und wenn wir ihn des Diebstahls überführen, soll dein Herr erleben, wie rasch die Tat gesühnt wird.«

Diese Antwort gefiel ihnen nicht. Ihre Blicke verrieten, dass sie die Schuld des Mannes für erwiesen hielten, aber sie erkannten auch, dass Baldwin keinen Widerspruch gelten ließ. Hugh und Edgar wurden mit den Pferden zu Peter Cliffords Haus zurückgeschickt, während Baldwin und Simon in die Schänke gingen. Zuvor hatten sie Tanner angewiesen, niemanden an Cole heranzulassen. Der Ritter hegte den Verdacht, dass einer der Söldner auf die Idee kommen könnte, die Strafe für den Dieb vorwegzunehmen, um sich die Gunst seines Herrn zu sichern.

Als Baldwin unter einer Kerze im Wirtshaus stand, untersuchte er die Silberteller, die er den beiden Soldaten abgenommen hatte. Sie waren zweifellos von bester Qualität. Die tiefe Prägung zeigte eine Jagdszene, und die Stücke waren sowohl schön als auch wertvoll. Nachdenklich betrachtete er sie und hob fast erschrocken den Kopf, als jemand seinen Namen rief. Ein Bote wartete darauf, ihn und Simon zu Sir Hector zu geleiten.

Sie gingen durch den Schankraum, der ohne das Widerhallen von Rufen und Gelächter unwirklich leer und ruhig wirkte. Der Großteil von Sir Hectors Männern befand sich noch auf der Suche, und vor dem Morgengrauen würden sie nicht zurück sein. Sicherlich fürchteten sie den Zorn ihres Herrn, wenn sie unverrichteter Dinge zurückkehrten. Es hatte keinen Sinn, ihnen Boten hinterher zu schicken, die sie wahrscheinlich doch nicht finden würden.

In den Dachbalken hing träge der Rauch, und der Geruch nach schalem Ale lag in der Luft. Das ganze Haus stank nach den Söldnern, nach ihrem Schweiß, ihrem Schmutz und ihrem Urin. Ein paar Hunde schnupperten auf dem Boden herum und suchten nach Knochen und Abfällen. Eine der Kellnerinnen warf ihnen ein Stück Brot hin und sah lachend zu, wie sie sich darum balgten.

Die beiden betraten den hinter einem Wandteppich verborgenen Flur am Ende des Schankraums. Von dort gingen andere Türen ab, und Baldwin und der schweigsame Simon wurden in das Zimmer des Söldnerführers geleitet. Sir Hector wartete auf sie.

»Nun, Sir Baldwin, es scheint, als hätte ich Eurer Hilfe gar nicht bedurft.«

Der Ritter bedachte Baldwin und den Vogt mit einem hämischen Lächeln. Er bedauerte nur, dass er den Dieb nicht ohne die unerwünschte Aufmerksamkeit des Friedensrichters erwischt hatte. Es wurmte ihn auch, wie der Mann die Führung an sich gerissen hatte und besonders bitter war, dass er sich ausgerechnet in der Gruppe befunden hatte, die auf Cole gestoßen war. Seine Männer hätten ihn natürlich sofort zu ihm gebracht, aber dieser Ritter, der mit seinem schäbigen Wams und den verschlissenen Stiefeln wie ein verarmter Kaufmann aussah, pochte auf die Rechte seiner lächerlichen kleinen Stadt. Wollte er Cole vielleicht erpressen, indem er ihm ein günstiges Urteil in Aussicht stellte? Sir Hector hatte dergleichen schon erlebt.

»Sehr gutes Silber, Sir Hector«, unterbrach Baldwin seine Gedanken, ohne auf die spitze Bemerkung einzugehen.

»Ich besitze keine minderwertigen Stücke.«

»Aus England?«

»Nein, ich habe es in der Gascogne gewonnen.«

Baldwin nickte. Er wusste, dass ›gewonnen‹ nichts anderes hieß als ›gestohlen‹. Für Männer wie Sir Hector gab es viele Möglichkeiten, sich zu bereichern. Nur wenige zogen aus ehrenwerten Motiven in einen Krieg, der sie eigentlich nichts anging. Sir Hector sah es als ein profitables Geschäft, das für ein kurzfristiges Risiko enorme Gewinne abwerfen konnte. Es kam auf den Anführer an. War er kühn genug, konnten sogar der Sturz eines Herrschers und ein ganzes Reich der Gewinn sein. So etwas geschah zwar nicht oft, aber es gab das Beispiel der großen Katalanischen Kompanie, die sich 1311 gegen ihren Führer gewandt und in Athen ein eigenes Herzogtum errichtet hatte. Plötzlich waren die Söldner, viele davon arme Bauern und Landarbeiter, zu immensem Reichtum gekommen. Baldwin wusste, dass die Katalanen immer noch an der Macht waren und dass das auch noch geraume Zeit so bleiben würde. Sie waren bestens bewaffnet und würden um ihren Besitz kämpfen. Es bräuchte eine große Armee, um sie zu vertreiben, also hatte es bislang niemand versucht.

»Ist das alles, was gestohlen worden ist?«

Sir Hector schüttelte verärgert den Kopf. »Natürlich nicht«, fuhr er Baldwin an. »Der Bastard hat fast das gesamte Silber aus meiner Kiste mitgenommen.«

»Aber mehr haben wir nicht bei ihm gefunden«, murmelte Baldwin, der die verzerrten Umrisse seines Spiegelbilds auf dem Teller betrachtete. »Ich frage mich, wo er den Rest gelassen hat.«

»Das wird er uns bald sagen, ob er will oder nicht.«

Baldwin sah den Captain an. »Vielleicht«, meinte er gelassen. »Ihr habt Euch auch bestimmt nicht geirrt? Das Silber ist wirklich verschwunden?«

»Seht doch selbst«, antwortete Sir Hector und deutete ungeduldig in den Raum.

Baldwin erkannte schnell, dass es im Zimmer tatsächlich keine Möglichkeit gab, das Silber zu verstecken, um es später wieder hervorzuholen. Es gab nur wenige Möbel, ein Strohlager, ein paar Kisten am Fenster, ein Stuhl und eine Kommode an der Wand. Der Boden bestand aus gestampftem Lehm.

Einige der Trophäen des Anführers standen noch in dem Schrank, eine Kanne, zwei Becher und ein Salzbehälter, teilweise in Stoff eingeschlagen. Sie wirkten angesichts des leeren Raums fehl am Platze.

Der silberne Behälter erregte Baldwins Aufmerksamkeit. Er stellte ein Kirchenschiff ohne Dach dar. Die vier Wände umgaben die Glasschüssel, in der die wertvolle Reliquie aufbewahrt wurde. An einem Ende erhob sich ein Turm, Türen und Fenster waren sorgfältig herausgearbeitet. Dieser Anblick ließ den letzten Hauch von Sympathie, die Baldwin für den Söldnerführer aufgebracht haben mochte, verfliegen. Ein so teures Stück konnte nur für einen hohen kirchlichen Würdenträger angefertigt worden sein, einen Abt oder Bischof. Kaum jemand sonst hätte ein solches Motiv in Auftrag gegeben. Warum hatte der Dieb es nicht mitgenommen?

»Die ganze Kommode war mit meinem Silber gefüllt. Teller, Kelche, Besteck – alles von bester Qualität. Er hat alles gestohlen.«

»In welcher dieser Kisten lagerte Euer Silber?«

Sir Hector wies auf eine drei Fuß lange und über zwei Fuß hohe Kiste.

»Und ich nehme an, das Personal der Schänke wusste davon?«

»Haltet Ihr mich für einen Narren?«, brauste Sir Hector auf. »Hier durfte niemand herein, und meine Männer standen die ganze Zeit Wache.«

»Hm. Wann habt Ihr bemerkt, dass Euer Silber verschwunden war?«

Die Fragen des Ritters schienen Sir Hector auf die Nerven zu gehen. »Was spielt das für eine Rolle?«

»Vielleicht keine, aber ich wüsste es gerne.«

»Heute Abend, nach dem Essen. Ansonsten pflege ich spät mit meinen Männern eine Mahlzeit einzunehmen, aber heute speiste ich früher als sonst.«

»Hattet Ihr den Salzbehälter bei Euch?«

»Wo sonst sollte ich mein Salz aufbewahren? Natürlich stand er auf dem Tisch. Als ich später in mein Zimmer kam, stellte ich fest, dass mein Silber nicht mehr da war. Und der Mann, den Ihr vor mir schützen wollt, ebenfalls.«

»Wie habt Ihr das erfahren?«

»Ich fragte, ob alle da seien, und es stellte sich heraus, dass Cole fehlte«, antwortete der Captain und fügte sarkastisch hinzu: »Ich schätze, es war falsch von mir, ihn sogleich zu verdächtigen, aber die Tatsache, dass man mein Silber bei ihm gefunden hat, scheint meine Vermutung zu bestätigen.«

Baldwin ignorierte ihn und legte die beiden Teller, die

man Cole abgenommen hatte, in den Schrank. »Fehlten noch andere Männer?«

»Ja, Henry Hurdle und John Smithson, aber sie haben ja den Dieb verfolgt und sie sind schon viele Jahre in meiner Mannschaft. Sie würden nicht wagen, mir so etwas anzutun.«

»Ich verstehe.«

Simon schaute auf. Er hatte seinen eigenen Gedanken nachgehangen, aber etwas an Baldwins Verhalten war ihm aufgefallen. Der Ritter stand mit dem Rücken zu Sir Hector und lächelte verhalten. Plötzlich drehte er sich um und fragte den Anführer: »Wart Ihr vor dem Mahl in diesem Raum?«

»Was soll das? Man hat mein Silber bei diesem Burschen gefunden. Wozu all diese Fragen, Sir?«

Baldwin sah ihn mit unbeweglicher Miene an. »Diese Fragen, Sir, dienen zur Klärung des folgenden Problems: Ich soll glauben, dass ein einziger Mann all das Silber aus Eurer Kammer gestohlen hat, obwohl es drei Soldaten bedurfte, um die gefüllte Kiste zu tragen. Das erscheint mir seltsam. Entweder hat der Dieb das Silber Stück für Stück entwendet, oder er hatte einen Komplizen. Wenn Ersteres der Fall war, ist es nützlich zu wissen, wie viel Zeit ihm zur Verfügung stand.«

»Nun...«

»Und das bedeutet, dass ich wissen muss, wie lange das Zimmer leer war, bevor Ihr Euren Verlust bemerkt habt.«

»Das spielt keine Rolle. Wir... ich meine Ihr habt ihn. Er kann Euch auf Eure Fragen antworten.« Die Schärfe kehrte in seine Stimme zurück, und er erhob sich. Der Ritter und sein Freund waren nicht länger willkommen.

»Natürlich werde ich ihn fragen.« Baldwin lächelte kühl. »Sollte sich dabei etwas Interessantes herausstellen, lasse ich es Euch wissen.« Er nickte Simon zu und begab sich zur Tür.

Die Suchtrupps kehrten langsam zurück. Einige Männer hatten recht schnell aufgegeben und der Schankraum hallte bereits von ihrem Gelächter wider. Simon, der mit Baldwin den Raum betrat, bemerkte, dass eine Gruppe in plötzliches Schweigen verfiel. Die beiden Männer, die Cole gefangen hatten, waren auch darunter.

Baldwin hatte sie ebenfalls gesehen. Sie wurden als die großen Helden gefeiert, und zweifellos fiel ihre Geschichte umso blumiger aus, je öfter sie erzählt wurde. Eine der Kellnerinnen kam vorbei, und der Ritter verlangte nach Ale.

»Ist dein Herr im Haus?«, fragte er. »Paul, so heißt er doch, nicht wahr?«

Sie lächelte ihn an. Cristine war eine dralle, fröhliche Frau von fast dreißig Jahren, der man kaum ansah, dass sie schon viele Jahre in der Schänke arbeitete und auch den Reisenden manche Ablenkung bot. Sie nickte und verschwand im Lagerraum. Bald kehrte sie zusammen mit Paul zurück und deutete auf Baldwin und Simon, bevor sie sich wieder den Krügen mit Ale widmete.

Der Wirt schaute ausgesprochen bedrückt drein. Der Tag war bislang äußerst unangenehm verlaufen. Seine Frau war mit Kopfschmerzen aufgewacht und hatte ihn am frühen Nachmittag mit den Gästen allein gelassen. Auch mit der Hilfe von Nell und Cristine war es eine rechte Plackerei gewesen. Sarra war entweder ausgegangen oder hatte sein Klopfen und Rufen ignoriert.

Einige Male hatte Paul sie an diesem anstrengenden Nachmittag verflucht. Sie wusste, was alles getan werden musste, und er hatte fest mit ihr gerechnet.

Nun rang er sich sein höflichstes Lächeln ab. »Sir, Ihr wolltet mich sprechen?«

»Wirt, du siehst furchtbar aus«, meinte Baldwin mitfühlend. »Diese Gäste halten dich auf Trab, wie?«

»In der Tat, Sir«, antwortete Paul und kam dankbar der Aufforderung des Ritters nach, sich zu setzen. Nachdem er sich davon überzeugt hatte, dass die Gäste für den Augenblick zufrieden schienen, fügte er hinzu: »Aber zumindest ist das Wirtshaus voll.«

»Du warst den ganzen Tag hier und hast die Männer bedient?«

»O ja, bis jetzt konnte ich mich nicht einmal hinsetzen. Hab auch nichts zu Mittag gegessen. Was für ein Trubel. Letzte Nacht kam ich kaum zum Schlafen.«

»Die Männer waren den ganzen Tag hier?«

»Fast alle, und ich und die Mädchen durften uns die Hacken ablaufen.«

»Du hast wahrscheinlich nicht gemerkt, ob jemand die Schänke verlassen hat oder ob ein Fremder hereingekommen ist?«

Paul sah den Ritter an. »Wenn Ihr meint, ob ich weiß, wer Sir Hectors Silber gestohlen hat – ich weiß es aber nicht.«

»Gibt es noch einen anderen Zugang zu seinem Zimmer außer hierdurch?« Baldwin deutete auf den Wandteppich.

»Alle Räume haben Fenster«, entgegnete der Wirt. »Aber durch die kommt niemand herein. Die Läden waren den ganzen Tag über geschlossen, auf Sir Hectors Befehl, auch wenn es noch so warm in den Zimmern wurde. Aber das hat ihm offensichtlich auch nichts genutzt.«

»Sie sind verriegelt?«

»Ja, allesamt.«

»Die Fenster gehen zur Straße hinaus?«

»Die meisten. Ein paar, wie auch die in seinem Schlafgemach, zum Hof und den Ställen.«

»Und keines zu einer anderen Seitenstraße?«

»Nein, die andere Hälfte des Hauses wurde vor einigen Jahren verkauft, lange bevor ich die Wirtschaft übernahm. In diesem Teil hat Adam jetzt seinen Laden – der Metzger.

»Wenn jemand das Silber durchs Fenster gereicht hat, dann also nur nach vorne oder nach hinten heraus. Es sei denn, er hätte es durch den Schankraum getragen.«

»Das wäre allerdings sehr wagemutig gewesen. Hier halten sich ständig Soldaten auf, und sie wussten, dass niemand die Erlaubnis hatte, Sir Hectors Räume zu betreten. Selbst ich darf nicht hinein.«

Baldwin kratzte sich hinterm Ohr. »Hätte sich jemand unbemerkt längere Zeit vor seinem Fenster aufhalten können?«, fragte er.

»Auf dem Hof? Niemals«, antwortete Paul bestimmt. »Unmöglich. Dort herrscht ein ständiges Kommen und Gehen. Die Zimmer der Mädchen befinden sich über den Ställen, und sie kommen auch dauernd dort vorbei, wenn sie Pasteten oder dergleichen aus der Stadtküche holen.«

»Ihr bereitet das Essen nicht in der Schänke zu?«

»Einen Teil, nicht alles. Es ist schon anstrengend genug, Ale für die ganze Meute zu brauen. Braten, Eintopf oder Suppen für die Gäste gibt es bei uns schon, aber wenn es so viele sind, müssen wir uns der Stadtküche bedienen. Allein schaffen wir das nicht.«

Baldwin nickte. »Hast du eigentlich Sir Hectors Silber gesehen?«, fragte Baldwin.

»Ja, er hatte den ganzen Schrank damit gefüllt.«

»Wie hat ein einziger Mann all das wegschaffen können? Selbst wenn er doch einen Komplizen auf dem Hof gehabt haben sollte, dürfte das keine leichte Aufgabe gewesen sein.«

Paul überlegte. »Ihr habt Recht. Er hätte jemanden mit einem Karren gebraucht.« Paul sah sich um. Die Kellnerin, die gerade einem Soldaten nachschenkte, bemerkte seinen Blick und kam an ihren Tisch.

Simon rieb sich die Schläfen. Er fühlte sich verpflichtet, bei seinem Freund zu bleiben, konnte aber dessen Fragen nicht so recht verstehen. Der junge Mann war mit einem Teil des gestohlenen Silbers erwischt worden, nachdem er sich der Truppe erst am Abend zuvor angeschlossen hatte. Er hatte den Diebstahl begangen, so viel stand fest, und morgen würden sie ihn verhören um herauszufinden, wer sein Komplize war. Cole würde es ihnen schon verraten. Simon sah keinen Sinn in Baldwins Hartnäckigkeit.

Cristine schaute sie lächelnd an. Es war ihr Beruf, immer ruhig und freundlich zu sein, in ihrer Gegenwart sollten die Männer sich entspannen und ihre Sorgen vergessen, und das taten die meisten auch. Ihr fiel auf, dass der Ritter etwas unruhig auf seinem Stuhl hin und her rutschte. Er sieht schüchtern aus, dachte sie. Und sehr freundlich.

Baldwin räusperte sich. »Cristine, wir überlegen, wie das gestohlene Silber aus Sir Hectors Kammer geschafft wurde. Niemand hätte es unbemerkt durch den Schankraum tragen können. Vielleicht ist es durch das Fenster in den Hof gereicht worden?«

»In diesem Teil des Gebäudes gibt es noch andere Fenster, Baldwin«, warf Simon missmutig ein.

»Das weiß ich«, entgegnete der Ritter. Sein Freund wirkte abwesend; er kannte die Gründe dafür. »Aber sie führen alle zur Straße hinaus. Es wäre kaum unbemerkt geblieben, wenn jemand über längere Zeit Gegenstände hinausgereicht hätte. Wenn, dann ist das Silber zunächst in den Hof gelangt. Was glaubst du, Cristine?«

Sie sah ihn nachdenklich an. Cristine war alles andere als dumm, und hinter ihrem etwas unpersönlichen, stets freundlichen Lächeln verbarg sich ein scharfer Verstand. »Das wäre denkbar. Wie Ihr schon sagtet, hier saßen so viele Männer, dass der Dieb es wohl kaum gewagt hatte.«

Simon goss Ale aus Cristines Krug in seinen Becher. »Warum nicht? Wenn er das Silber unter der Kleidung verborgen hatte, dürfte es keinem aufgefallen sein. Er gehörte schließlich zur Truppe.«

»Simon, vergiss nicht, über welche Mengen wir hier sprechen«, wandte Baldwin ungeduldig ein. »Du weißt, wie groß die Stücke waren, die wir bei ihm gefunden haben. Er hätte fünf- oder sechsmal durch den Raum gehen müssen und wieder zurück. Das wäre aufgefallen. Und die Soldaten wussten, dass niemand die Erlaubnis hatte, die Räume ihres Anführers aufzusuchen. Nein, auf diese Weise kann es nicht geschehen sein. Cristine, hast du gesehen, dass heute jemand vor Sir Hectors Fenster gewartet hat? Ein Mann auf einem Pferd vielleicht oder mit einem Karren?«

»Nein, Sir«, antwortete sie mit großen Augen. »Ich bin einige Male dort entlang gegangen und mir ist niemand aufgefallen. Sonst hätte ich das schon erwähnt.«

»Siehst du?«, meinte Simon. Sein Freund beachtete ihn nicht.

»Was die Fenster zur Straße betrifft, wäre es ungewöhnlich, wenn dort ein Karren über längere Zeit gestanden hätte?«

»Allerdings. Und man hätte dem Fuhrmann gesagt, er solle verschwinden. Ihr wisst, wie schmal die Straße ist. Wenn da einer stehen bleibt, gibt es gleich Beschwerden.«

In diesem Augenblick ertönte lautes Rufen aus den hinteren Räumen. Sir Hector stürmte in den Schankraum.

»Was ist denn nun schon wieder?«, stöhnte Paul.

»Komm, Baldwin«, sagte Simon und erhob sich ächzend. »Es wird Zeit, dass wir zu Peter ...«

»Sir Baldwin!«, rief der Söldnerführer, und als Paul sein aschfahles Gesicht sah, fühlte er sich an seine bösen Vorahnungen erinnert. »Sir Baldwin, kommt! Ein Mord ist geschehen!«

7. KAPITEL

Sie eilten in den Gang hinter dem Wandteppich. Die von dort erreichbaren Räume wurden von reichen Gästen genutzt, die hier nichts vom Lärm der Schänke mitbekamen. Zur Rechten befand sich Sir Hectors Schlafgemach, zur Linken gab es Lagerräume. In einen davon führte Sir Hector sie nun. Dort erwartete sie ein aschfahler Diener, der drei qualmende Kerzen in der Hand hielt.

»Sir Hector hatte mir aufgetragen, ihm ein frisches Hemd zu bringen«, sagte er zu Baldwin. »Als ich diese

Kiste öffnete, lag oben ein Stück Stoff. Ich schob es beiseite, und da sah ich sie – die Kellnerin!« Mit zitternder Hand hob er den Deckel einer Truhe, und als Baldwin hineinschaute, blickte er in Sarras schönes, lebloses Gesicht.

Simon schnürte es die Kehle zu, und er wandte sich ab und stolperte ans Fenster. Es war nicht der Anblick eines toten Menschen, der ihn so aus der Fassung brachte – davon hatte er genug gesehen. Aber für einen Augenblick hatte ihn das ovale Antlitz mit der schmalen Nase, eingerahmt von blonden Locken, an seine Frau erinnert. Die Augen des Mädchens hatten ihn angestarrt, als wollten sie ihn auf etwas aufmerksam machen.

Baldwins Blick wanderte scheinbar unberührt durch den Raum. Er prägte sich einige Einzelheiten ein, bevor er sich wieder der Leiche zuwandte.

Die niedrige Kammer roch nach Schimmel. Es gab nur ein kleines Fenster zur Straße hinaus, dessen Läden geschlossen waren. Der Kerzenschein warf Schatten auf das Gesicht des Dieners, eines dunkelhäutigen Manns mit kantigen Zügen und einem struppigen Bart. Auf dem Boden standen mehrere Kisten, in denen sich Sir Hectors weniger wertvolles Eigentum befand. Viele waren geöffnet. Baldwins Blick fiel auf Kleidungsstücke, Teile einer Rüstung, Pfeile für eine Armbrust, Weinschläuche, Satteltaschen, ein Helm … Dinge, wie sie ein Krieger im Laufe der Jahre ansammelte.

Die Holzkiste, in der das Mädchen ruhte, war fast drei Fuß hoch und vier Fuß lang. Sarra lag mit verdrehten Gliedmaßen darin, die Arme hinter den Rücken geschoben. Ihre Knie waren angewinkelt und zur Seite gedreht, um den Deckel schließen zu können. Ein grünes Tuch war über ihren Mund gebunden, was bewirkte, dass ihre Wangen wie eingefallen aussahen. Baldwin befühlte ihre Stirn; sie war kalt. Der Tod musste schon vor einiger Zeit eingetreten sein. Reglos lag sie da, und Baldwin seufzte. Ein junges Leben war vernichtet. Zorn flammte in ihm auf, und mit einer raschen Bewegung zückte er seinen

Dolch und durchschnitt den Knebel. Als er ihn abnahm, sah er, dass noch mehr Stoffreste in ihrem Mund steckten, die er vorsichtig entfernte. Wer immer sie zum Schweigen gebracht hatte, er hatte es gründlich getan.

Das Mädchen trug ein hellblaues Gewand mit feiner Blumenstickerei. Er strich darüber und war erstaunt über die Qualität des Stoffs. Eine Kellnerin konnte sich so etwas kaum leisten. Ihr Kopf lag auf goldfarbener Gaze, die sich mit ihrem Haar verwoben hatte. Sie sah aus, als sei sie soeben aus einem leichten Schlaf erwacht. Ihre offenen Augen wirkten so lebendig, als würde sie gleich lächeln und ihre Besucher begrüßen wollten.

»Hilf mir, sie herauszuholen«, sagte Baldwin und wunderte sich über den harschen Klang seiner Stimme. Die Leiche eines Mannes zu finden war eine Sache; Männer waren dazu geboren, zu kämpfen und zu sterben. Aber es war etwas anderes, den Leichnam eines jungen, schönen Mädchens zu entdecken. Der Diener nahm Sarras Knie und hob sie hoch, während Baldwin sie an den Schultern hielt. Sie legten sie neben der Kiste nieder, und Simon sah, dass ihre Hände gefesselt waren, mit dem gleichen Stoff, den man für den Knebel verwendet hatte.

»So bist du also gestorben«, murmelte Baldwin.

»Wie?«, fragte Simon. Die Neugier siegte über sein Entsetzen. Als er über die Schulter des Ritters blickte, sah er den dunklen Fleck auf dem Gewand. »Erstochen?«

»Ja, und auf brutalste Weise. Der Dolch ist ganz durch ihren Körper gedrungen. Schau, selbst der Stoff, auf dem sie lag, hat ein Loch. Also befand sie sich in der Kiste, als sie getötet wurde.«

Simon schüttelte sich. »Aber warum wurde sie ermordet?«

»Warum? Ich nehme an, weil sie jemanden gesehen hat. Sie war Zeuge des Diebstahls und sollte zum Schweigen gebracht werden. Ich wüsste nur gerne, warum ihr Mörder sie gefesselt und geknebelt hat. Wollte er sie nicht töten – und hat sich dann doch anders entschieden? Wie auch immer. Er hat auf sie eingestochen, hat die Kiste geschlossen und sie sterben lassen.« Sanft rollte er den Körper zur Seite. »Halt die Kerzen etwas tiefer. Ah ja, hier ist die Stichwunde, oben auf der linken Brustseite. Und noch eine zweite, etwas tiefer, dicht über der Brust.« Er bemühte sich den Stoff genauer zu untersuchen, doch das diffuse Licht erlaubte es ihm kaum. »Das muss ich mir bei Tageslicht ansehen«, sagte er schließlich. »So kann ich nicht genug erkennen.«

»Das arme Ding.« Sir Hector stand neben Baldwin und sah auf Sarra hinab. Er trug Beinlinge und Stiefel, kein Hemd, aber sein Schwert. Baldwin vermutete, dass er niemals unbewaffnet war. Sein Oberkörper war weiß wie Schnee, was ihn auf seltsame Weise jung aussehen ließ, wären da nicht die hellroten Striemen und die Narben gewesen, die er sich im Laufe seines Soldatenlebens zugezogen hatte.

»Ihr kanntet sie?«, fragte Baldwin.

»Sie hat hier als Kellnerin gearbeitet.«

»Habt Ihr sie heute gesehen?«

»Ich glaube nicht.«

»Wann seid Ihr das letzte Mal in diesem Zimmer gewesen?«

Sir Hector rümpfte die Nase. »An Orten wie diesem halte ich mich höchst selten auf. Ich war dabei, als meine Kisten bei unserer Ankunft hier abgestellt wurden, danach habe ich diesen Raum nicht mehr betreten.«

Baldwin wandte sich an den Diener. »War heute jemand in der Kammer?«

»Ich war heute Morgen hier, Sir – mein Herr verlangte nach seinem Waffenrock, er wollte ausgehen – aber das Mädchen war nicht da. Ich hätte sie gesehen.«

»Cole muss es getan haben, als er mich beraubte.« Sir Hectors Blick ruhte auf der Leiche, aber in seiner Stimme schwang mehr Ärger als Trauer mit.

»Vielleicht«, meinte Baldwin grübelnd. »Aber es erscheint mir seltsam.«

»Sir, ich habe sie nicht getötet«, platzte der Diener heraus. »Ihr müsst mir glauben. Ich…«

Baldwin hob die Hand. »Sei unbesorgt, ich will nur herausfinden, wer als Letzter diesen Raum betreten hat. Du sagst, du warst heute Morgen hier?« Der Mann nickte, aber die Furcht wich nicht aus seinen dunklen Augen. »Am frühen Morgen oder später?«

»Früh«, unterbrach Sir Hector. »Nachdem ich aufgestanden war.«

»Kann jemand hereingekommen sein, ohne gesehen zu werden?«, fragte Baldwin den Diener.

»Jeder könnte hier gewesen sein«, unterbrach der Söldnerführer erneut.

»Sir Hector, haben Eure Männer Zutritt zu Euren Privatgemächern?«, fragte Baldwin kühl.

Der Ritter zögerte. »Nein, aber einige, denen ich vertraue, können natürlich ein- und ausgehen.«

»Wer zum Beispiel?«

»Diener, meine Sergeanten… einige wenige.«

»Und wer sind diese Männer?«

Simon ging zur Truhe, während Sir Hector Namen nannte, an erster Stelle Henry Hurdle und John Smithson.

Zum ersten Mal verspürte der Vogt so etwas wie Interesse. In der Vergangenheit hatte er sich nicht gerne mit Mord befasst. Stets war er dem Eindruck erlegen, das Böse der Tat könnte sich auf denjenigen legen, der den Fall untersuchte. Zu oft hatte er sein Heim verlassen müssen, um sich plötzlich inmitten einer wilden, geheimnisvollen Welt der Gefühle wiederzufinden, die er nicht verstand. Fast jedes Mal waren überbrodelnde Leidenschaften der Grund für ein Verbrechen gewesen; ein Rätsel für Simon, dessen Leben ruhig und in geordneten Bahnen verlaufen war.

Seit Peterkins Tod jedoch schien jede Sicherheit und jede Gewissheit wie weggefegt, als habe die Krankheit, an der sein Sohn gestorben war, die ganze Familie erfasst. Nach der Beerdigung des Kindes hatte Simon kaum noch den Wunsch verspürt, Gerechtigkeit walten zu lassen. Nun, da sein Leben auf so grausame Weise zerstört worden war, fehlte ihm der Sinn für die Leiden anderer.

Aber dieser Mord rüttelte ihn auf. Es war nicht nur die oberflächliche Ähnlichkeit des Opfers mit seiner Frau, sondern die Art und Weise, wie das Mädchen ums Leben gekommen war. Diese Tat war eine weiterer Beweis dafür, wie grausam und ungerecht das Leben war. Vielleicht konnte er die Sinnlosigkeit von Peterkins Tod überwinden, wenn er diesen Fall löste? Und er selbst sehnte sich nach Erlösung.

Wenn es sich um einen Trunkenbold gehandelt hätte, der bei einer Wirtshausschlägerei getötet worden wäre, oder um einen Mann, der beim Streit um eine Frau oder ein Stück Wild sein Leben gelassen hätte, es wäre ihm wohl gleichgültig gewesen. Aber die Jugend des Mädchens und ihre unwürdige Ruhestätte hatten in ihm einen Zorn auf ihren Mörder, wer immer es sein mochte, entfacht.

Währenddessen durchtrennte Baldwin mit seinem Dolch den Strick, mit dem Sarras Arme gefesselt waren. Dann wandte er sich wieder an Sir Hector.

»Wir müssen also annehmen, dass einer Eurer so vertrauenswürdigen Sergeanten oder einer Eurer Diener den Mord begangen hat. Oder jemand, der durch das Fenster eingestiegen ist.« Er rüttelte an dem schweren Balken, mit dem die Fensterläden versperrt waren. »Was nicht ganz einfach wäre«, murmelte er.

»Es war bestimmt jemand, der hier im Wirtshaus arbeitet«, schnarrte Sir Hector.

»Das bezweifle ich.« Baldwin wandte sich ihm zu. »Ihr habt gesagt, dass nur Eure Vertrauten Zugang haben. Das ist verständlich. Nein, die Einzigen, die hier herein konnten, waren Eure Männer.«

»Und sie.«

»Sie?« Baldwin sah auf das tote Mädchen hinab. »Ihr habt es ihr gestattet?«

»Ja. Ich mochte sie.« Er sah Baldwin fast verlegen an.

»Hm, ich verstehe… Sie wusste also auch, dass Euer Silber hier lagerte. Aber dennoch, wenn sie nicht jemandem davon erzählt hat, sind Eure Männer die Verdächtigen.«

»Nur einer von ihnen – Cole«, zischte Sir Hector. »Oder doch jemand aus der Stadt.«

»Cole«, wiederholte Baldwin zerstreut.

»Vielleicht hatte der Mörder einen Komplizen, dem er das Silber hinausgereicht hat«, meinte Sir Hector.

»Kaum. Als wir noch von einem Raub ausgingen, galten die gleichen Umstände. Hätte jemand versucht, von der Straße aus einzudringen, wäre er bemerkt worden, und das gleiche gilt auch für jeden, der sich auf dem Hof herumgetrieben hätte. Vielleicht ist es ein Zufall, dass der Mord und der Diebstahl zur gleichen Zeit geschahen, aber das bezweifle ich. Ihr sagtet, Ihr mochtet das Mädchen. Wisst Ihr von jemandem, der Grund gehabt hätte, es zu töten?«

»Sarra? Sie war nur eine Kellnerin in einer Schänke. Aus welchem Grund sollte jemand sie töten wollen?«, antwortete der Ritter kopfschüttelnd.

Baldwin nickte und betrachtete das Mädchen erneut. Sie war hübsch, und es überraschte ihn nicht, dass Sir Hector sie »gemocht« hatte, was immer er damit meinte. Ein Söldner wie er konnte sich vielleicht nicht vorstellen, warum jemand eine kleine Kellnerin umbringen sollte, aber es gab viele Möglichkeiten. Ein eifersüchtiger Liebhaber, eine eifersüchtige Ehefrau, deren Mann ein Verhältnis mit Sarra gehabt hatte, ein Liebhaber, dem sie lästig geworden war. Wahrscheinlicher war es jedoch in der Tat, dass Cole sie getötet hatte. Er war von ihr überrascht worden, als er das Silber stahl, und sie wurde von ihm zum Schweigen gebracht.

Während er nachdachte, hob Simon vorsichtig das Tuch an, auf dem Sarra gelegen hatte. »Baldwin, sieh dir das an.«

»Was? Oh, das ist interessant.« Unter dem Stoff lag ein silberner Teller. Baldwin hob ihn auf. »Das dürfte der Beweis sein. Der Mörder ist auch der Dieb. Er hat Sarra getötet, weil sie ihn gesehen hat und ihn kannte.«

»Dieser Bastard!« Sir Hector starrte auf den Silberteller, an dem Sarras Blut klebte.

Kurz darauf verließ der Söldnerführer das Zimmer. »Es nimmt ihn wohl sehr mit«, sagte Simon zu seinem Freund. »Ich glaube, jetzt würde er Cole ohne Hemmungen aufknüpfen lassen. Bestimmt hat er das Mädchen sehr gemocht.«

Baldwin sah ihn skeptisch an. »Mag sein, aber solche Gefühle traue ich ihm kaum zu. Aber egal, was Sir Hector denkt oder fühlt, hier gelten die Gesetze Englands, und mich interessiert nicht, wen er verdächtigt.«

»Du hältst Cole nicht für den Schuldigen?«

»Natürlich ist er verdächtig, aber meine Zweifel bestehen weiterhin. Wie hat er das Silber fortgeschafft? Und wie ist er überhaupt in dieses Zimmer gekommen?«

Sie verließen die Kammer und warteten im Schankraum, nachdem sie Paul beauftragt hatten, einen Boten nach Hugh und Edgar zu schicken. Als die beiden eintrafen, befahl Baldwin ihnen, die Kammer zu bewachen, in der Sarras Leiche lag. Niemand durfte den Raum betreten. Baldwin wollte alles noch einmal bei Tageslicht untersuchen. Sie gingen nach draußen auf die Straße, vor die verschlossenen Fensterläden des Lagerraums. Baldwin fluchte leise, als er in einen Haufen Innereien und Eingeweide trat, ein übel riechender Hinweis darauf, dass sich das Geschäft des Metzgers gleich nebenan befand.

Der Ritter versuchte, durch die Ritzen der Holzläden ins Innere der Kammer zu spähen. Nachdem er sich abgewandt hatte, gingen sie durch die Schänke in den Hof, wo er die Prozedur wiederholte. Simon trabte hinter ihm her.

»Eines steht fest.«

»Was denn?«, fragte Simon gähnend.

»Wer immer das Silber gestohlen hat, von außen ist er nicht darauf aufmerksam geworden. Durch die Läden kann man nichts erkennen. Es war also kein Diebstahl, den der Zufall begünstigt hat. Nicht, dass ich das angenommen hätte. Wer würde es schon wagen, den Führer einer Söldnertruppe zu bestehlen? Wie dem auch sei, von hier konnte niemand einen Blick auf das Silber werfen.«

»Das heißt?«

»Das heißt, alter Freund, dass es einer der Söldner gewesen sein muss, der vielleicht einen Komplizen hatte. Auch das deutet auf Cole – aber wer hat ihm geholfen?«

Am nächsten Morgen erwachte Simon früher als sonst. Margaret lag nicht neben ihm, und ihre Matratze war kalt. Sie musste schon lange aufgestanden sein. Seufzend rollte er sich auf die Seite und legte den Arm unter den Kopf.

Es tat ihm weh, sie so leiden zu sehen, aber er fand nicht die richtigen Worte für sie. Seine eigene Verzweiflung war so groß, dass er den Graben, der sich zwischen ihnen aufgetan zu haben schien, nicht überwinden konnte. Ihm war, als stünde er vor der großen Schlucht bei Lydford und als gäbe es keinen Weg, auf die andere Seite zu gelangen.

Er musste an das tote Mädchen denken. Ihr Gesicht mit dem grausamen Knebel im Mund hatte in jenem armseligen Sarg so eingefallen und so traurig ausgesehen, und er stellte sich vor, wie sie früher einmal gelacht und gelächelt hatte. Wieder packte ihn die Wut auf denjenigen, von dem sie auf so unwürdige Weise ums Leben gebracht worden war. Er versuchte, ihren Anblick zu verdrängen, aber das Bild kehrte immer wieder zurück, als bitte es ihn, Rache zu nehmen – und plötzlich sah er in ihm die Augen seiner Frau, die ihn vorwurfsvoll anblickten.

Er stand auf und zog sich an. In der Halle war der Tisch bereits gedeckt. Peter, Baldwin, Margaret und Edith warteten auf ihn, ebenso wie Stapledon.

Peter winkte ihn herbei, aber der Bischof richtete das erste Wort an ihn.

»Guten Morgen, Vogt, ich habe gerade von dem Mord an dem Mädchen erfahren. Traurig, sehr traurig. Dass ein junger Mann so etwas tun kann – einem anderen das Silber stehlen und eine unschuldige junge Frau töten. Es ist immer wieder schrecklich zu erkennen, wie dunkel das Herz mancher Menschen ist.« Er führte ein Stück Brot zum Mund.

Simon nickte und setzte sich neben seine Frau. Margaret sah bleich aus, ihre Augen waren gerötet. Während er sie betrachtete, fiel ein Sonnenstrahl durch ein hohes Fenster in den Raum. Staubteilchen tanzten darin wie in einem goldenen Nebel. Das Licht erhellte auch Margarets Gesicht und glättete ihre Kummerfalten. Ihr Haar glänzte, und sie sah auf wunderbare Weise verjüngt aus. Simon schien es, als sei die Frau, die er liebte, plötzlich wieder zurückgekehrt.

Baldwin wollte Simon gerade fragen, ob er sich Gedanken über den Mord gemacht habe, als ihm auffiel, wie der Vogt seine Frau ansah. Als auch sie seinen Blick spürte, wandte sie sich ihm zu, und langsam legte sich ein Lächeln auf ihre hageren Züge. Zu Baldwins Freude erwiderte Simon dieses Lächeln.

»Sir Baldwin«, sagte Stapledon, »was hat der Bursche wohl mit dem Silber gemacht? Kann er es irgendwo unterwegs versteckt haben, bevor er erwischt wurde?«

»Nein, das kann ich mir nicht vorstellen. Die Männer, die ihn gefangen haben, gaben an, dass sie ihm von der Stadt aus gefolgt sind, nachdem sie bemerkt hatten, dass er sich ›davonschlich‹, wie sie sagten.«

»Sie könnten die Stelle markiert haben, an der er es versteckt hat, um später wiederzukommen und es zu holen.«

»Das ist allerdings möglich«, räumte Baldwin ein.

»Aber Ihr glaubt es nicht?«

Baldwin schüttelte den Kopf. »Sir Hector de Gorsonne befiehlt über etwa dreißig Männer. Zweifellos hat er einige Feldzüge mitgemacht, und seine Soldaten sind kampferprobt. Töten ist für sie kein Problem. Wenn diese beiden sahen, wie Cole das Silber versteckte, hätten sie ihn auf der Stelle umgebracht. Dann wären sie mit der Beute verschwunden, denn bei dem Trupp hätten sie nicht bleiben können. Es wäre ihm unmöglich gewesen, ihren plötzlichen Reichtum zu erklären. Aber auch so hätten sie sich in enorme Gefahr gebracht, wenn sie mit dem Silber des Captains verschwunden wären. Schon um ein Exempel zu statuieren hätte er ihnen seine Männer auf den Hals gehetzt. Nein, wenn sie Cole beim Verstecken des Silbers beobachtet hätten, wären sie froh gewesen, ihrem Herrn sein Eigentum zurückzubringen. Sicherlich wären sie großzügig belohnt worden.«

»Aber sie hätten auch bleiben und schweigen können, um irgendwann zurückzukehren und sich das Silber zu holen.«

»Das ist unwahrscheinlich«, meinte Baldwin. »Wie ich schon sagte, in diesem Fall hätten sie Cole sicherlich getötet. Und da sie nicht wussten, wie lange es dauern würde, bis man den Diebstahl entdeckte, wäre es eine sehr riskante Sache gewesen. Und vergesst nicht, auch wenn es Söldner sind, so sind es doch immer noch Soldaten. Sie sind von ihrem Anführer und ihrer Truppe abhängig.«

»Ich habe Soldaten getroffen, die bei der ersten sich bietenden Gelegenheit desertiert wären, Männer, die bei ihren Kameraden unbeliebt waren«, entgegnete der Bischof.

»Das habe ich auch«, stimmte Baldwin zu. »Aber solange mir niemand das Gegenteil beweist, gehe ich davon aus, dass diese beiden die Wahrheit sagen. Und Cole bleibt natürlich verdächtig.«

Margaret beugte sich vor. »Warum hat er das Mädchen getötet? War das nicht unnötig?«

»Es gibt eine einfache Erklärung. Sie hat ihn beim Diebstahl überrascht, und um Zeit zu gewinnen, hat er sie umgebracht und ihre Leiche in der Kiste versteckt.«

Roger de Grosse hatte die ganze Zeit zugehört. Nun schüttelte er den Kopf. »Ich verstehe das nicht. Wenn er den Diebstahl geplant hat, warum ist er dann zu Fuß geflüchtet?«

»Eine berechtigte Frage. Vielleicht hat er ja wirklich vorgehabt, das Silber zu verstecken und es zu holen, nachdem die Söldner weitergezogen waren.«

»Und wie hat er es gemacht? Nach dem, was Ihr berichtet habt, konnte er nicht durch den Schankraum gehen und die Fensterläden waren verschlossen.«

Baldwin sah zu Simon hinüber. »Auch mich beschäftigt dieser Umstand, Roger. Wir wissen es nicht, aber es gibt verschiedene Möglichkeiten.«

»Könnte Sarra einen Komplizen gehabt haben? Vielleicht hat sie die Läden für ihn geöffnet und später wieder geschlossen.«

Baldwin lächelte. »Und dieser Komplize kam zurück und tötete sie? Nein. Wir wissen nur, dass die Tat geschehen sein muss, nachdem Sir Hector aufgestanden war und bevor er von seiner Mahlzeit zurückkehrte.«

Der Vogt nickte. »Ich bin schon gespannt darauf zu erfahren, wie es wirklich geschehen ist.«

8. KAPITEL

Das Gefängnis lag in der Nähe des Marktes, ein kleines Gebäude schräg gegenüber der Schänke. Meistens wurden hier diejenigen eingesperrt, die man auf dem Marktplatz beim Benutzen falscher Gewichte überfuhrt hatte, aber auch Verbrecher der übleren Sorte landeten dort. Das Haus, ein rechteckiger Klotz ragte drohend neben der Zollstation auf, und die Stadtbewohner liefen meist recht schnell daran vorbei. Viele, die hierher gebracht wurden, kamen nur noch heraus, um zum Galgen geführt zu werden.

Nach dem Frühstück machten sich Baldwin und Simon auf den Weg dorthin. Roger hatte um die Erlaubnis gebeten, sie begleiten zu dürfen, und Stapledon hatte zugestimmt, da er der Meinung war, der Geistliche solle ruhig einmal dabei zusehen, wie ein Verhör geführt wurde.

Schon so früh am Morgen herrschte auf der Straße ein reges Treiben. Händler priesen lautstark ihre Waren an, Pferdehufe klapperten auf dem teilweise gepflasterten Weg und Karren ächzten und knarrten vorbei. Simon lächelte, als er die Kinder sah, die in diesem Durcheinander umherliefen. Er entdeckte auch die Frau in Grau mit ihrem Sohn, aber sie schien ihn nicht zu bemerken. Vielleicht erkannte sie ihn gar nicht wieder, denn es war schon dunkel gewesen, als er ihr geholfen hatte. Sie stand am Straßenrand, einen Teller in der Hand und versuchte mit einem traurigen Lächeln, die Vorbeieilenden zu einem Almosen zu bewegen. Simon wandte seinen Blick ab. Nach den Jahren der Hungersnöte gab es viele, die auf die Barmherzigkeit anderer angewiesen waren, um zu überleben, doch jedes Mal wurde ihm beim Anblick eines Bettlers unbehaglich zumute.

Die Gerüche einer geschäftigen, blühenden Stadt lagen in der Luft. Offene Feuer qualmten und überdeckten fast den Gestank der Kloaken und des Tierdungs, den Pferde, Ochsen, Schweine und Schafe hinterließen. Als sie sich der Schänke näherten, drängten sich außerdem noch die Gerüche aus der Metzgerei auf.

Sie blieben stehen. Adams Geschäft lag an einer Straßenecke, direkt neben der Schänke, dahinter befand sich die Stadtküche. Eine schmale Straße führte an den Stallungen vorbei in den Hof des Gasthauses. Die Innereien, in die Baldwin am Abend zuvor getreten war, lagen noch immer vor dem Gebäude. Vier streunende Hunde balgten sich um die Reste und knurrten einander an.

Adam stand vor seinem Geschäft, ein Messer in der Hand. Er trug seine alte, schwere Schürze. An einem Dreifuß hing, an den Hinterbeinen zusammengebunden, ein

Schwein. Als Adam es abstach, quiekte es laut und schrill und sein Körper zuckte und zappelte, während das Blut aus der durchschnittenen Kehle in eine große Wanne auf dem Boden strömte. Schließlich hing es reglos da, und Adam trennte den Körper von der Brust bis zur Hüfte auf. Die Gedärme, gelblich-braune Wülste, glitten aus dem Leib wie Schlangen aus einem Sack. Ein Helfer übergoss den Kadaver mit kochendem Wasser und schärfte ein Messer, mit dem er die Borsten von der Haut entfernen wollte. Adam steckte die Hand in das Tier und holte Herz und Lunge heraus.

Der Gestank von verwesendem Fleisch zog durch die Straße. Schon oft hatten sich die Bewohner bei Baldwin über den Geruch der Abfälle und die Fliegen, die davon angezogen wurden, beklagt, aber er konnte wenig dagegen unternehmen. Wenn die Leute etwas zu essen haben wollten, musste der Schlachter seinem Handwerk nachgehen können. Dass die Fäkalien aus den Gedärmen der Tiere so lange auf der Straße herumlagen, bis sie zum Misthaufen gebracht wurden, gefiel ihm auch nicht, aber die Därme mussten nun mal gereinigt werden, weil man sie zur Herstellung von Wurst benötigte.

Nachdem der Kadaver von den Borsten befreit worden war, wurde das nächste Tier zu seinem dreibeinigen Schafott gebracht. Adam wetzte das Messer, während es ängstlich schreiend hochgezogen wurde. Die kleinen Augen rollten verzweifelt hin und her. Adam bemerkte die drei Männer, die ihn beobachteten und grinste ihnen zu, und Roger konnte sich des Gedankens nicht erwehren, dass der Metzger mit seiner rundlichen Gestalt und den glänzenden Knopfaugen seinem Opfer irgendwie ähnelte.

Sie gingen weiter zum Gefängnis. Simon bemerkte, dass Baldwins Blick zur Schänke hinüberwanderte.

»Was ist?«, fragte er.

»Oh, ich denke gerade darüber nach, dass vor dem Wirtshaus wahrscheinlich recht häufig irgendwelche Karren halten, so wie gerade jetzt. Schau.«

Der Vogt sah den alten Karren und das abgemagerte Pferd, das müde davor stand. »Und?«

»Wir sind davon ausgegangen, dass Cole das Silber nicht durch das Fenster zur Straße hätte hinausschaffen können, aber sieh nur. Wenn ein Karren dort steht, verbirgt er die Sicht auf das Fenster und jemand könnte ungestört etwas hindurchreichen.«

»Ja, aber bei der Menge von Diebesgut, um die es geht...«

»Nun ja, wenn er Komplizen hatte, wäre es sicherlich möglich gewesen.«

»Trotzdem, eins verstehe ich nicht.«

»Und das wäre?« Baldwin sah ihn mit einem fast belustigten Lächeln an. Simon war noch längst nicht wieder der Alte, aber er war auf dem guten Weg dorthin. Nicht nur wie er seine Frau beim Frühstück angelächelt hatte, er sah insgesamt verändert aus. Gestern noch hatte er sich mürrisch und übellaunig gezeigt, aber nun schien sein Interesse geweckt, und er zeigte etwas von der Aufmerksamkeit und dem Zweifel, die Baldwin an ihm schätzte. Wenn er seinen Vermutungen widersprach, konnte das nur als gutes Zeichen gedeutet werden.

»Nehmen wir an, er hatte wirklich einen Komplizen, warum hatte er dann zwei Silberteller bei sich, als ihn die Söldner erwischten?«

Baldwin blieb stehen. »Ich... Wieso?«

»Wenn du Recht hast, muss er alles seinem Komplizen nach draußen gereicht haben. Warum sollte er also zwei Teller bei sich gehabt haben, als man ihn schnappte?«

»Vielleicht war sein Freund bereits fort, sodass er die beiden Stücke selbst mitnehmen musste.«

»Durch den Schankraum? Das wohl kaum. Und warum hat er so etwas Wertvolles wie das Salzgefäß zurückgelassen?«

»Eben aus diesem Grund. Zwei Teller konnte er am Körper verbergen.« Baldwin hob die Schultern.

»Aber warum hätte er dieses Risiko noch eingehen sollen? Wenn sein Komplize verschwunden war, hätte er sich doch sicher so schnell wie möglich davongemacht.«

»Warum? Er ist ein Dieb. Diebe sind gierig. Sein Komplize ist also fort, oder es dauert aus irgend einem Grund zu lange, bis er wiederkommt. Also nimmt Cole die letzten beiden Teller an sich.«

»Versetz dich in seine Lage. Hättest du so gehandelt? Das Ganze scheint sehr gut geplant gewesen zu sein. Und dann verschwindet dein Partner, und du weißt nicht genau warum. Jetzt musst du flüchten, und das heißt, du musst durch den Schankraum, wo etwa dreißig Männer dich beobachten. Der Großteil der Beute ist fortgeschafft, aber die letzten beiden Teller willst du unbedingt auch noch nehmen? Das kann ich nicht glauben.« Simon schüttelte den Kopf

»Diebe handeln nicht immer logisch.«

»Aber so weit denken können sie sicherlich, dass es unsinnig ist, einen Teil des Diebesguts mit sich herumzuschleppen. Spätestens auf der Flucht würde sich jeder von diesen Dingen trennen.«

»Da ist sicherlich etwas dran, aber bedenke Folgendes: Der Dieb hat auch das Mädchen ermordet. All seine Pläne sind über den Haufen geworfen. Er verbirgt die Leiche und flüchtet auf dem schnellsten Weg. Vielleicht war der Komplize gar nicht verschwunden, und der Mörder flüchtete durch das Fenster.«

»Jemand hätte ihn gesehen«, meinte Simon

»Nicht, wenn ein Karren die Sicht verdeckt hat.«

»Aber Sir Baldwin, wer hat dann hinter ihnen die Läden verschlossen?«

Baldwin merkte, dass er nun selbst ins Grübeln geriet. »Ich habe keine Ahnung«, murmelte er. »Aber eine bessere Erklärung fällt mir auch nicht ein.«

»Ich will wissen, was geschehen ist«, beharrte Simon.

Baldwin schlug mit der Faust gegen die Gefängnistür. »Nun, das werden wir vielleicht jetzt herausfinden. Simon … wohin gehst du?«

»Mir ist ein Gedanke gekommen«, antwortete der Vogt über die Schulter.

In diesem Augenblick hatte der Metzger seine Arbeit beendet und saß nun auf einem Schemel, einen Krug Ale in der Hand. Jeder, der vorbeikam, wechselte ein paar freundliche Worte mit ihm und bekam ein Lächeln mit auf den Weg. Den Kindern zwinkerte er fröhlich zu.

Als Simon die andere Straßenseite erreicht hatte, sah er, dass Baldwin ihm gefolgt waren. Er stand vor der Schänke. Zu seiner Linken befanden sich die zur Straße führenden Fenster der Räume, in denen das Silber gelagert hatte. Bei dem regen Treiben, das auf der Straße herrschte, schien es unmöglich, dass jemand unbemerkt blieb, der sich über längere Zeit vor den Fenstern aufgehalten hätte.

Simon ging langsam am Geschäft des Metzgers vorbei, dorthin, wo sich die Straßen kreuzten und zum Hügel hinauf führten, wobei er sich des amüsierten Lächelns Baldwins durchaus bewusst war. Der Anstieg war recht steil, aber schon bald verlor sich der Weg zwischen den Bäumen.

»Genug gesehen?«, fragte Baldwin.

»Ich glaube schon.« Simon schaute ihn nachdenklich an, bevor er sich mit einem Lächeln dem Metzger zuwandte. »Ein schöner Morgen, nicht wahr?«

Adam grinste. Sein Rücken tat weh, sein Füße schmerzten und er hatte sich in den Daumen geschnitten, aber die Sonne wärmte sein Gesicht, das Ale schmeckte, und die meiste Arbeit des Tages war getan. Den Rest konnte sein Lehrjunge erledigen. »Ja, Sir, es tut gut, zur Abwechslung mal in der Sonne zu sitzen.«

»Es ist sicher anstrengend, bei dieser Hitze zu arbeiten«, meinte Simon und schaute ins Innere des Ladens, wo der Lehrjunge schwitzend das Schwein ausnahm.

»Ach, es geht, Sir«, antwortete Adam jovial und trank einen kräftigen Schluck. »Hier draußen geht es. Drinnen wird es oft ein bisschen warm.«

»Aber meistens arbeitest du draußen?«

»Fast jeden Morgen. Nachmittags geht es drinnen weiter, wenn wir die Knochen austrennen und das Fleisch zerlegen. Dann muss das Schweinefleisch gepökelt werden; das Rindfleisch hängen wir auf, damit es zart wird. Wir räuchern, machen Würste und was weiß ich noch alles. Gibt immer was zu tun. Die Leute glauben, das Schlachten sei das Schwerste, aber für uns fängt die Arbeit dann erst an.«

Roger sah, wie der Lehrjunge bei den Worten seines Herrn den Mund verzog. Offenbar bedeutete ›uns‹ nicht unbedingt, dass die Mühen gerecht verteilt waren. Mit Mühe unterdrückte er ein Lächeln. »Warst du gestern hier – am Nachmittag?«, fragte Simon.

»Ja, Sir.«

»Auf der Straße?«

»Ja, hier an diesem Fleck. Mein Junge«, er deutete mit dem Daumen nach hinten, »war drinnen mit ein paar Hühnern und Fasanen zugange, während ich eine kleine Pause machte. Die Schreie dieser Tiere gehen mir durch Mark und Bein.«

»Hast du jemanden vor den Fenstern der Schänke gesehen?«

»Was, da?«, fragte Adam, streckte den Finger aus und blinzelte.

»Ja, vor den Zimmern an dieser Seite.«

»Nein. Die Leute halten sich hier nicht lange auf, wenn Gedärme auf der Straße liegen. Ich war nicht den ganzen Tag hier, aber gesehen hab ich nichts.«

»Warst du am frühen Nachmittag hier?«

»Lasst mich überlegen…« Fast Hilfe suchend schaute Adam zu seinem Lehrjungen. »Ich weiß es nicht genau, ich glaube nicht.«

»Und du – hast du vielleicht jemand bemerkt? Ist dir jemand aufgefallen, der sich vor den Fenstern herumtrieb?«, fragte Baldwin den Lehrjungen.

»Ich, Sir? Nein, ich habe den ganzen Nachmittag drinnen gearbeitet, ich konnte kaum einen Blick nach draußen werfen.«

Adam nickte beifällig, während der Junge antwortete, und plötzlich hatte Simon das Gefühl, als könne dieser Adam bei aller Gemütlichkeit, die seine rundliche Gestalt ausstrahlte, ein recht strenger Lehrherr sein. »Nun gut«, sagte er enttäuscht. »Danke für deine Hilfe.«

»Wartet!«, rief Adam ihnen nach, als sie ihm bereits den Rücken zugewandt hatten, und sie drehten sich um. Der Metzger grinste, verschwand kurz im Ladeninneren und kam kurz darauf mit zwei Wurstringen wieder. »Macht mir die Ehre und kostet davon, Gentlemen.«

Es dauerte etwas, bis Tanner die Tür öffnete, unrasiert, mürrisch, mit einem schmutzigen Gewand und Beinlingen bekleidet. Mit einiger Verwunderung nahm der kräftig gebaute Mann mit dem dunklen Haar und dem energischen Kinn zur Kenntnis, dass seine Besucher einfach an ihm vorbeigingen. Er folgte ihnen zum Vorhang am Ende des Raumes.

Dahinter war eine Falltür in den Boden eingelassen. Sie war mit einem großen Eisenhaken befestigt und mit einem Holzbalken verschlossen. Tanner schob den Balken beiseite, bevor er die Tür anhob. Er nahm die Leiter, die an der Wand lehnte und ließ sie in die Tiefe hinab.

Roger rümpfte die Nase, als der Gestank aus der Zelle nach oben drang. Es war nicht nur die kalte, faulige Luft, es war der Gestank von Schweiß und Angst. In diesem Gefängnis warteten die Übeltäter auf ihr Urteil, das manchmal auch ein Todesurteil war. Es schien Roger, als habe sich der Geruch der Gefangenen im Laufe der Jahre in die Mauern gefressen, als könne man ihre Hoffnung oder ihre Furcht riechen.

Aber Philip Cole verhielt sich nicht wie diese anderen. Simon war schon häufig dabei gewesen, wenn ein Gefangener aus der Zelle nach oben kletterte, und oft hatte er Mitleid verspürt. Philip Cole brauchte dergleichen nicht.

Erstaunlich behände schwang er sich von den obersten Sprossen auf den Boden und sah seine Besucher mit fast unverhohlenem Trotz an.

Baldwin hatte im Laufe der Zeit gelernt, dem ersten Eindruck zu misstrauen. Seiner Erfahrung nach waren die Menschen meistens weder so simpel noch so vielschichtig, wie sie wirkten, und doch...

Dieser Mann wurde des Diebstahls und eines abscheulichen Mordes verdächtigt, und wenn er schuldig war, hätte man es ihm irgendwie anmerken müssen. Die meisten waren nervös, wichen den Blicken der Obrigkeit aus, sie bissen sich auf die Lippen oder zuckten nervös mit den Augenlidern. Baldwin hatte hart gesottene Verbrecher zu Gesicht bekommen, die ihre Angst hatten verbergen können, aber man traf sie nur selten an, und sie waren in der Regel viel älter als dieser Bursche.

Philip Cole stand mit verschränkten Armen vor ihnen und blickte sie beinahe zornig an. Wenn er der Schurke war, der einen Raub durch einen Mord vertuscht hatte, musste er ein guter Schauspieler sein, dachte Baldwin. Seine Stirn war glatt, die Augen hell und offen, und nichts von Reue oder Schuldbewusstsein war in ihnen zu erkennen.

Fast fiel es dem Ritter schwer, sich daran zu erinnern, dass sich dieser Mann, was immer ihm auch vorgeworfen wurde, aus freien Stücken einer Truppe Söldner angeschlossen hatte; Männern, die nichts anderes als Gesetzlose waren und die ihre Existenz ausschließlich der Gewalt und ihren Waffen verdankten.

»Nun? Seid ihr gekommen, um mich freizulassen?«

Simon stellte sich neben Roger, der an der Wand lehnte, Tanner baute sich in der Tür auf. Der Vogt von Lydford hatte hier keinerlei Befugnisse, dies war Baldwins Hoheitsgebiet, und er musste das Verhör durchführen.

»Du weißt, warum du hier bist?«, begann er.

»Weil mich zwei Männer des Diebstahls beschuldigt haben. Das ist unsinnig! Wo denn ist all das Silber, das ich genommen haben soll? Durchsucht meine Taschen, ich habe nichts zu verbergen.«

»Der Dieb hatte alles gut vorbereitet, er hatte sogar einen Komplizen. Es wäre wohl ein Leichtes für einen solchen Mann, die Beute zu verstecken.«

»Ach ja? Und wo sollte ich hier ein Versteck gefunden haben?«, brach es aus Cole heraus. »Ich bin fremd hier und ich kenne niemanden.«

Baldwin konnte noch immer keine Anzeichen von Nervosität auf den Zügen des jungen Mannes finden. »Warst du gestern den ganzen Tag in der Schänke?«

»Ja«, entgegnete Cole ungehalten, als fände er die Frage überaus dumm.

»Aber letzte Nacht hat man dich einige Meilen außerhalb der Stadt aufgegriffen, auf einer Straße, die nach Süden führt. Was hast du dort gemacht?«

»Nichts. Man hat mich überfallen, hier in der Stadt.«

»Was?«

»Ich wurde angegriffen. Jemand schlug mir auf den Kopf.«

»Wo?«

»Im Hof der Schänke. Ich saß vor der Hintertür, als ich Geräusche aus den Ställen hörte. Ich lief hinüber, um zu sehen, was da los war.«

»Und dann?«

Er zuckte mit den Schultern, und zum ersten Mal schien ihm etwas unbehaglich zumute. »Ich bin über den Hof gegangen, durch die große Tür, die zu den Ställen führt. Ich war ganz allein. Als ich drinnen war, stolperte ich über etwas. Es war dunkel, und ich versuchte mich an die Dunkelheit zu gewöhnen, als mir jemand auf den Schädel schlug. Ich ging zu Boden – dann wurde mir schwarz vor Augen.«

»Hast du gesehen, wer dich geschlagen hat?«

Cole betastete eine Stelle über seinem rechten Ohr. »Nein«, räumte er kleinlaut ein. »Leider nicht.«

»Lass mich mal sehen.« Baldwin betrachtete die Stelle

am Kopf des Gefangenen. Er log nicht, das war klar. Das Haar glänzte klebrig. Baldwin strich darüber, und Cole verzog das Gesicht. Im schummrigen Licht des Gefängnisses war es schwer auszumachen, aber es sah aus wie getrocknetes Blut. Er trat wieder einen Schritt zurück. »Hat dich vielleicht jemand beobachtet?«

»Ich weiß es nicht.« Der alte Trotz kam wieder zum Vorschein. »Ich war ja bewusstlos.«

»Wann geschah das?«, warf Simon ein.

»Irgendwann am späten Nachmittag.«

»Wir haben dich mitten in der Nacht gefunden. Willst du uns weismachen, dass du so lange bewusstlos warst?«

»Ich weiß nur, dass ich zu den Ställen gegangen bin, um nachzuschauen, ob mit den Pferden alles in Ordnung ist. Als ich wieder zu mir kam, schauten Männer auf mich herunter, als sei ich ein Käfer, den sie unter einem Stein entdeckt hatten.«

Der Vogt sah Baldwin ratlos an. »Wenn das, was du sagst, stimmt«, fuhr Baldwin fort, »hast du dann auch eine Ahnung, wer dir diese Sache in die Schuhe schieben wollte?«

Cole starrte auf den Boden. »Ja.«

»Dann sag uns, wer es war«, forderte Baldwin ihn auf.

Cole zögerte. »Ich will ihn selbst stellen. Er hat mir übel mitgespielt, und ich will mich rächen.«

Baldwin sah ihn ungläubig an. »Weißt du eigentlich, in welcher Lage du dich befindest?«, fragte er. »Jemand hat das Silber deines Anführers gestohlen, und bei dir hat man zwei seiner Teller gefunden. Ein Mord ist geschehen, wahrscheinlich während des Diebstahls. Und du stehst hier und willst…«

»Ein Mord?« Cole schrak zurück, und sein Entsetzen wirkte so echt, dass Baldwin nicht daran zweifelte, dass er bislang nichts von Sarras Tod gewusst hatte. Ob das daran lag, dass er angenommen hatte, sie sei nur verwundet gewesen oder ob er gar nichts von der Tat ahnte, war etwas anderes. »Was für ein Mord? An wem? Das ist ein

Trick – ihr wollt mich dazu bringen, den Diebstahl zu gestehen, indem ihr mir einen Mord …«

»Halt den Mund!«, fuhr Tanner ihn an, aber Baldwin hob die Hand. Er sah dem Gefangenen in die Augen.

»Das ist kein Trick. Wir wollen dir keine Falle stellen. Wir wollen einen besonders hinterhältigen Mord aufklären, und du bist unser Hauptverdächtiger. Der Einzige, um genau zu sein.«

»Aber ich weiß nichts davon. Wer ist denn tot? Einer der Soldaten?« Sein Gesicht war aschfahl und die Augen flackerten unruhig hin und her, als habe er endlich begriffen, in welcher Gefahr er schwebte.

»Sag uns, wer dir etwas anhängen wollte. Du warst erst einen Tag bei Sir Hector. Hast du jemanden verärgert?«

Cole holte tief Luft. »Es war sicher jemand aus der Truppe. Ich habe keine Ahnung, wer, aber es muss einer von ihnen gewesen sein.« Baldwin nickte aufmunternd, und der junge Mann sprach weiter. Seine zögernde Stimme verriet, was in ihm vorging.

»Vor etwa fünf Jahren sind Sir Hector und seine Männer schon einmal durch diese Stadt gezogen. Ich war damals erst vierzehn, aber mein Bruder Thomas war fast zwanzig, und er war kräftig und zäh. Er war ein guter Bruder, der sich um die Familie kümmerte, um seine vier Brüder und eine Schwester. Unser Vater starb, als er elf war, und er arbeitete für jeden Bauern, der Hilfe brauchte. Als meine Schwester heiraten wollte, schuftete er wie ein Sklave, damit sie ihre Aussteuer zusammenbekam. Aber dann starb auch unsere Mutter und kurz darauf unser jüngster Bruder. Thomas verlor allen Mut. Er liebte ein Mädchen, aber sie war schon jemand anderem versprochen. An ihrem Hochzeitstag sagte er zu mir, er ginge nun fort.«

»Das ist alles sehr interessant«, murmelte Baldwin, »aber …«

»Es ist interessant, Sir. Thomas trug mir auf, mich um John zu kümmern, den letzten unserer Brüder, und machte sich davon. Etwa ein Jahr später bekamen wir Besuch. Jemand teilte uns mit, dass mein Bruder sich Sir Hectors Truppe angeschlossen hatte und dass er bei einer Schlacht in der Gascogne gefallen wäre.«

»Es hat viele Kriege in der Gascogne gegeben, besonders an der Grenze zu Frankreich«, sagte Baldwin und Cole nickte.

»Ja, Sir, und ich hätte auch sicher nicht weiter darüber nachgedacht, wenn der Bote nicht erzählt hätte, dass Thomas in der Schlacht als Bogenschütze gekämpft habe. Wie ich schon sagte, er war ein kräftiger Mann, und er konnte kämpfen. Aber mit einem Bogen hätte er nicht einmal ein Scheunentor getroffen. Niemand bei Verstand hätte ihm in der Schlacht einen Bogen anvertraut. Er war einer von denen, die mit dem Spieß die Bogenschützen verteidigen – aber selbst einer? Das machte uns misstrauisch.«

»Solche Dinge werden oft falsch berichtet, gerade nach größeren Schlachten«, meinte Baldwin nachdenklich.

»Ich weiß, Sir, aber es kam mir dennoch seltsam vor. Aber der Bote schien sich so sicher. Auch als ich ihn bedrängte, blieb er dabei – Thomas sei Bogenschütze gewesen. Vor zwei Monaten ist nun auch mein Bruder John gestorben, er wurde bei der Feldarbeit von einem Karren überrollt. Mich hielt nichts mehr zu Hause, und als ich hörte, dass Sir Hectors Männer sich wieder hier aufhielten, wusste ich, dass ich herausfinden musste, was wirklich mit Thomas geschehen war.«

»Und deshalb hast du dich ihnen gleich angeschlossen?«, fragte Simon skeptisch.

»Ihr müsst mich verstehen, Sir«, bat Cole. »Als ich die Truppe in der Schänke sah, war mir klar, dass mir niemand freiwillig Auskunft erteilen würde. Wäre ich einer von ihnen, würde ich die Wahrheit leichter erfahren, dachte ich.«

»Und was hast du herausgefunden?«, fragte Baldwin.

»Nichts, absolut nichts. Ich habe ein paar Soldaten nach Tom gefragt, aber niemand schien jemals etwas von ihm gehört zu haben. Und dann passierte das, was ich berichtet habe.«

9. KAPITEL

Simon atmete erleichtert auf, nachdem sie das Gefängnis verlassen hatten. Die Enge und die Dunkelheit hatten ihm fast die Kehle zugeschnürt. Die Luft auf der Straße roch nicht viel angenehmer, weil die Sonne den Unrat in den Abwassergruben erwärmte, aber zumindest sah man das Licht der Sonne und Menschen, die ihrem Tagwerk nachgingen.

»Wir gehen am besten in die Schänke und erlösen Edgar und Hugh«, sagte Baldwin und schaute zum Himmel hinauf. Mittlerweile war der Vormittag vorangeschritten.

Sie gingen über die Straße, an einem Pferdewagen vorbei. Der Vogt sah, dass der Metzger nicht mehr vor seinem Laden saß. Sein Schemel war leer. Ein Blick durch das Fenster zeigte den jungen Lehrling, der gerade ein Schwein zerlegte, das an einem Haken von der Decke hing. Immer wieder wischte der Jüngling den Schweiß von der Stirn, während die Fliegen um ihn herumschwirrten. Es musste anstrengend sein, bei dieser Hitze zu arbeiten, und das Fleischerbeil war sicherlich schwer. Es warteten noch einige Kadaver auf den jungen Mann, und wenn er die Arbeit nicht ordentlich machte, gab es sicherlich einen Rüffel von seinem Herrn. Dreizehn oder vierzehn Jahre alt mochte der Bursche sein, und unwillkürlich fiel Simons Blick auf das ernste Gesicht von Roger de Grosse. Er fragte sich, ob dem jungen Geistlichen bewusst war, wie glücklich er sich schätzen konnte.

In der engen Gasse am Eingang zum Markt war es dunkel und kühl, eine Wohltat nach der Hitze der Straße, wo die glänzenden Pflastersteine heißer schienen als die Strahlen der Sonne selbst. Aber die Luft stand still, und selbst im Schatten lief ihm der Schweiß über den Rücken. Dennoch musste er lächeln. Er war ganz ruhig, nicht ein Anflug von Furcht regte sich in ihm, und das erfüllte ihn mit Stolz.

Der Vogt interessierte sich also für den Lehrling des Metzgers? Was für ein reger Geist! Rege oder leer, jedenfalls war er besser als der seines Freundes Sir Baldwin Furnshill. Dieser Mann galt als wachsam und intelligent, jemand, der vorsichtige, aber geschickte Fragen stellte und eine viel größere Gefahr als der Coroner von Exeter darstellte, der sich kaum noch in Crediton blicken ließ. Der hatte auch genug mit den Horden von Seeleuten zu tun, die sich bei den Docks herumtrieben. Um die Gesichter des Todes zu sehen, brauchte er nicht weit zu reisen. Aber dieser Baldwin galt als klug. Bei diesem Gedanken verzog der Mann im Schatten hämisch die Mundwinkel. Klug! Und dennoch ging er jetzt wieder in die Schänke, wo er zweifellos Sir Hector fragen würde, ob er sich vorstellen könne, wer das Mädchen getötet hatte.

Die beiden Männer betraten das Wirtshaus, und ihr Beobachter lächelte erneut. Seine Gedanken waren heute so klar wie gestern Abend, als er gespürt hatte, wie sanft das Messer in ihren Körper geglitten war. Als würde man die Waffe in eine gut geölte Lederscheide stecken, eine, in die die breite Klinge genau passte. Zunächst hatte es ihn verblüfft, wie kristallklar alles vor ihm lag, aber dann hatte er sich daran erinnert, dass er das seiner Intelligenz zuschreiben konnte. Unmöglich, dass die anderen ihm auf die Schliche kommen würden.

Ein Grinsen breitete sich langsam auf seinem Gesicht aus. Jetzt machten sie sich daran, die Diebe zu suchen, und sie würden viele Verdächtige finden. Nur Männer, die etwas zu verbergen hatten, schlossen sich einem Söldnertrupp an.

Ja, dachte er, in einem solchen Haufen findet man viele

verdächtige Gestalten. Die Männer des Königs hatten vorerst genug zu tun.

»Hugh, würdest du bitte damit aufhören.« Meistens bewies Edgar in seinem Umgang mit Hugh die Geduld eines jüngeren Bruders, aber als dieser wohl zum zehnten Mal seinen Dolch aus der Scheide gezogen und ihn prüfend gemustert hatte, wurde es ihm langsam zu viel. Wenn Simons Diener sich nicht mit seinem Dolch beschäftigte, pfiff er vor sich hin – ein hohles, unheimliches Pfeifen, das Edgar an das Heulen des Windes erinnerte, der nachts auf dem Friedhof durch die Bäume fuhr. Außerdem trommelte er ständig mit den Fingern. »Kannst du nicht einfach ruhig sitzen?«, fragte er gereizt.

»Nein«, entgegnete Hugh mürrisch. »Ich bin es nicht gewohnt, eine Leiche zu bewachen.« Man sah ihm an, wie ihm zumute war. Nicht nur, dass er Peter Cliffords Ale und dessen üppige Tafel vermisste. Hugh war in den Mooren aufgewachsen, südlich des alten Waldes von Dartmoor, und es spornte seine abergläubische Fantasie an, sich in einem Raum mit einer Leiche zu befinden. Schlimmer wäre es nur noch gewesen, wenn es sich um eine Selbstmörderin gehandelt hätte. Er hatte die ganze Nacht kein Auge zugetan, weniger aus Pflichtbewusstsein, sondern aus Angst vor dem Teufel, der vielleicht kommen würde, um sich eine unerlöste Seele zu holen. Hugh wusste, was die Priester sagten: Wenn ein Mann oder ein Frau starb, ohne gebeichtet zu haben, dann durften sie nicht in geweihter Erde begraben werden. Sie kamen nicht in den Himmel, sondern gehörten dem Satan, also war Hugh bei jedem Geräusch, das er gehört hatte, aufgeschreckt, als würde sich der Höllenfürst sein Opfer nun holen. Im Licht des frühen Morgens sah alles schon etwas weniger Furcht erregend aus.

»Du bist doch der Sohn eines Bauern. Du hast doch sicherlich schon öfter mal Leichenwache gehalten.«

»Natürlich habe ich das«, entgegnete Hugh entrüstet.

»Aber es ist das erste Mal, dass mir mein Herr befohlen hat, ein Mordopfer zu bewachen, für den Fall, dass ein Wahnsinniger kommt und die Leiche entführen will.« Er stand auf und warf einen Blick auf die tote Sarra.

Sein Herr und Baldwin hatten sie mit einem Tuch bedeckt, das in der Kiste gelegen hatte, sodass er ihr Gesicht nicht sehen konnte. Dennoch übte die Leiche eine morbide Faszination auf ihn aus. Er kannte den Tod in all seinen Gestalten, er hatte während der schrecklichen Hungersnöte von 1315 und 1316 genug Leichen gesehen, und auch die der armen Seelen, die vor vier Jahren von marodierenden Banden erschlagen worden waren. Doch der Anblick von Sarras goldblondem Haar, das unter dem Tuch hervorquoll, stimmte ihn ganz besonders traurig.

»Jetzt reicht es aber! Bleib endlich sitzen. Sonst werde ich selbst noch ganz unruhig.«

Hugh antwortete nicht, aber nach kurzer Zeit begannen seine Finger erneut, einen schnellen Rhythmus zu trommeln. Edgar wollte ihn gerade anfahren, als es an der Tür klopfte. Vorsichtig öffnete er sie einen Spalt.

Draußen stand ein alter Soldat. »Ich soll etwas für meinen Herrn holen«, sagte er. »Armes Mädchen«, fügte er mit einem Blick auf Sarra hinzu.

Edgar zog die Tür auf. »Mach schnell. Und fass nichts von dem an, was in der offenen Kiste liegt.«

Der Soldat kam herein und machte sich an den anderen Kisten zu schaffen. Hugh beobachtete, dass sein Blick dann und wann zu der Leiche auf dem Boden wanderte; doch es lag weder Entsetzen noch Furcht darin, es schien, als akzeptiere der Mann die Gegenwart des Todes als etwas ganz Normales. Hugh war empört. Er war recht stolz darauf, dass er die ganze Nacht bei der Toten gewacht hatte, und fand, dass auch andere den Mut von zwei Männern schätzen müssten, die Geister und Teufel fern gehalten hatten.

Sir Hectors Mann wandte sich ihm zu. »Diese Kiste dort muss ich öffnen.«

Hugh stellte sich neben ihn, während er den Inhalt der Kiste durchstöberte und schließlich einen kurzen Umhang und einen Gürtel mit Schmuckschnalle hervorzog.

Kurz nachdem er gegangen war, trafen Simon und Baldwin zusammen mit Roger ein. Zu Hughs Enttäuschung fragte niemand, wie die Nacht gewesen war, sie nahmen ohne Umschweife das Tuch von der Leiche und Baldwin betrachtete sie eingehend.

Simon trat ans Fenster und schaute hinaus. Pferdewagen und Karren ratterten vorbei, Reiter und Fußgänger bahnten sich ihren Weg. Es herrschte ein reges Treiben, und er fragte sich ein weiteres Mal, ob es wirklich möglich war, dass jemand einem Komplizen auf der Straße etwas nach draußen reichen konnte, ohne dass es auffiel. Nachdenklich strich er über den Rahmen. Das Fenster war klein, aber ein schlanker Mann konnte sich hindurchwinden – vorausgesetzt jemand hatte zuvor die Läden geöffnet.

Baldwin bat Edgar, ihm zu helfen. Vorsichtig rollten sie die Leiche auf die Seite. Über Sarras rechtem Ohr war eine Beule zu erkennen, unter der verkrustetes Blut klebte. Sie ähnelte Coles Verletzung, was einen Umstand erklären mochte. Als man sie gefesselt und geknebelt hatte, war sie wahrscheinlich ohnmächtig gewesen. Aber warum war sie später erstochen worden? Er warf einen Blick in die Truhe. Dort, wo ihr Kopf gelegen hatte, sah man einen bräunlichen Fleck. Tote bluteten nicht, so viel wusste er. Sie hatte also noch gelebt, als man sie dort hineingesteckt hatte.

Simon verließ den Raum. Baldwin folgte ihm, nachdem er ein Stück von Sarras Gewand abgeschnitten hatte. Sie betraten Sir Hectors Zimmer. Auch hier ging Simon sofort ans Fenster und schaute angestrengt hinaus. Roger blieb bei ihnen.

An den Tischen draußen saßen Männer im Schatten einer alten Ulme, tranken Ale und unterhielten sich lachend. Einige kümmerten sich um ihre Ausrüstung, sie polierten ihre Helme und Schilde, bis sie so in der Sonne blitzten, dass man kaum hinsehen konnte. Zwei Männer reparierten Bogen, und ein anderer schliff mit einem Wetzstein sein Schwert.

Er hörte Baldwins Gemurmel hinter sich, aber der Anblick, der sich ihm draußen bot, faszinierte ihn. Selten sah man Männer, deren Handwerk der Krieg war, so ruhig beieinander sitzen. Wären sie Bauern gewesen, die ihr Werkzeug reinigten und sich auf die Arbeit des Tages vorbereiteten, die Szene hätte nicht friedlicher wirken können. Die Söldner schliffen ihre Schwerter wie die Leibeigenen ihre Sensen, und die Sorgfalt, mit der die Männer ihre Schilde polierten, verlieh dem Ganzen fast etwas Idyllisches.

»Was gibt es dort draußen so Interessantes?«

Simon deutete hinaus. »Wie sorgsam sie ihr Rüstungszeug putzen.«

Der Ritter lächelte nachsichtig. »Das gehört zu ihrem Handwerk. Die meisten Heere bestehen aus Leibeigenen, die von ihren Lehnsherren gezwungen werden, ihre Felder zu verlassen und für eine Sache zu kämpfen, die sie meistens nur vage begreifen. Wenn sie auf ihresgleichen treffen, erweisen sie sich oft als gute Kämpfer. Wenn sie jedoch einer Armee von ausgebildeten Soldaten in voller Rüstung gegenüberstehen, bekommen sie es mit der Angst zu tun. Ihre Gegner leuchten wie Engel, wenn die Sonne auf ihre Panzer fällt und der Glanz ihrer Rüstungen blendet. Söldner sind Kriegshandwerker, es ist ihr Beruf, zu kämpfen, und dazu gehört, dass sie ihre Waffen beherrschen und ihr Rüstungszeug in bestem Zustand ist. Schließlich wollen sie gewinnen und nicht sterben. Wenn Helm und Schild glänzen, bedeutet das einen Vorteil mehr für sie.«

»Alles, was sie tun, dient dem Töten.«

»Nicht unbedingt – wichtiger ist der Sieg. Sie sind vor allem Geschäftsleute. Am Töten allein verdienen sie nichts. Für reiche Gefangene kann man ein Lösegeld erpressen, aber im Allgemeinen sehen es diese Söldnerheere lieber, wenn ihre Gegner die Flucht ergreifen.«

»Was geschieht mit Gefangenen, die nichts besitzen?«

»Sie werden umgebracht.« Baldwins Stimme wurde harscher. »Aber so skrupellos sind nicht nur Söldnertrupps. In jedem Krieg leiden vor allem die Armen und Schwachen. In Schottland wird das Gleiche geschehen, wenn die englische Armee versucht, Bruce aufzuhalten.«

Simon kniff die Augen zusammen. »Da, die beiden an dem Tisch – sind das nicht die Männer, die Cole erwischt haben?«

Baldwin nickte. »Am besten, wir sprechen gleich jetzt mit ihnen«, sagte er und ging nach draußen; die anderen folgten ihm.

Im Schankraum trafen sie auf Sir Hector, der sich bei Paul über die Qualität der Speisen beschwerte. Cristine betrat von der anderen Seite her den Raum. Sie trug ein großes Tablett und machte Sir Baldwin mit einer Verneigung Platz, dem jedoch nicht entging, dass ihr Lächeln einem anderen galt. Ein kurzer Blick über die Schulter verriet ihm, dass es sich um seinen Diener handelte.

Edgar versuchte so gleichmütig wie immer dreinzuschauen, aber er hatte sich bereits verraten. Der Ritter verkniff sich ein Lächeln. Edgar diente ihm schon viele Jahre, doch heute hatte er ihn in der Tat überrascht.

Henry Hurdle lehnte sich entspannt an die Mauer des Gasthauses. Er hatte die Daumen in den Gürtel gesteckt, saß mit halb geschlossenen Augen da und rülpste leise. Die Sonne schien so warm wie in Frankreich, aber hier in England mundeten ihm die Getränke besser. Der wässerige Wein war ein schlechter Ersatz für ein gutes Ale, auch wenn es heute ein schwaches war. Die Frau des Wirts konnte durchaus ein feines Stark-Ale brauen, und wer das nicht gewohnt war, der wurde davon schläfrig. Doch heute hatte sie ein schwächeres Ale mit weniger Malz bereitet, das angenehm weich und mild schmeckte, und

Henry hatte sich schon drei Pints durch die Gurgel rinnen lassen. Wie man auf die Idee kommen konnte, auch Hopfen statt Getreide zu verwenden, blieb ihm ein Rätsel. Der machte das Bier nur bitter, und jeder wusste, dass es der Gesundheit schadete. Die Flamen im Norden Frankreichs, die es in großen Mengen tranken, sahen fett und aufgeschwemmt aus. Bier war einfach nicht so bekömmlich wie gutes englisches Ale.

Ein Stoß in die Rippen schreckte ihn aus seiner Zufriedenheit. »Wach auf, Henry, der Friedensrichter kommt. Mit seinem Freund«, flüsterte John ihm zu.

Mühsam öffnete Henry die Augen und sah Baldwin und Simon in der Tür der Schänke. Er gähnte und streckte sich. »Sollen sie nur kommen.«

Während er scheinbar gelangweilt dasaß, kreisten seine Gedanken darum, was er den Männern über die letzte Nacht erzählen sollte. Der Richter besaß einen guten Ruf. Wenn man den Bewohnern der Stadt Glauben schenken durfte, konnte er Wahrheit und Lüge gut auseinander halten. Henry traute so etwas zwar niemandem zu, aber er stellte sich darauf ein, dass Baldwin unangenehme Fragen stellen würde. Natürlich galt es zu vermeiden, dass der Ritter an ihrer Geschichte zweifelte. Er setzte ein offenes Lächeln auf und wartete.

Aus der Ferne hatte Baldwin den Eindruck, zwei ganz gewöhnliche Männer zu sehen. Der eine döste in der Sonne, der andere stützte sich mit dem Ellbogen auf den Tisch und trank sein Ale. Als er jedoch vor ihnen stand, beschlich ihn sofort Misstrauen. War sein erster Eindruck von Cole vorteilhaft gewesen, so löste der Anblick der beiden Männer im hellen Licht des Tages die gegenteilige Reaktion bei ihm aus.

Am Abend zuvor hatte er den einen schon für einen sehr vierschrötigen Burschen gehalten. Jetzt stellte er fest, dass ihn sein erster Eindruck nicht getäuscht hatte. John Smithson war ein äußerst unangenehmer Geselle, sein Gesicht war hager und blass, die Stirn niedrig, und die wässrigen, unruhigen Augen wichen Baldwins Blick aus. Als sie vor ihnen standen, trank Smithson einen Schluck Ale. Ein Teil der Flüssigkeit lief ihm die Wange hinunter und er wischte sie mit dem Handrücken ab. Baldwin fragte sich, wie es sein musste, ihm beim Essen zuzusehen.

Die beiden hockten allein an einem Tisch, und Simon fragte sich flüchtig, warum, denn an den anderen saßen die Söldner in großen Gruppen beisammen. Er nahm gegenüber von ihnen Platz.

Dieses Gespräch würde einige Zeit in Anspruch nehmen, dachte Hugh resignierend. Er stellte sich hinter seinen Herrn, als dieser das Wort an Henry richtete.

»Gestern Abend waren wir alle müde. Ich kann mich kaum noch daran erinnern, wie ihr dazu kamt, Cole zu verfolgen und wie ihr ihn schließlich gefangen habt. Erzähl es mir noch einmal.«

Hugh hörte zu, während der Mann berichtete, wie Cole ihm und seinem Freund in der Stadt aufgefallen war. Sie waren ihm nur nachgegangen, um ihn auf ein Ale einzuladen, aber dann hatte sein Gebaren sie misstrauisch gemacht. Er war durch die Straßen geschlichen, als habe er etwas zu verbergen, und sie beschlossen, ihn zu verfolgen. Offensichtlich kannte er sich in der Stadt gut aus, denn er wählte stets die dunkelsten Gassen. Schließlich bemerkten sie, wie er etwas fallen ließ. Sie hörten einen Aufprall und sahen etwas Glitzerndes. Plötzlich wurde ihnen klar, was geschehen sein musste: Er hatte das Silber ihres Herrn gestohlen und machte sich davon.

Als Cole sich bückte, um den Teller aufzuheben, entdeckte er Henry. Er riss den Teller an sich und rannte davon. Die beiden riefen um Hilfe, aber niemand schien in der Nähe zu sein, und nachdem sie eine Weile gezögert hatten, nahmen sie selbst die Verfolgung auf. Erst weit hinter der Stadtgrenze holten sie ihn ein.

Hugh fand das alles nicht besonders interessant; er hatte die Geschichte schon am Abend zuvor gehört. Am Nebentisch gab es noch drei freie Plätze. Er nickte Edgar und Roger zu, der an einem Baum lehnte. Edgar sah ihn kurz an und gemeinsam setzten sich die drei.

»Merkwürdig, dass euch niemand zur Hilfe kam«, meinte Baldwin.

»Das fand ich auch, Sir«, erwiderte Henry und schüttelte den Kopf, als könne er es noch immer nicht fassen. »Das hätte uns viel Mühe erspart.«

»In der Tat, aber ich kann verstehen, dass ihr zunächst gezögert habt.« Baldwin sprach langsam, und wer ihn nicht kannte, hätte vermuten können, dass er nicht ganz bei der Sache war. Simon wusste jedoch, dass er auf jedes Detail achtete. »Wie lange habt ihr ihn verfolgt?«

»Schwer zu sagen, aber sehr lange jedenfalls.« Henry sah seinen Freund an, der die Schulter hob.

»Was weiß ich. Wir entdeckten ihn am Nachmittag, und als wir ihn schließlich eingeholt hatten, war es bereits dunkel.«

»Genauer könnt ihr es nicht sagen?«

»Leider nein, Sir. Was spielt das auch für eine Rolle?«

»Nun, ich frage mich, wo Cole den ganzen Rest des Silbers versteckt hat, und natürlich auch, wann er es tat.«

»Wann?«

»Ja, wann«, mischte Simon sich ein. »Wann scheint überhaupt eine interessante Frage zu sein. Wann kam er in das Zimmer eures Anführers? Wann stahl er das Silber und wann versteckte er es? Darüber hinaus stellt sich noch die Frage, wo er es versteckt hat und wer ihm dabei half.«

»Denn es ist wahrscheinlich, dass mindestens zwei Männer an der Tat beteiligt waren«, fügte Baldwin hinzu.

»Woher wollt Ihr das wissen?«, fragte Smithson.

Baldwin beachtete ihn nicht. »Sir Hector ist ein vorsichtiger Mann, nicht wahr?«

»O ja, sehr vorsichtig. Aus gutem Grund. Ein Mann wie er hat viele Feinde, hier und in Frankreich. Natürlich ist er misstrauisch.«

»Besonders Fremden gegenüber.«

»Sicherlich.«

»Und er achtet wahrscheinlich auch sehr genau darauf, dass niemand, den er nicht kennt, in die Nähe seiner Speisen und Getränke kommt.«

Henry lehnte sich entspannt zurück. »Das stimmt. Er fürchtet sich davor, vergiftet zu werden.«

»Das heißt, dass er nur wenigen vertraut.«

»Richtig.«

»Dir, zum Beispiel.«

»Ja, ich bin schon viele Jahre bei ihm.« Henry lächelte stolz.

»Erinnerst du dich an Coles Bruder?«

»Coles Bruder?« Das Lächeln wirkte mit einem Mal unsicher.

»Du erinnerst dich nicht an ihn? Das ist seltsam... Du darfst doch Sir Hectors Räume betreten, nehme ich an.«

»Ich darf zu ihm, wann ich will. Ich bin immerhin sein Stellvertreter.«

»Ich weiß. Er vertraut dir. Hätte er auch Cole vertraut?«

»Cole?«, schnaubte Henry. Smithson verzog den Mund zu einem verächtlichen Grinsen.

»Was ist so lustig daran?«

»Er hätte Cole nicht einmal in die Nähe seines Zimmers gelassen. Neue Rekruten müssen sich von ihm fern halten. Wie ich schon sagte, er ist misstrauisch. Es dauert Monate, bis sich jemand sein Vertrauen verdient hat.«

»Und das wissen Sir Hectors Männer, nehme ich an.«

»O ja.«

»Wie viele Männer saßen gestern Nachmittag im Schankraum?«

»Etwa zehn. Und die Wachen, falls...«

»Falls jemand versuchen sollte, Sir Hectors Silber zu stehlen«, beendete Baldwin den Satz. »Aber irgendjemand hat sich Zutritt verschafft. Was glaubst du, wer es war?«

Henry sah ihn entgeistert an. »Woher soll ich das wissen? Ich war nicht die ganze Zeit dort.«

»Aber du warst dort?«

»Es gab ein Problem mit einem der Pferde und ich wollte mit Sir Hector darüber sprechen. Ich suchte ihn, aber er war nicht in seiner Kammer, und ich ging wieder in den Hof. Später habe ich es noch einmal versucht, aber nachdem ich ihn wieder nicht antraf, bin ich mit John hinausgegangen.«

»Es war also nicht so wichtig?«

»Ich hatte zuerst den Eindruck, als lahme das Pferd, aber am späten Nachmittag schien es sich wieder erholt zu haben. Deshalb verließen wir die Schänke.«

Hugh hatte langsam die Nase voll. Er hatte alles versucht, um die Söldner, an deren Tisch er saß, in ein Gespräch zu verwickeln, aber keiner von ihnen schien dazu bereit. Sie wichen seinen Blicken aus, und er fand sich langsam damit ab, dass sich niemand mit ihm unterhalten wollte. Edgar ignorierte alles um sich herum und beobachtete ständig seinen Herrn.

»Also«, versuchte es Hugh noch einmal, »was für ein Glück, dass Henry und John mitbekommen haben, wie Cole das Silber fortschaffen wollte, was? Zumindest haben sie ihn erwischt.« Schweigen. »Sir Hector wäre sicher außer sich vor Zorn gewesen, wenn er entkommen wäre.« Der alte Soldat, der die Kleidungsstücke aus dem Zimmer des Anführers geholt hatte, saß Hugh gegenüber. Bei seinen Worten zog er die Nase hoch und spuckte aus. Hugh versuchte es ein letztes Mal. »Irgendwann wird Cole schon verraten, wo er das Silber versteckt hat. Schade nur um das Mädchen.«

»Dieser gemeine Hund. Das arme Ding, er hätte sie nicht umbringen müssen.«

Hugh sah den Söldner an, dessen dunkle Augen funkelten. »Sie hatte das Pech am falschen Ort zu sein. Cole wollte keine Zeugen.«

»Mag sein.«

»Aber die beiden haben ihn ja erwischt«, wiederholte Hugh bemüht.

»Meinst du?«

Hugh starrte ihn verblüfft an. »Was?«

»Cole war ein Narr, wenn er den beiden vertraut hat.«

»Wovon redest du?«

»Diese beiden Halunken... sie horchen jeden Neuen aus, bis sie alles über ihn wissen, und dann nehmen sie ihn aus. Cole hatte Geld bei sich, an das sie gerne herangekommen wären – und wie der Zufall es will, ertappen ihn ausgerechnet die beiden beim Diebstahl.«

Roger sah den Söldner mit offenem Mund an. Edgar saß noch immer scheinbar unbeteiligt neben ihnen, aber auch er hörte inzwischen aufmerksam zu. »Aber was... ich meine...«, stotterte Hugh.

»Jeder, der sich einer Truppe wie unserer anschließt, hat eine Vergangenheit. Der eine muss seine Heimat verlassen, weil er jemanden im Streit getötet hat, der andere wegen einer Frauengeschichte – was auch immer. Diese beiden Schurken versuchen, hinter das Geheimnis eines Neulings zu kommen, um ihn damit zu erpressen. Sie bedrängen jeden so lange, bis er ihnen verrät, was er getan hat. ›Oh, du musst uns deine Geschichte erzählen, wir haben hier keine Geheimnisse voreinander‹, sagen sie, ›wie können wir dir sonst vertrauen‹, und so weiter.« Er spuckte wieder auf den Boden und trank einen Schluck Ale, als wolle er einen bitteren Geschmack fortspülen. »Und dann heißt es auf einmal: ›Wir brauchen etwas Geld, leih uns doch was.‹ Wenn der neue Bursche nicht pariert, dann kennt auf einmal die ganze Truppe seine Geschichte – und vielleicht erfährt man sogar in seinem Heimatort, wo er steckt.«

»Und Cole haben sie auch hereingelegt?«

»Nein, er hat sie hereingelegt. Er hat ihnen eine Lüge aufgetischt, und als sie ihn in die Zange nehmen wollten, hat er gesagt, sie sollten sich zum Teufel scheren.«

»Hör auf, Wat, du hast genug erzählt«, sagte einer der Männer am Tisch. »Du wirst Ärger kriegen. Sie bekommen mit, dass du hier große Reden hältst.«

»Was kümmert's mich?«, entgegnete der Ältere und starrte trotzig zu Smithson hinüber, der sie die ganze Zeit misstrauisch beäugte. »Sie können mir nichts anhaben, und das wissen sie auch.«

Edgar schwang ein Bein über die Bank, auf der sie saßen. »Willst du damit sagen, dass diese beiden Sir Hector beraubt und Sarra getötet haben?«

Der Soldat trank sein Ale in einem Schluck aus. »Ich weiß nicht, wer Sir Hector beraubt hat, und ich weiß auch nicht, wer das Mädchen abgestochen hat.« Edgar zuckte nur mit den Schultern und drehte sich mit einem geringschätzigen Lächeln wieder um. Wütend knallte Wat seinen Krug auf den Tisch. »Du großkotziger Flegel!« Er beugte sich vor und fuhr mit rauer Stimme fort: »Hältst du mich für einen alten Narren, der zu viel getrunken und dann in der Sonne gesessen hat? Glaubst du, nur weil dein Herr gebildet ist, kannst du auf uns einfaches Volk herabschauen? Wir sind ja so dumm und haben keine Ahnung, was? Nun, ich weiß nicht, was in Sir Hectors Zimmer geschehen ist, aber ich habe gesehen, wie die beiden am Nachmittag hineingegangen sind. Später kamen sie noch einmal zurück und beide Male haben sie sich dort ziemlich lange aufgehalten.«

»Du erzählst Unsinn«, zischte der andere Soldat. »Wahrscheinlich hast du saures Ale getrunken. Die Männer in der Schänke hätten doch bemerkt...«

»Diese betrunkenen Tölpel hätten nicht einmal bemerkt, wenn der König vorbeigegangen wäre! Ich sage nur, was ich gesehen habe. Henry und John sind in die Kammer gegangen – zweimal. Vielleicht waren sie auch nicht die Diebe. Vielleicht hatten sie sich nur nur verlaufen. Vielleicht haben sie das Silber nicht gestohlen, vielleicht haben sie das Mädchen nicht umgebracht – aber sie hatten mehr Gelegenheit dazu als der arme Cole.«

»Aber warum sollten sie Cole die Schuld in die Schuhe schieben? Sie kannten ihn doch kaum?«, fragte Edgar scheinheilig.

»Du verstehst aber auch gar nichts!«, schnaubte Wat verächtlich. »Und was ist mit Coles Bruder? Weißt du etwa nicht, dass er in unserer Truppe gekämpft hat und dass er in der Schlacht gefallen ist – kurz nachdem er seinen Anteil an einem Lösegeld bekommen hatte? Wie günstig für Henry und John, dass sie diesen Anteil übernehmen konnten. Das hätte Cole früher oder später herausgefunden und sicherlich hätte er sich gefragt, wie sein Bruder Thomas ums Leben kam. Und vielleicht hätte er erfahren, dass er durch einen Messerstich in den Rücken getötet wurde. Kann es da nicht sein, dass die beiden der Meinung waren, dass er eine Gefahr für sie darstellte, die beseitigt werden musste?«

»Und wenn es doch Cole war?«

»Wenn es Cole war, können Schweine fliegen. Warum hat er sich dann unserer Truppe angeschlossen?«

»Um herauszufinden, was mit seinem Bruder geschah, wie du selbst sagtest.«

»Und warum hat er dann das Silber gestohlen, bevor er die Wahrheit erfahren hatte?«

»Ja, warum?«

»Du bist ja so klug, du Wicht, erklär du es mir«, höhnte Wat. »Wenn du darauf brennen würdest, das Schicksal deines Bruders aufzuklären, wenn du nach Jahren die Gelegenheit dazu bekämst, würdest du den Gedanken urplötzlich aufgeben und einen Diebstahl begehen?«

»Vielleicht hatte er es schon herausgefunden.«

»Und bevor er sich an ihnen rächen kann, wird er zum Dieb? Dann ist er offenbar nicht viel schlauer als du.«

»Du glaubst also wirklich, dass es Henry und John waren?«, fragte Edgar erneut.

»Das zu beweisen ist Sache deines Herrn, nicht wahr?«

Edgar sah Wat eindringlich an und nickte bedächtig.

10. KAPITEL

Simon langweilte sich. Die Männer waren vorsichtig, und Baldwin musste ihnen jede Einzelheit förmlich aus der Nase ziehen; für den Vogt war das uninteressant. Es gab keine heftigen Wortwechsel, nur eine detaillierte Befragung. Baldwin versuchte, die Aussagen der beiden zu überprüfen, und die Männer gaben einsilbige, nichts sagende Antworten.

Die Aufmerksamkeit des Vogts ließ nach. Auf der Bank neben ihnen saßen Edgar und Hugh, die sich mit einem alten Mann unterhielten, während die anderen misstrauisch das Verhör beobachteten. Der Mann, der sein Schild poliert hatte, war nicht mehr da. Ein anderer schärfte noch immer sein Schwert mit einem Wetzstein, doch mit mechanischen Bewegungen; seine Gedanken waren nicht bei seiner Tätigkeit, und da die Sonne mittlerweile im Zenit stand, wunderte Simon das nicht besonders. Selbst im Schatten der Ulme war es drückend heiß, und nicht ein einziger Luftzug bewegte das Laub. Er stand auf und lief zur Schänke hinüber, um sich etwas zu trinken zu holen, doch als er einen Blick in die Speisekammer warf, sah er, dass Pauls Frau auf ihrem Stuhl eingeschlafen war, ihr Kopf war nach hinten gefallen, ihr Mund stand offen und sie gab leise Schnarchgeräusche und Seufzer von sich. Er lächelte und ließ sie weiterschlafen. Wo mochte ihr Mann sein? Er betrat den Schankraum und sah sich um. Drei Männer saßen vor dem Vorhang, ins Würfelspiel vertieft. Sir Hector hatte sie dort postiert, und niemand würde an ihnen vorbeikommen. Simon hatte nicht vor, ihre Entschlossenheit auf die Probe zu stellen. Er verließ den Schankraum und lief an der Vorratskammer vorbei Richtung Ausgang. Im Türrahmen blieb er stehen.

Der Anblick von Creditons Hauptstraße begeisterte ihn immer wieder. Er hatte viele andere Städte gesehen, zweimal war er sogar in Exeter gewesen, und im Vergleich dazu schien Crediton die ideale Stadt zu sein. Es wirkte lebendig, ohne Besucher durch seine Größe einzuschüchtern. Andere Städte waren zu groß, in ihren Gassen und Straßen lauerten Fallen für unbedarfte Menschen, doch in Crediton kannte jeder jeden und man konnte sich gefahrlos unter die Menge mischen. Während Simon an der Tür lehnte und schaute, eilten junge Kaufleute und Händler vorbei und gingen ihren Geschäften nach. Stiftsherren wichen mit angeekelten Gesichtern den Dunghaufen auf dem Weg aus, ein Jäger mit grob gewebtem Hemd und ledernem Wams schritt stolz vorbei, während seine Hunde ihm auf dem Fuß folgten; die Frau eines reichen Bürgers schlenderte vorüber, während eine Magd ihren schweren blauen Umhang trug. Simon lächelte und nickte ihnen zu, doch die Frau ignorierte ihn, wahrscheinlich hielt sie ihn für betrunken. Die Magd lächelte verschmitzt zurück und machte so die Unhöflichkeit ihrer Herrin wett.

Er verschränkte die Arme. Zunächst hatte er geglaubt, dass der Diebstahl und der Mord sein Interesse zur Genüge in Anspruch nehmen würden, doch seine Gedanken waren bereits wieder von dem Mann im Gefängnis zu Margaret gewandert.

Margaret war stets all das gewesen, was er sich von einer Frau ersehnt hatte. Sie war hübsch, klug und übte in nervenaufreibenden Situationen einen beruhigenden Einfluss auf ihn aus, wie damals, als er mit den Bergarbeitern aneinander geraten war, die sich im Moor angesiedelt hatten. Er hatte sie vom ersten Moment an geliebt und ihre Heirat niemals bereut. Sie hatte ihm sein Ein und Alles geschenkt: Edith und Peterkin. Doch nun war Peterkin nicht mehr da und es schien, als sei Simons Lebensfreude mit ihm begraben worden. Er war nicht mehr so geduldig wie früher, wenn Edith im Haus spielte, und er konnte nicht einmal mit Margaret über seine Trauer sprechen.

Es schien ihm ratsamer, seine Gefühle zu verdrängen und das Thema Peterkin zu vermeiden, da Margaret sonst unweigerlich näher darauf eingegangen wäre. Wenn sie viele Kinder gehabt hätten, wäre das etwas anderes gewesen. Doch es schien für sie beide problematisch zu sein: zwei Kinder mit erheblichem Altersunterschied und eine Reihe von Fehlgeburten. Er war nicht sicher, ob sie in der Lage sein würde, ihm nochmals einen Sohn zu schenken, und dieser Gedanke tat weh. Nicht, dass er deshalb eine andere Frau gewollt hätte, doch er war traurig, keinen Sohn zu haben, mit dem er spielen, den er erziehen und vieles lehren konnte.

Als er einen spitzen Schrei hörte, sprang er instinktiv auf die Straße, rief sich dann aber zur Ordnung. Es war nur das Lachen eines kleinen Jungen. Trotzdem hatte er ein ungutes Gefühl. Als ein weiterer Entzückensschrei zu hören war, lief er fast gegen seinen Willen in die Richtung, aus der die Stimme kam.

Begeistertes Kichern und Kreischen drang aus dem Gässchen, das neben dem Gefängnis in die Hauptstraße mündete. Simon bahnte sich den Weg auf die andere Straßenseite. An der Ecke blieb er stehen und spähte in die Gasse. Von schlaffen Leinen hing Wäsche herunter; darunter war es finster. Nach dem grellen Sonnenlicht auf der Hauptstraße musste er blinzeln. Es waren der kleine Junge und seine Mutter, die Simon vor dem Soldaten gerettet hatte.

Roger, für den das Verhör ebenfalls langweilig war, hatte den Vogt die Straße überqueren sehen und war ihm nachgegangen.

Er sah, dass Simon zögerte. Der Vogt war sich nicht sicher, ob er verschwinden sollte, bevor die Frau ihn erkannte, oder ob es richtig wäre, sie anzusprechen. Sie nahm die Entscheidung vorweg. Als sein Schatten den Eingang verdunkelte, schrie sie leise auf und streckte die Arme aus; der Junge warf sich hinein, schlang die dünnen Ärmchen um ihren Hals und wimmerte. Simon wurde rasch klar, dass er im Gegenlicht bedrohlich wirken musste. Er lächelte, trat einen Schritt zurück, sodass sein Gesicht zu sehen war, und hob die Arme um deutlich zu machen, dass er nichts Bedrohliches in der Hand hatte.

Sie trug noch immer das graue, ausgefranste Kleid, dem die Schnur, die sie um die Taille gebunden hatte, wohl etwas wie Form verleihen sollte. Als seine Augen sich an die Dunkelheit gewöhnten, sah er ihr dünnes, zerfurchtes Gesicht, wenig mehr als ein kleiner grauer Totenschädel, aus dessen tiefen Höhlen ihm entsetzte Augen entgegenblickten. Dünne, farblose Haarsträhnen hingen unter ihrem Kopftuch hervor. Sie drückte das Kind an sich und schien sicher zu sein, dass er sie angreifen würde. Die Panik stand ihr ins Gesicht geschrieben. Es gab ja auch keinen Grund, warum diese Frau mit ihm sprechen sollte. Er hatte ihr letzte Nacht geholfen, das stimmte, doch sie erkannte ihn nicht wieder. Es war dunkel gewesen, und er war zunächst auf einem Pferd gesessen. Außerdem hatte sie solche Angst vor dem bewaffneten Söldner gehabt, dass sie sein Gesicht vielleicht gar nicht genau angeschaut hatte.

Plötzlich sprang sie auf, drückte das Kind an ihre dürre Brust und stürmte davon, die Gasse hinab. Unwillkürlich machte Simon einen Schritt nach vorne.

»Sir?«

Als er Roger hörte, hielt er inne. Es hatte keinen Sinn, ihr nachzulaufen; sie würde nur noch größere Angst bekommen. Dem Gefühl einer unerklärlichen Schwermut folgend, ließ er die Schultern hängen und drehte sich zu Roger um.

Sie rannte vorbei. Es war verlockend, doch es wäre dumm, sie jetzt zu töten. Judith musste noch warten; er konnte sich nicht jetzt darum kümmern, wo der Vogt in der Nähe war, der ihre Schreie hören und sie retten würde. Nein, dachte er bedauernd, die Hand am Griff seines Messers. Er blickte zu dem Lichtfleck am Ende der Gasse zurück. Die kräftige, hoch aufragende Gestalt des Vogtes war verschwunden, und der Mann in der Gasse verspürte einen kurzen Unwillen. Er hatte nichts gegen den Vogt, doch er war erstaunt darüber, wie langsam der Ritter mit seinen Ermittlungen vorankam. Warum hatte er nur Cole festgenommen? Mittlerweile sollte er sich doch denken können, wer der Schuldige war, dass verschiedene Leute zwei Verbrechen begangen hatten: einer hatte gestohlen, während der andere gemordet hatte. Wenn Furnshill, der Tölpel, in der Lage wäre, sein Hirn zu gebrauchen, hätte er den offensichtlichen Täter bereits geschnappt.

Wäre der Vogt nicht aufgetaucht, hätte sich dies als wahrer Glücksfall erwiesen. Der Mann im Dunkel hatte sich gefragt, wie er am besten an Judith herankommen könnte, und dies wäre die perfekte Gelegenheit gewesen. Er hasste ungenutzte Gelegenheiten. Er hätte im Hauseingang gelauert, die jämmerliche Gestalt wäre vorbei – und einem schnellen Tod in die Arme gerannt; er hätte nur ihren Hals packen und sie hineinziehen müssen. Vom Schock wäre sie so lange gelähmt gewesen, bis er die Hand auf ihren Mund gelegt und jeden Schrei im Ansatz erstickt hätte, bis er sein Messer in ihren Rücken gerammt und ihr erst die Nieren, dann das Herz zerfetzt hätte.

Es ärgerte ihn ein wenig, diese Chance verpasst zu haben, doch er wusste, wie wichtig Geduld war. Er hatte es nicht eilig: es würde noch viele Gelegenheiten geben, er musste sich Zeit nehmen. Sein Messer tätschelnd, das am Gürtel hing, ging er zurück zur Hauptstraße und war rasch in der Menge verschwunden.

Als Simon und Roger zurück in den Hof der Schänke kamen, saß Baldwin mit Edgar und Hugh an einem Tisch. Die beiden Söldner waren nicht mehr zu sehen. Simon war erleichtert. Hätte er den Anblick von Smithsons verfaulenden Zahnstümpfen nochmals ertragen müssen, wäre ihm schlecht geworden.

Baldwin hielt einen Krug verdünntes Ale in der Hand und winkte sie heran. »Ich dachte schon, ihr wärt zurück zu Peter gegangen.«

»Nein, wir haben uns vorne auf der Straße umgesehen.« Er vermied es, den Ritter anzuschauen. Er wusste nicht, warum, doch er wollte ihm nicht von der Mutter und ihrem Sohn erzählen. Es war dumm gewesen, mit ihr sprechen zu wollen, ihrem Sohn zuzusehen, wie er spielte, als ob das den Schmerz über den Tod seines eigenen Jungen lindern könnte.

Baldwin bemerkte Simons Geistesabwesenheit und schloss daraus, dass sein Freund wieder an seinen Sohn gedacht hatte. Sorgsam füllte er die Becher mit Ale und reichte Simon einen. »Es gibt interessante Neuigkeiten. Hugh, erzähl Simon, was du gehört hast.«

Mit seinem üblichen finsteren Gesichtsausdruck berichtete Hugh, was Wat von der Sache hielt, gelegentlich von Edgar unterbrochen, der ihn korrigierte.

Baldwin lehnte sich zurück und warf Simon einen Blick zu. »Nun?«, fragte er und leerte seinen Becher.

»Das hilft uns nicht großartig weiter, oder?«, murmelte Simon und ließ sich neben seinem Freund auf die Bank fallen. »Wahrscheinlich kann er einfach die beiden anderen nicht leiden und sähe sie gern als die Schuldigen. Was er sagt, hilft uns nicht herauszufinden, wer das Silber gestohlen hat und warum Sarra ermordet wurde.«

»Der Mord ist das Verwirrendste an der ganzen Sache«, gab Baldwin zu. »Sie hatte eine Beule am Kopf, sie muss also niedergeschlagen worden sein, bevor sie gefesselt und geknebelt wurde.«

»Also hat der, der das Silber gestohlen hat, sie in dem Lagerraum entdeckt, sie niedergeschlagen und dann erstochent«, mutmaßte Hugh, dem das Ale bereits zu Kopf gestiegen war.

»Nein, Hugh«, antwortete Baldwin. »Ich kann mir gut vorstellen, dass sie den Dieb überrascht hat. Der schlug sie nieder und legte sie in die Truhe, damit er ungestört weitermachen konnte. Aber warum sollte er danach zurückgekommen sein, um sie zu erstechen? Das ergibt keinen Sinn.«

Simon zuckte die Schultern. »Sie könnten zu zweit gewesen sein. Einer, der sie niedergeschlagen hat, und einer, der wusste, dass Sarra sie erkannt hatte und sie deswegen töten wollte.«

»Das würde bedeuten, dass einer schon dort war, dass der Zweite erst später dazukam und die beiden sich irgendwie verraten haben. Möglich ist es, aber ich finde es schwer nachvollziehbar.« Baldwin runzelte bedenklich die Stirn.

»Warum?«, fragte Simon.

»Ein Mann betritt das Zimmer, das Mädchen danach. Ein zweiter Mann geht hinein und schlägt sie nieder.« Gedankenvoll schwang er einen imaginären Knüppel. »Sie ist ohnmächtig, er fesselt und knebelt sie. Dann versucht er sie hochzuheben … Hast du jemals versucht, einen Bewusstlosen hochzuheben? Wie ein Sack voll Getreide, er rutscht einem in alle Richtungen herunter. Ich denke, dass sie das Mädchen zu zweit in die Kiste gelegt haben. Aber einer ist dann zurückgegangen und hat sie getötet.«

»Ich frage mich …«

»Was, Simon?«

»Wahrscheinlich ist es nicht wichtig, aber dieses Kleid … Es war von außergewöhnlicher Qualität, und es war sehr teuer. Ich frage mich …«

»Noch Ale, Sir?«

Simon lächelte den Wirt an. »Danke, Paul. Ja, wir hätten gerne noch Ale. Warum setzt du dich nicht zu uns?«

Paul war geschmeichelt. Er hatte nun zwei Tage damit verbracht, den Söldnern hinterherzulaufen und hatte nicht ein Wort des Dankes dafür gehört. Rasch holte er einen Krug frisches Ale, einen Becher für sich selbst und setzte sich mit einem Seufzer der Erleichterung. Seine Füße und Beine schmerzten vom vielen Stehen, sein Rücken war steif, da er sich, um die Krüge zu füllen, ständig bücken musste, und sein Bedürfnis, die Augen zu schließen und einzudösen, war fast übermächtig. Margery schlief; der Lärm im Schankraum und ihre Angst vor den

Söldnern hatten sie bis in die frühen Morgenstunden wach gehalten.

»Eine furchtbare Sache, das mit Sarra«, sagte Simon.

»Ja. Sie war wirklich ein gutes Mädchen. Hübsch noch dazu. Einen solchen Tod hat sie nicht verdient.«

»Sie verstand sich gut mit Sir Hector, oder?«

»Ich glaube schon. Als der Trupp hier eintraf, hat sie die erste Nacht in seiner Kammer verbracht, sie muss ihm also aufgefallen sein. Es war ja so schon schwierig genug, sie zum Arbeiten zu bringen, aber nachdem sie ihn getroffen hatte, führte sie sich unmöglich auf.«

»Warum?«

»Sie wollte nicht wie die anderen Kellnerinnen sein, glaube ich. Wollte heiraten, Kinder haben wie alle, klar, aber Sarra wollte außerdem einen reichen Mann. Sir Hector war genau das, was sie suchte. Geld, Macht, Untergebene. Genau das brauchte sie – oder zumindest glaubte sie, es zu brauchen.«

»Hat sie gute Kleidung besessen? Wie das Kleid, das sie trug, als sie starb?«

»Das blaue? Nein, das habe ich noch nie gesehen. Was sollte eine Kellnerin auch damit anfangen? Nein, das war nicht ihres.«

»Woher kam es dann?«, fragte Simon. Baldwin beugte sich vor, seine dunklen Augen blickten aufmerksam.

»Ich weiß es nicht.«

»Gehört es deiner Frau? Einem von den anderen Mädchen?«

»Nein. Ich habe es noch nie gesehen.«

»Sag mir, Wirt«, Baldwin stützte die Ellbogen auf den Tisch, »war sie beliebt bei deinen… Gästen?«

»Sehr beliebt – wenn sie Interesse hatte.« Paul lächelte, seine Augenlider wurden schwer vor Müdigkeit. Es fiel ihm nicht leicht, im Schatten der Ulme aufmerksam zu bleiben. »Sie war sehr hübsch, und sie wusste es. Ist ja auch zu erwarten. So wie sie aussah, stiegen ihr alle Männer nach wie die Hammelböcke dem Schaf, und sie hatte die Auswahl. Bevor die Söldner hier eintrafen hat sie versucht, sich den Lehrling eines Goldschmiedes zu angeln. Er hatte aber zu viel Angst vor ihr, so wie es aussah.«

»Vielleicht hat ihr ein Gast, der ihr besonders freundlich gesonnen war, das Kleid geschenkt.«

»Kann sein. Armes Ding. Wollte nichts sehnlicher als Geld und einen Mann, und als sie das Kleid endlich bekommt, das sie sich schon so lange wünscht, wird sie umgebracht.«

»Sie war also sehr auf Geld aus?«

»Aber ja. Sie hat mitangesehen, wie sich alle ihre Freundinnen um den Verstand geschuftet haben, und sie war entschlossen, später einmal ein freieres Leben zu führen, sich einen Mann mit Geld zu suchen, damit sie nicht mehr zu arbeiten brauchte.«

»Weißt du, ob sie Cole gemocht hat?«

»Cole? Nein, ganz und gar nicht. Ich habe die beiden gestern noch streiten sehen.«

»Worüber?«

»Hatte irgendetwas mit Henry und John zu tun. Ich weiß nicht genau.«

Simon hob einen langen Zweig auf, mit dem er gedankenvoll spielte. »Und sie hat es geschafft, Sir Hector den Kopf zu verdrehen?«

»Nur in der ersten Nacht. Danach nicht mehr.«

»Was ist dann passiert?« Simon spitzte die Ohren.

»Habt ihr das noch nicht gehört? Sie haben gestritten, weckten sogar Margery damit auf, und ich wurde wütend. Es war das erste Mal, dass sie überhaupt schlafen konnte, nachdem der Trupp angekommen war und als sie gerade eingeschlafen war, ging das Geschrei los und Türen knallten.«

»Wann war das?«

»Am Tag, an dem sie ermordet wurde. Sie hatte die erste Nacht mit Sir Hector verbracht, doch am nächsten Tag ließ er sie fallen wie eine heiße Kartoffel. Und dann bekamen sie Krach.«

»Was genau geschah? Wo warst du denn zum Beispiel, als du sie gehört hast?«

»Ich?« Pauls Augen öffneten sich etwas weiter, als er Simons offensichtlichen Eifer bemerkte. »Ich war in der Vorratskammer und habe Krüge nachgefüllt. Cristine kam und sagte mir, dass drüben etwas los wäre, aber ich wollte mich nicht einmischen. Ich würde mich nie in einen Streit zwischen zwei Soldaten einmischen – was, wenn sie dann auf mich losgehen? Dass es sich um Sarra und Sir Hector handelte, habe ich erst erfahren, als Margery herüberkam und sich wegen des Lärms beklagte. Dann habe ich mich entschlossen, ein Machtwort zu sprechen.«

»War sie besorgt? Nervös?«

»Meine Frau? Nein, sie war nur ärgerlich, dass man sie aufgeweckt hatte, und sie war sauer, weil ich nichts dagegen unternommen hatte. Ich ging in die Schänke und hörte Türen knallen…«

»Wo? Waren das Türen zum Hof hinaus, wo Sir Hector sein Zimmer hat?«

Paul starrte vor sich hin und versuchte, sich zu erinnern. »Eine schon, glaube ich. Die andere etwas weiter weg. Wahrscheinlich ihre Zimmertür.«

»Ihr Zimmer ist da drüben?«, vergewisserte sich Baldwin und deutete mit dem Kinn auf das Gebäude auf der anderen Seite des Hofes.

»Ja. Auf jeden Fall bin ich in den Schankraum gegangen, und ein paar Minuten später kam Sir Hector aus seinem Zimmer. Er hat sich entschuldigt, er sagte, sie hätte ihn geärgert, damit war die Sache geregelt.«

»Hat er dir erzählt, was ihn so wütend gemacht hat?«, fragte Baldwin.

»Nein…«. Der Wirt runzelte die Stirn. »Er hat nur gesagt, dass es etwas mit einem seiner Männer zu tun hatte. Sie hat behauptet, dass er in Gefahr wäre, irgendetwas in dieser Richtung.«

»Mit welchem seiner Männer?«

»Ich weiß es wirklich ...«

»Denk nach, Paul! Es könnte etwas damit zu tun haben, warum sie sterben musste.«

Der Wirt erinnerte sich, wie er zu Sir Hectors Zimmer gegangen war, doch bevor er die Tür hatte öffnen können, war der Ritter herausgestürmt, zitternd vor Zorn und mit roten Flecken im Gesicht. Als er Paul bemerkte, hatte er langsam gesprochen, als würde er jedes Wort sorgfältig abwägen und könne sich nur mühsam beherrschen. »Diese Schlampe Sarra besaß die Frechheit, mich davor zu warnen, dass meine Männer ein Komplott gegen mich schmieden. Gegen mich! Als sei ich ein dummer kleiner Landadeliger! Ich habe ihr geraten, zu verschwinden und mir nicht mehr unter die Augen zu kommen ... und dir wäre ich dankbar, wenn du dafür sorgen könntest, dass ich sie nicht mehr sehen muss, so lange wir hier sind.« Paul hatte verblüfft genickt und sich angeschickt zu gehen, doch er hatte noch gehört, wie der Söldnerführer einen Namen vor sich hinmurmelte: »Ausgerechnet Henry!«

Als er das den anderen erzählte, wandte Simon den Blick gen Himmel, während Baldwin die Augen schloss. Edgar stöhnte laut auf. Hugh schaute von einem zum anderen. »Was ist denn los?«

»Damit wir uns richtig verstehen, Sir Baldwin: Ihr beschuldigt mich, mein eigenes Silber gestohlen und eine Kellnerin getötet zu haben?«

Baldwin seufzte. Er hatte gewusst, dass es schwierig sein würde, nochmals mit Sir Hector zu sprechen, aber er hatte gehofft, sich erklären zu können, bevor der Mann die Beherrschung verlor. »Ich beschuldige Euch keineswegs, Sir Hector, aber uns wurde erzählt, dass Ihr Streit mit Sarra hattet – an dem Nachmittag, an dem sie starb. Wenn wir wüssten, worüber ihr gestritten habt, könnte uns das helfen, ihren Mörder zu finden.« Er ließ sich in einen Stuhl fallen.

Sie hielten sich wieder im Schankraum auf. Die meisten Söldner waren Gott sei Dank draußen, nur wenige Männer saßen dabei, um ihren Herrn zu schützen. Simon lehnte an der Wand und spielte noch immer mit dem Ulmenzweig. Roger stand mit verschränkten Armen neben ihm. Die Diener waren draußen geblieben.

»Was hat das mit meinem gestohlenen Silber zu tun?«

»Hattet Ihr Streit mit Sarra?«

»Und wenn?«

»Wenn Ihr Streit mit ihr hattet, worüber habt ihr gestritten?«

»Sie hat sich eingebildet, dass einige meiner Männer eine Meuterei planten, das war alles.«

»Wer?«

»Was hat das mit ...«

»Sir, ich versuche mit all meinen Fähigkeiten ...«

»Die äußerst beschränkt sind.«

»Vielleicht. Aber trotzdem bemühe ich mich, herauszufinden, wo Euer Silber ist und wer Sarra getötet hat.«

»Dann geht doch und fragt Cole. Er muss beides getan haben«, schlug Sir Hector wutentbrannt vor.

Simon zog seinen Dolch und begann, an dem Zweig herumzuschnitzen.

»Wenn wir ihn befragen, könnte er lügen, besonders wenn wir versuchen, ein Geständnis zu erzwingen. Vielleicht hatte er einen Komplizen. Selbst wenn Cole das Silber gestohlen haben sollte, könnte es längst an einem anderen Ort sein. Dann wüsste Cole nicht, wo es ist. Besser wäre es, wenn wir ein paar Einzelheiten über gestern erführen, dann wüssten wir, wann er lügt.«

Sir Hector sah ihn verächtlich an. »Wenn Ihr nicht in der Lage seid, ihn dazu zu bringen, Euch die Wahrheit zu sagen, dann fragt Ihr eben nicht richtig. Falls er einen Komplizen hat, müsst ihr Cole dazubringen, seinen Namen zu verraten. Habt ihr sie dann beide eingesperrt, werdet ihr schnell herausfinden, wo mein Silber ist, und wenn nicht, kann ich euch ein paar Männer überlassen, die wissen, wie man solche Informationen aus widerspenstigen Gefangenen herauskriegt.«

»Das wird nicht nötig sein«, entgegnete Baldwin scharf. Seine Freunde und Ordensbrüder waren gefoltert worden, als der französische König den Templerorden vernichtet hatte. Der Anblick ihrer verdrehten, geschundenen Körper hatte ihn für den Rest seines Lebens davon überzeugt, dass Folter nichts im Verhör zu suchen hatte. Die Folter brachte die Menschen lediglich dazu, zu gestehen, was ihre Richter hören wollten, sie veranlasste sie nicht, die Wahrheit zu sagen. »Aber es ist wichtig, dass wir wissen, was gestern geschah. Ich kann nicht glauben, dass Ihr etwas zu verbergen habt, Sir Hector, aber die Tatsache, dass Ihr Euch weigert, mir eine Antwort auf eine einfache Frage zu geben, gibt mir natürlich zu denken.«

»Droht Ihr mir etwa?«

»Nein. Aber ich werde nicht nach Eurem Silber suchen, wenn Ihr mir nicht helfen wollt.«

»Dann sollte ich mich vielleicht besser selbst darum kümmern, mit meinen Männern.«

»Ich glaube nicht«, unterbrach Simon, »dass das sehr sinnvoll wäre.«

»Nicht? Nun, ich für meinen Teil bin langsam der Ansicht, dass ich überhaupt nur so etwas über den Verbleib meines Silbers herauskriegen kann.«

»Was ist mit dem Mädchen? Ihr habt mit ihr gestritten, sie hinausgeworfen, jedem erzählt, dass sie euch nicht mehr unter die Augen treten soll, und dann findet man sie tot in eurer Nähe!«, donnerte Baldwin.

»Das hat nichts miteinander zu tun.«

»Herr im Himmel. Das zu beurteilen ist unsere Aufgabe, nicht Eure! Ich bin Friedensrichter in dieser Stadt, und Ihr behindert mutwillig meine Ermittlungen. Seid Ihr Euch bewusst, dass Ihr bis jetzt die einzige uns bekannte Person seid, die Streit mit Sarra hatte? Offiziell seid Ihr der Einzige, der ein Motiv dafür hatte, sie zu ermorden!«

Baldwin machte eine kurze Pause. »Nun – war es Henry, vor dem Sarra Euch gewarnt hat?«

Simon betrachtete seinen Freund. Der Wutausbruch des Ritters überraschte ihn, denn er hatte schon erlebt, dass Baldwin in weitaus ärgerlicheren Situationen ruhig geblieben war.

»Ja«, gab Sir Hector zu.

Baldwin runzelte die Stirn. »Was genau hat sie gesagt?«

»Sie hat ihn beschuldigt, die Männer gegen mich aufzuhetzen. Sie sagte, er sei eine Gefahr für mich.«

»Ihr habt ihr nicht geglaubt?«, fragte Simon.

»Um Himmels Willen, nein! Als wir hier angekommen sind, hat er versucht, sie zu vergewaltigen – er hätte es auch getan, wenn ich nicht dazwischengegangen wäre – und seither wollte sie es ihm heimzahlen. Sie hat diese Geschichte erfunden, um ihn schlecht zu machen, und das wollte ich mir nicht anhören. Ich habe ihr gesagt, sie solle verschwinden. Henry Hurdle ist einer meiner besten Männer.«

»Und es ist Euch nicht in den Sinn gekommen, dass er der Mann sein könnte, der Euer Silber gestohlen hat?«

»Er ist mein bester Truppführer! Wem sollte ich vertrauen können, wenn nicht ihm? Er hat jederzeit Zugriff auf mein Geld und mein Silber; ich wüsste niemanden, der weniger verdächtig wäre. Warum sollte ich auch nach Verdächtigen suchen, wenn der Täter bereits hinter Gittern sitzt?«

Baldwin richtete sich auf. »Ihr habt also Sarra hinausgeworfen und sie ist sofort gegangen?«

»Ja. Sie ging vermutlich in ihr Zimmer.«

»Wann habt Ihr sie das nächste Mal gesehen?«

»Als man mich rief, um ihre Leiche in der Kiste zu begutachten – als wir von der Jagd auf Cole zurückkamen.«

»Noch eine letzte Frage, Sir Hector. Das Kleid, das sie trug, als sie starb – kam es Euch bekannt vor?«

Der Söldnerführer presste die Lippen zusammen. Er hatte gehofft, dass der Ritter mit seinen Fragen nicht so weit gehen würde, aber es war nur folgerichtig, dass er sie stellte. Das Kleid war viel zu kostbar gewesen für eine Tavernenschlampe wie sie. »Nein«, sagte er. »Ich habe es nie zuvor gesehen.«

Simon hob den Blick und sah ihn an, während er noch immer an dem Zweig herumschälte. Die Stimme Sir Hectors hatte längst nicht mehr so selbstsicher geklungen, und Simon war sicher, dass er log.

11. KAPITEL

Paul war im Hof, als sie herauskamen, und bediente drei Reisende, die so ängstliche Blicke auf die Söldner warfen, dass sie Baldwin an Kaninchen erinnerten, die einen lauernden Fuchs beobachten. Hugh und Edgar schlossen sich ihnen an, und als der Wirt auf dem Weg zur Vorratskammer vorbeilief, stellte sich Baldwin ihm in den Weg. »Paul, macht es dir etwas aus, wenn wir uns in Sarras Zimmer umsehen?« Sie deuteten sein Schulterzucken als Zustimmung und stiegen die Treppe hinauf. Die Zimmertür war nicht verschlossen.

»Ich kann schon verstehen, warum sie gerne geheiratet hätte«, bemerkte Baldwin gleich darauf.

Der kleine Raum war spärlich möbliert. Ein Strohsack, der ihr offenbar als Bett gedient hatte, lag auf dem Boden, und all ihre Besitztümer fanden auf dem kleinen Tisch Platz. Einige Kleider und eine Schürze hingen an Nägeln, die in das Gebälk des Hauses eingeschlagen worden waren, doch ein Kleid lag auf dem Boden, als sei es gerade ausgezogen worden, und auf dem Strohsack sahen sie einen Gürtel.

»Sie muss das blaue Kleid hier angezogen haben«, murmelte Baldwin. »Aber woher hatte sie es?«

»Baldwin, glaubst du mittlerweile, dass Cole sie nicht umgebracht hat?«, fragte Simon.

Der Ritter deutete mit einer vagen Handbewegung zur Schänke hinunter. »Ich weiß nicht, was ich denken soll. Cole scheint ein netter Kerl zu sein, während die beiden, die ihn erwischt haben… ich würde mich nicht auf ihre Erzählung verlassen. Das Mädchen könnte ihren Zorn erregt haben. Wenn Henry gehört hat, wie sie ihn bei Sir Hector anschwärzte, könnte er einfach die Beherrschung verloren, sie niedergeschlagen, in die Kiste gelegt und dann getötet haben. Obwohl das unwahrscheinlich ist. Warum sollte er sich überhaupt die Mühe machen, sie hineinzugelegen? Warum hat er sie nicht sofort umgebracht?«

»Vielleicht wurde er überrascht? Jemand ist dazugekommen, also hat er sie in der Kiste versteckt und kam dann zurück, um sie zu töten?«

»Nein.« Baldwin ließ sich auf den Strohsack fallen und starrte vor sich hin. »So kann es nicht gewesen sein. Wenn er sie so eilig verstecken musste, wie konnte er dann noch Zeit haben, sie zu fesseln und zu knebeln? Das macht keinen Sinn.«

Er öffnete die Tür und spähte vorsichtig umher. Als er hineinging, erwartete er fast, dass sie sich auf ihn werfen und ihn angreifen würde. Aber das konnte sie nicht – nicht mehr. Der Traum würde trotzdem immer wiederkehren, und selbst wenn er wach war, blieb die Erinnerung ständig präsent, als sei sie ein Felsbrocken in seinem Kopf, der gelegentlich andere Gedanken, die im Weg waren, niederwalzte.

In jener Nacht hatte er sein Pferd nach dem langen Ritt trocken gerieben. Er hatte sich gestreckt und versucht, seine angespannten Rückenmuskeln zu lockern. Es war spät, und er hatte die Bediensteten nicht wecken wollen.

Leise hatte er die Stalltüre geschlossen und war über den Hof gegangen, hatte dann innegehalten und sich in der Speisekammer einen letzten Krug Ale vor dem Schlafengehen gegönnt. Eins der Fässer war bereits angestochen gewesen, er hatte es leicht angekippt, als er seinen Krug gefüllt hatte, um den letzten Tropfen nicht zu vergeuden. Dann hatte er die Tür geöffnet und sich auf die gestampfte Erde seines Hofes erleichtert. Während er sein Übergewand wieder in den Gürtel stopfte, konnte er ein weiteres Gähnen nicht unterdrücken, bevor er zur Schlafkammer ging.

Dazu musste er die Halle durchqueren, und er hatte sich Mühe gegeben, die Männer, die zu beiden Seiten auf dem Boden schliefen, nicht zu wecken. Die Tür ließ sich geräuschlos öffnen.

Er war stark und stand im Ruf, ein mutiger Mann zu sein, doch der Anblick, der sich ihm bot, hatte ihm das Blut in den Adern gefrieren lassen.

Das Feuer war schon fast erloschen, und nur ein schwacher orangefarbener Schein hatte die Szenerie des Verrats beleuchtet. Sie hatte es nicht einmal für nötig gehalten, sich danach zuzudecken. Ihr nackter Körper schimmerte wie Seide, während die Gestalt neben ihr im Schlaf schnarchte und grunzte wie ein Schwein, das Trüffeln sucht.

Als er im Türrahmen gestanden war, die beiden vor Augen, was es ihm auf einmal wieder möglich gewesen, vollkommen klar zu denken. Er hätte losbrüllen und seinen Männern befehlen können, den Mann festzuhalten, während er die Ehebrecherin auspeitschte, doch sie mussten von dem Verrat gewusst haben, denn dieser Wüstling hatte nur durch die Halle hier hereingelangen können. Was bedeutete, dass er mit Sicherheit einem oder zwei der Bediensteten aufgefallen wäre.

Nein, hatte er gedacht. Es gab eine bessere Möglichkeit, sie zu bestrafen – und ihn.

Keiner der Männer war aufgewacht. Er hatte die Tür vorsichtig geschlossen und war, in ständiger Furcht, entdeckt zu werden, zurück in den Stall geschlichen. Niemand hatte ihn erwartet, und niemand hatte ihn gesehen.

Er würde fortreiten und morgen zurückkehren, als sei nichts geschehen. Und er konnte seine Rache nehmen, indem er den Plan, der an jenem Abend vorgeschlagen worden war, in die Tat umsetzte.

Er hatte das müde Pferd gestreichelt, leise mit ihm gesprochen, ihm die Satteldecke übergeworfen und die Gurte festgezogen; doch seine Bewegungen waren mechanisch, seine Gedanken wanderten zurück zu dem Anblick in der Schlafkammer. Sie gehörte ihm. Und jemand hatte sie ihm weggenommen. Beide würden sie bezahlen müssen – sie dafür, dass seine Ehre in den Schmutz gezogen worden war, er dafür, dass er ihm seine Frau weggenommen hatte.

Und jetzt würden sie bezahlen. Er grinste, während er seinen Dolch zog und die Klinge an seine Wange drückte. Sie war warm; ebenso warm war sie gewesen, als er sie aus ihrem Körper gezogen hatte.

Henry schlenderte durch den Hof und setzte sich an einen Tisch, der weit entfernt von der Schänke war. Nach einigen Minuten kam John aus dem Stall, entdeckte ihn und hockte sich dazu.

Die anderen Söldner waren im Schankraum, dösten nach dem Essen und betranken sich mit Margerys starkem Ale. Die beiden waren das erste Mal seit ihrer Befragung allein. Henry ertappte sich dabei, wie er seinen Kameraden misstrauisch beäugte.

»Hat irgendwer mit dir gesprochen?«, fragte er.

Nein, warum? Mit dir etwa?«

»Nein«, murmelte Henry mit einem raschen Blick Richtung Schänke, »aber Sir Hector war sehr schweigsam mir gegenüber. Er starrt mich laufend an, wenn er denkt, dass ich es nicht merke. Und er hat sich mit dem alten Wat unterhalten.«

»Der verdammte Bastard. Er hätte besser sein Maul gehalten.«

»Hat er aber nicht. Hat sein Herz dem Diener des Vogts

ausgeschüttet, und bald wird der Friedensrichter wissen, was Wat denkt.«

»Alles, was er ihm sagen kann, ist, dass wir manchmal ein paar Rekruten ausnehmen.«

»Tatsächlich?«

»Es hat doch keiner was gesehen. Das hätten wir erfahren.«

»Ach ja? Wie oft haben wir Sir Hector schon mit Leuten verhandeln sehen, die sich ihres Sieges gewiss waren, nur um dann festzustellen, dass er die Seite gewechselt hatte. Du weißt doch so gut wie ich, dass er undurchschaubar sein kann.«

»Das stimmt«, erwiderte John und starrte düster zur Schänke hinüber. »Was schlägst du vor?«

»Niemand weiß, dass wir das Silber haben. Wir sollten abhauen, so lange wir noch können.«

»Abhauen?« In Johns Stimme klang deutliches Entsetzen mit.

Henry zog ärgerlich die Schultern hoch. »Was sollen wir denn sonst tun? Das Silber ist gut versteckt, aber jemand könnte es trotzdem entdecken. Und wenn sie herausfinden, dass wir an dem Diebstahl beteiligt waren, dann kriegen sie uns womöglich auch wegen des Mordes dran.«

»Stimmt schon«, murmelte John und vermied es, ihn anzusehen.

Henry blickte um sich. Es würde einfacher sein, zusammen zu fliehen. Zwei Männer konnten besser nach Verfolgern Ausschau halten als einer. Er nickte und beugte sich zu seinem Freund hinüber; beide überlegten sie, wie sie die Flucht am besten bewerkstelligen konnten.

Baldwins Gedanken konzentrierten sich auf einen Stofffetzen. Sie hatten vor kurzem gegessen, es war Mittwoch, ein Fastentag, daher hatte es Fisch gegeben. Peter war berühmt für seine Festtafeln, und Baldwin registrierte anerkennend, dass er für den Besuch des Bischofs große Vorräte angeschafft hatte. Vorratsschränke und Speisekammern platzten aus allen Nähten, und der Fischteich am Ende des Gartens war voller Brassen und Hechte.

Während er den Flicken in seinen Händen drehte, blickte er zu Margaret hinüber. »Was hältst du davon?«

»Hm? Oh… Was ist das?« Sie nahm den Stoff und ließ ihn beinahe fallen, als sie hörte, woher der Flicken stammte.

»Keine Sorge. Sie ist nicht an einer Vergiftung gestorben, du kannst dich also nicht anstecken, es sei denn, Messerklingen haftet ihr eigenes Gift an. Ich wollte nur wissen, was du von dem Material hältst.«

Margaret wog den Fetzen in ihrer Hand. »Es ist ein wirklich kostbarer Stoff. Der Einschlagfaden und das Gewebe sind sehr fein und regelmäßig, und die Farbe ist hell und intensiv. Ich habe keine Ahnung, womit man so ebenmäßig färben kann.«

»Könnte er hier hergestellt worden sein?«

Margaret lächelte schwach. Sie wusste, dass Baldwin kein Interesse an Stoffen und Kleidern hatte, auch wenn sie für die Stadt so wichtig waren. Jeder andere Bewohner von Crediton hätte den Preis dafür nennen können, den Weber und die Stickerin. Manche würden sogar behaupten, erraten zu können, von welchem Schaf die Wolle stammte. »Der Einzige, der mir in Crediton einfällt, ist Harry Fletcher. Alle Frauen kaufen ihre Kleider bei ihm. Er ist der beste Wollfärber hier, aber so einen Stoff habe ich selbst bei ihm noch nie gesehen. Er wird dir sagen können, wo er herkommt.«

»Ich weiß, wo er seinen Laden hat«, sagte Edgar, ohne nachzudenken.

Sein Herr drehte sich langsam um und starrte ihn an. Edgar errötete. »Vielleicht möchtest du uns den Weg zeigen«, versetzte Baldwin milde.

Stapledon brauchte an diesem Nachmittag Roberts Hilfe, und so gingen sie ohne ihn. Baldwin fiel auf, dass der Vogt, sobald seine Frau nicht mehr in der Nähe war, ein Stück seiner Seelenruhe zurückgewann, und diese Beobachtung machte ihm Sorgen. Nach seiner Erfahrung suchten Menschen, die einen schlimmen Verlust erlitten hatten, Trost bei Personen, denen sie vertrauten. Bei Baldwin war dies Edgar gewesen, der schon so viele Jahre bei ihm war, dass er eher als Freund denn als Bediensteter fungierte. Auch andere, ebenso Not leidende Tempelritter hatten ihm nach der Vernichtung des Ordens geholfen, bis er seine anfängliche Verzweiflung überwunden hatte. Sie verschwand endgültig, als er den Mann fassen konnte, der verantwortlich für ihr Leid gewesen war. Er hatte seinen Kummer vergessen können, nachdem er seine Ordensbrüder gerächt waren. Simon konnte sich nicht rächen, denn eine Krankheit hatte ihm sein Kind genommen. Es war schwer vorstellbar, dass er Frieden finden würde, solange er nicht mit seiner Frau über den Verlust sprach.

Fletchers Laden war nicht viel mehr als eine kleine Scheune am östlichen Stadtrand, und Baldwin fiel auf, dass er auf dem Weg nach Exeter schon oft daran vorbeigeritten sein musste; der Laden war ihm allerdings nie aufgefallen.

Edgar stand ein Stückchen hinter ihm und Baldwin sah ihn verblüfft an. Man konnte auf den ersten Blick sehen, dass dies hier nicht der geeignete Laden war, um einen Diener einzukleiden. Viele verschiedene Kleidungsstücke waren auf einem behelfsmäßigen Tisch an der Straße ausgebreitet, doch fast alle waren leuchtend bunt, und auch die restliche Ware auf dem Tisch war dazu bestimmt, die Blicke der Frauen auf sich zu ziehen – Haarnetze, Kopftücher, Schleifen, Schärpen mit Blumenstickereien. Edgar betrachtete geflissentlich ein prachtvolles Pferd auf der anderen Straßenseite. Baldwin ging gutmütig davon aus, dass sein Diener nicht seinem Blick auswich, sondern vielmehr fasziniert war von dem aufwendig gearbeiteten Sattel und dem glänzenden, blauschwarzen Fell des Tieres.

Der Eigentümer des Ladens war ein kleiner, untersetzter Mann Ende zwanzig, der ununterbrochen lächelte. Seine Vertrauen erweckenden, spitzbübischen blauen Augen waren seinem Geschäft sicherlich zuträglich. Der Ritter konnte sich gut vorstellen, wie Harry Fletcher die Damen der Stadt in sein kleines Königreich lockte.

Es war offensichtlich, dass er sich selbst für das beste Aushängeschild seines Gewerbes hielt. Sein Übergewand aus kostbarem Samt reichte ihm bis fast zu den Knien, und die Kapuze, die über seine Schultern hinabhing, war mit Pelz gesäumt und wies einen breiten Spitzenbesatz auf. Dazu passend trug er Stiefel, die sich vorne nach oben wölbten, wie es Mode war, und eine Kappe aus feiner Wolle.

Trotz seiner Körperfülle hatte der Schneider bemerkenswert schmale Hände mit langen, schlanken Fingern. Beim Sprechen spielte er stets mit dem Maßband, das um seinen Hals hing, und drehte die Knoten, die die einzelnen Abstände markierten, zwischen den Fingern wie eine Frau die Perlen ihrer Kette.

»Sir Baldwin, seid gegrüßt. Hallo, Edgar. Wie kann ich Euch helfen?« Fletchers Tonfall war dienstbeflissen. »Sucht Ihr etwas bestimmtes?«

»Hör einfach meinem Herrn zu und beantworte seine Fragen«, unterbrach ihn Edgar, und Baldwin beschloss, von jetzt an ein Auge darauf zu haben, ob es in diesem Teil der Stadt uneheliche Kinder gab. Den dazugehörigen Vater, so vermutete er, würde er in seiner nächsten Nähe finden.

Baldwin genoss einen kurzen Augenblick lang Fletchers amüsierte Überraschung und die brennende Röte auf Edgars Gesicht, bevor er begann: »Du hast sicherlich vom Tod des Mädchens in der Schänke gehört.«

»Von Sarra, der Armen? Natürlich. Sehr traurige Sache. Eine Schande, ich fand sie immer so nett.«

»Hast du sie oft gesehen?«

Die hellen Augen verfinsterten sich ein wenig. Seine

Augenlider senkten sich, und Baldwin wusste, dass er abschätzte, ob er sich in Gefahr befand. Dass Unschuldige vor Gericht kamen, war nur allzu häufig der Fall, und da die Richter in den wenigsten Fällen für ihre Aufgabe ausgebildete Männer waren, wurde oft davon ausgegangen, dass ein Angeklagter von vornherein schuldig war. Es war deshalb ratsam, zunächst vorsichtig zu sein und sicherzustellen, dass man nicht selbst verhaftet wurde. Fletcher überlegte und sagte: »Nur gelegentlich.«

»Hat sie hier Kleider gekauft?«

»Manchmal.«

»Ich glaube nicht, dass du etwas mit ihrem Tod zu tun hast. Ich wollte dich nur fragen, ob sie vielleicht in letzter Zeit ein Kleid aus diesem Stoff bei dir gekauft hat.« Baldwin reichte ihm den Fetzen.

»So etwas?« Fletcher lächelte und schüttelte heftig den Kopf. »Ganz bestimmt nicht. Habt Ihr eine Vorstellung, wie teuer solcher Stoff ist? Nein, wenn Sarra kam, dann meist nur, um zu schauen. Sie hatte nie Geld, und sie hatte ja auch schon einige Kleider. Außerdem – sie war schließlich keine Dame von Rang.«

Dass Fletcher so beiläufig über Sarras Tod hinwegging, ärgerte Baldwin, und seine Stimme wurde schneidend.

»Sie war vielleicht keine ›Dame von Rang‹, wie du sagst, aber sie hatte es auch nicht verdient, ermordet zu werden. Gibt es sonst noch jemanden in Crediton, bei dem sie ein solches Kleid gekauft haben könnte?«

»Nein, Sir, niemanden. Ich beziehe mein Material aus Lincoln. Die hiesigen Weber können keinen so feinen Stoff produzieren, auch wenn sie das Gegenteil behaupten. Schaut Euch diese Farbe an! Solchen Stoff stellen nur die Flamen her, und selbst dann muss man noch lang suchen, bis man auf diese Qualität stößt…«

»Schon gut, schon gut. Das Kleid muss also von dir sein. Wem hast du ein solches Kleid verkauft? Wie kann Sarra in den Besitz dieses Kleides gekommen sein?«

»Wie sie da herangekommen ist, weiß ich nicht, aber

ich habe ein Kleid verkauft. An Sir Hector, der in Pauls Schänke übernachtet.«

»Hat er gesagt, für wen es bestimmt war?«

»Nein, Sir. Vielleicht für Sarra. Ich habe gehört, er mochte sie.«

»Wo hast du das gehört?«

Der Händler lächelte breit. »Hier. Viele Frauen kaufen bei mir ihre Kopftücher und andere Dinge, und als Sir Hector und seine Söldner eintrafen, hat sich der Tratsch verzehnfacht. Alle wussten, dass er ein Auge auf Sarra geworfen hatte – jedenfalls bis sie sich gestritten haben.«

»Gestritten?« Baldwin war zwar nicht versessen auf alltäglichen Klatsch, doch er wusste, dass sich im alltäglichen Geplapper der Weiber manchmal ein Stückchen Wahrheit verbarg.

»Am Tag, bevor sie starb, hat Sir Hector Sarra hinausgeworfen und ihr gesagt, dass sie ihm nie wieder unter die Augen kommen solle. Er hätte kein Interesse mehr an ihr.«

»Wer hat dir das erzählt?«

»Eine Freundin von Margery, Pauls Frau. Sie hat gehört, wie er Sarra angeschrien hat. Er schrie, er habe eine richtige Frau gefunden, er hätte keine Tavernenschlampe wie sie mehr nötig.«

»Wen hat er damit gemeint?«

»Wer weiß? Vielleicht solltet Ihr das ihn fragen ...«

12. KAPITEL

Auf dem Rückweg herrschte Schweigen. Baldwin fragte sich, ob er jemals die Wahrheit über diesen Fall herausbekommen würde; sein Diener dagegen war bemüht, seine Erleichterung darüber zu verbergen, dass sie Fletchers Laden endlich verlassen hatten. Hugh lief hinter ihnen her, wortkarg wie immer.

Der Vogt schob die Hände unter seinen Gürtel. Sie gingen nun bergauf in die Stadt zurück, und es war bedeutend schwerer, sich einen Weg durch die Menge zu bahnen, die sich auf der Straße drängte. Die angebotenen Waren wechselten, je weiter sie in die Stadt hineinkamen. Fische mit trüben Augen und aufgesperrten Mäulern wurden auf behelfsmäßigen Tischen feilgeboten, während man die weniger begehrenswerten in Fässern daneben aufbewahrte. Dann kamen die Bäcker, die Brotlaibe und Brötchen in wohlriechenden Pyramiden vor sich aufgebaut hatten; cremefarbenes Weißbrot aus gesiebtem Mehl für die reiche und weniger prachtvolle Laibe aus einer Weizen-Roggenmischung für die ärmere Kundschaft. Sie näherten sich den Schlachthäusern, wo die Metzger ihr Fleisch verkauften, und kamen an den Ständen der Schuhmacher vorbei, die die neuesten Modelle ausstellten, während die Flickschuster nebenan alte Exemplare reparierten. Bei den Gerbern verdichtete sich der Geruch, denn sie übernahmen die frischen Tierhäute von den Schlachtern und fabrizierten trockenes Rohleder daraus, das sie an die Zurichter weiterverkauften, wo es geglättet, gebürstet und zur Weiterverarbeitung geölt wurde. Handschuhe, Geldbeutel, Trinkflaschen und Gefäße mit eingebrannten oder aufgemalten Mustern zeugten von der Kunstfertigkeit der Handwerker.

Simon achtete weder auf die Schreie der Händler noch auf die Kinder, die an seinem Umhang zerrten, um seine Aufmerksamkeit zu erwecken. Die Gerüche und Geräusche waren ihm vertraut, und er hatte nicht vor, etwas zu kaufen.

Als sie zur Kirche kamen, fiel ihm eine schmale Gestalt auf, die vor Peters Tür stand. Als sie näher kamen, erkannte er die Frau in dem grauen Kleid.

Es war Pflicht der wohlhabenden Bürger, den Armen Geld zu geben; alle Reichen zeigten sich deshalb besorgt um das Wohlergehen der Ärmeren in der Gemeinde. Die Kirche beschäftigte einen Almosenpfleger, dessen Aufgabe es war, für die Menschen zu sorgen, die sich nicht allein ernähren konnten. Voraussetzung war, dass die Betreffenden nicht zu faul zum arbeiten waren; sonst drohte ihnen Strafe. Doch wenn jemand krank war und daher nicht für seine Familie sorgen konnte, schien es nur gerecht, dass die christliche Gemeinde ihm zur Seite stand. Simon sah, wie der Almosenpfleger der Frau Brot und einige Stücke gekochtes Fleisch gab. Peter, das wusste er, tat für die Bettler, was er konnte. Vor dem Essen wurden Brot und andere Nahrungsmittel in einer Schüssel bereitgelegt, »um zuerst Gott damit zu dienen«. Der Almosenpfleger verteilte diese Güter dann an die Menschen, denen es am schlechtesten ging. Die Frau verbarg die Lebensmittel in ihrer Schürze und überquerte den Platz vor der neuen Kirche. Plötzlich kniete sie sich hin; ihr Sohn, der in der Nähe der Baugerüste gespielt hatte, erschien, und sie aßen ohne sichtbaren Genuss, verzweifelt und hastig, als ob sie befürchteten, dass ihnen alles wieder genommen würde, wenn sie es nicht schnell genug vertilgten.

»Schau, Simon – unser Freund«, murmelte Baldwin und nickte zum Eingang der Kirche hinüber, wo Sir Hector mit dem Rücken zu ihnen stand. Hin und wieder spähte er nervös in Richtung Schänke, dann zu den Bäumen hinüber, als wolle er an deren Schatten sehen, wie spät es war – oder als warte er auf jemanden, der sich hinter den mächtigen Baumstämmen verbarg. Simon sah in beide Richtungen. »Ist er alleine hier?«

»Für einen Söldnerführer ist er enorm leichtsinnig, wenn er allein ausgeht«, entgegnete Baldwin. »Hier in England hält er sich wahrscheinlich für sicher. In der Gascogne oder in Frankreich würde er das Risiko wohl kaum eingehen, dazu hat er dort zu viele Feinde.«

Sie gingen weiter, und aus dem Augenwinkel sah Simon, wie die Frau ein Stückchen vor ihnen aus der Kirche trat, gefolgt von ihrem Sohn. Sie näherte sich Sir Hector, wobei sie ihm flehentlich ihre Bettelschale entgegenhielt.

»Was?« Sir Hector fuhr herum, als sie ihn ansprach, das Gesicht wutverzerrt. »Wer bist du?«

Seine Stimme war selbst im Straßenlärm klar zu hören, doch die Antwort der Frau ging unter. Überrascht sah Simon, wie der Söldnerführer, offenbar vor Schreck, reglos stehen blieb. Mit offenem Mund starrte er die Frau an. Dann machte er eine plötzliche Bewegung nach vorne, schlug der Frau mit der Faust die Schale aus der Hand und stieß sie von sich. Die Schale prallte gegen eine Wand und fiel auf die Straße; ein lautes Knirschen war zu hören, als ein Mann, der nichts ahnend vorbeiging, darauf trat. Die Frau schrie entsetzt auf und raufte sich die Haare, als könne sie ihr Unglück nicht fassen. Vermutlich war dies nicht nur ihre Bettelschale gewesen, sondern das einzige Gefäß, in dem sie Wasser holen konnte. Sie sank auf die Knie und berührte verzweifelt die hölzernen Bruchstücke, ihr Sohn wimmerte unbeachtet an ihrer Seite. Sir Hector betrachtete sie einen Augenblick lang mit höhnischem Gesichtsausdruck und tat, als wäre nichts geschehen.

Baldwin kramte einige Münzen hervor, als sie an der Frau vorbeigingen, und ließ sie in ihren Schoß fallen. »Kauf dir eine neue Schale und etwas zu essen«, murmelte er.

Sie erschrak so sehr, dass ihr der Dank im Halse stecken blieb. Ihren Sohn an sich ziehend, taumelte sie in den Schutz der Kirchenwand zurück. Die Münzen hielt sie fest an ihre Brust gepresst. Mit wildem Blick starrte sie Baldwin an, bevor sie plötzlich davonrannte.

»Das war nicht sehr freundlich, Sir Hector.«

Der Angesprochene fuhr ein weiteres Mal herum, als er Baldwins beiläufige, doch vorwurfsvolle Stimme vernahm; einen Moment lang dachte Simon, er wollte nach dem Ritter schlagen. Edgar schien dasselbe zu denken, denn er war sofort an der Seite seines Herrn.

»Sir Baldwin … Ihr taucht immer dann auf, wenn ich wütend bin.«

Es sollte scherzhaft klingen, doch Simon hatte den Eindruck, dass er sich nur mühsam beherrschen konnte. Das überraschte ihn nicht. Eine Bettlerin zu schlagen war dem Ruf eines Mannes nicht sonderlich zuträglich – doch Sir Hector war ein Söldnerführer, und Söldner waren überall als schlechte, unchristliche Menschen bekannt. Sicherlich hatte er schon schlimmere Dinge in seinem Leben getan, warum sollte er sich also deshalb schämen?

»Ihr habt das blaue Kleid gekauft, das Sarra trug, als sie starb. Warum habt Ihr mir das nicht erzählt?«

Baldwins Blick war entschlossen und ärgerlich, nicht nur wegen der Bettlerin, sondern vor allem, weil er durch Fletcher etwas erfahren hatte, das Hector ihm am Morgen verheimlicht hatte.

»Ich dachte nicht, dass das von Wichtigkeit wäre. Und ich glaube immer noch, dass es nicht wichtig ist.«

»Ich aber schon. Wann habt Ihr es Sarra geschenkt?«

»Geschenkt? Glaubt Ihr, ich würde so viel Geld für eine dahergelaufene…« Sir Hector schrie nun beinahe und schob kampfeslustig das Kinn vor. Sein Blick wanderte von Baldwin zu Edgar, der einen Schritt nach vorne gemacht hatte, sodass ihm der Mann, hätte er Baldwin angegriffen, seine ungeschützte Seite hätte bieten müssen. Edgar lächelte freudlos und der Söldner beherrschte sich mühevoll.

»Sir Hector, Ihr habt mich in die Irre geführt, als Ihr heute Morgen nicht die Wahrheit sagtet. Für wen war das Kleid bestimmt, wenn nicht für Sarra – und warum hat Sarra es getragen?«

»Ich habe keine Ahnung, warum sie es getragen hat. Es muss ihr in einer meiner Kisten in die Hände gefallen sein. Ich habe Euch erzählt, dass wir zuvor gestritten hatten. Sie machte Henry bei mir schlecht, ich schickte sie weg, und dann habe ich sie nicht wieder gesehen. Wie sie an das Kleid gekommen ist, weiß ich nicht.«

»Vielleicht glaubte sie, Ihr hättet es für sie gekauft«, schlug Simon vor.

»Warum sollte sie das denken?«

»Weil sie eine Frau war. Ihr habt euch gestritten, dann hat sie das Kleid gesehen. Sie dachte vielleicht, es sei eine Art Versöhnungsgeschenk, weil Ihr sie angeschrien hattet.«

Sir Hector sah ihn ungläubig an. »Das meint Ihr doch nicht ernst? Sie war bloß eine ...«

»Wir wissen mittlerweile, was Ihr von Sarra gehalten habt«, unterbrach ihn Baldwin, »Ihr braucht es nicht dauernd zu wiederholen. Wann habt Ihr das Kleid gekauft?«

»Gestern, einen Tag nachdem ich mit Sarra gestritten hatte. Ich wollte gerade los und war in Eile und da stürzte sie herein, um mir mitzuteilen, Henry Hurdle wolle ein Komplott unter den Männern anzetteln. Als ob er das wagen würde!«

Er drehte sich um und sah wie beiläufig die Straße entlang, doch sein Blick war so aufmerksam, dass es Simon schien, als rechne er mit einem Angriff. Oder als würde er jemanden suchen.

»Kann sie damit nicht Recht gehabt haben?«, fragte Simon nachdenklich.

»Nein«, fauchte der Söldnerführer. »Meine Männer unterliegen einem Eid. Ob sie es wollen oder nicht, sie wissen, dass ich mein Wort halte – ihnen gegenüber zumindest. Wenn ich abtreten müsste, würden die meisten Henry Hurdle als meinen Nachfolger wählen. Er hat die unangenehme Angewohnheit, die kleinen Geheimnisse der neuen Rekruten herauszufinden und sie dann zu erpressen.«

»Das wusstet Ihr?« Baldwin war erschüttert.

»Natürlich. Und ich halte es für richtig, es bedeutet auch Schutz für mich. Solange der Idiot so weitermacht, hassen ihn alle und fürchten mich. Er trägt ihre Geheimnisse in seinem Geldbeutel umher, aber mir gehört ihr Leben. Solange er das tut, kostet mich das kein Silberstück und keiner würde ihn bei einer Meuterei unterstützen.«

»Vielleicht wären sie aber bereit, jemand anderen zu unterstützen?«

»Nein. Sonst würde es keiner wagen. Und mit Henry und John in der Truppe bekäme ich sofort heraus, wer es ist.«

Baldwin kickte einen Kiesel vom Weg.

»Was genau hat sie gesagt?«

»Dass sie Henry belauscht hätte, wie er mit John oder irgendjemand sonst darüber sprach, die Männer auf seine Seite zu bringen. Nein, wartet, so war es nicht. Henry hat zu jemand gesagt, dass er nicht mehr lange nur Söldner bleiben würde – dass er bald seine eigene Truppe hätte.«

»Und dann seid Ihr losgegangen, um das Kleid zu kaufen.«

»Ich ging und bezahlte es und sagte, es würde später abgeholt werden.«

»Und als Ihr zurückgekommen seid?«

»Habe ich einem der Männer befohlen, dass er es holen solle.«

»Ihr habt Sarra also nicht mehr wiedergesehen, und das Kleid auch nicht, bis sie es trug?«

»Richtig.«

Sie waren an der Pforte der Schänke angelangt. Sir Hector baute sich herausfordernd davor auf.

»Ganz nebenbei, Sir Hector«, fragte Simon fast schüchtern, »wen habt Ihr beauftragt, das Kleid zu holen?«

»Was …? Ich glaube, Wat.«

»Und was habt Ihr getan?«

»Ich war ja nur kurz zurückgekommen. Ich sah Wat, gab ihm den Auftrag und ging gleich wieder.«

»Warum? Wohin gingt Ihr denn?«

»Ich habe jemanden getroffen.«

»Wen?«

»Ich sagte schon, dass Euch das nicht zu interessieren braucht.«

»Ich glaube trotzdem, dass es wichtig sein könnte.«

»Ihr könnt glauben, was Ihr mögt.«

»Sir Hector, ich versuche, den Mörder dieses Mädchens zu finden, und Ihr seid nicht besonders hilfsbereit.«

»Ich habe sie nicht umgebracht, und ich weiß auch nicht, wer es war. Es wird euch nicht weiterbringen, wenn Ihr wisst, mit wem ich zusammen war. Ihr müsst Euch wohl an jemand anderen wenden, um Euren Mörder zu finden.«

Simon scharrte mit der Stiefelspitze im Sand. »Eine Sache kommt mir merkwürdig vor.«

»Die ganze verdammte Geschichte kommt mir merkwürdig vor«, entgegnete Sir Hector mit Nachdruck.

»Ich meine Folgendes: Ihr altes Kleid lag auf dem Fußboden in ihrem Zimmer, als hätte sie sich eilig umgezogen. Deshalb habe ich ja geglaubt, dass sie es für ein Geschenk gehalten hat. Wenn sie das Kleid aber in Eurem Zimmer gesehen hat... sie hätte es vielleicht anprobiert, vielleicht hätte sie es zu diesem Zweck sogar mit in ihr Zimmer genommen, aber dann hätte sie aufgepasst, dass keiner sie sieht.«

»Und?« Sir Hector sah ihn an, die Lippen verächtlich geschürzt.

»Für mich sieht es so aus, als wäre sie von ihrem Zimmer zu Eurem hinüber gelaufen, über den Hof und durch den Schankraum. Sie wusste, dass man sie dabei beobachtet hätte. Wenn sie das Kleid heimlich anprobieren wollte, wäre das äußerst merkwürdig.«

»Na und? Vielleicht wollte sie in einem so schönen bunten Kleid gesehen werden.«

»Ich glaube, eine Frau würde so etwas nur tun, wenn sie der Meinung ist, dass das Kleid für sie bestimmt ist. Deshalb hat sie sich in ihrem Zimmer umgezogen und ist dann quer durch die Schänke zurückgekommen.«

»Wenn sie das dachte, warum zum Teufel ist sie dann erst einmal damit in ihr Zimmer gegangen? Warum hat sie es nicht direkt dort angezogen, wo sie es fand?«

»Ganz richtig«, lächelte Simon. »Das ist das nächste Problem. Wenn sie es in Eurem Zimmer gefunden hätte, hätte sie es vermutlich auch dort angezogen und wäre nicht extra in ihr Zimmer zurückgegangen.«

»Worauf wollt Ihr hinaus?«

»Sir Hector, der einzige Grund, warum sie das Kleid angezogen und sich auf den Weg zu Eurer Kammer gemacht hat, ist der, dass sie es für ein Geschenk hielt. Ich bin der Meinung, dass sie das Kleid entweder in ihrem Zimmer gefunden hat oder dass es ihr dorthin gebracht wurde.«

Baldwin starrte seinen Freund an. »Du hast Recht. Wenn sie glaubte, dass es ein Geschenk war, wäre sie direkt zu Sir Hector gegangen, um sich zu bedanken.«

»So würde sich eine Frau verhalten. Und sie würde das Kleid sofort anziehen, um zu zeigen, wie sehr es ihr gefällt.«

Der Blick des Söldnerführers wanderte zwischen ihnen hin und her. »Ihr glaubt im Ernst, dass sie das Kleid in ihrem Zimmer gefunden hat und hierher gekommen ist, um sich bei mir dafür zu bedanken?«

Simon zuckte die Schultern. »Das ist in meinen Augen die einzig plausible Erklärung. Entweder hat sie es dort gefunden oder es wurde ihr gebracht – und jemand hat ihr erzählt, es sei für sie bestimmt.«

»Wer könnte das gewesen sein?«

»Das müssen wir herausfinden«, antwortete Baldwin. »Ihr habt meine Frage aber immer noch nicht beantwortet: Für wen war das Kleid?«

»Das ist meine Sache. Das geht euch nichts an.«

Baldwin fiel auf, dass der Blick des Söldners ständig über seine Schulter hinweg auf die Straße gerichtet war. Er war sich sicher, dass Sir Hector schon vorher, als er die Schale der Bettlerin zerbrochen hatte, auf eine Frau gewartet hatte. Er konnte den Mann nicht zwingen, ihren Namen zu nennen – Baldwin spürte instinktiv, dass er ihn nicht unter Druck setzen durfte. »Nun gut. Sonst noch etwas, das Ihr heute Morgen vielleicht zu erwähnen vergaßt?«

Die Augen Sir Hectors sprühten Feuer. »Nein!«, fauchte er.

Als der Friedensrichter und sein Freund die Schänke verließen, konnte der Mann, der sie beobachtete, seine Gefühle nur mühsam im Zaum halten. Sie hatten das mit dem Kleid herausgefunden; gut, das sollte sie weiter auf die richtige Spur bringen. Ihre Gesichter verrieten ihm alles, was er wissen wollte. Der Ritter, Sir Baldwin, sah ständig über die Schulter zurück zur Schänke, sein Gesicht war misstrauisch und finster. Sein Freund schien gedankenverloren und hatte die Augenbrauen hochgezogen, sodass er fast erstaunt wirkte.

Die Früchte seines Plans reiften nun, und in Kürze würde er sie ernten können.

Als sie fort waren, stürmte Sir Hector durch den Schankraum in seine Kammer wie ein Bär mit einem Pfeil im Pelz. Er zeigte auf einen seiner Männer. »Such Henry und bring ihn her. Sofort.«

Er saß vor seinem Schrank, als Henry den Raum betrat. Der Mann wirkte nervös, doch das überraschte Sir Hector nicht. Jeder seiner Männer wäre vorsichtig, wenn er so eilig herkommandiert würde.

»Mach die Türe zu«, sagte er und schickte den Diener hinaus. Henry tat wie befohlen und setzte sich auf eine Kiste, während sein Blick unruhig umherflackerte.

Sir Hector kannte seine Männer gut. Ein Anführer zu sein hieß, ihnen das Gefühl zu geben, dass er sie und ihre Bedürfnisse kannte und respektierte. Gleichzeitig mussten sie von seiner Unfehlbarkeit und seiner absoluten Macht überzeugt sein. Nicht Menschenfreundlichkeit hatte Sir Hector zum Söldnerführer gemacht, sondern sein fester Wille, alle, die seine Autorität untergruben, ohne Skrupel zu töten. Er wusste, dass Henry durchaus daran gedacht haben mochte, ihn zu stürzen – vielleicht hätte er es sogar geschafft. Er war verschlagen genug. Sir Hector zweifelte allerdings daran, dass er auch schlau genug war, ihn zu täuschen.

Dennoch war er beunruhigt darüber, dass ausgerechnet ein bester Mann seinen Sturz geplant haben könnte.

Die Sache an sich war nicht ungewöhnlich. Die meisten Söldnertruppen wählten so ihre neuen Führer: der alte wurde ersetzt durch jemanden, der jünger und stärker war, der seine Untergebenen besser einschüchtern konnte. Das Risiko war ständig da. Irgendjemand hatte immer etwas am Anführer auszusetzen. Unzufriedene Kriegsherren versuchten oft, solche Intrigen anzuzetteln, um mit dem nächsten Anführer erneut über die Bedingungen verhandeln zu können. Und viele Söldnerführer hatten erleben müssen, dass ihre Männer, wenn sie ohne sie ins Ausland gezogen waren, bei ihrer Rückkehr nicht mehr da waren – oder dass jemand ihre Rolle übernommen hatte. Loyalität war eine seltene Tugend im Kriegshandwerk. Und genau darauf hatte Sarra angespielt: dass Henry ihn stürzen und sich selbst zum Anführer der Truppe machen wollte.

Die kleine Schlampe hatte ihren Tod selbst provoziert, dachte er wild. Sie hatte diese Vermutungen in einer Schänke geäußert, die voll von Henrys Spionen war. Es lag auf der Hand, dass jemand ihn warnen würde.

Henry rutschte auf der Kiste hin und her und wartete darauf, dass Hector zu sprechen begann. Die Bewegung riss den Anführer aus seinen Gedanken.

»Was hältst du von Wat – ist er verlässlich?«

»So verlässlich wie jeder alte Trottel, der zu viele Schlachten gesehen hat. Keine Ahnung. Er hat sicherlich immer gut gekämpft, aber in letzter Zeit hat er sich ein bisschen oft beklagt.«

»Worüber?«

Henry kratzte sich am Kopf. Er hatte keine Ahnung, wohin dies alles führen würde, und er wollte nicht zu viel preisgeben, bevor er herausgefunden hatte, ob er nicht selbst in der Schusslinie stand. »Ach, ganz allgemeine Sachen. Wie der Trupp organisiert ist. Es geht bei ihm ständig ums Geld.«

»Hat er sich auch über dich beklagt?«

»Über mich?« Henry beschloss, dass ein bisschen Ehrlichkeit nicht schaden konnte. »Nein, aber gemocht hat er mich noch nie. Die meisten Männer mögen mich nicht, sie denken, ich hätte zu viel zu sagen – sie können's nicht ausstehen, dass ich ihnen Befehle gebe und für Ordnung sorge. Das ist nichts Neues. Aber ich hab gehört, wie er bei Fremden darüber gejammert hat.«

»Sir Baldwin vermutet, dass Wat zu Sarra gesagt haben könnte, sie solle in dem Kleid zu mir herüberkommen.«

»Und warum?«

»Vielleicht, um mich so wütend zu machen, dass ich sie umbringe.«

»Und das würde Euch tatsächlich so wütend machen, Sarra in diesem Kleid zu sehen?«, fragte Henry zweifelnd.

»Ich hatte es am selben Tag für eine andere Frau gekauft. Wäre ich Sarra darin begegnet, hätte ich sie vielleicht dafür umgebracht, dass sie es mit ihrem dreckigen Körper verschmutzt hatte.«

Henry behielt seine Gedanken darüber, wie dreckig sein Herr Sarras Körper in der ersten Nacht gefunden hatte, bei sich und entgegnete mit unbewegter Miene: »Ich weiß nicht, ob Wat sich so etwas hätte ausdenken können, Sir. Warum eigentlich?«

Sir Hector sah ihn fest an, und Henry besaß das Taktgefühl, zur Seite zu blicken. Alle Söldner in der Truppe hatten im Laufe der Jahre und Kriege getötet. Henry selbst war bei einigen der grauenvollen Grenzkriege zwischen England und Frankreich dabei gewesen und keiner von ihnen scheute vor dem Blutvergießen zurück, wenn das eigene Leben auf dem Spiel stand. Sir Hector wusste, dass Henry einst, nachdem sie eine Stadt geplündert hatten, zwei Männer getroffen hatte, die sich um eine Gefangene stritten. Er hatte das Problem mit dem ihm eigenen rauen Humor gelöst und die Frau mit einem lauten »Teilt sie euch« mit seinem Breitschwert erschlagen. Nein, ihrer aller Hände waren blutbefleckt.

»Finde es raus, Henry. Frag herum. Wenn er ihr das in den Kopf gesetzt hat, ist er nicht verlässlich, und dann will ich, dass er verschwindet. Du weißt, was ich meine.«

»Ja, Sir.«

»Und, Henry... Hast du wirklich eine Verschwörung gegen mich angezettelt?«

Als Sir Hectors bohrender Blick sich auf ihn heftete, spürte Henry, dass er blass wurde, als hätten die Augen des Captains ihn wirklich durchbohrt und alles Blut liefe aus ihm heraus. Langsam schüttelte er den Kopf, denn seine Stimme, so fürchtete er, würde versagen, wenn er sprach.

Als er den Raum verlassen hatte, saß Sir Hector lange in Gedanken versunken da. Es würde noch eine Weile dauern, bis sie wieder in der Gascogne waren, wo der Krieg und das Geld auf sie warteten, doch er war sich recht sicher, dass Wat bis dahin aus den Reihen der Truppe verschwunden wäre.

Auch Henry musste er loswerden. Er war nicht mehr vertrauenswürdig. Sir Hector nickte. Er musste sich Gedanken hinsichtlich eines neuen Sergeanten machen.

13. KAPITEL

Henry machte sich davon und ging durch die Schänke, an den Männern vorbei, die dort saßen, tranken und spielten. Wer ihn bemerkte, konnte nichts Ungewöhnliches an ihm feststellen. Er schien so gut gelaunt und gelassen wie immer.

John spielte gerade Mühle. Dabei bedurfte es seiner ganzen Konzentration. Schon allzu oft hatte er sich besiegen lassen, weil er unachtsam gewesen war. Auch jetzt schlossen seine Kumpane Wetten auf den anderen Spieler ab. Er schaute kurz zu Henry hinüber und erwiderte seinen Blick, bevor er sich wieder den Spielsteinen widmete.

Unterdessen wartete Henry draußen auf seinen Komplizen. Seine Nerven lagen blank. Es schien eine Ewigkeit zu dauern, bis John seine Partie beendet hatte und sich zu ihm gesellte. In der Zwischenzeit ging er auf dem Hof auf und ab, scheinbar gelangweilt. Endlich kam John aus der Schänke. »Warum hat das so lange gedauert? Hast du nicht gemerkt, dass ich mit dir reden muss?«

»Was ist mit dir los? Ich kann nicht gehen, wenn Geld auf dem Tisch liegt. Jeder hätte sofort gewusst, dass irgendetwas nicht in Ordnung ist. Jetzt bin ich ja hier.«

»Vielleicht ist es schon zu spät«, sagte Henry und zum ersten Mal sah John nackte Angst in seinen Augen.

»Was ist denn passiert?«

»Nicht hier. Komm mit.« Henry packte seinen Arm und führte ihn hinter die Ställe, wo sie ungestört waren. »Sir Hector hat mich gerade über Wat ausgefragt.«

»Glaubt er, dass Wat das Silber gestohlen hat?«

»Nein, das glaubt er nicht. Er denkt, dass Wat das Gewand Sarra gebracht und so getan hat, als sei es ein Geschenk für sie. Er sagte, sie solle es anziehen, in der Hoffnung, Sir Hector würde sie in einem Wutanfall töten, wenn er ihr darin begegnete. Wahrscheinlich glaubt Sir Hector, dass Sarra von Wat getötet wurde, als er seinen Plan scheitern sah.«

»Das glaubt er wirklich?«

»Ja … noch. Aber wenn er mit Wat spricht, sind wir so gut wie tot.«

»Aber er würde nie …«

»Gerade hat er mich gefragt, ob ich eine Verschwörung gegen ihn angezettelt hätte.«

»Jesus!«

»O ja.«

Die beiden grübelten eine Zeit lang über ihr Schicksal. Schließlich sagte John: »Wir sollten Wat lieber zum Schweigen bringen.«

»Was würde das nützen? Du hast gesehen, wie er mit dem Diener des Vogts gesprochen hat. Andere Männer haben dabeigesessen und dem alten Narren zugehört. Wenn er jetzt umkommt, werden sie zwei und zwei zusammenzählen. Fest steht, dass er gesehen hat, wie wir in Sir Hectors Zimmer gegangen sind. Das reicht. Wir müssen verschwinden, und zwar sofort.«

»Was, jetzt? Alles hinter uns lassen?«

Henry nickte düster. Wenn die Schlampe Sarra noch leben würde, gäbe es keine Probleme, aber nun war alles viel komplizierter. Henry hatte sie niedergeschlagen, kaum dass er sie in der Kammer entdeckt hatte, in diesem vermaledeiten Kleid, und seit diesem Augenblick war ihr Plan durcheinander geraten. Nun standen die Chancen, dass sie jemals die Früchte ihres Raubes würden ernten können, äußerst schlecht. Sir Hector ging es nur um sein Silber, ihn interessierte der Tod einer Kellnerin nur wenig. Aber der verdammte Friedensrichter setzte Himmel und Hölle in Bewegung, um den Mörder zu finden. Er sah seinen Freund an.

»Hör zu«, sagte er. »Wir haben nur eine Chance…«

Simon konnte sich an diesem Abend kaum entspannen. Für einen Fastentag kam ein recht schweres Mahl auf den Tisch: Fische aus dem Teich und in Kräutern gebratene Weißwangengans. Peter Clifford gab sich noch immer die größte Mühe, den Bischof mit seiner Gastfreundschaft zu beeindrucken.

»Gans?« Stapledon atmete den Duft des fetten Bratenfleisches ein. Er nickte, und ein Page hielt ihm eine Schüssel mit heißem, parfümiertem Wasser hin. Er wusch sich die Hände und trocknete sie mit einem Tuch ab.

»Weißwangengans«, erklärte Peter stolz.

»Einige behaupten, diese Tiere seien keine Fische«, merkte der Bischof an. Peter geriet in Verlegenheit.

»Es ist meine Schuld, wenn es Euch nicht munden sollte, Mylord, aber es sind eindeutig Fische. Sie leben auf dem Wasser, wo sie aus einer Muschel wachsen. Aber wenn Ihr es wünscht, lasse ich das Gericht sogleich abtragen…«

»Was für eine Verschwendung von Gottes Gaben das doch wäre! Und wie Ihr sagt, die meisten Menschen halten sie für Fische. Außerdem riecht das Essen viel zu gut, als dass man es wegwerfen sollte.« Er wandte sich an Baldwin. »Wart Ihr heute erfolgreich, mein Freund? Seid ihr der Wahrheit ein Stück näher gekommen?«

Baldwin lehnte sich zurück. »Ich weiß noch nicht, wer das arme Mädchen getötet hat, aber ich verdächtige Sir Hector.«

»Ah, dieser Hector«, meinte Stapledon kopfschüttelnd. »Ich frage mich, ob er wirklich jemals von einem König den Ritterschlag erhielt – die Anführer dieser marodierenden Banden ernennen sich allzu oft selber zum ›Sir‹. Der einzige Anspruch auf Autorität, den dieser Mann besitzt, liegt in seiner Skrupellosigkeit.« Er hielt inne, während ein Tischgebet gesprochen wurde. »Solche Menschen maßen sich manchmal das Recht an, ein Leben zu beenden, wann es ihnen passt. Sie erkennen darin nicht das Geschenk Gottes, das man ehren und schätzen soll.«

Baldwin gefielen die Worte des Bischofs, aber noch bevor er etwas entgegnen konnte, fragte Margaret: »Was machen sie hier eigentlich? Warum sind diese Söldner nach Crediton gekommen?«

»Es scheint, als hätten sie sich der Armee des Königs anschließen wollen«, sagte Peter. »Aber aus irgendeinem Grund legte man auf ihre Hilfe keinen Wert.«

»Ich bezweifle auch, dass der König solche Hilfe braucht«, meinte Stapledon.

»Ich bin mir nicht sicher«, wandte Baldwin ein. »Man mag ihre Motive und ihre Moral anzweifeln, aber sie können zweifellos kämpfen und hätten den Schotten sicherlich schwer zu schaffen gemacht. Die Armee des Königs besteht zum großen Teil aus einfachen Landarbeitern, die in einer Schlacht kaum bestehen können und die Flucht ergreifen, wenn es ernst wird. Sir Hectors Männer wissen zumindest, wann es sich lohnt zu kämpfen und wann es besser ist, sich zurückzuziehen.«

»Es sei denn, jemand besticht sie zum richtigen Zeitpunkt«, fügte Stapledon hinzu. »Man könnte fast den Eindruck haben, Ihr brächtet ihnen Respekt entgegen, Sir Baldwin.«

»Nun, das nicht, aber ich habe Männer wie diese in Schlachten erlebt, und sie schlugen sich ebenso tapfer und ehrenvoll wie andere auch. Wenn ich eines gelernt habe, dann dies: Es wäre falsch, Söldner für Narren oder Feiglinge zu halten. Oft sind sie Opfer von Umständen, die sie zu einem solchen Leben gezwungen haben.«

»Aber Ihr wollt damit nicht sagen, dass sie einer Truppe von Soldaten, die edlen Herzens und guter Gesinnung sind, ebenbürtig wären«, erwiderte der Bischof.

»Sir, ich fürchte, auch ein Trupp gottesfürchtiger und unbescholtener Männer käme nicht gegen sie an. Wenn es ums Kämpfen geht, zählen Dinge wie Erfahrung und Schläue mehr als ein reines Herz. Söldner sind meistens die besseren Soldaten, das habe ich schon oft erlebt.«

»Auch ich habe gekämpft, Sir Baldwin, entgegnete Stapledon pikiert. »Und vielleicht habt Ihr in dieser Hinsicht Recht. Dennoch ist es besser, für eine gute Sache zu sterben, als für eine schlechte zu überleben.«

»Natürlich«, stimmte Baldwin zu. »Aber wie ehrenwert die Motive für eine Schlacht auch sein mögen, mit ausgebildeten und erfahrenen Kämpfern ist der Sieg sicherer!«

»Baldwin!«, entfuhr es Peter Clifford. »Damit negiert Ihr alles, was Jahrhunderte der Ritterlichkeit begründet haben. Unsere Gesellschaft fußt auf der Ehrenhaftigkeit und damit der Macht unserer Ritter, und das seit König Arthurs Zeiten.«

»Was ist denn Ritterlichkeit? Nichts als eine besonders vornehme Art, Krieg zu führen, die nicht immer funktioniert. Das mussten wir in Outremer erfahren, im Königreich Jerusalem, wo uns die Sarazenen nur allzu oft schlugen, trotz unserer reinen Herzen …«

»Vielleicht überseht Ihr eines«, sagte der Bischof ernst. »Viele der Ritter verfolgten ganz unchristliche Ziele.«

»Welche sollen das gewesen sein? Ein Ritter kämpft für den Ruhm, den er sich dadurch erwirbt, dass er die Armen und Schwachen schützt. Vielleicht ließe sich das gleiche Ziel mit Männern erreichen, die keine hehren Vorstellungen haben, aber effektiver einzusetzen sind. Nehmen wir den Krieg in Schottland. Werden wir gewinnen? Ich weiß es nicht, aber eines weiß ich: Nur die wenigsten unserer Männer sind richtige Soldaten. Es gibt einige noble Ritter im Gefolge des Königs, aber der Großteil des Heeres besteht aus gemeinem Fußvolk und Bogenschützen. Sie werden die Hauptlast des Kampfes tragen müssen – und haben nur gelernt, mit Sense und Pflug umzugehen. Sir Hectors Männer kämpfen besser als dreihundert einfache Leibeigene.«

Simon hörte dem Gespräch schweigend zu. Er hatte nicht vor sich einzumischen, denn über Kriege und Kriegsführung wusste er nur wenig. Seine Erfahrungen beschränkten sich auf die Verfolgung von Dieben und Mördern. Nichts davon kam Baldwins Wissen gleich, der schon als junger Mann gegen die Sarazenen gekämpft hatte. Außerdem beschäftigte ihn der Mord, den sie aufklären mussten, mehr als alles andere.

Nach dem Ende der Mahlzeit entschuldigte er sich und gab vor, ein paar Schritte gehen zu müssen, allzu üppig sei das Essen gewesen.

Die Sonne war bereits untergegangen, die Straße hatte sich geleert. An den Abhängen des Teign-Tales klebten düstere, schiefe Häuser. Die Geschäfte waren dunkel, die Fensterläden verschlossen. Nur durch die Erker der Gebäude drang Kerzenlicht und der Schein der Feuerstellen.

Dann und wann hörte er Geräusche, einen Ruf oder Gelächter, das Bellen eines Hundes. Aus der Taverne drang Lärm nach draußen. Ein Abend in der Stadt. Und doch lag über allem, so schien es Simon, eine gespannte, erwartungsvolle Stille.

Vor dem Gefängnis blieb Simon stehen und sah zur Schänke hinüber. Einen Augenblick lang verspürte er den

Drang, sich unter die grölenden Soldaten zu mischen und mit ihnen zu trinken. Diese Männer kannten keine Furcht vor der Zukunft, sie lebten nur für den Augenblick. Unschlüssig betrachtete er die geschlossenen Fensterläden, durch die Licht schimmerte.

Doch es wäre dumm, sich zu den Soldaten zu gesellen. Er war keiner von ihnen. Wenn er hineinginge, würden sie ihn zuerst schweigend beobachten und ihm dann den Rücken zukehren. Als Vogt war er es gewohnt, Befehle zu erteilen, aber diese Männer unterstanden ihm nicht. Sie waren frei, und sie brauchten auf ihn keine Rücksicht zu nehmen. Außerdem würde es seine trübe Stimmung wohl auch nicht aufhellen, wenn er sich zu diesen derben Gesellen setzte. Ale konnte seine düsteren Gedanken nicht vertreiben.

Mit einem Lächeln musste er sich eingestehen, dass er außerdem in der Gesellschaft von Sir Hectors saufenden und grölenden Männern wohl sehr schnell Ärger bekommen würde.

Simon ging zum westlichen Stadtrand weiter, bis er an der Gasse vorbeikam, wo er die Frau in Grau gesehen hatte. Irgendetwas veranlasste ihn zu zögern.

Die dunkle Straße lag vor ihm wie der Eingang zu einer Drachenhöhle, bedrohlich und finster. Und doch fühlte er sich seltsam angezogen, wie ein Tier, das einen Köder entdeckt hat. In solchen engen und dunklen Gassen lebten die Ärmsten der Armen. Die Kaufleute wohnten meist in den Zimmern, die über oder hinter ihren Geschäften lagen, die Schmiede oder Zimmerleute über ihren Werkstätten. Doch hier, in den eng aneinander stehenden Häusern, vegetierten jene, deren Existenz die Stadt ausmachte, Gerber und Beizer und ihre Familien, Weber und Färber und die Köche und Diener der gut Betuchten. Auf engstem Raum zusammengepfercht hausten sie hier; ein Gemisch aus üblen Gerüchen – Schweiß, Urin, verwestes Fleisch und verfaultes Gemüse – stieg aus der Gosse auf und verband sich mit dem Aroma von Braten und Eintopf, das Simon in die Nase drang. Angeekelt verzog er das Gesicht.

Plötzlich hörte er Geräusche und einen gedämpften Schrei. Nervös fuhr er sich mit der Zunge über die Lippen und wagte sich in die Dunkelheit hinein.

Die Gasse war leer, alles was Simon hörte, war das Platschen seiner Stiefel, wenn er in eine Pfütze trat. Der Mond stand hell leuchtend hoch über ihm am Nachthimmel, scharf umrissen, während alles um ihn herum in verschwommenes Grau getaucht war.

Die Schritte kamen näher. Er stand in einem Hauseingang und von oben tropfte Wasser in seinen Nacken, aber daran war nun nichts zu ändern.

Der Störenfried näherte sich so langsam, dass er ihm fast zugerufen hätte, er solle sich beeilen, anstatt ihn so zu peinigen. Seine Nerven waren so angespannt wie der Galgenstrick, wenn der Gehenkte daran baumelte. Mit dem ganzen Körper schien er den Schritten zu lauschen, und jeder Tritt traf ihn wie ein Schlag in den Magen.

Doch dann gingen die Schritte vorbei. Der verborgene Beobachter atmete erleichtert auf. Gleich konnte er davonlaufen und sich in Sicherheit bringen, während dieser Narr weiter die Gasse entlangstolperte.

Gerade wollte er losrennen, als ein lautes Wimmern an sein Ohr drang, das immer intensiver wurde, bis es wie ein lang gezogener Schrei an den Häusern vorbeihallte.

Simon blieb abrupt stehen. Der Schrei übertönte alle anderen Geräusche; fast schien es als lauschte die Gasse seinem Klang. Er legte die Hand an den Griff seines Schwerts und ging weiter. Schweißperlen bildeten sich auf seiner Stirn, und er spürte, wie das Blut in seinen Schläfen pochte. Kurz vor der Biegung zog er seine Waffe aus der Scheide.

Als er um die Ecke bog, blieb jedoch der Angriff aus, auf den er gewartet hatte. Eine noch schmalere Gasse zweigte an dieser Stelle ab. Es war so dunkel, dass er die Hand ausstreckte, als er sie betrat, um nicht gegen eine Mauer zu laufen.

Nachdem seine Augen sich etwas an die Dunkelheit gewöhnt hatten, sah er, dass es eine Sackgasse war. Am Ende befand sich eine halb verfallene Hütte, durch deren schadhafte Fensterläden ein schwacher Lichtstrahl drang. Er beleuchtete ein schauderhaftes Bild.

Die Frau lag zusammengekauert auf dem Boden, als versuche sie auch im Tod so wenig Platz wie möglich zu beanspruchen, als wolle sie noch jetzt das Gesetz befolgen, nach dem die Armen und die Witwen niemandem im Weg sein durften. Zuerst dachte Simon, dass sie vielleicht etwas suche, aber dann erkannte er, dass sie mit dem Gesicht auf der Erde ruhte.

Ihr Kind stand neben ihr, ein pausbäckiger kleiner Kerl, dessen zottiges Haar so schmutzverklebt war, dass es aussah wie Gestrüpp. Er schrie seine Angst heraus, und es brach Simon fast das Herz.

Er streckte die Hand aus. Während er spürte, wie ihn der Schmerz des Kindes fast überwältigte, sprach er ein paar leise Worte, an die er sich später jedoch nicht mehr erinnerte. Der Junge wandte sich ihm zu, und sein Gesicht verzerrte sich, als habe er soeben ein neues Schreckensbild gesehen. Sein Weinen steigerte sich zu einem schrillen Kreischen.

In diesem Augenblick spürte Simon einen Schlag auf den Kopf, und bevor er betäubt in der Finsternis versank, stolperte er einen Schritt vorwärts und streckte die Hand aus, als suche er nach einem unsichtbaren Seil, an das er sich klammern konnte.

14. KAPITEL

Roger de Grosse war an diesem Abend nicht der fröhlichste Mann in Crediton. Der Besuch bei einem Händler im Westen der Stadt hatte ihn gelangweilt, ging es doch nur um eine Lieferung Wein und Gewürze an die Kathedrale. Fünf Stunden hatte er mit dem Gehilfen des Kaufmanns damit zugebracht, Listen zu vergleichen. Danach hatte er Kisten auf ihren Inhalt geprüft und das ein oder andere Weinfass einer Probe unterzogen. Alles, was an den Bischof geliefert werden sollte, war danach mit seinem Siegel versehen worden, um sicherzustellen, dass niemand sich daran zu schaffen machte.

Während all der Stunden in den kalten Lagerkellern war ihm nicht einmal eine Stärkung angeboten worden, und das hatte dem jungen Mann gründlich die Laune verdorben. Auf dem Heimweg hatte er Zeit, sich an den Gedanken zu gewöhnen, dass Peters Tafel sicherlich schon lange abgeräumt war und dass es für ihn nur noch trockenes Brot und kaltes Fleisch geben würde.

Noch vor vier Monaten hätte er sich nicht vorstellen können, mit derlei Aufgaben betraut zu werden. Als der Sohn Sir Arnold de Grosses war er es gewohnt gewesen, Befehle zu erteilen und andere für sich springen zu lassen. Er empfand es als Erniedrigung, Fässer zählen zu müssen, als sei er ein gewöhnlicher Kämmerer, aber er kannte den Grund dafür. Walter Stapledon hatte ihm von Beginn an erklärt, dass er in Zukunft viele einfache und seinem Stand nicht angemessene Aufgaben werde übernehmen müssen, weil es wichtig sei, dass der neue Pfarrer Werte wie Demut und Pflichtbewusstsein begreifen lerne. Der Bischof wollte sich davon überzeugen, dass der junge de Grosse in der Lage war, seiner zukünftigen Gemeinde zu dienen, und diese ihm jetzt zugewiesenen Aufgaben stellten eine Prüfung für ihn dar.

Die Vorsicht war berechtigt. Wenn Roger de Grosse erst

einmal eingesetzt war, würde es schwierig werden, ihn seines Amtes zu entheben, nicht zuletzt weil sein Vater einer der wichtigsten Gönner Stapledons war, der den Kirchenbau förderte und die Gemeinde unterstützte. So hätte es eigentlich nahe gelegen, die Nöte der Gemeindemitglieder zu ignorieren und Roger einfach zum Pfarrer zu machen. Aber Stapledon nahm auch die Menschen an den Rändern seiner weit verzweigten Diözese ernst, und er wollte zunächst sehen, wie Roger sich bewährte und ob er wirklich für die Stellung geeignet war, in die sein Vater ihn hineinkaufen wollte.

Roger stolperte über einen im Weg liegenden Stein und knickte mit dem Fuß um. Stöhnend biss er die Zähne zusammen und verkniff sich den lauten Fluch, der ihm auf den Lippen lag. Nachdem er eine Weile stehen geblieben war und sich den schmerzenden Knöchel gehalten hatte, humpelte er zu einem Brunnen und lehnte sich an die Mauer. Es war noch ein weiter Weg bis Crediton.

Stapledons Motive konnte er durchaus nachvollziehen, aber trotzdem gefiel es ihm nicht, wie ein Knecht herumgeschubst zu werden. Etwas anderes wäre es gewesen, wenn er im Dienst eines großen Herrn gestanden, und am Ende seiner Lehrzeit die goldenen Sporen und der Schwertgürtel eines Ritters auf ihn gewartet hätten. Nun aber stand am Ende seiner Fron nur das Amt des Geistlichen in der kleinen Gemeinde, die Stapledon für ihn ausgesucht hatte, und er war sich nicht einmal sicher, ob er das überhaupt wollte.

Vorsichtig belastete er den verletzten Fuß und fragte sich wie so oft, warum sein Vater ihn in diese Richtung gelenkt hatte. Er war der jüngste seiner Söhne, und da nur der älteste den Besitz erbte, musste dafür gesorgt werden, dass auch die anderen ihren Lebensunterhalt verdienen konnten. Von all dem Reichtum, der sich im Laufe der Jahre angesammelt hatte, blieb ihnen nichts.

Aber die Laufbahn eines Geistlichen hatte Roger keinesfalls vorgeschwebt. Sein Ziel war es , ein Ritter zu werden.

Sein Bruder Geoffrey war vor zwei Jahren zum Ritter geschlagen worden. Seitdem ließ er sich kaum noch dazu herab, mit dem Jüngeren zu sprechen. Er war sich plötzlich seiner Position bewusst geworden, schließlich würde er einmal den gesamten Familienbesitz erben, während Roger sein Leben als armer Dorfpriester fristen sollte. Geoffrey hielt den jüngeren Bruder nicht für besonders begabt und glaubte außerdem, dass die Armen sowieso schwach waren und letzten Endes nur dazu taugten, den Reichen zu dienen. Er selbst würde reich werden, Roger dagegen nicht. Daher musste der Jüngere sich mit dem zufrieden geben, was er bekam.

Unterstützung hatte Roger durch seine Familie kaum erfahren. Seit dem Tod der Mutter waren einige der Diener seine einzigen Freunde gewesen, aber das hatte sich geändert, als er älter wurde. Nach seinem achten Geburtstag, beschloss sein Vater, dass nun Schluss mit den Kinderspielen sein müsse. Die meisten Schildknappen kamen schon mit fünf oder sechs in die Dienste ihrer Lehnsherren, damit sie früh in den Künsten unterrichtet werden konnten, die ein Ritter beherrschen musste. Als Pagen lernten sie, wie man bei Tisch bediente, wie man sich in Gesellschaft benahm. Sie übten sich im Singen und Musizieren, sie erlernten den Faustkampf, das Ringen und das Fechten, bis sie es schließlich mit dem schwierigsten aller Lehrfächer zu tun bekamen: mit dem Reiten.

Mit sechs war Geoffrey zur Familie der de Courtenays gebracht worden, wo er sich als gelehrig und begabt erwies. Roger war entsetzt, als sein Vater ihm eröffnete, dass man auch ihn fortgeschicken wollte, aber nicht um als Ritter, sondern als Priester ausgebildet zu werden.

In der Gesellschaft der anderen Knaben, die stolze Krieger und Kriegsherren werden sollten, wurde er zu einem traurigen Außenseiter. Ihn, der sein Leben in der Provinz verbringen und dummen Bauern predigen würde, glaubten sie hänseln und drangsalieren zu können.

Ständig erinnerten sie ihn an sein Schicksal und seine Schwäche.

Aber in seinen Adern floss das Blut seines Vaters, und nur allzu oft strömte es auch aus seiner Nase. Er wurde zu einem unbelehrbaren Raufbold. Bei der geringsten Häme verlor er die Beherrschung. Seine Lehrer sahen großmütig darüber hinweg. Schließlich tat es den Knaben gut, wenn sie sich verteidigten, die Stärksten sollten die anderen führen, auch wenn es sich um zukünftige Priester handelte, die in Kriegszeiten in der Heimat blieben. Ein zwei Jahre älterer Junge wurde zu Rogers Erzfeind, aber als ein Geistlicher Roger einmal dabei erwischte, wie er den anderen in den Schmutz stieß und ihm ein paar saftige Ohrfeigen verpasste, hagelte es zum ersten Mal Prügel für Roger.

Das tat weh, aber er ließ sich nicht unterkriegen. Seine Kameraden zogen es schließlich vor, ihm lieber aus dem Weg zu gehen und wagten nicht mehr, ihn zu verspotten.

Im Grunde wusste er aber, dass sie Recht hatten. Sie würden mit dreizehn oder vierzehn Schildknappen sein, würden auf größeren und schnelleren Pferden und mit Lanze und Schwert trainieren, während er drinnen hockte, Buchstaben auf Pergament malte oder lernte, wie man die Pulver mischte, aus denen die Farben für die Illuminationen in den Büchern entstanden, oder wie man sich in dieser seltsamen Sprache ausdrückte, die offenbar von Gott geschaffen war und in der sich Priester aller Nationen miteinander verständigen konnten.

Als der Schmerz in seinem Fuß nachließ, humpelte Roger weiter. Die Ausbildung war hart gewesen. Jedes Missgeschick, jeder Übersetzungsfehler wurden mit Prügeln bestraft. Besonders das Predigen lag ihm wenig, denn er sprach nicht gerne vor vielen Menschen, und beim Gedanken daran, auf der Kanzel zu stehen, grauste es ihn. Aber zumindest würde ihm sein Amt in Callington eine gewisse Freiheit bescheren und das machte vieles wett. Diejenigen, die über ihn das Sagen hatten, residierten viele Tagesreisen entfernt und würden ihn nur selten aufsuchen. Abgesehen davon war in ihm eine große Sympathie für Stapledon gewachsen, der sich als freundlicher und ehrenwerter Mann erwiesen hatte – was er von seinen alten Lehrern nicht sagen konnte.

Aber einsam würde es werden, das hatte Stapledon bereits angedeutet. Natürlich hatte er als Gemeindeoberhaupt eine Reihe von Dienern, aber für die Seelsorge war er ganz allein zuständig.

Als er endlich die Stadt erreicht hatte, blieb er vor dem Gefängnis stehen, um sich auszuruhen. Sein Knöchel war angeschwollen und sein Zeh schmerzte unerträglich. Er lehnte sich an eine Mauer und schloss die Augen. Aus der Schänke drang Gelächter, kurz darauf stimmte jemand ein Trinklied an. Skeptisch betrachtete er seinen Fuß. Bis zu Clifford würde er es noch schaffen.

Das Klappern von Hufen ließ ihn aufschauen. Aus der Straße neben der Metzgerei tauchten zwei Reiter auf, die einen Packesel hinter sich herzogen. Als sie die Hauptstraße erreicht hatten, verlangsamten sie ihr Tempo und ritten in Richtung Exeter. Bald hatten sie die Hänge der Hügel außerhalb der Stadt erreicht.

Roger sah ihnen nach. Eine ungewöhnliche Tageszeit, sich auf eine Reise zu begeben, dachte er. Ächzend setzte er seinen Weg fort. Vor einer Gasse blieb er erneut stehen. An einer Mauer lehnte ein fester Stock, nach dem er sofort griff. Das sollte ihm den Rest des Weges erleichtern. Plötzlich hörte er seltsame Geräusche, die aus einer Gasse drangen.

Es war dunkel in dem engen Durchgang, aber er glaubte, eine Gruppe von Menschen zu erkennen, die im Halbdunkel beisammenstanden und nervös flüsterten.

Dichte Rauchschwaden aus den Häusern verliehen der Szene etwas Geheimnisvolles, und er spürte einen Schauder, der nichts mit der kühlen Abendluft zu tun hatte. Hastig wandte er sich ab und humpelte auf Cliffords Haus zu, so schnell es ihm sein verstauchter Knöchel erlaubte.

Fasziniert beobachtete Margaret, wie sich Walter Stapledon das seltsame Gestell vor die Augen hielt, während er las.

Sie selbst hatte nie Lesen und Schreiben gelernt. Ihr Vater, ein Bauer, hatte es nie für notwendig erachtet, in ihre Ausbildung zu investieren. Sobald sie alt genug war, würde sie heiraten und Kinder bekommen. Mit vierzehn hatte sie alles gelernt, was nützlich schien, sie beherrschte es zu Backen und zu Brauen, und sie wusste, wie man Kinder versorgt. Simon konnte lesen und schreiben, und daher war es auch nicht diese Fertigkeit, die sie so erstaunte. Es war dieses gebogene Metall mit dem Glas darin, das Stapledon sich auf die Nase gesetzt hatte, während er blinzelnd auf das Geschriebene starrte.

Als der Bischof ihren Blick bemerkte, ließ er das Blatt lächelnd sinken. »Es ist die Schwäche eines alten Mannes, die ihn dazu zwingt, Hilfsmittel für die Funktionen des Körpers zu benutzen, die nicht mehr so sind, wie sie früher einmal waren.«

»Aber wie funktioniert es?«, fragte sie.

»Nun, es verhilft den Augen wieder zu alter Sehkraft. Früher konnte ich so gut sehen wie Ihr das zweifellos heute könnt, aber mittlerweile dienen mir diese beiden Glasscheiben dazu, die Buchstaben zu vergrößern.«

»Wie soll das gehen?«

Er lachte und reichte ihr die Brille. »Ich betrachte es als ein Geschenk Gottes – ein Wunder, das mir die Arbeit erleichtert. Wobei ich erst gar nicht versuche so zu tun, als verstünde ich es. Ich nehme es nur dankbar entgegen.«

Baldwin und Edgar betraten das Haus. Sie hatten nach ihren Pferden gesehen. »Ist Simon noch nicht zurückgekehrt?«, fragte Baldwin leicht beunruhigt.

Der Bischof schüttelte den Kopf. »Nein, aber er ist ein kräftiger Mann, der gut auf sich selbst aufpassen kann.«

»Ja, natürlich.« Baldwin ließ sich auf einem Schemel nieder, während Margaret mit kindlicher Begeisterung die Brille betrachtete und sie über die Holzmaserung des

Tisches hielt, über das Schreiben des Bischofs und schließlich über ihren Handrücken. Der Bischof ließ sie lächelnd gewähren.

Baldwin dachte an Simon. Sein Freund hatte in den vergangenen Tagen einen solch zerstreuten Eindruck gemacht, dass er sich einfach um ihn sorgen musste. Er nahm allerdings nicht an, dass Simon sich etwas antun könne. Ein solcher Narr war der Vogt nicht, und für einen gottesfürchtigen Menschen war Selbstmord sowieso etwas ganz Unvorstellbares. Aber in der Dunkelheit lauerten in einer Stadt die mannigfaltigsten Gefahren, und selbst ein harmloser Sturz konnte schlimme Folgen haben. Baldwin hatte einmal einen Mann in der Gosse gefunden, der im Dunkeln über einen Betrunkenen gestolpert war, sich im Fallen den Kopf an einem Stein gestoßen hatte und bewusstlos in eine Pfütze gerollt war. Der Mann war ertrunken, während der Saufbold nicht einmal aufgewacht war.

Und es gab Diebe. Selbst in einer kleinen Stadt wie Crediton lebten genügend Spitzbuben, zu denen er auch die Söldner zählte, denen ein Menschenleben nicht viel bedeutete.

Armer Simon. Sein Leben war bislang so erfolgreich und harmonisch verlaufen, doch mit dem Tod seines Sohnes hatte plötzlich alles einen bitteren Beigeschmack bekommen. Baldwin hatte gesehen, wie andere vom Schicksal hart geprüft worden waren, doch kaum jemanden schien es so getroffen zu haben wie Simon. Die meisten dachten nach einer kurzen Zeit der Trauer wieder daran, einen neuen Erben in die Welt zu setzen. Wozu unnötig lang über die Toten trauern.

Simon jedoch hatte all seine Hoffnungen in den Jungen gesetzt. Nachdem sie so lange auf ein Kind hatten warten müssen, kam der frühe Tod Peterkins wie eine doppelte Strafe. Immerhin hatte er die ersten Jahre überlebt, was vielen anderen nicht vergönnt war. Simon wünschte sich nichts sehnlicher als einen männlichen Erben, der seinen

Namen weitergeben würde, und Baldwin konnte den Kummer seines Freundes nur allzu gut verstehen. Er fühlte den gleichen Schmerz.

In diesem Augenblick wurde die Tür aufgerissen und Roger stand nach Luft schnappend im Zimmer. »Mylord …!«

»Beruhige dich erst mal«, befahl Stapledon ungehalten. »Was um alles in der Welt ist geschehen?«

»Ist etwas mit meinem Mann?«, fragte Margaret erschrocken. »Was ist mit ihm? Wo ist er?«

»Euer Mann?«

Baldwin schüttelte unwirsch den Kopf. »Nun sag schon, was gibt es?«

»Sir, ich weiß es nicht, aber irgendetwas geht in der Gasse hinter dem Gefängnis vor. Ein paar Menschen scheinen sich dort versammelt zu haben und flüstern miteinander. Ihr solltet jemanden dorthin schicken.«

»Warum?«, fragte Baldwin. »Wahrscheinlich ein paar Männer, die aus der Schänke kommen.«

»Nein, nein, Sir, ich bin sicher, sie führen etwas im Schilde.« Roger berichtete, was er gesehen und gehört hatte, und obwohl er Baldwin nicht überzeugen konnte, erhob sich der Ritter schließlich.

»Bischof, ich werde mich darum kümmern. Man weiß ja nie … Schließlich haben wir heute erfahren, dass einige Söldner eine Verschwörung gegen ihren Anführer anzetteln wollen. Wenn dem so ist, möchte ich verhindern, dass sie ihn ausgerechnet hier in Crediton töten.«

»Natürlich.« Stapledon strich Margaret über die Hand. »Seht Ihr? Es hat nichts mit Eurem Gatten zu tun.«

Sie lächelte und wandte den Blick ab, aber Baldwin hatte die Furcht in ihren Augen bemerkt. »Edgar, hol Hugh. Und sag Peter, wohin wir gehen. Er soll uns zwei seiner Männer mitgeben, für alle Fälle. Sie sollen sich bewaffnen. Dann kommst du hierher zurück.« Edgar eilte davon. »Roger, du kommst auch mit. Du musst uns zu der Stelle führen.«

Baldwin zweifelte nicht daran, dass Simon sich wehren konnte, sollte er wirklich Ärger bekommen haben. Er hatte den Vogt als tapferen Kämpfer erlebt, den er selbst schon hatte zurückhalten müssen, wenn das Temperament mit ihm durchging. In diesen Augenblicken hatte Simon ihn sogar an die rothaarigen Männer aus dem Norden erinnert, die er für verrückt hielt. Der Vogt war nun schon recht lange fort, und Baldwin verstand die Angst, die auch Margaret ergriffen hatte.

Wenig später standen sie vor der Gasse und Roger deutete mit seinem Stock hinein. Wortlos ging Baldwin voran. In der Ferne hörten sie Gemurmel und etwas, das wie Schluchzen klang.

Rollo war vor Furcht und Schrecken wie gelähmt. Sein lautes Weinen war zu einem Wimmern verebbt, während er auf die beiden Gestalten starrte, die vor ihm auf dem Boden lagen. Immer wieder zog er am Gewand seiner Mutter, aber sie rührte sich nicht. Den Mann, der neben ihr hingestürzt war, wagte er kaum anzuschauen. Er kannte ihn nicht, und seine Mutter hatte ihn stets vor fremden Männern gewarnt.

Sie lag schon lange so da, aber egal wie oft er an ihr zog oder sie anstieß, sie bewegte sich nicht. Rollo wusste, was ein Toter war, aber er weigerte sich einfach zu glauben, seine Mutter könne tot sein. Sie hätte ihn niemals im Stich gelassen.

Es war dunkel in der Gasse, aber das war er gewohnt. Er und seine Mutter hatten nie ein Zuhause gehabt, sie hatten schon oft draußen geschlafen. Im Winter hatten sie sich manchmal an eine Mauer gekauert, und seine Mutter hatte ihren Umhang in eine Mauerritze gehängt, sodass sie wie in einem Zelt beisammen saßen und er sich an sie schmiegen konnte. Manchmal hatte er in einem Zimmer gelegen und gehört, wie sich seine Mutter nebenan mit einem Mann unterhielt. Oft hatte er neidisch zugesehen, wie die anderen Kinder spielten und lachten. Aber Rollo durfte nicht mitspielen, denn seine Mutter hatte etwas Böses getan.

Er verstand nicht, wofür sie bestraft worden war. Beide schienen sie eines schweren Verbrechens schuldig, und deshalb durften sie nicht mit den anderen zusammen leben. Rollo war sechs Jahre alt. Wäre er der Sohn eines Kaufmanns gewesen, hätte er jetzt das Gewerbe seines Vaters erlernt, und als Sohn eines Bauern wäre er Mitglied der Dorfgemeinschaft geworden. Doch er und seine Mutter mussten betteln und den anderen aus dem Weg gehen.

Und nun lag seine Mutter da, und dieser Mann neben ihr. Der andere war verschwunden.

Beim Klang von Schritten schaute er auf. Er wusste, dass er sich von den Stadtbewohnern fern halten musste, seine Mutter hatte es ihm oft genug gesagt. Aber er hatte bereits selbst bemerkt, mit welchen Blicken sie ihn bedachten, wenn er ihre Wege kreuzte. Verächtliche, böse Blicke waren das, die ihm Angst machten. Nur bei seiner Mutter konnte er sich sicher fühlen, alle anderen musste er fürchten – auch wenn er nicht wusste, warum.

Die Schritte kamen näher, leise und vorsichtig.

Der seltsame, kichernde Mann, der seine Mutter umarmt und den anderen niedergeschlagen hatte, war ebenfalls sehr leise gewesen, aber Rollo hatte sein Gesicht gesehen, und er hatte sich sehr gefürchtet. Er wollte diesen Mann nie mehr begegnen. Mit weit aufgerissenen Augen starrte er in die Dunkelheit. Die Mauern der Häuser ragten drohend über ihm auf, aber dann sah er ein Loch in der Wand.

Er rannte auf die andere Seite und zwängte sich in die Öffnung. In diesem Augenblick traten die Menschen aus den umliegenden Häusern vor die Türen.

Nun stand Baldwin mit der Hand am Schwert in der Gasse. Er winkte, und die Gruppe setzte sich in Bewegung. Edgar war bei ihm und Baldwin konnte sich keinen besseren Schutz vorstellen.

Das Licht der Sterne zauberte auf den fest gestampften Erdboden einen matten Glanz. Hier lebten die Armen, und die Stadt gab kein Geld, um die Straßen in diesem Viertel zu pflastern. Wozu auch, besaß doch niemand hier ein Pferd oder einen Karren, und niemand, der dergleichen besaß, kam jemals hier vorbei. Überall lag Unrat. Altes Holz von schadhaften Fässern, Lumpen, die selbst die Bewohner dieser Gasse nicht mehr gebrauchen konnten, Knochen und Lederreste aus der Werkstatt eines Gerbers.

Edgar rümpfte pikiert die Nase. »Ich kann nicht verstehen, wie man in diesem Elend hausen kann.«

Baldwin nickte und schaute auf die weiche Masse, auf die er getreten war. Eine tote Ratte. Aus einem Loch in der Mauer drang das Rascheln umherlaufender Tiere, und der Ritter wunderte sich, dass die Leute nichts unternahmen, um die Ratten zu vertreiben. Sie verursachten Schäden an den Gebäuden, sie fraßen sich durch die Säcke mit Getreide und vernichteten oft alles, was man an wertvollen Vorräten während der Sommermonate angelegt hatte. Fast hätte er mit dem Schwert in das Loch gestochen, um die widerwärtigen Kreaturen wenigstens aufzuscheuchen.

»Herr!«, zischte Edgar. Baldwin drehte sich um und sah die beiden Gestalten, die auf dem Boden lagen. Er lief mit den anderen zu ihnen und beugte sich über sie. Seufzend betrachtete er die hagere, in graue Lumpen gehüllte Frau. Sie atmete nicht mehr, und er sah Blut. Es war die arme Frau, die Sir Hector um ein Almosen angebettelt hatte. »Wer hat dir das angetan?«, murmelte er. »Jemand, der sich durch dein Betteln beleidigt fühlte? Ein Betrunkener, der zudringlich wurde? Du musstest auf der Straße leben und du bist auf der Straße gestorben.«

»Sir, schaut her.«

Baldwins Blick fiel auf den Mann, der ein paar Schritte von der Toten entfernt lag. »Um Himmelswillen, Simon!«

15. KAPITEL

Hugh fluchte, als er über einen losen Pflasterstein stolperte. Sie trugen Simon auf einer Leiter, die auf einem Hof gestanden hatte, während Baldwin neben ihnen ging und Simon immer wieder besorgt ansah.

Einer von Peters Bediensteten war als Wache bei der Leiche der Frau zurückgeblieben. Später würde man sie abholen, aber zuerst galt es, Simon so schnell wie möglich in Cliffords Haus zu schaffen.

Hugh wurde sich bewusst, wie sehr er an seinem Herrn hing; seine Gefühle überwältigten ihn fast, als er Simon ansah, dessen Arm an einer Seite der Leiter herunterhing.

Er hatte keine Angst davor, seinen Dienstherrn und damit seine Stellung zu verlieren. Er würde immer zurechtkommen, auch wenn es bedeuten mochte, dass er in sein Dorf und in den Kreis seiner Familie zurückkehren musste. Dort würde er in einer Scheune schlafen und sich mit der Jagd auf Wild Nahrung beschaffen. Aber während er darauf achtete, nicht zu stolpern, derweil sie den Vogt so schnell wie möglich zum Haus des Priesters trugen, wurde ihm klar, dass er in Simon mehr einen Freund als einen Herrn sah. Zum ersten Mal begriff er, dass sein Leben ohne Simon plötzlich keinen Sinn mehr hätte. Seine ganze Existenz hing mit dem Vogt und dessen Familie zusammen; ohne diesen Mann wäre alles dahin.

In diesem Augenblick verlor Edgar fast das Gleichgewicht, weil er in ein Loch trat, und die Leiter schwankte bedenklich. Hugh musste sich einen Fluch ob der Ungeschicklichkeit des Gefährten verkneifen.

Baldwin sah die Besorgnis auf seinem Gesicht und klopfte ihm auf die Schulter. »Er wird wieder gesund«, sagte er und versuchte zuversichtlicher zu klingen, als ihm zu Mute war. »Er ist kräftig und hat sich bald erholt.«

»Aber was ist mit ihm geschehen?«, fragte Hugh verzweifelt. »Er atmet, aber er wacht nicht auf.«

»Nun, wahrscheinlich hat ihn jemand niedergeschlagen.«

»Wer?«

Baldwin lächelte müde. »Das werden wir herausfinden.« Sie standen vor Peters Tor. »Ich frage mich, wer diese Unglückliche so gehasst hat, dass er sie erstach ... eine Bettlerin.«

Simon wachte nur langsam aus seiner Ohnmacht auf, fast widerwillig, wie ein Kind, das man aus dem Schlaf zerrt. Sein Kopf fühlte sich an, als habe man ihn über Pflastersteine geschleift, und sein Hals brannte so wie damals, als er als Junge beim Spielen vom Pferd gefallen war und sich fast das Genick gebrochen hatte.

Einige Augenblicke genoss er mit geschlossenen Augen die Wärme des Bettes. Aus irgendeinem Grund wusste er, dass es mit der Gemütlichkeit bald vorbei sein würde, und als er sich daran erinnerte, was geschehen war, riss er die Augen weit auf. Die Frau hatte auf dem Boden gelegen, ihr Sohn hatte ihn angesehen und geschrien, und dann war es dunkel um ihn geworden. Jemand hatte ihn niedergeschlagen.

Der Gedanke machte ihn zornig. Wer hatte es gewagt, ihn, den Vogt anzugreifen?

»Wie geht es dir?«

Er schaute zur Seite und erblickte seine Frau. Margaret saß neben dem Bett auf einem Stuhl. Sie sah müde aus. Nachdem sie die Nacht bei ihrem Mann verbracht und darum gebetet hatte, dass er sich erholen würde, war sie völlig erschöpft. Es war bekannt, wie gefährlich Kopfverletzungen waren. Manchmal sahen sie nicht schlimmer aus als eine kleine Beule, doch dann verfiel das Opfer in Krämpfe und starb kurz darauf. Auch an Simons Kopf sah man kaum mehr als einen Kratzer, aber er hatte in solch tiefer Ohnmacht gelegen, dass sie fürchtete, er würde nie wieder aufwachen.

In der Morgendämmerung hatte er im Schlaf ihren Namen gemurmelt und den ihres toten Sohnes. Immer wieder hatte er Peterkin gerufen, als wolle er ihn vor einer Gefahr warnen oder aus dem Reich der Toten zurückholen.

Plötzlich hatte er laut gesagt: »Komm her, Junge, komm zu mir. Hab keine Angst. Komm weg da.«

Baldwin hatte ihr von der Frau in der Gasse erzählt, sodass Margaret wusste, dass er von der Leiche träumte. Aber was er mit seinen Worten meinte, verstand sie nicht. Stöhnend warf er den Kopf von einer Seite auf die andere. Sie hatte sich zu ihm gesetzt und ihn in ihren Armen gewiegt, so wie sie es einst mit ihrem Sohn getan hatte.

»Wie bin ich hierher gekommen?«, fragte Simon plötzlich.

»Die Männer haben dich gefunden.«

»Und …?«

»Sie ist tot.«

»Nein, nicht sie – ihr Sohn. Haben sie den Jungen auch gefunden?«

»Welchen Jungen?«

»Hol Baldwin.« Als sie sich erhob, sah er, wie müde sie war, und er lächelte ihr zu. »Du warst die ganze Nacht bei mir, stimmt's, Meg? Du bist so gut zu mir. Leg dich jetzt schlafen … Ich liebe dich.«

Sein Lächeln vertrieb ihre Erschöpfung. Sie lief in die Halle, um Baldwin und Peter Clifford zu holen.

Verblüfft stellte Baldwin fest, dass sein Freund recht munter aussah. »Wie fühlst du dich?«

»Ich bin wütend. Und ich komme mir vor wie ein Dummkopf.«

»So etwas passiert. Selbst die besten Ritter sind gegen einen Angriff von hinten nicht gefeit.«

Simon erzählte, was geschehen war. »Aber was ist mit dem Jungen?«, fragte er. »Ich muss wissen, ob ihm der Mörder etwas angetan hat.«

Peter ließ sich auf dem Stuhl nieder, auf dem Margaret gesessen hatte. »Gab's da einen Jungen? Mein Gott, was muss das für ein Mensch sein, der eine Mutter vor den Augen ihres Kindes tötet.«

»Von der Sorte gibt es genug, Peter«, sagte Baldwin.

»Ja«, stimmte Simon grimmig zu. »Und dreißig von dieser Sorte wohnen derzeit im Gasthof.«

»Du meinst, es war einer der Söldner?«

»Wer sonst?«

Peter Clifford beugte sich vor. »Er hat Recht, Sir Baldwin. Nur ein Mann, der von Mord und Raub lebt, könnte zu einer solch bösen, unmenschlichen Tat fähig sein.«

»Aber warum nur?«, fragte Baldwin nachdenklich. »Diese Söldner wussten doch gar nichts von der armen Frau.«

»Vielleicht tötet einer von ihnen zum Vergnügen«, meinte Simon. »Erst hat er Sarra ermordet, und nun die Bettlerin. Und vielleicht auch ihren Sohn.«

Baldwin sah die beiden an. »Nein, das kann ich mir nicht vorstellen. Möglich, dass einer der Söldner Sarra umgebracht hat, aber dafür muss es einen Grund geben. Ich glaube nicht, dass die Bettlerin von dem gleichen Mann erstochen wurde.«

»Wollt Ihr damit sagen, dass es zwei Mörder in dieser Stadt gibt?«

»Möglicherweise.«

»Was ist mit Sir Hector?«, fragte Simon. »Er könnte Sarra getötet haben, und wir waren Zeuge, wie harsch er gestern auf die Bettlerin reagiert hat.«

»Aber deshalb muss er ihr nicht in die Gasse gefolgt sein und sie dort getötet haben. Zunächst geht es darum, den Jungen zu finden«, sagte Baldwin und ging nun zur Tür.

Hugh und Edgar warteten in der Halle. Hugh spielte mit Edith, und Baldwin wandte sich an seinen Diener. »Wir müssen mit Sir Hector reden. Es ist merkwürdig, wie er sich gestern der Bettlerin gegenüber verhalten hat.

Vielleicht kommt er tatsächlich als Mörder in Frage, wenn ich mir auch nicht vorstellen kann, welches Motiv er gehabt haben sollte. Die Frau hatte ihr Kind bei sich – einen kleinen Jungen. Den müssen wir zuerst suchen. Er war dabei, als Simon niedergeschlagen wurde, und vielleicht hat er den Mann erkannt, der möglicherweise auch der Mörder seiner Mutter ist.«

Edgar nickte und verließ den Raum ohne ein Wort. Baldwin wusste, dass er sein Schwert holte und schaute besorgt aus dem Fenster.

Der Angriff auf Simon hatte ihn zutiefst beunruhigt. Er fragte sich, wie er einen Täter aus den Reihen der Söldner ohne Blutvergießen vor Gericht bekommen konnte. Und wenn es sich gar um Sir Hector handelte, würden ihn dreißig Soldaten verteidigen, die in der Lage waren, sich gegen die ganze Stadt zu wehren. Es galt auf jeden Fall, eine bewaffnete Auseinandersetzung zu vermeiden.

»Sir?«

»Ja, Hugh?« Der Ritter drehte sich um.

»Sir, ich möchte Euch heute helfen.«

»Ich glaube, Margaret bedarf deiner Hilfe, und auch Edith braucht jemanden, der auf sie aufpasst.«

»Das kann einer von Peters Dienern übernehmen. Und meine Herrin legt sich gleich schlafen. Ich werde hier momentan nicht gebraucht. Aber ich will helfen, den Mann zu finden, der gestern Nacht meinen Herrn angegriffen hat.«

Baldwin sah ihn an. Er hatte gemerkt, wie sehr die Tat Simons Diener aufgewühlt hatte. »Also schön. Du kannst gut mit Kindern umgehen. Am meisten hilfst du uns, indem du den Sohn der Bettlerin findest. Geh zu der Stelle, wo wir sie gefunden haben und schau dich dort um.«

Draußen war es heiß und stickig. Baldwin lockerte seinen Umhang. Seit der Zeit, die er in Acre und Zypern verbracht hatte, hasste er dieses Wetter. Dort war es ständig schwül, wogegen er die trockene Hitze der Auvergne und Bourbons bei weitem vorzog. Schon nach wenigen Schritten spürte Baldwin, wie ihm der Schweiß den Rücken herunterlief. Der Himmel war grau und wolkenverhangen, und ein Gewitter schien sich anzukündigen.

Für die frühe Stunde ging es in der Schänke schon sehr geschäftig zu. Als Baldwin und Edgar näher kamen, traten die Männer, die in der Nähe des Eingangs standen, zurück, andere deuteten in ihre Richtung und flüsterten miteinander. Wat lehnte grinsend am Türrahmen, aber alle anderen wichen Baldwins Blick aus.

Wat baute sich vor ihnen auf. »Wollt Ihr mit jemandem sprechen?«, fragte er.

»In der Tat, mit deinem Anführer«, antwortete Baldwin kühl.

»Ich bezweifle, dass er Euch zu sehen wünscht.«

»Was soll das heißen?«

»Das werdet Ihr schon merken«, meinte Wat lachend und trat beiseite.

Baldwin zögerte kurz, doch dann ging er hinein.

Im Schankraum waren die Söldner damit beschäftigt, Decken zusammenzurollen und Hemden und andere Gegenstände in ihre Säcke zu packen. Einige waren bereits fertig und trugen ihr Gepäck nach draußen auf den Hof, wo gerade Sir Hectors Pferd gesattelt wurde.

»Komm«, sagte Baldwin grimmig zu Edgar.

Sie hörten Sir Hector, bevor sie ihn sahen. »Dummkopf! Idiot! Trottel! In diese Kiste, sagte ich, nicht in jene! Bist du taub? Schwachkopf! Dumm wie Bohnenstroh!«

Seltsamerweise schienen diese Tiraden Baldwins Laune zu verbessern.

Ohne anzuklopfen hob er den Türriegel und trat ein. Der Söldnerführer stand bei einem Diener, einem der Jungen, die der Wirt als Aushilfen beschäftigte. Der Bursche kniete vor einer Kiste und sah aus, als wollte er jeden Augenblick in Tränen ausbrechen, während Sir Hectors Beschimpfungen auf ihn niederprasselten.

»Was wollt Ihr?«, knurrte der Anführer.

»Nur mit Euch reden«, antwortete Baldwin lächelnd und ließ sich auf einer verschlossenen Kiste nieder.

»Und was, wenn ich keine Lust dazu habe?«

»Ach kommt, ich habe nur zwei, drei kurze Fragen an Euch.«

»Das mag sein, aber ich muss mich um das hier kümmern«, schnaubte er und versetzte dem Jungen einen Fußtritt.

»Wo wart Ihr heute Nacht?«

»Was? Er schaute auf. »Warum?«, fragte er misstrauisch.

»Wart Ihr die ganze Nacht im Gasthof?«

»Ich fragte, warum Ihr das wissen wollt?«

»Eine Frau ist ermordet worden. Erstochen, so wie Sarra – in dieser Kiste dort«, fügte er hinzu, und der Diener zog in abergläubischem Schrecken die Hand fort.

»Eine Frau? Was für eine Frau? Wieder eine Tavernenschlampe? Eine Hure? Was hat das mit mir zu tun?«

»Das hängt davon ab, wo Ihr Euch letzte Nacht aufgehalten habt.«

»Ich war unterwegs.«

»Wo?«

Sir Hector sah ihn ungehalten an. »Ich hatte mich mit jemandem verabredet.«

»Ist sie gekommen?«

»Woher wollt Ihr wissen, dass es eine Frau war?«

Plötzlich schien Baldwin der Ausflüchte Sir Hectors müde. »Sir, die Frau, die Ihr gestern so verächtlich abgewiesen habt, die Frau, die Euch um ein Almosen bat, ist heute Nacht ermordet worden. Wir haben ihre Leiche in einer Gasse entdeckt. Ihr Mörder hatte sie einfach dort liegen lassen. Wisst Ihr irgendetwas darüber?«

»Nein.«

Er wich Baldwins Blick nicht aus, und von der Entschiedenheit, mit der er geleugnet hatte, wäre der Ritter beeindruckt gewesen, wenn es sich nicht um einen Anführer von Söldnern gehandelt hätte. »Kann es einer Eurer Männer gewesen sein?«

»Nein.«

»Ihr scheint Euch sehr sicher.«

»Richter, meine Männer und ich sind auf dem Weg in die Gascogne, wir wollen noch heute fort.«

»Und was ist mit Eurem Silber?«, fragte Baldwin verblüfft. Er konnte sich kaum vorstellen, dass der Söldnerführer abreisen würde, bevor sein Vermögen wieder aufgetaucht war.

»Ich...« Er sah zu dem Burschen hinüber. »Lass uns allein!« Erleichtert verschwand der Junge. Der Anführer setzte sich auf eine Truhe und sah den Ritter an.

»Das Silber ist verschwunden, Sir Baldwin, aber ich glaube, ich weiß, wo es ist.«

»Das müsst Ihr mir erklären.«

»Heute Nacht sind zwei meiner Männer abgehauen – Henry und John, diese Bastarde!« Er spie die beiden Namen förmlich heraus, hatte sich aber schnell wieder beruhigt und fuhr fort. »Keiner hat bemerkt, wie sie sich davongemacht haben, obwohl sie zu Pferd waren. Zweifellos tragen sie mein Silber bei sich. Sie müssen gesehen haben, wie Cole es versteckte.«

»Warum geht Ihr davon aus?«

»Weil sie fort sind. Das liegt doch auf der Hand. Sie sahen, wie er mein Silber stahl, haben ihn verfolgt, nahmen ihm das Silber ab und schlugen ihn nieder. Dann versteckten sie es an einem anderen Ort.«

»Es gibt noch eine weitere Möglichkeit – vielleicht hat Cole mit dem Diebstahl gar nichts zu tun«, sagte Baldwin.

»Wie kommt Ihr darauf?«

»Weil er zwei Silberteller bei sich hatte; was töricht von ihm gewesen wäre, ich glaube, man hat sie ihm untergeschoben.«

»Wer, Henry und John?«

»In der Tat. Aber ich frage mich, warum sie sich ausgerechnet jetzt aus dem Staub gemacht haben. Und wohin sind sie wohl geflohen?«, fragte Baldwin.

»Warum jetzt? Wahrscheinlich, weil sie das Mädchen

ermordet haben und fürchteten, Ihr würdet ihnen bald auf die Schliche kommen«, meinte Sir Hector. Er hatte nicht vor, Baldwin darüber aufzuklären, an welch dünnem Faden das Leben der beiden gehangen hätte, wenn sie bei der Truppe geblieben wären. Er hätte sich ihrer so schnell wie möglich entledigt, denn zwei Männer, die seinen Sturz planten, hatten kein langes Leben mehr vor sich. Auf der Überfahrt nach Frankreich hätte es Gelegenheit genug gegeben, sie loszuwerden.

»Ihre Flucht macht sie in der Tat verdächtig«, meinte Baldwin. Die beiden Söldner waren so verschlagen, dass man ihnen durchaus zutrauen konnte, was Sir Hector ihnen vorwarf. Aber dennoch ging Baldwin das alles viel zu schnell.

»Was habt Ihr vor?«, fragte er den Söldnerführer.

»Sie sind fort, und ich habe kaum die Möglichkeit, sie zu fangen; noch dazu, wo ich mich in diesem Teil des Landes gar nicht auskenne. Ich werde versuchen, in der Gascogne einen Lehnsherren zu finden.«

»Und Euer Silber?«, fragte Baldwin skeptisch. Die Hast, mit der Sir Hector plötzlich zum Aufbruch drängte, kam ihm ebenso seltsam vor wie der Umstand, dass er sich in sein Schicksal zu fügen schien. Als Anführer eines Trupps konnte er es sich nicht erlauben, die beiden Männer ungestraft davonkommen zu lassen. Und sicherlich hatte er das auch gar nicht vor – er würde Henry und John mit seinen Männern jagen, unbehelligt von Baldwins Skrupeln und seinem Gerechtigkeitsfanatismus.

»Wie könnte ich mein Silber jemals wiederfinden?«

Der zynische Klang in Sir Hectors Stimme beseitigte die letzten Zweifel. »Ihr müsst hier bleiben«, sagte Baldwin. »Im Hause meines Freundes Peter Clifford hält sich zur Zeit Walter Stapledon auf, der Bischof von Exeter. Er kennt jeden Silberschmied in der Stadt, und er kann Nachforschungen anstellen lassen. Wir hätten die beiden in wenigen Tagen erwischt.«

»Nein, ich muss jetzt fort.«

»Aus welchem Grund? Was kann so wichtig sein, dass Ihr so viel Geld zurücklasst?«

Endlich verlor Sir Hector die Geduld. »Natürlich will ich mein Silber zurückhaben! Diese beiden Hunde haben es mir gestohlen, und ich werde sie dafür büßen lassen.«

»In diesem Fall muss ich Euch auffordern, zu bleiben«, sagte Baldwin bestimmt. »Ich zweifle nicht an Eurer Ehre und Aufrichtigkeit, aber andere mögen in Eurem überstürzten Aufbruch Verdächtiges sehen, besonders wenn es nur wenige Tage dauern würde, bis man Euer Silber findet.«

»Wenige Tage? Was soll das heißen? Woher wollt Ihr wissen, dass sie nach Exeter geritten sind? Vielleicht haben sie einen ganz anderen Weg eingeschlagen. Was, wenn sie unterwegs nach Bristol sind? Dann finde ich sie nie!«

»Es ist sehr wahrscheinlich, dass sie versuchen werden, das Silber in Exeter zu verkaufen. Dort gibt es viele Schmiedewerkstätten; die meisten würdet Ihr gar nicht finden. Stapledon kennt sich aus, und er kann dafür sorgen, dass er sofort informiert wird, wenn jemand verdächtige Ware zum Kauf anbietet. Warum glaubt Ihr, sie könnten auf dem Weg nach Bristol sein?«

»Ich weiß es nicht. Es ist die einzige größere Stadt, die mir einfällt.«

»Bei der Belagerung ist sie vor einigen Jahren schwer verwüstet worden. Vielleicht gibt es dort gar keine Schmiede, die eine solche Menge an Silber kaufen könnte. Außerdem ist es ein weiter Weg, sie würden riskieren, selbst beraubt zu werden. Wisst Ihr überhaupt, wie lange man bis Bristol braucht? Selbst wenn sie einen Vorsprung haben, könnten schnelle Reiter sie einholen.«

»Sie haben selbst schnelle Pferde.«

»Aber sie haben auch eine schwere Last mit sich herumzuschleppen«, wandte Baldwin ein. »Mit all dem Silber kommen sie nur langsam voran.«

Sir Hector starrte ihn an. Ihm fiel kein guter Grund

mehr ein, warum er die Stadt sofort verlassen musste. Wahrscheinlich war es besser so. Wenn er jetzt mit seinen Männern davonritt, machte er sich nur verdächtig. Widerwillig stimmte er zu.

16. KAPITEL

Hugh rümpfte die Nase, als er die Gasse entlangging. Die Leute hielten hier offenbar nicht viel von Reinlichkeit. In seinem Heimatort wäre niemand auf die Idee gekommen, sich vor den Hauseingängen der anderen zu erleichtern. Hier schien es niemanden zu kümmern. Ein Bauer kann wenigstens noch an einen Baum gehen, dachte Hugh, während er über einen Kothaufen stieg.

Die Leiche der Bettlerin war mittlerweile fortgeschafft worden und nichts deutete mehr auf die Schrecken der vergangenen Nacht hin. Der Morgennebel tauchte die heruntergekommenen Häuser in ein schmeichelhaftes Licht, verhüllte die Risse und Löcher und breitete einen grauen Schleier über die schmutzigen gekalkten Wände.

Hugh stemmte die Hände in die Hüften und sah sich um. Oft genug hatte er Baldwin dabei beobachtet, wie dieser den Ort eines Verbrechens untersucht hatte, aber er wusste genau, dass er dessen Auge für scheinbar unwichtige Einzelheiten nicht besaß.

Während er seinen Blick auf den Boden heftete vergegenwärtigte er sich, wo die beiden Opfer gelegen hatten. Er ging davon aus, dass Simon nach dem Schlag, der ihn so lange außer Gefecht gesetzt hatte, sofort zusammengebrochen war. Er paar Schritte vor ihm hatten sie die Frau gefunden. Er beugte sich über die Stelle und stieß einen Pfiff aus. Der Rauch aus den Feuerstellen hatte den festgestampften Lehmboden überall mit einer feinen Schicht Asche überzogen, und er erkannte ganz genau den Abdruck kleiner Füße. Einige davon waren besonders deutlich, als habe der kleine Bursche längere Zeit auf einem Fleck gestanden. Wer weiß wie lange er neben seiner toten Mutter ausgeharrt hatte, bis Simon durch sein Weinen angelockt worden war. Bei genauerem Hinsehen entdeckte er weitere, schwächere und verwischtere Spuren, die zu einer Mauer führten. Dort gähnte ein schwarzes Loch und Hugh griff beherzt mit der Hand hinein und tastete in der Dunkelheit umher. Eine Welle des Ekels stieg in ihm auf, als der Gestank in seine Nase drang und seine Finger über Dreckhaufen glitten, aber er fand nichts.

Er erhob sich, wischte sich die Hand ab und dachte darüber nach, was geschehen sein konnte. Wenn sich der Junge in dem Loch versteckt hatte, lebte er vielleicht noch. Er sah sich um. Die Nachbarn mussten etwas gehört haben. Nach kurzem Zögern ging er zum nächsten Haus und klopfte an die Tür.

Ein Riegel wurde zurückgeschoben und die Tür öffnete sich einen Spalt breit. Ein kleines, völlig verdrecktes Mädchen starrte ängstlich zu ihm hinauf. Als sie seine energische Miene sah, weiteten sich ihre Augen und sie wollte die Tür zuschlagen. Er lächelte, vergaß aber dabei nicht, einen Fuß in den Spalt zu stellen. »Hallo«, sagte er.

Das Kind sah auf den Stiefel hinab, aber bevor es einen Schrei ausstoßen konnte, ging Hugh in die Hocke und sagte mit freundlicher Stimme: »Ich möchte mit deiner Mutter sprechen. Ist sie da?«

Das Mädchen schaute über die Schulter und nickte unschlüssig. In diesem Augenblick tauchte eine Frau hinter ihr auf.

Sie war etwas kleiner als Hugh und ihre Haut zeigte den ungesunden, blassen Teint der Armut. So wie sie in der Tür stand, hätte sie die Schwester der ermordeten Bettlerin sein können.

»Hier wurde heute Nacht eine Frau getötet«, begann Hugh.

»Ich weiß. Die arme Judith.«

Er hatte den Namen noch nie gehört. »Dort drüben ist es geschehen. Hast du irgendetwas gehört?«

»Wir hören eine ganze Menge in dieser Gegend.«

»Ich meine, Schreie.«

»Nur die des Jungen.«

»Ihr habt den Jungen gehört?«

»Rollo? Ja, er schrie so laut, dass man hätte meinen können, das Dach stürze ein.«

»Ihr habt ihn gehört und nichts unternommen?«, fragte er ungläubig. »Vielleicht ist das Kind tot. Vielleicht hat der Mann, der seine Mutter ermordet hat, ihn auch zum Schweigen gebracht. Du hättest sein Leben retten können, wenn du zu Hilfe gekommen wärst.«

»Ja, und vielleicht wäre ich dann jetzt auch tot«, entgegnete sie und wischte sich mit der Hand über die Stirn. Hugh spürte kein schlechtes Gewissen bei ihr, nur eine absolute Gleichgültigkeit. »Ich habe selbst fünf Kinder. Mein Mann ist vor einiger Zeit gestorben. Was hätte ich tun sollen? Hinauslaufen und mich auch abstechen lassen?«

Hugh war kein besonders mutiger Mann, aber die Feigheit dieser Frau stieß ihn so ab, dass er unwillkürlich einen Schritt zurücktrat. Er hatte Verständnis dafür, dass sich jemand nicht einmischen wollte, wenn ein Schrei durch die Nacht hallte, aber hier hatte ein Kind geweint. In seinem Heimatdorf wären die Bauern einem Nachbarn jederzeit zur Hilfe gekommen.

»Und?«, fragte die Frau plötzlich. »Wollt Ihr ihn nun sehen oder nicht?

»Was? Du weißt, wo er ist?«, fragte Hugh entgeistert.

Kopfschüttelnd schickte sie das kleine Mädchen ins Innere des Hauses, das kurz darauf zurückkehrte, einen kleinen Jungen hinter sich herziehend, der sich beim Anblick des Mannes heftig sträubte.

»Wie kommt er hierher?«, fragte Hugh, der gar nichts mehr verstand.

»Ich konnte den armen kleinen Kerl doch nicht die ganze Nacht in der Kälte stehen lassen.«

»Hast du den Mörder gesehen?«

»Nein. Ich konnte nur die beiden Gestalten am Boden entdecken. Rollo stand dabei und weinte bitterlich. Ich habe ihn hereingeholt und ihm eine warme Suppe gegeben. Währenddessen kamen Männer und kümmerten sich um die beiden draußen.«

»Du hättest uns sagen können, dass der Junge bei dir ist.«

»Fangt nicht an, Euch auch noch zu beschweren. Ich habe getan, was ich konnte, und das ist mehr, als andere getan hätten. Ich habe ihm sogar etwas zu essen gegeben, dabei hab ich für meine eigenen Kinder nicht mal genug, also macht mir keine Vorwürfe. Woher sollte ich wissen, was für Männer das waren? Es hätten ja auch Freunde oder Komplizen des Mannes sein können, der die arme Judith und den anderen ermordet hat.«

»Der andere ist nicht tot. Er ist mein Herr, der Vogt von Lydford.«

»Oh. Was werdet Ihr jetzt mit Rollo machen? Bei mir kann er nicht bleiben. Noch ein hungriges Maul mehr kann ich nicht stopfen.«

»Ich werde ihn zu meinem Herrn bringen.«

Sie nickte und ergriff die Hand des Jungen, aber als sie ihn in Hughs Richtung schieben wollte, wehrte sich der Kleine verzweifelt.

Hugh kauerte sich nieder. »Er hat Angst vor mir.«

»Was für eine Überraschung«, höhnte die Frau. »Er musste ja auch nur miterleben, wie seine Mutter ermordet wurde. Und Ihr wundert Euch darüber, dass er Angst vor Männern hat. Hier…« Sie schob den Jungen nach vorne. »Nehmt ihn mit. Er hat noch kein Wort gesprochen, seit er hier ist. Kümmert Euch um ihn.«

Sie schlug die Tür zu, und Hugh hörte, wie der Riegel vorgeschoben wurde. Rollo stand wie versteinert vor ihm, die Augen weit aufgerissen.

Der Diener lächelte begütigend. »Keine Angst. Ich glaube, ich bin genauso verwirrt wie du. Hast du Hunger? Möchtest du etwas essen?« Der Junge antwortete nicht. Stumm wie eine Statue aus Stein stand er vor ihm. »Nun, ich habe jedenfalls Hunger. Komm, wir gehen zum Haus des Priesters und schauen nach, ob es dort etwas für uns gibt.«

Er wollte gehen, aber der Junge wehrte sich mit allen Kräften als er nach seiner Hand griff.

»Hör zu, Rollo, ich bin dein Freund. Ich will dir helfen. Sag mal, wann hast du das letzte Mal einen Braten gegessen?

Zum ersten Mal schaute das Waisenkind ihm in die Augen. Sein ausgemergelter Körper verriet, wie oft er Hunger hatte leiden müssen.

»Ich weiß, wo wir ein schönes Stück kalten Braten bekommen können. Wie wär's damit?«

Jetzt endlich ließ sich der Junge an die Hand nehmen. Hugh führte ihn zu Cliffords Haus. Er war sehr zufrieden mit sich. Es sah danach aus, als könne er jetzt herausfinden, wer seinen Herrn fast umgebracht hätte. Der kleine Bursche hatte den Angreifer gesehen. Sie würden ihn bald finden.

17. KAPITEL

Am Eingang zur Schänke verabschiedete sich Baldwin von Sir Hector. »Ich werde die Reiter so bald wie möglich losschicken«, versprach er. »Die zwei haben einen ordentlichen Vorsprung. Wisst Ihr, ob sie jemals in Exeter waren?«

Der Söldnerführer schüttelte den Kopf. »Ich habe keine Ahnung, aber ich glaube nicht. John Smithson kommt aus dem Norden, irgendwo aus der Nähe von St. Alban. Henry stammt aus einem Dorf bei London – Wandsworth, wenn ich mich richtig erinnere.«

»Nun, dann werden sie sicherlich eine Weile brauchen,

bis sie jemanden finden, dem sie das Silber verkaufen können.«

»Wenn sie nach Exeter geritten sind...« Die Worte des Anführers wurden von einem markerschütternden Quieken unterbrochen. »Himmel und Hölle!«, fluchte er. »Müssen sie es denn mitten auf der Straße machen!«

Baldwin nickte. Das Kreischen eines Schweins, das abgestochen wird, war kein Geräusch, auf das er überempfindlich reagierte, aber es behagte ihm ebenfalls nicht, dass es durch die ganze Stadt hallte. Das Schwein zuckte, der Metzger stand daneben und sah seinem Lehrling bei der Arbeit zu. Baldwin nickte zu ihm hinüber, und Adam winkte fröhlich zurück.

Plötzlich übertönte ein weiterer Klagelaut die Geräusche der Straße. Baldwin drehte sich um und sah Hugh, der einen Jungen hinter sich her zog. Das Kind schrie entsetzlich und versuchte, sich aus Hughs Griff zu winden und davonzulaufen.

Als der Ritter Hector ansah, stutzte er. Der Mann starrte den Jungen fast entsetzt an, sein Augenlid zuckte nervös. Er fluchte leise, drehte sich um und verschwand wieder in der Schänke.

Er lehnte mit dem Rücken an der kühlen Mauer und wartete darauf, dass sein Herz nicht mehr so heftig pochte.

Der Junge war Zeuge gewesen, wie er seine Mutter erstochen hatte, und er hatte ihn erkannt. Er hatte den kleinen Bastard auch erstechen wollen, einen Zeugen konnte er nicht gebrauchen, aber dann war der Freund des Ritters aufgetaucht, der verdammte Vogt von Lydford, und er hatte gerade noch Zeit gehabt, sich in einem Hauseingang zu verbergen. Dann war ihm der Junge noch nützlich gewesen, denn er hatte den Vogt abgelenkt, sodass es ein Leichtes gewesen war, ihn niederzuschlagen. Leider hatte er sich zu lange darüber gefreut, dann plötzlich war der Junge verschwunden, spurlos, als sei er nie da gewesen.

Er hatte nach ihm gesucht, o ja, er hatte den ganzen Unrat durchwühlt, der in der Gasse lag, hatte dabei wie von Sinnen vor sich hingemurmelt, das Gesicht des Kindes vor Augen, dessen Lebenslicht er auslöschen wollte. Aber es war ihm nicht möglich gewesen, den Burschen zu finden.

Dann war es plötzlich laut geworden. Zunächst Geflüster, Schritte, Menschen, die der Lärm geweckt hatte und die offenbar zögerten, hinauszueilen. Er hörte, wie eine Tür geöffnet wurde, leise, vorsichtig, und mit einem Schlag wurde ihm klar, dass er sich in dieser Gasse nicht verstecken konnte.

Ängstlich kroch er unter einen Haufen alter, zerrissener Säcke und versteckte sich zwischen den stinkenden Lumpen.

Die Schritte kamen näher, und als die Menschen die beiden Gestalten auf dem Boden gefunden hatten, flüsterten sie aufgeregt miteinander. Kurz darauf hörte er, wie sie eilig in ihre Häuser zurückliefen und die Türen verriegelten. Nun konnte er fliehen.

Vorsichtig spähte er unter den Säcken hervor. Die Gasse war leer. Er stand auf und berührte die Frau. Sie war schon fast kalt. Sie musste tot sein, er hatte schon genug mit dem Tod zu tun gehabt.

Der Vogt lebte noch, er atmete, ja er schnarchte sogar leise, als habe er sich nach einem schweren Mahl zur Ruhe gelegt. Das Geräusch erzürnte ihn. Es war so laut, dass er fürchtete, er könne die ganze Stadt aufwecken! Schon hatte er den Dolch aus der Scheide gezogen und wollte zustechen, als er wieder Stimmen hörte. Er musste flüchten. Zumindest hatte der Vogt ihn nicht gesehen. Mit dem Dolch in der Hand machte sich der Mörder davon. Seine schweinsledernen Stiefel hörte man auf dem Lehmboden kaum. Erst als er die Gasse schon hinter sich gelassen hatte, bemerkte er, dass er den Dolch noch immer festhielt. Er schob ihn mit plötzlich taub gewordenen Fingern in die Scheide zurück und lehnte sich zitternd an eine Mauer. Dort blieb er stehen, seine Arme baumelten wie leblos herab und er starrte in die Dunkelheit, dorthin wo er sie ermordet hatte.

Sie hatte es verdient, genau wie er, dieser Bastard, dachte er mit Genugtuung. Als ihm klar wurde, wie gut sein Plan verlief, breitete sich ein fast glückliches Lächeln auf seinem Gesicht aus.

Bald würde jener, den er hasste, für die Tat bezahlen, die ihm selbst zuzuschreiben war. Es sei denn, und seine Stirn umwölkte sich bei dem Gedanken, dieser Idiot von einem Friedensrichter käme dahinter. Er wurde für so klug gehalten ... Was, wenn er die Wahrheit herausfand? Mit einem Schulterzucken tat er den Gedanken ab. Es gab genügend Beweise für den Ritter, er würde bald zu einem Ergebnis kommen.

Baldwin beachtete die beiden Männer und das Kind kaum, die hinter ihm herliefen. Er versuchte, die Ereignisse zu ordnen. Sarra war nach einem Streit mit dem Söldnerführer tot aufgefunden worden, Judith hatte man erstochen, nachdem sie ihn angebettelt hatte und brüsk zurückgewiesen worden war. Der Mann hatte sein Silber verloren, und es schien, als seien zwei seiner eigenen Männer die Täter gewesen, die sich davongemacht hatten, bevor ihr Kommandant sich an ihnen rächen konnte. Wahrscheinlich konnte er Cole nun freilassen. Wenn die beiden Söldner das Silber gestohlen hatten, waren sie auch die Mörder Sarras. Aber er kehrte nicht zum Gefängnis zurück. Es war sicherer für Philip Cole, dort zu bleiben, bis die Söldner die Stadt verlassen hatten. Einige von ihnen mochten auf den Gedanken kommen, dass sie sich bei ihrem Anführer beliebt machen konnten, wenn sie ihre Loyalität bewiesen, indem sie Cole töteten. Baldwin erinnerte sich daran, dass Wat angedeutet hatte, wie freundschaftlich Henry und John mit Philip umgegangen waren. Es bestand immerhin die Möglichkeit, dass er ihr Komplize war. Er beschloss, den Mann auf alle Fälle noch im Gefängnis schmoren zu lassen.

Baldwin dachte an Judiths Mörder. Der Mann hatte Simon sicher nicht in der Gasse erwartet. Ob er ihn hatte töten wollen, blieb unklar. Vielleicht war er in letzter Sekunde gestört worden. Zumindest war sich Baldwin sicher, dass Sir Hector davor zurückgeschreckt hätte, einen Mann vom Range eines Vogts zu ermorden.

»Hugh, geh mit dem Jungen voran.«

Der Ritter blieb mitten auf der Straße stehen und wandte sich an Edgar. Er ließ sich auch nicht von einem Reiter stören, der mit einem lauten Fluch an ihnen vorbeiritt, weil sie ihm im Weg standen.

»Edgar, wer immer der Mörder ist, er hat zwei Frauen auf dem Gewissen und hätte vielleicht nicht einmal Skrupel gehabt, den Jungen zu töten.« Er sah zu der kleinen Gestalt hinüber, die neben Hugh herging. »Der kleine Rollo war sehr tapfer. Vielleicht kann er uns sagen, was gestern Nacht passiert ist. Simon hat Glück gehabt. Vielleicht hat beim nächsten Mal der Mörder Glück; falls er Simon überhaupt töten wollte.«

»Dann hätte er ihn doch sofort erstechen können«, meinte Edgar.

»Nun ja, das ist eine unsichere Sache. Vielleicht wollte er Simon zunächst zum Schweigen bringen und dann töten, wurde dabei aber gestört.«

»Ihr glaubt, er könnte jetzt immer noch versuchen, ihn umzubringen? Das wäre doch äußerst abwegig.«

»So abwegig wie zwei Frauen umzubringen. Ich sehe keine Verbindung zwischen den Taten. Eine Kellnerin und eine Bettlerin. Wir wissen nicht, was der Mörder vorhat. Vielleicht entscheidet er, dass Simon sterben muss. Ich möchte, dass du meinen Freund schützst, Edgar. Lass keinen Fremden in seine Nähe, solange er nicht wieder ganz gesund ist.«

Edgar nickte. Hugh gesellte sich wieder zu ihnen, nachdem Baldwin ihn herangewinkt hatte.

»Hugh, du musst ständig in der Nähe deines Herrn bleiben; er ist noch zu schwach, um sich selbst zu verteidigen. Vielleicht schwebt er in Gefahr. Edgar wird dir helfen.«

Der Diener deutete auf Rollo, aber noch bevor er etwas sagen konnte, schnitt Baldwin ihm das Wort ab. »Also, sehen wir zu, dass wir ins Haus kommen.«

Seufzend nahm Walter Stapledon das Brillengestell von der Nase. Zweifellos waren die beiden Gläser eine große Hilfe, und er konnte nun fast so gut sehen wie früher, aber seine Augen ermüdeten schnell. Roger, der an einem anderen Tisch saß und ebenfalls las, schaute auf, als er hörte, wie der Bischof ausatmete. Stapledon schaute zu einem der Fenster hinauf, als könne ihn dort etwas inspirieren. Roger konnte sich nicht vorstellen, was seinen Herrn so beschäftigte.

Es ging nicht um die Kathedrale, und auch nicht um die Gründung des Stapledon Colleges in Oxford, nicht einmal um die Schule, die der Bischof bauen wollte. Es ging um Staatsgeschäfte.

Der Brief, den er gelesen hatte, kam von seinem Freund John Sandale, dem Bischof von Winchester und neuerdings Kämmerer des Königs. John teilte ihm mit, in welch erbärmlichem Zustand sich die Staatskasse befand. Sämtliche Unterlagen waren völlig ungeordnet, viele nicht einmal datiert. Die Bediensteten waren mit der Arbeit überfordert und wussten meistens nicht, was eigentlich von ihnen erwartet wurde.

Stapledon erhob sich, streckte sich und rief einen Diener herbei, der ihm Wein bringen sollte. Kurz darauf erhielt er eine Kanne und ein großes Kelchglas. Der Bischof trank langsam und bedächtig.

Leider hatte sich der König als schwach und leicht beeinflussbar erwiesen. Jeder Mann, der wohlgeformte Worte fand, konnte sich bei ihm einschmeicheln – manchmal reichte es auch, wenn der Mann wohlgeformt war, dachte der Bischof trübsinnig. Das musste das Volk allerdings nicht unbedingt wissen. Seine Freundschaften wurden als das selbstverständliche Verhalten eines jungen Mannes hingestellt, der sich gerne mit Gleichaltrigen umgab, aber einige der heftigeren Affären konnten vor den Mitgliedern des Hofes nicht verheimlicht werden. Zwischen Sandales Zeilen glaubte Stapledon lesen zu können, dass der König wieder einem neuen Mann verfallen war. Unvorstellbar, dass die Königin das alles zuließ.

Wenn der König nicht vorsichtig war, würde ihn das die Krone – und vielleicht sogar den Kopf kosten. Seine schärfsten Kritiker würden sich freuen, ihn in aller Öffentlichkeit bloßstellen und verdammen zu können. Und dann die Königin – sollte es ihr eines Tages doch zu viel werden, war das Schicksal ihres Gemahls besiegelt.

Als er Schritte hörte, schaute Stapledon auf. Baldwin und die anderen betraten den Raum. Der Bischof faltete den Brief zusammen, um ihn vor fremden Blicken zu schützen, und hieß den Ritter willkommen; beim Anblick von dessen ernster Miene stutzte er jedoch.

»Hugh«, sagte der Ritter mit einer kurzen Handbewegung, »ich bin sicher, dass sich der Junge im Garten umsehen möchte. Er kann ja mit Edith spielen – aber vielleicht sollte man ihn lieber vorher gründlich abschrubben. Und gib ihm etwas zu essen. Er soll sich wohl fühlen.«

Nachdem der Diener mit dem Jungen fortgegangen war, setzte sich Baldwin und klärte Stapledon darüber auf, wer der Junge war und dass er um die Sicherheit des Knaben fürchte.

»Es ist noch mehr geschehen«, fügte er hinzu. »Zwei Söldner haben sich aus dem Staub gemacht.«

Roger hörte mit offenem Mund zu, während Baldwin von seiner Unterredung mit Sir Hector berichtete, bis er es nicht mehr aushielt. »Ich glaube, ich habe die beiden gestern gesehen«, unterbrach er Baldwin.

»Was? Wo?«

»Zwei Männer auf Pferden, mit einem Packesel. Ich sah sie, kurz bevor ich die Geräusche in der Gasse hörte. Später habe ich nicht mehr an sie gedacht.«

»In welche Richtung sind sie geritten?«, fragte Baldwin scheinbar gelassen, aber als Roger die Antwort gab, die er erwartet hatte, atmete er zufrieden aus. »Also hatte ich Recht. Sie sind auf dem Weg nach Exeter. Bischof, könntet Ihr einen Boten schicken, der Eure Männer alarmiert? Sie sollen herausfinden, welchen Silberschmieden größere Mengen zum Kauf angeboten werden. Die meisten Stücke stammen aus dem Ausland, sie würden jedem auffallen.«

»Ich werde es veranlassen«, sagte der Bischof. »Trotzdem habe ich meine Zweifel. Vielleicht sind sie beim ersten Dorf nach Norden geritten.«

»Nein, ich bin mir ganz sicher. Eine große Stadt ist das beste Versteck, von dort aus kann man andere größere Straßen erreichen oder ein Schiff besteigen. Die Männer, die wir suchen, sind verschlagen, aber allzu kompliziert wird ihr Fluchtplan nicht sein.«

»Auch nicht, wenn sie die Tat schon seit Monaten geplant hätten?«

»Das glaube ich nicht. Sir Hector und seine Männer sind aus dem Norden gekommen, und auf ihrem Weg kamen sie auch an den Heimatorten von Smithson und Hurdle vorbei. Wenn sie den Diebstahl geplant hätten, wäre es sinnvoller gewesen, es dort zu tun. Dort kannten sie sich aus, sie hätten gewusst, an wen sich das Diebesgut verkaufen könnten und wo sich Zuflucht finden lässt, bis Sir Hector die Suche nach ihnen aufgegeben hätte und weitergezogen wäre. Nein, es muss irgendetwas mit Crediton zu tun haben, dass der Raub gerade hier stattgefunden hat. Wenn ich nur wüsste, was.«

»Roger – hol Stephen. Der Knecht soll sein Pferd satteln. Er reitet so schnell wie möglich los.« Der Bischof wandte sich an Baldwin. »Einen Schluck Wein?«

»Danke, Sir, aber ich muss mich um das Kind kümmern – und ich möchte nach Simon sehen.«

»Nun, in diesem Fall sollte ich vielleicht auch lieber an meine Arbeit zurückkehren«, murmelte der Bischof und schaute dabei so unglücklich auf seine Unterlagen, dass Baldwin lauthals lachen musste.

»Stets ruft uns die Pflicht, Mylord.«

»Ja. Ich frage mich nur manchmal, was sich der liebe Gott dabei gedacht hat, als er uns mit Schreibarbeit strafte. Wir müssen ein wirklich schlimmes Verbrechen begangen haben.«

Simon lag nicht im Bett. Baldwin fand ihn im Garten, wo Peter Clifford ein Kräuterbeet angelegt hatte, das sowohl medizinischen als auch kulinarischen Zwecken diente. Mächtige Eichen und Ulmen spendeten Schatten. Hier spielte Margaret auf einer Wiese mit Edith, Judiths Sohn saß neben Simon auf einer Bank, während Hugh mit der üblichen Griesgrämigkeit dabeistand.

Erleichtert stellte Baldwin fest, dass Simon zwar noch etwas blass war, sich ansonsten aber gut erholt zeigte. Während der Ritter in der Schänke gewesen war, hatte Peter einen Geistlichen kommen lassen, der medizinische Kenntnisse besaß. Der Mann hatte Simons Wunde mit Eiweiß gereinigt und einige Finger seiner Hand hochgehalten. Simon musste sagen, wie viel es waren. Er hatte sich auch davon überzeugt, dass Simons Zunge nicht dunkel angelaufen war. Was Letzteres bedeutet hätte, wusste Clifford nicht, aber er glaubte dem Mann, der bestätigte, dass Simon wohl schadlos davongekommen war. Ein paar Tage Kopfschmerzen würde er jedoch noch erdulden müssen.

Baldwin setzte sich neben seinen Freund. »Wie fühlst du dich?«

»Furchtbar«, stöhnte Simon. »Und dieses Wetter macht es noch schlimmer.«

Baldwin nickte. Die Schwüle lag über ihnen wie eine schwere Decke und machte dem Ritter, der gerade aus der kühlen Halle kam, bereits zu schaffen. »Was macht der Kopf?«

»Ich komme mir vor, als hätte ich die ganze Nacht mit

Sir Hectors Männern gezecht und als hätten sie danach meinen Kopf als Ball benutzt. Jedes Mal, wenn ich spreche, habe ich das Gefühl, schon wieder eins übergezogen zu bekommen.«

»Das lässt nach«, meinte Baldwin lächelnd. Mit kleineren Blessuren hielt er sich nicht lange auf. Jetzt, da sicher schien, dass sich Simon wieder ganz erholen würde, gab es keinen Grund für übertriebenes Mitleid. Anderen Menschen war noch weit schlimmer mitgespielt worden, und so würde es immer sein.

»Ich danke dir für dein Mitgefühl«, meinte Simon. »Margaret hat mir alles hinsichtlich der letzten Nacht erzählt. Ich danke dir auch dafür. So, und was hast du heute Morgen herausgefunden?«

Baldwin brachte ihn auf den neuesten Stand der Dinge. »Aber was fange ich mit dem Umstand an, dass der Junge beim Anblick des Söldnerführers zu schreien begann und dass der darauf sofort in der Schänke verschwand?« Er schaute ratlos über die Wiese. »Wenn die Silberdiebe Sarra getötet haben, scheidet Sir Hector als Täter aus. Er würde wohl kaum sein eigenes Silber stehlen. Ich glaube, der Mord an Judith hat mit dem Raub nichts zu tun. Hier könnte also Sir Hector ins Spiel kommen. Aber welches Motiv sollte ihn dazu bewogen haben, eine Bettlerin zu erstechen? Ich gehe davon aus, dass Sarra von Henry und John ermordet wurde. Und dennoch ...«

»Könnten sie Judith getötet und mich niedergeschlagen haben?«

»Ich weiß es nicht. Es ist natürlich möglich, dass sie dich im Dunkeln angriffen, dann sahen, wen sie da niedergeschlagen hatten und sofort die Stadt verließen.«

»Aber warum hat der Junge beim Anblick Sir Hectors so geschrien? Hat er den Mörder seiner Mutter in ihm erkannt?«

»Wer weiß. Aber irgendetwas hat er mit Judiths Tod zu tun, da bin ich sicher. Wir müssen den Söldnerführer auf jeden Fall beobachten lassen.«

»Das lässt sich leicht arrangieren. Wir werden Paul sagen, dass er ein Auge auf den Burschen haben soll, wir hätten gehört, er wolle abreisen, ohne zu bezahlen.«

»Ja, Paul hat auch genügend Leute, die ihn beobachten können. Einer von ihnen hat heute Morgen sogar Sir Hectors Pferd gesattelt.«

»Ich frage mich warum. Er hat doch genug Männer. Ist nicht Wat derjenige, der sich sonst darum kümmert?«

»Nun, vielleicht vertraut er Wat nicht mehr. Ich glaube, es geht ihm nicht sehr gut. Nachdem er Rollo entdeckt hatte, sah er aus, als würde er gleich tot umfallen.«

»Hoffentlich nicht.« Simon strich sich über die Beule an seinem Kopf. »Wenn er wirklich beide Frauen umgebracht hat, soll er am Galgen baumeln.«

»Nun, einiges wird sich klären, wenn wir Henry und John haben.«

»Ja, wenn.«

18. KAPITEL

Für Sir Hector nahm die Nacht kein Ende. Nachdem ihm klar geworden war, dass ihn die beiden Männer, denen er am meisten vertraute, betrogen hatten, wollte ihm die Gesellschaft der Söldner im Schankraum nicht mehr behagen. Henry und John hatten ihn beraubt. Der Gedanke war unerträglich, aber es ließ sich nicht leugnen. Ihre Flucht war so gut wie ein Geständnis.

Während er an seinem Tisch bedient wurde, streifte ihn ein Blick von Wat. Als der Ritter ihn ansah, grinste der Soldat und schaute in eine andere Richtung. Sir Hector wusste, was das zu bedeuten hatte. Wat war bei ihm, seit er das Kommando übernommen hatte, noch länger als Henry und John. Sie hatten sich als illoyal erwiesen, und nun verriet ihn auch Wat. Sir Hector hatte Gerüchte und Bemerkungen gehört und gesammelt wie ein Geizkragen sein Geld. Er war überzeugt davon, dass Wat seinen Sturz plante. Dieser Narr glaubte die Truppe besser führen zu können als er. Sir Hector ließ sich nichts anmerken. Wat durfte die Überfahrt in die Gascogne nicht überleben. Dafür würde er sorgen.

Es war die alte Geschichte, die für fast alle Söldnertrupps galt. Auch Sir Hector hatte auf seine Chance gewartet, die kam, als der alte Raymonnet begann, die Zügel schleifen zu lassen. Er war nachlässig geworden. Allzu oft hatte seine Gier über die Vernunft gesiegt, und er nahm die bestdotierten Angebote an, ohne sich darum zu kümmern, wie die Chancen für seine Männer standen. Schlimmer noch, er hatte gezögert, wenn sich die Gelegenheit bot, die Seiten zu wechseln, und seine Soldaten hatten teuer dafür bezahlen müssen.

Es wurde immer deutlicher, dass er seine Truppe nicht mehr führen konnte, und nach dem Desaster im Kampf zwischen den Franzosen und den Engländern im Jahre 1295 war er so nutzlos geworden wie ein geborstener Bogen in der Schlacht. Die Franzosen und die Engländer hatten – wieder einmal – um Aquitanien gestritten. Die Franzosen hatten weite Gebiete besetzt und 1294 hatte der alte Krieger Edward, der Vater des jetzigen Königs, seine Truppen dorthin geschickt. Raymonnet und seine Schar waren zu ihnen gestoßen und hatten bei der Eroberung Rions auf ihrer Seite gekämpft. Nach dem Ende der Kämpfe hatten sie beschlossen, sich eine Zeit lang dort niederzulassen, nachdem ihnen klar geworden war, wie viel Reichtum es in den Städten gab. Gegen Bezahlung sollten sie die Stadt bewachen und Garnisonspflichten übernehmen.

König Edward I. hatte viele Soldaten über das Meer geschickt, aber das Land, das sie verteidigen mussten, war groß. Der französische König konnte an den Grenzen Truppen zusammenziehen, wann immer er wollte, Edward musste Soldaten aus England kommen lassen, eine teure und umständliche Methode. Die nötigen Gelder flossen nur spärlich, weil sich die Händler ungern für derlei Dinge besteuern ließen, und Hector wurde bald klar, dass die Franzosen verlässliche Verbündete schneller bezahlten als sein eigener König.

Raymonnet erkannte das nicht; er glaubte die Engländer im Vorteil. Schließlich standen die englischen Landbesitze unter der direkten Herrschaft des Königs. Der französische Monarch war von Vasallen und Verbündeten abhängig, sein eigenes Territorium war zu klein. Vergeblich versuchte Sir Hector seinen Anführer davon zu überzeugen, dass die Franzosen ihnen an militärischer Schlagkraft bald überlegen sein würden. Die englischen Barone hatten kein Interesse an einem Krieg. Am Ende würden die Franzosen siegen. Sie hatten die stärkste Armee, die vorstellbar war.

Im März 1295 standen die Franzosen vor den Toren. Durch Bestechung kam Hector zu seinem Ziel. In der Garnison brach eine Meuterei aus, und am Palmsonntag war der französische König in die Stadt einmarschiert.

Raymonnet verschwand und tauchte nie mehr auf. Hector hatte ihn zu Beginn der Meuterei erstochen und seine Leiche über die Stadtmauer geworfen, wo er zusammen mit den Toten der Belagerer weggeschafft wurde. Von diesem Tag an war Sir Hector Anführer der Truppe.

Aber jetzt fragte er sich, wie lange das noch so bleiben würde. Er war kein Dummkopf und wusste, dass er niemals bis zu den englischen Provinzen kommen würde, wenn jemand den Mund aufmachte. Was hatte Wat erzählt? Der Mann hatte so selbstzufrieden und arrogant an seinem Tisch gesessen, hatte sich großzügig vom Salz genommen und die Bemerkungen seiner Nachbarn entgegengenommen wie ein Herr. Dabei stand ihm, Sir Hector, diese Rolle zu. Er war der Herrscher dieses kleinen Königreichs der Söldner. Sie lebten nach dem Kriegsrecht, und nur sein Wort zählte.

Aber wie lange noch, wenn Wat mit dem Richter gesprochen hatte? Dann galt nur noch Wats Wort.

Die Blicke der beiden Männer kreuzten sich erneut, und dieses Mal schaute Wat nicht weg.

Paul spürte die ganze Zeit eine unterschwellige Spannung. Irgendetwas stimmte nicht, und er machte sich Sorgen, wie der Abend enden würde. Wenn es zum Schlimmsten kam, müsste er nach dem Friedensrichter und dem Constable rufen lassen, denn in seinem Gasthaus wollte er kein Blutbad sehen.

Im Gegensatz zu den Abenden zuvor herrschte heute eine gedrückte Stimmung, die dem Wetter entsprach, düster und bedrohlich.

Auch die Mädchen spürten es. Cristine bahnte sich ihren Weg so geschickt wie immer durch die Reihen der Soldaten, aber selbst sie brachte es heute nicht fertig, ein fröhliches Lächeln aufzusetzen. Paul ging in die Vorratskammer und füllte Krüge mit Ale. Er hoffte, dass die Männer sich möglichst schnell betranken und irgendwann einnickten, so wie an den beiden Abenden zuvor.

Hob lag zusammengekauert in einer Ecke und schlief, und Paul spürte für einen Augenblick den Wunsch, ihn mit einem derben Tritt zu wecken, aber es wäre nicht gerecht gewesen, die eigene Anspannung an dem Jungen auszulassen. Er war ja erst zehn und schon seit Tagesanbruch auf den Beinen gewesen. So leise wie möglich verließ er die Kammer und kehrte in den Schankraum zurück. Er wollte Hob zum Richter schicken, wenn Sir Hector aufbrach. Hob konnte ruhig so lange schlafen, bis er gebraucht wurde, und wenn er Glück hatte, würde Paul ihn gar nicht brauchen.

Wat ließ sich nachschenken. Er konzentrierte sich auf die Männer, die um ihn herum saßen. Sir Hector wusste Bescheid, der Kampf hatte begonnen. Die Frage lautete nur, wer würde gewinnen.

Er hatte eigentlich gar nichts gegen Sir Hector, aber so war nun einmal der Lauf der Dinge. Der Anführer hatte ihnen viele Jahre gutes Geld verschafft, er hatte dafür gesorgt, dass sie Kleidung, Essen und Trinken und Frauen bekamen. Es hatte kaum einen Grund zur Klage gegeben, denn von dem gemeinsam erzielten Gewinn hatten alle etwas gehabt.

Aber Sir Hector war nur noch der Schatten seiner selbst. Er hatte kein Gespür mehr dafür, was eine Gruppe von Männern zusammenhielt. Sie brauchten das Gefühl, Teile einer großen Familie zu sein. Kameradschaft zählte, aber damit das Ganze nicht auseinanderbrach, musste der Anführer auch Autorität und einen Sinn für Gerechtigkeit besitzen. In seinem Umgang mit Hurdle und Smithson hatte sich Sir Hector als schlechter Menschenkenner erwiesen. Er hätte die beiden bestrafen müssen, als er herausfand, dass sie die jungen Rekruten ausplünderten. Dadurch wäre die Truppe gestärkt worden, und die Männer wären loyal geblieben. Aber Sir Hector hatte vergessen, dass sein Schicksal mit dem seiner Männer verknüpft war. In dem Glauben, sich auf die beiden verlassen zu können, um die anderen in Reih und Glied zu halten, hatte er das unzufriedene Gemurmel geflissentlich überhört. Wat wusste, dass ein Führer sich niemals auf eine kleine Gruppe von Beratern verlassen durfte. Die Kluft zwischen ihm und den anderen wurde dadurch so groß, dass nichts mehr zu ihm drang, es sei denn geschönte Nachrichten. Die Entscheidung, auf Henry und John zu bauen, hatte ihn das Vertrauen seiner Leute gekostet.

Dann hatte der Diebstahl das Fass zum Überlaufen gebracht. In den Augen der Männer hatte Sir Hector seine beiden Sergeanten viel zu milde befragt und wenig Initiative gezeigt. Ein Anführer, der nicht einmal sein eigenes Hab und Gut schützen konnte, schien kaum der Richtige, wenn es um das Leben seiner Leute ging. Offenbar wurde er nicht einmal mit zwei lausigen Dieben fertig, die ihre Kameraden erpressten. Aber seit der Anführer sein Silber verloren hatte, schien er sich zurückgezogen zu haben, als wolle er seine Niederlage akzeptieren. Den Männern war das nicht entgangen, und sie hatten ihre Schlüsse daraus gezogen. Ihr Anführer wurde weich; er besaß nicht mehr die alte Tatkraft.

Wat hingegen vertrauten sie alle, und etwa die Hälfte unterstützte ihn in seinem Anspruch auf Führerschaft. Er hatte sich stets gegen die Erpresser ausgesprochen und jedem Neuen geholfen, der in ihr Netz geraten war. Im Laufe der Zeit war es ihm gelungen, immer mehr Anhänger unter den Soldaten zu finden. Er galt auch als Mann, dem man ein Geheimnis anvertrauen konnte. Als Kämpfer war er geschickt, ob mit dem Schwert oder dem Bogen, und er wusste, wie man Männer anspornte, die glaubten, bald ihren letzten Atemzug tun zu müssen.

Der Söldner nahm einen kräftigen Schluck und sah zu Sir Hector hinüber. Seine Zeit war abgelaufen, er war Vergangenheit. Selbst sein Titel war nicht echt… ›Sir‹ Hector, dachte Wat verächtlich. Kaum einer des Söldnertrupps wusste, wie er zu seinem Titel gekommen war. In einer Schlacht bei Bordeaux hatte sich ein Ritter geweigert, gegen Hector zu kämpfen. Es sei gegen seine Ehre, sagte er, das Schwert gegen einen Söldnerführer zu erheben. Am nächsten Tag hatte Hector dem Mann aufgelauert, ihn hinterrücks getötet und ihm den Gürtel und die Sporen abgenommen. Er war genauso wenig ein Ritter wie Wat.

Und nun wurde es Zeit für Sir Hector, sich zur Ruhe zu setzen, ob er wollte oder nicht.

Sir Hector spürte, dass die Augen seiner Männer auf ihn gerichtet waren, aber er konnte ihre finsteren Mienen kaum deuten. Er hatte schon vor langer Zeit aufgehört, sich um ihre Stimmungen zu kümmern.

Alle schienen dasselbe zu denken, und es dauerte eine Weile, bis er in ihren Gesichtern lesen konnte. Was er dort sah, verhieß nichts Gutes für seine Zukunft. Sie hassten ihn.

Er nahm den Pokal, ohne zu zittern, wie er zufrieden

feststellte, und führte das kalte Zinn an die Lippen. Dann trank er, als sei nichts geschehen. Doch der Schock saß tief.

Plötzlich kamen ihm seine Männer vor wie ein Rudel Wölfe, das scheinbar kaum interessiert um ein Opfer kreiste, dessen Tod es schon längst beschlossen hatte. Ein Zeichen von Schwäche, und sie würden sich auf ihr Opfer stürzen und es zerfetzen.

Er stellte den Pokal wieder ab. Die Gedanken wirbelten in seinem Kopf. Es ging nicht mehr nur um Wat, alle hatten sich gegen ihn gewendet. Er musste sie zur Räson bringen und zwar schnell, sonst waren seine Tage als Feldherr gezählt.

Wenn sie nur bei ihm wäre, dachte er. Sie hätte ihn sicher beruhigt. Aber sie war nicht da.

Er stand auf, verließ den Schankraum und begab sich in seine Kammer, wo er den Türriegel vorschob. Dabei wurde ihm die ganze Unsinnigkeit seines Tuns bewusst. Bislang hatten seine Männer ihn beschützt, jetzt schloss er sich aus Angst vor ihnen ein.

Als der erste Donner krachte, fuhr Margaret von ihrer Bettstatt hoch. Sie hatte ihr ganzes Leben lang Angst vor Unwettern gehabt. Edith, die in ihrem Bettchen lag, begann zu weinen, und Margaret vergaß ihre Furcht, sprang auf und ging zu ihrem Kind. Sie nahm es in den Arm, trug es zu ihrem Bett zurück und legte es neben sich. Simon schlief tief und fest.

Zwischen den Ritzen in den Fensterläden leuchtete der bläulichweiße Schein eines Blitzes auf, gefolgt von einem zweiten Donnerschlag. Margaret hörte das Heulen eines Hundes, und sie musste an die Wölfe denken, die im Moor heulten. Sie erinnerte sich an die alten Geschichten, in denen mit den Wölfen der Teufel kam. Er deutete auf die Häuser, in denen die kleinsten Kinder lagen, und die Wölfe verschlangen sie, damit er ihre unschuldigen Seelen rauben konnte.

Edith murmelte schläfrig und drückte sich an den warmen Körper ihrer Mutter, doch als es erneut donnerte, steckte sie den Daumen in den Mund und lutschte ängstlich daran.

»Ist sie gerade erst aufgewacht?«, fragte plötzlich Simon neben ihr.

»Ja, ich habe versucht, sie zu beruhigen, damit sie dich nicht aufweckt, aber…«

»Schon gut, Meg«, sagte er, und fast hätte sie vor Glück laut geseufzt, denn sie spürte die Zuneigung in seiner Stimme. Sie lächelte, als er sich zu ihr drehte. Im Schein eines Blitzes, der das Zimmer erhellte, sah sie sein Gesicht.

Aus der Ecke des Zimmers erklang ein leises Wimmern. Simon hatte sich schon fast aufgerichtet, als sie ihm die Hand auf die Schulter legte. »Lass ihn, Simon. Du kannst doch nichts für ihn tun.«

Sie hatte Recht. Der Junge war untröstlich – und Simon, der Mann, den er mit dem Tod seiner Mutter verband, hätte ihn kaum beruhigen können. In diesem Augenblick öffnete sich die Tür und jemand betrat die Halle… nur um an etwas anzustoßen, das polternd zu Boden fiel. Simon hörte einen leisen Fluch und erkannte die Stimme Rogers. Typisch für den jungen Geistlichen, dass er sich um den weinenden Rollo kümmern wollte, ebenso typisch, dass er dabei in seiner Tollpatschigkeit das ganze Haus aufweckte.

»Wird der Kleine je darüber hinwegkommen?«, fragte Simon sich laut.

»Natürlich. Menschen kommen über alles hinweg.«

Er betrachtete ihr Profil. Der Schein der langsam erkaltenden Glut legte einen rosigen Schimmer über ihre Haut, und er lächelte, als sie ihn mit der Gewissheit anschaute, die nur eine Frau ausstrahlen konnte. »Du bist sehr zuversichtlich. Ich bin mir da nicht so sicher. Er hat mitansehen müssen, wie jemand seine Mutter ermordete, kann ein Kind das verkraften?«

»Weißt du nicht, dass alle Leute, die in dieser Gasse leben, bettelarm sind? Wie viele Kinder haben dort schon zusehen müssen, wie ihre Eltern oder ihre Geschwister dahinsiechten.«

»Aber das ist etwas anderes. Es ist schon schwer, wenn jemand eines natürlichen Todes stirbt, aber Rollos Mutter wurde auf der Straße erstochen.«

»Nun, meinst du, es wäre leichter für ihn gewesen, wenn seine Mutter langsam und elendig zugrunde gegangen wäre? Wenn er sie hätte waschen und füttern müssen, und ihm dabei selbst kaum genug zu essen geblieben wäre. Meinst du nicht, er hätte ihr jeden Bissen und jeden Schluck Wasser geneidet, wenn er gewusst hätte, das es ihre Qualen doch nur ein paar Tage verlängern würde?«

»Willst du damit sagen, dass es besser für ihn war, dass seine Mutter so plötzlich gestorben ist?«, fragte er.

»Ja. Irgendwann wird er wissen, dass er seiner Mutter nicht helfen konnte. Er wird sie nicht hassen, er wird sie als liebende Mutter in Erinnerung behalten, die ihm ihr letztes Stück Brot gab, auch wenn sie dafür hungern musste. Judith hat ihm das Leben geschenkt, dafür wird er ihr ewig dankbar sein. Und wenn er dabei helfen kann, den Mörder zu finden, wird ihn das später, wenn er es begreift, mit Stolz erfüllen, und er wird seine Angst vergessen.«

»Und seine Mutter auch?«, fragte Simon.

»Niemals«, entgegnete Margaret heftig. »Natürlich wird er sie vermissen und sich wünschen, sie hätte länger bei ihm bleiben können. Niemand überwindet den Tod der Mutter ganz. Aber er wird zu einer inneren Stärke finden, wenn alles vorbei ist.«

»Gilt das für jeden?«, fragte er traurig.

Sie spürte, worum seine Frage sich drehte und wandte sich ab. »Wie würdest du dich fühlen, Simon, wenn dein Peterkin ermordet worden wäre und du wüsstest, wer der Mörder ist? Was würdest du fühlen, wenn du ihn gefasst und vor Gericht gestellt hättest? Wenn du ihn hättest hängen sehen, würdest du nicht sagen, dass du alles für dein Kind getan hast, was in deiner Macht stand?«

»Aber wir haben doch auch alles getan – warum tut es dann so weh?«

»Weil es nichts nützte. Und weil wir ihn nicht rächen können. Wir können nur versuchen, einen zweiten Peterkin zu bekommen.«

»Nein, keinen zweiten Peterkin.«

Seine Stimme klang so ruhig, dass sie sich ihm wieder zuwandte. »Aber einen anderen Sohn. Vielleicht einen Baldwin.« Sie glaubte ihn fast schmunzeln zu sehen. »Aber du bist müde, gib mir Edith und ruh dich eine Weile aus.«

»Es geht schon.«

»Du hast schon die ganze letzte Nacht an meinem Bett gewacht, Meg«, erinnerte er sie lächelnd. »Jetzt kümmere ich mich um unsere Tochter.«

Das Donnergrollen entfernte sich langsam, als sie ihm das schlafende Kind reichte. Zum ersten Mal seit langem spürte sie so etwas wie Hoffnung. Seit dem Tod des Kindes hatte er nicht mit ihr über Peterkin gesprochen, hatte seinem Schmerz kein einziges Mal Ausdruck verliehen. Und zum ersten Mal hatte er jetzt einen zweiten Sohn erwähnt.

Während sie in den Schlaf glitt, hörte sie sein leises Schluchzen, und doch lag auf ihrem Gesicht ein Lächeln. Endlich war ihr Mann zu ihr zurückgekehrt.

Das kratzende Geräusch drang durch die Tiefe des Schlafs in Sir Hectors Ohr. Er versuchte es zu verdrängen, aber schließlich wachte er davon auf.

Sein Zimmer lag in tiefer Finsternis, und als er den Donner hörte, glaubte er sich für einen Augenblick beruhigt, doch dann ertönte es erneut, ein leises, aber beständiges Schaben.

Mit der Geduld, die er im Krieg gelernt hatte, drehte er

sich lautlos um und erhob sich. Sein großes Zweihänderschwert war im Lagerraum, aber sein leichteres, mit dem man auch mit einer Hand kämpfen konnte, lag neben dem Bett, und er nahm es und schlich zur Tür.

Vor dem Schlafengehen hatte er eine Kiste vor die Tür geschoben, die er nun an einem Ende anhob und unendlich langsam wegzog, so leise, wie es nur ging. Das Geräusch hörte er noch immer. Er schob den Türriegel hoch und trat in den Flur hinaus. Dort blieb er wie angewurzelt stehen.

Dann sah er die Klinge, die sich durch das Holz gebohrt hatte, sah die Splitter und den kaum wahrnehmbaren Schein einer Kerze. Ein bläulicher Blitz ließ die Umrisse des Fensters aufleuchten, während der Sturm an den Türen rüttelte. Er sah, wie jemand versuchte, mit einem Messer den Riegel hochzuschieben, der die Fensterläden verschloss.

Der Balken bewegte sich leicht, und er schlich etwas näher heran. Wenn er den Balken hochriss, hatte er den Vorteil der Überraschung, konnte den Eindringling töten und das Fenster verteidigen. Ob wohl mehrere Männer draußen standen? Wenn Wat vorhatte, ihn zu töten, würde er es bestimmt nicht allein wagen. Zu viele Männer würde er allerdings auch nicht in seinen Plan einweihen. Wahrscheinlich hatte er einen, höchstens zwei andere mitgebracht.

Während der Dolch durch die Ritze fuhr, fasste Sir Hector einen Entschluss. Er ging in den Lagerraum und tauschte das Schwert gegen eine Armbrust ein. Er zog die Bogensehne zurück, wobei er das runde Holzende des Schafts gegen seine Brust drückte, bis er glaubte, die Haut würde ihm platzen. Schließlich hatte er die Sehne so weit gespannt, dass sie in den Abzugshaken rutschte.

Er hörte, wie das Holz splitterte. Ruhig legte er einen schweren Eisenbolzen ein. Dann ging er wieder hinaus, zielte und schoss.

Der Bolzen durchschlug das Holz dicht neben der Klinge. Ein gellender Schrei ertönte, und das Messer verschwand. Sir Hector hörte das Wimmern vor dem Fenster und lächelte grimmig. Er spannte die Armbrust ein zweites Mal und legte einen weiteren Bolzen ein. In dieser Nacht würde es wohl keinen Anschlag mehr auf ihn geben, aber trotzdem tat er kein Auge zu und verbrachte den Rest der Nacht auf einem Stuhl, die Armbrust auf dem Schoß.

Drinnen hielt er es nicht mehr aus. Er trat in den Hof hinaus und ließ sich die Regentropfen auf das Gesicht prasseln, die ihm hart wie Hagelkörner schienen. Kichernd legte er die Hände auf den Kopf und breitete sie aus, dankbar für das Wasser, das ihn reinigte.

Seine Gedanken waren völlig klar. Das Schwindelgefühl der vergangenen Tage war verschwunden, als habe ihn der Mord an ihr und an Judith von einem brennenden Fieber geheilt. Ihm war als wüsche der Regen all seine Sünden ab, als sei er erlöst, absolutiert und gestärkt aus all dem hervorgegangen.

Jetzt, da die beiden anderen verschwunden waren, konnte er die Früchte seiner Mühen ernten. Nun war die Zeit für die letzten Spielzüge gekommen. Und danach würde jener, den er hasste, wissen, ob es klug gewesen war, ihm Hörner aufzusetzen.

19. KAPITEL

Baldwin trank einen Schluck Wasser und gab einen lauten Rülpser von sich. Peter Clifford warf ihm einen tadelnden Blick zu.

»Ich weiß, Peter, aber das Mahl war ausgesprochen üppig«, sagte der Ritter und rülpste ein zweites Mal. »Seid froh, dass es nicht aus dem anderen Ende kommt.«

»Es überrascht mich immer weniger, wie geringschätzig Ihr über Ritter und das Konzept der Ritterlichkeit gesprochen habt«, meinte Clifford scherzhaft, und die beiden Männer grinsten. Baldwins Miene wurde jedoch bald wieder ernster und er hing seinen Gedanken nach. Clifford seufzte leise. Crediton war eine wichtige Stadt für die Diözese. Hier wurde jedes Jahr eine große Summe erwirtschaftet, und Peter hatte die Gemeinde dem Bischof während seines Besuches von der besten Seite zeigen wollen. Doch nun drehte sich jedes Gespräch um die Morde, die hier geschehen waren. Sie überschatteten alle Pläne Cliffords. Er hatte vorgehabt, dem Bischof das Krankenhaus zu zeigen und ihm anlässlich eines Besuchs auf der Baustelle die Fortschritte beim Bau der Kirche zu erklären. Auch die Vorbereitungen zur Feier des Geburtstages des Heiligen Bonifatius waren in den Hintergrund getreten.

Obwohl Exeter in der Nähe lag, fand der Bischof eher selten hierher. Seine Geschäfte führten ihn nach London, Winchester und York, je nachdem wo das Parlament tagte, oder in die herrschaftlichen Häuser anderer Bischöfe. Stapledon kümmerte sich um seine Gemeinden, aber allzu oft traten seine kirchlichen Pflichten in den Hintergrund, wenn ihn die Staatsgeschäfte riefen.

Peter wusste, dass es viele geistliche Würdenträger gab, die es in die Politik drängte, und nicht alle taten das aus ehrenwerten Motiven. Stapledon ging es jedoch um mehr als bloße Macht und um Ansehen. Sein Anliegen bestand darin, stabile Verhältnisse im Königreich zu schaffen, und zu diesem Zweck verbrachte er endlose Stunden damit, den König und seine Feinde in Gesprächen und Verhandlungen zu vernünftigem Tun zu bewegen.

Vielleicht stellte die fast banale Tatsache, dass zwei Menschen ermordet worden waren, für einen Mann wie Stapledon ja sogar so etwas wie eine Ablenkung von den Streitigkeiten dar, die zum Tode Tausender führen konnten, wenn sich die schlimmsten Befürchtungen des Bischofs bestätigten. Jedenfalls zeigte er ein auffälliges Interesse an Baldwins Ermittlungen. Für einen wohlhabenden Kleriker war es alles andere als selbstverständlich, dass er Anteil am Tod einer Kellnerin und einer Bettlerin nahm.

Es klopfte an der Tür und Baldwin und Peter drehten sich um. Als ein Diener öffnete, sahen sie zu ihrem Erstaunen den Söldner Wat eintreten.

Peter murmelte eine Entschuldigung und verließ den Raum, während Baldwin dem Besucher einen Platz anbot.

Erstaunt stellte er fest, wie sehr sich der Mann verändert hatte. An die Stelle von Kälte und Arroganz war eine gewisse Scheu getreten, und er richtete den Blick auf den Boden wie ein Schuljunge.

In diesem Augenblick kam Simon dazu. Erfreut stellte Baldwin fest, dass es seinem Freund schon viel besser zu gehen schien. Mit festen Schritten durchmaß er den Raum und setzte sich neben den Ritter.

»Du willst mit uns reden, Wat?«, begann Baldwin.

»Ja, Sir, es gibt etwas, das Ihr wissen müsst.«

»Was mag das sein?«

Der Söldner schaute auf. »Es geht um meinen Herrn«, sagte er. »Ich bin sicher, dass er die beiden Frauen getötet hat.«

Baldwin hörte, wie der Vogt heftig einatmete. Er beugte sich vor und nickte aufmunternd. Wat sah ihn verdrießlich an, bevor er weitersprach, als sei ihm ein Gespräch mit Männern des Gesetzes sehr unangenehm.

»Ihr müsst wissen, ich bin schon so lange bei ihm wie sonst kaum einer. Ich kenne ihn gut. Er hat das Töten gelernt, und er denkt nur an sich. An sich und sonst niemanden.«

»Das ist interessant, Wat. Ich wusste gar nicht, dass du ein Mönch bist«, meinte Simon sarkastisch.

Der Söldner sah ihn mit müden Augen an. »Das bin ich nicht, aber ich töte nicht ohne Grund. Nur wenn es mein Beruf erfordert.«

»Sprich weiter, Wat«, sagte Baldwin leise.

»Nun, Sir, wie ich schon sagte, ich kenne ihn. Zehn Jahre diene ich ihm bereits. Hat er Euch erzählt, dass wir schon einmal in dieser Stadt waren? Da war doch dieser junge Bursche, dieser Cole – sein Bruder ist hier vor fünf oder sechs Jahren in die Truppe aufgenommen worden. Damals hat Sir Hector auch Judith kennen gelernt.«

Baldwin und Simon sahen einander an. »Judith? Dein Anführer kannte Judith von damals?«

»Damals arbeitete sie als Kellnerin im Gasthaus, jung und frisch wie ein Heckenröschen war sie. So wie Sarra. Er hat sie in der zweiten Nacht zu sich geholt, und sie ist mit in seine Kammer gegangen, als wäre es ihr Hochzeitsgemach. Diese dumme Kuh. Ich sah sie zwei Tage später, da weinte sie wie ein Kind. Ich weiß nicht warum, aber er hatte sie verprügelt und hinausgeworfen.«

»War das in Pauls Schänke?«, fragte Simon.

»Ja, aber damals gab es einen anderen Wirt.«

Baldwin nickte. Paul hatte die Schänke vor vier Jahren übernommen. Wer sie vorher geführt hatte, wusste er nicht. »Und du glaubst, Sir Hector hat Judith danach getötet?«

»Nun, ich weiß nur, dass er sich auch mit Sarra gestritten hat. Kurz darauf war sie tot. Dann sieht er Judith wieder, und auch sie ist jetzt tot.«

»Warum sollte er sie getötet haben? Das ist doch völlig sinnlos.«

»Das finde ich nicht.«

»Warum?«

»Sie wurde getötet, aber ihr Sohn blieb am Leben, nicht wahr?«

»Ja.«

»Nun, wie ich sagte, es ist fünf oder sechs Jahre her, dass wir hier waren. Wie alt ist der Junge?«

Simon starrte ihn an. »Du meinst… wenn er sein Sohn war, dann konnte er ihn natürlich nicht töten. Als Ritter schon gar nicht.«

»Sir Hector ist kein Ritter. Hat niemals Gürtel und Sporen empfangen. Er hat sie einem Mann gestohlen, den er umgebracht hat.«

»Was?« Simon war außer sich. »Aber das ist unmöglich. Niemand darf sich Ritter nennen, wenn er sein Recht dazu nicht beweisen kann.«

»Und wie soll er das, Sir?«

»Nun…« Die ruhige Antwort des Söldners brachte Simon völlig aus dem Konzept. »Im Waffengang… Oder man stellt fest, wer ihn zum Ritter geschlagen hat.«

»Das dürfte kein Problem für Sir Hector sein«, meinte Baldwin, der Wat beobachtete. »Er kann behaupten, es sei ein französischer oder teutonischer Ritter gewesen. Wer könnte beweisen, ob es wahr ist oder nicht?«

Wat nickte. »Gerade jetzt, wo die Franzosen versuchen, den König zu schwächen und ihm das Land zu rauben, würde kein französischer Ritter zugeben, dass er einen Engländer in den Adelsstand erhoben hat. Sir Hector braucht keine Angst zu haben.«

»Aber das ist ungeheuerlich!«, rief Simon. »Er kann sich doch nicht einfach Ritter nennen!«

»Natürlich kann er das. Was glaubst du, wie viele das tun«, entgegnete Baldwin gelassen.

»Besonders in Söldnertrupps wie meinem.«

Simon sah kopfschüttelnd von einem zum anderen. Er begriff nicht, wie sie so ruhig über diesen Frevel sprechen konnten. »Nun, wie dem auch sei, aber welcher Mann tötet die Frau, die ihm einen Sohn geboren hat?«

»Auch das ist oft genug geschehen«, entgegnete Wat. »Könige haben es getan, genau wie Männer von niedrigem Stand.«

»Wenn ich dich richtig verstehe«, sagte Baldwin und stützte das Kinn auf der Hand, »dann bist du der Meinung, er habe beide getötet. Du hast aber keine Ahnung, warum.«

Wat begann unruhig auf seinem Stuhl hin und her zu rutschen. »Ich glaube, Sarra wollte ihn zurückerobern. Sie trug ja dieses Gewand ... aber ich weiß, dass er es für eine andere gekauft hat.«

»Für eine andere?«

»Ja, irgendjemand aus der Stadt.«

»Woher willst du das wissen?«

»Es war am Morgen nach der ersten Nacht, die er mit Sarra verbracht hatte. Er ging in die Stadt, ohne sie. Als er zurückkam, war er bester Laune, er lachte und scherzte. Am nächsten Tag befahl er mir, das Gewand abzuholen. Er ging wieder fort und kam erst am Nachmittag zurück. Ich glaube, dass er Sarra in seinem Zimmer angetroffen hat. Sie trug das Gewand, und er hat sie in einem Anfall von Wut deswegen getötet.«

»Nur weil sie ein Kleid anhatte, das ihr nicht gehörte?«, meinte Simon ungläubig. »Deswegen hätte er sie ermordet?«

Wat sprach weiter. »Er hat das Gewand für die Frau gekauft, mit der er sich getroffen hat. Sie sollte es später tragen.«

»Wir reden hier also von einer dritten Frau?«, fragte Simon ratlos.

»Ja, wahrscheinlich hat er sie ebenfalls damals kennen gelernt und hat Judith ihretwegen den Laufpass gegeben. Aber er hat niemandem verraten, um wen es sich dabei handelte.«

»War er immer so zurückhaltend?«

»Nein.«

»Und warum hat er den Namen dieser Frau geheim gehalten?«

»Vielleicht war sie verheiratet und hatte einen Ruf zu verlieren.«

»Und warum erzählst du uns das alles erst jetzt?«, fragte Baldwin.

Wat lächelte entschuldigend. »Nun, ich habe mir so meine Gedanken gemacht, und das hat eine Weile gedauert. Aber jetzt bin ich überzeugt, dass er es war, und es widerstrebt mir, dass uns ein Mann führt, der eine Frau tötet, die ihn um Almosen für sein Kind bittet oder eine Frau, weil sie das falsche Kleid trägt.«

»Und deshalb beschuldigst du ihn nun?«

»O nein, ich das tue ich nicht, ich war ja nicht dabei, als er es getan hat. Ich wollte Euch nur einige Dinge erzählen.« Mit diesen Worten stand er auf, verbeugte sich und ging hinaus.

Draußen blieb er stehen. Sie hatten ihm aufmerksam zugehört, und er hoffte nur, sie auf die richtige Spur geführt zu haben. Wenn nur Will nicht versucht hätte, Sir Hector zu töten. Das hatte ihm gar nicht gepasst. Wenn man den Söldnerführer zweier Morde bezichtigte, war der Mann sowieso am Ende. Seine Ermordung hätte alles zunichte gemacht. Am liebsten hätte Wat dem wimmernden Mann, in dessen Seite ein Eisenbolzen steckte, noch einen Fußtritt verpasst. So hatte er sich nur am Schmerz dieses Kretins weiden können, als sie ihm das Geschoss aus dem Fleisch holten und das Blut wie eine Fontäne aus der Wunde gespritzt war.

Grinsend machte sich Wat auf den Weg zur Schänke. Sein Plan nahm Gestalt an. Vielleicht war er schon nächste Woche Anführer der Söldnerschar.

Stirnrunzelnd hatte Simon dem Söldner nachgesehen. Nun wandte er sich ratlos an seinen Freund. »Was sollte das? Meinst du, er glaubt wirklich, Sir Hector sei der Mörder.«

»Nun, er schien ziemlich überzeugt davon, aber das ist nicht der wahre Grund, aus dem er zu uns gekommen ist.«

»Weshalb dann?«

»Er wollte uns dazu bringen, seinen Herrn zu verhaften.«

»Baldwin, vielleicht war es der Schlag auf den Kopf, aber ich verstehe nicht, warum …«

»Tut mir Leid, Simon, ich habe nur laut gedacht. Diese herumziehenden Söldnerbanden scheinen alle nach dem gleichen Muster zu funktionieren, ich habe das schon in Rom und Frankreich erlebt. Der Stärkste wird der Anführer, der, von dem die anderen glauben, dass er für sie das meiste herausholt, was immer das sein mag. Aber eines Tages wird der Starke schwach.«

»Und du meinst, Sir Hector ist schwach geworden?«

»Ja, und das ist nun sein großes Problem. Seine Männer fürchten ihn nicht mehr. Du hast gehört, wie Wat von ihm gesprochen hat, ohne jeden Respekt. Er erzählt uns etwas von den Motiven, die sein Herr für die Morde gehabt haben könnte. Ich glaube, Sir Hector sollte fortan dunkle Straßen meiden. Es könnte jemand mit einem gezückten Dolch auf ihn warten.«

»Wie kann ein Mann seines Lebens froh werden, wenn er auf solche Weise an die Macht kommt?«, fragte Simon fassungslos.

Hinter ihnen ertönte ein leises Lachen. »Sprecht ihr von mir?«

»Bischof! Nein, selbstverständlich nicht. Verzeiht, wir sprachen gerade ...«, stammelte Simon.

»Verzeiht mir, ohne Erlaubnis gelauscht zu haben. Ich bekenne meine Sünde.« Stapledon blinzelte ihn fröhlich aus kurzsichtigen Augen an. Roger, bring uns Wein.« Er setzte sich zu ihnen. »Aber ihr seht besorgt aus, meine Freunde. Kann ich helfen? Geht es um die beiden Männer in Exeter?«

»Nun ja, auch, aber auch um ihre Kumpane. In dieser Truppe scheint es nur so von Männern zu wimmeln, denen man einen Mord zutrauen kann. Jetzt ist ein Machtkampf zwischen ihnen ausgebrochen. Eben war ein Mann hier, der den eigenen Anführer denunziert hat.«

»Ich verstehe. Wo es sonst eine Leiche gibt und keinen Mörder, habt ihr es mit zwei Leichen und einem ganzen Arsenal von möglichen Tätern zu tun. Und mit einem armen Waisenknaben«, fügte er bekümmert hinzu.

Simon rieb sich die Augen. Er hatte zu wenig geschlafen. »Und mit einem Raub«, ergänzte er.

»Da fällt mir der junge Cole ein«, sagte Simon. »Wir sollten ihn noch so lange im Gefängnis lassen, bis wir die beiden Söldner erwischt haben.«

»Was geschieht, wenn meine Männer sie zurückbringen?«, fragte der Bischof. »Werdet ihr sie wegen Diebstahls und Mordes verhaften?«

»Wahrscheinlich.« Baldwin klang unschlüssig.

»Kann es sein, dass sie auch Judith getötet haben?«

»Aus welchem Grund? Es gibt gar keine Verbindung zwischen ihnen und ihr.«

»Brauchen solche Männer immer einen Grund zum Töten?«, fragte Stapledon.

»Irgendeinen Grund braucht jeder, und wenn es nur aus plötzlichem Zorn geschieht. Aber ich kann mir nicht vorstellen, dass die Männer Judith in der Gasse begegnet sind und sie einfach ermordet haben.«

»In diesem Fall suchen wir nach jemandem, der sie kannte.«

»Wir haben ja bereits einen«, sagte Simon. »Sir Hector.« Er berichtete dem Bischof, was Wat ihnen zuvor erzählt hatte.

»Nun«, meinte der Bischof, »das scheint doch sehr gegen ihn zu sprechen. Ein Motiv für den Mord an Judith hatte er ebenfalls, wenn sie zum Beispiel Geld von ihm für seinen unehelichen Sohn gefordert hat. Und er hatte mit beiden Frauen zu tun.«

Baldwin schaute noch immer ins Leere. Plötzlich stand er auf. »Ihr habt ja Recht, Bischof. Aber mich überkommt das Gefühl, dass es hier zu viele Personen gibt, die uns ihre Sicht der Dinge aufzwingen wollen. Es wird Zeit, selbst wieder die Initiative zu ergreifen.«

»Schön«, meinte Simon wenig beeindruckt. »Und wo fangen wir damit an?«

»Bei den Leuten in der Gasse. Ich muss mehr über die Opfer erfahren. Der Schlüssel liegt hier in Crediton. Hier wurde das Silber gestohlen, hier lebten die Frauen und hier geschahen die Morde. Es gibt eine Verbindung zwischen all dem, da bin ich mir sicher. Und wenn wir diese Verbindung kennen, finden wir auch den Mörder.«

Hugh war alles andere als glücklich darüber, seinen Herrn der Obhut und des Schutzes Baldwins und Edgars zu überlassen, aber als er seine erschöpfte Herrin sah, gab es keinen Zweifel, dass sich heute jemand anderes um ihre lebhafte Tochter kümmern musste.

Mittlerweile wich Rollo nicht mehr von Rogers Seite. Sobald der das Haus verlassen wollte, begann der Junge so sehr zu brüllen, dass er umkehren musste. Andere ließ Rollo nur an sich heran, wenn Roger dabei war. Seit er ihn während des Gewitters getröstet hatte, betrachtete ihn der Waisenknabe wohl als eine Art Schutzengel. Dabei waren Roger selbst die Mauern von Jericho eingefallen, als der Wind an den Dachschindeln gerüttelt hatte.

Sie betraten die Gasse. Hugh hatte ihnen das Haus beschrieben, in dem er Rollo gefunden hatte. Baldwin klopfte an die Tür und trat einen Schritt zurück.

Die Mutter öffnete. Sie wischte sich Mehl von den Händen und betrachtete sie mit dem Misstrauen, zu dem die Armen oft genug Grund hatten. Baldwin fiel ihre Größe auf, und wenn nicht die tiefen Kummerfalten in ihrem Gesicht gewesen wären, hätte man sie durchaus hübsch nennen können.

»Du bist die Frau, die sich vorgestern Nacht um Judiths Sohn gekümmert hat?«, fragte Baldwin, auch wenn es mehr wie eine Feststellung klang. Die Frau hörte auf, sich die Hände abzuwischen und sah ihn an. »Wir versuchen herauszufinden, was letzte Nacht geschehen ist. Kannst du uns helfen?«

Sie nickte und wiederholte, was sie schon Hugh erzählt hatte.

»Wo ist denn der Mann, der ihn mitgenommen hat?«, fragte sie skeptisch, nachdem sie die Männer näher betrachtet hatte.

»Er ist bei Peter Clifford, der Junge auch«, antwortete Baldwin. »Kanntest du seine Mutter gut?«

»Judith? Eigentlich nicht. Sie lief immer hier herum. Hat sich schwängern lassen, als sie achtzehn war, und damit fing alles an. Der alte Dan, der damals das Gasthaus führte, in dem sie gearbeitet hat, warf sie hinaus. Er sagte, sie sei nicht besser als eine Winchester-Gans.«

Baldwin nickte. Viele Frauen, die keinen Mann hatten, der sie versorgte, mussten sich prostituieren, um überleben zu können. Wer nichts gelernt hatte – wie Weben oder Sticken oder als Straßenhändlerin ein wenig zu verdienen – dem blieb keine andere Wahl. In London durften sich die Dirnen nur im Umkreis der Cock Lane aufhalten, die zum Besitz des Bischofs von Winchester gehörte. Er profitierte von den Mieten, und deshalb wurden diese Frauen im Volksmund ›Winchester-Gänse‹ genannt.

»Hat sie sich wirklich verkauft?«

»Was blieb ihr übrig?«, erwiderte sie schroff. »Gab sonst nichts für sie.«

»Hatte sie Familie? Freunde?«

»Wenn sie Verwandte gehabt hätte, wäre ihr wenigstens noch eine Chance geblieben, der Armen. Sie kannte eine Menge Leute, aber ich glaube nicht, dass sie Freunde hatte. Einige von uns haben ihr manchmal was zugesteckt, wenn wir was übrig hatten, vor allem aus Mitleid mit Rollo. Der arme Bursche war immer hungrig.«

»Hatte sie Feinde?«

»Nun, auf jeden Fall diesen Hundesohn von Wirt, der sie auf die Straße geworfen hat. Hoffentlich schmort er dafür in der Hölle.«

»Und sonst? Gab es Leute, die ihr übel gesonnen waren?«

Sie überlegte kurz. »Nun ja, ein paar von den Ehefrauen. Wann immer ein Ehemann zu spät nach Hause kam, haben sie Judith verdächtigt. Meistens hatten die Kerle nur zu viel getrunken und schliefen irgendwo in der Gosse ihren Rausch aus. Judith konnte nichts dafür.«

»War jemand darunter, der sie besonders hasste?«

»Ich weiß nicht. Die Witwe Annie aus New Barton vielleicht. Sie hatte ein Auge auf den Constable geworfen und jedes Mal, wenn er keine Zeit für sie hatte, fiel ihr Verdacht auf Judith. Eine sehr eifersüchtige Frau, diese Annie.«

Baldwin kannte die Witwe. Sie hatte eine Vorliebe für Klatsch und Tratsch, und ihre scharfe Zunge war bekannt, aber für einen Mord kam sie nicht in Frage. »Sonst jemand?«

»Vielleicht...« Sie zog die Stirn in Falten. »Mary, die Frau des Metzgers. Sie zog ständig über Judith her, und Ihr wisst ja, was gemunkelt wird.« Sie begleitete den Satz mit einem wissenden Zwinkern, aber Baldwin sah sie nur ratlos an. »Nein, das weiß ich nicht«, sagte er hilflos.

»Oh! Nun, dieser Söldnerführer, der Mann, der Judith geschwängert hat – man sagt, er habe sich auch mit Mary getroffen. Eine sehr enge Beziehung soll das gewesen sein. Manche meinen, Mary hätte genauso gut schwanger werden können.«

»Ach ja?«

20. KAPITEL

Als sie wieder im hellen Sonnenlicht der Hauptstraße standen, sah Baldwin seinen Freund grübelnd an. »Warum haben die Frauen Judith so sehr gehasst?«

»Vielleicht glaubten sie, ihre Männer könnten Krankheiten mit nach Hause bringen, aber du weißt auch, in welchem Ruf Dirnen stehen. Sie gelten als Töchter des Teufels. Warum sonst verweigert man ihnen ein Begräbnis in geweihter Erde? Auch diese arme Frau wird man irgendwo außerhalb der Stadt verscharren. In einem kleinen Ort wie diesem fürchten sich viele Menschen vor ihnen, einfach deshalb weil sie anders sind.«

»Wirklich so anders?«, entgegnete Baldwin. »Müssten

die meisten Frauen nicht wissen, dass sie keine andere Möglichkeit hatte, um zu überleben?«

»Es hätte ihnen nichts ausgemacht, wenn sie verhungert wäre.«

»Und der Junge?«

»Für den gilt das Gleiche. Die Leute haben so viele Kinder, dass ihnen die Schicksale der Waisen egal sind. Armut macht selbstsüchtig.«

»Vielleicht hast du Recht.«

Sie gingen zur Metzgerei. Der Lehrling saß im Eingang und rupfte ein Huhn; die Federn steckte er in einen Sack. Er nahm ein Messer, brach die Beine des Vogels und schnitt die Haut ein, bevor er die Füße abtrennte und die langen weißen Sehnen herauszog. Dann schnitt er den Kopf ab und zog die Haut vom Hals.

»Wo steckt dein Herr?«, fragte Simon, als sie vor ihm standen. Der Junge schaute auf. »Er ist weggegangen, Sir«, antwortete er und widmete sich wieder seiner Arbeit.

»Wann kommt er zurück?«

»Ich weiß es nicht, Sir. Er ist ziemlich viel unterwegs, holt Tiere ab oder liefert Fleisch aus. Manchmal wird es sehr spät.« Er langte mit zwei Fingern in den Einschnitt des Hinterleibs und lockerte die inneren Organe, dann zog er die Därme heraus und warf sie auf die Straße.

»Wo ist denn seine Frau ... Hast du vor, diese Sauerei irgendwann wegzumachen?«, fragte Baldwin irritiert. Die Fliegen tanzten wie besessen um die Gedärme herum.

»Sie besucht ihre Schwester in Coleford. Schon seit Dienstag, Sir.«

»Dienstag?«

»Ja, sie hatte einen lauten Streit mit meinem Herrn. Kurz darauf ist sie gegangen.«

»Wann kommt sie wieder zurück?«

»Ich weiß es nicht, Sir.«

»Du weißt nicht gerade viel. Hoffentlich ist dir wenigstens klar, dass dieses Zeug dort fortgeschafft werden muss.«

»Ja, Sir.«

»Sollte nicht alles Fleisch kühl gelagert werden? Hier draußen in der Hitze verdirbt es doch viel schneller.«

»Sobald mein Herr wieder hier ist, wird er es in den Lagerraum bringen.«

»Warum tust du das nicht?«, fragte Simon.

»Mein Herr glaubt, dass in letzter Zeit Fleisch gestohlen worden ist, und er hat mich im Verdacht, deshalb hat er den Kühlraum abgeschlossen. Ich kann nicht rein.«

»Nun, dann sag deinem Herrn, dass wir mit ihm sprechen möchten, wenn er zurückkommt«, sagte Baldwin. »Ich bin in Peter Cliffords Haus.«

Als sie gingen, griff der Lehrling träge nach einem weiteren toten Huhn. Sie gingen auf die andere Straßenseite zum Gefängnis. Dieses Mal schlief Tanner nicht, als sie eintraten.

»Wie geht es Cole, Constable?«, fragte Baldwin.

»Ganz gut, Sir. Ein bisschen nervös ist er, kein Wunder. Wollt Ihr mit ihm reden?«

Cole schien zusammengeschrumpft. Seine Schultern hingen herab, als trüge er eine unsichtbare Last. Die Augen, die Simon bei ihrem ersten Besuch so beeindruckt hatten, waren glanzlos und tief eingesunken.

Tanner hatte ihn keineswegs hungern lassen, aber die Tage, in denen Cole nicht wusste, was ihn erwartete, in denen er sogar um sein Leben fürchten musste, hatten ihre Spuren hinterlassen.

Der Ritter hatte Menschen wie Cole schon oft gesehen. Viele seiner Kameraden hatten unter der Inquisition leiden müssen, und der Schmerz ihrer Brüder hatte den Glanz aus ihren Augen vertrieben. Die Angst davor, selbst das nächste Opfer der Folterknechte zu werden, hatte ihnen jede Würde geraubt, und Baldwin hoffte, so etwas nie wieder erleben zu müssen.

»Setz dich, Cole«, murmelte er. »Wir haben einige Fragen an dich.«

»Ist das meine Verhandlung?« Die Augen des jungen

Mannes wanderten unruhig zwischen den Männern hin und her.

»Nein, wir setzen nur unsere Untersuchung fort. Hast du von Judith gehört?«

»Von wem?«

»Es ist noch eine Frau ermordet worden.«

»Aber ich war hier! Ich konnte gar nicht…«

»Schweig. Sicherlich verdächtigen wir dich nicht dieser Tat, aber das beweist noch lange nicht deine Unschuld, was den Diebstahl von Sir Hectors Silber betrifft. Beantworte einfach ehrlich unsere Fragen und erzähle uns alles, was du weißt.«

Cole nickte beklommen. »Ich sage Euch alles.«

»Gut. Du hast dich also der Truppe am Sonntag angeschlossen. Dienstag bist du überfallen worden, so hast du es uns zumindest erzählt, und am Abend dieses Tages haben wir dich in der Obhut Henry Hurdles und John Smithsons gefunden. Was hast du denn an diesem Tag getan?«

Cole musste überlegen. Während all der Zeit in der dunklen unterirdischen Zelle, hatte er kaum an die letzten Stunden gedacht, die er in Freiheit verbracht hatte. »Ich bin sehr früh aufgewacht, Henry hat mich geweckt«, begann er zögernd. »Er zeigte mir, über welche Waffen die Truppe verfügte. Dann schickte er mich zu den Ställen, ich sollte mich um die Pferde kümmern. ›Ein guter Soldat achtet mehr auf seine Pferde als auf sich selbst, besonders wenn sie Sir Hector gehören‹, hat er zu mir gesagt. Ich blieb fast die ganze Zeit dort.«

»Du hast keine Pause gemacht?«

»Doch, zweimal. Ich saß beim Essen, als Sir Hector die Schänke verließ.«

»War er davor schon einmal fortgegangen?«

»Was? Ja, als er zurückkam, unterhielt er sich mit Wat.«

»Hast du gesehen, wie er fortging?«

»Ja, ich war im Vorratsraum.«

»War er allein?«

»Es waren keine Soldaten bei ihm, wenn es das ist, was Ihr meint.«

»Nein, das meine ich nicht. War sonst jemand bei ihm?«

»Ich weiß nicht, ich habe ihn nur ganz kurz gesehen.«

Simon räusperte sich. »Haben die anderen Söldner irgendetwas gesagt, als er ging?«

»Nun, es fielen ein paar abfällige Bemerkungen. Ich hatte nicht den Eindruck, dass er besonders beliebt bei seinen Männern war.« Er schwieg einen Augenblick. »Sie unterhielten sich darüber, dass er die Kellnerin, Sarra, geschlagen hatte. Die meisten schienen nicht einmal besonders überrascht, sie waren auch nicht besonders erbost, sie sprachen nur davon.«

»Hat irgendjemand darüber gesprochen, warum er sie verprügelt hatte?«, drängte Baldwin.

»Einer meinte, er hätte wohl eine andere Frau.«

Ihr plötzliches Schweigen machte ihn unsicher. »Weißt du sonst noch irgendetwas über diese Frau, Cole?«, fragte Baldwin schließlich. Hat irgendjemand ihren Namen erwähnt, wo sie herkam und wie sie Sir Hector kennen gelernt hatte?«

»Sie kam wohl aus der Gegend. Einer sagte, er hätte sie schon damals gesehen, als sie das erste Mal in Crediton waren. Ein anderer behauptete augenzwinkernd, sie sei mit einem Mann aus der Stadt verheiratet, und alle grölten laut.«

»Sie war verheiratet? Bist du sicher?«, fragte Simon.

»Ja, daran gab es wohl keinen Zweifel. Und einer meinte … dass ihr das Fleisch, das sie zu Hause bekäme, nicht gefiele. Sie hätte lieber Steak statt Schweinefleisch.«

»Noch eine letzte Sache. Wir haben gehört, dass du dich mit Sarra gestritten hast. Worum ging es dabei?«

Cole errötete leicht. »Ich sollte etwas aussagen, das nicht stimmte. Sie hatte sich über Henry und John geärgert, und ich sollte zu Sir Hector gehen und ihm erzählen, dass die beiden seinen Umsturz planten.«

»Du hast dich geweigert?«

»Natürlich. Ich hatte nichts dergleichen bemerkt. Sie wollte auf diesem Weg seine Gunst wiedergewinnen, aber ich habe Nein gesagt.«

Nachdem Tanner den Gefangenen wieder in sein Verlies gebracht hatte, standen die Männer eine Weile vor dem Haus und schauten zur Metzgerei hinüber. Der Lehrling rupfte noch immer Hühner, und kleine Federn wirbelten hoch und segelten durch die Luft, bevor sie auf dem Boden landeten, wo sie auf der feuchten Erde kleben blieben.

»Und was nun?«, fragte Edgar.

Simon sah ihn fast mitleidig an. »Nun, ich denke, wir sollten die Frau des Metzgers suchen.«

Baldwin sah zur Straße hinüber, die nach Coleford führte. »Edgar, mir scheint, du kennst eine Reihe von Frauen in dieser Gegend. Vielleicht kannst du in Erfahrung bringen, wo genau wir sie finden können.«

Der Diener räusperte sich verlegen. »Ich denke schon. Aber möglicherweise weiß Tanner es auch. Er stammt aus der Gegend.«

»Dann frag ihn«, sagte Simon. »Wir holen inzwischen die Pferde. Ein bisschen Bewegung wird uns gut tun.«

Tanner kannte Marys Familie in der Tat. Ihr gehörte ein kleines Stück Land, das einem Vorfahren vor Generationen von dessen Lehnsherren als Dank für treue Dienste geschenkt worden war. Die anderen Dorfbewohner arbeiteten weiterhin als Leibeigene für ihren Herrn und lebten so in einigermaßen sicheren Verhältnissen. Die freie Familie, so erklärte Tanner, litt öfter Not als sie, denn wenn die Ernte schlecht ausfiel, hatten sie niemanden, der sie unterstützte. Viele glaubten, dass es der Familie besser ginge, wenn auch sie wie ihre Nachbarn Leibeigene geblieben wären.

Kurz hinter der Stadt ging es bergauf. Simon genoss den Ritt. Sein Brauner war ein gutes, solides Pferd, das lange Strecken bewältigen konnte, und besaß einen angenehmen, gutmütigen Charakter. Baldwin saß auf seinem Araber, einem wunderschönen weißen Tier mit flotter Gangart, das enorm schnell galoppieren konnte.

Als sie den ersten Hügel überquert hatten, brach die Sonne durch die Wolken. Das Gebiet im Westen war dicht bewaldet. In der Ferne sah Simon die graublauen Erhebungen des Dartmoors. Schwere Sturmwolken hingen über dem Gebiet, und der Nebel verriet dem Vogt, dass es dort heftig regnete. Er hatte nie verstanden, warum die Moore ihr eigenes Klima zu haben schienen. Heute jedenfalls war er froh, nicht dort zu sein.

Aus der von der Sonne beschienenen Erde stieg ein frischer Duft auf. Es roch nach Leben, nach Pflanzen und Buschwerk. Simon war hier aufgewachsen, und in diesem Teil Devons strotzte die Natur nur so von Vitalität. Im Moor wuchsen nur verkrüppelte Bäume und saure Gräser. Auch die Farbe der Erde war anders. Hier war sie von hellem, stumpfem Braun, während sie im Moor fast schwarz schimmerte.

Nach drei oder vier Meilen bog die Straße nach links ab und führte stetig abwärts auf Coleford zu. Das kleine Dorf lag an der Straße von Exeter nach Plymouth. Irgendwo in der Nähe gab es auch ein Kloster, erinnerte sich Simon, wo der Reisende eine Rast einlegen konnte, aber heute führte sie ihr Weg nur bis ins Dorf. Am Fuße eines größeren Hügels lag der Weiler, in dem Mary Butchers Schwester wohnte.

Als die Männer auf den Hof ritten, sahen sie eine mollige, fröhlich wirkende Frau Ende zwanzig, die vor einem großen Stein kniete und Teig knetete. Als sie die Reiter hörte, drehte sie sich um, strich sich ein paar Haarsträhnen aus dem Gesicht und betrachtete die Besucher interessiert.

Simon begrüßte sie lächelnd und stieg vom Pferd. »Habt Ihr Euch verirrt, Sirs? Das hier ist nicht die Straße nach Exeter.«

»Das wissen wir. Wir suchen Ellen Carpenter.«

»Das bin ich«, sagte sie und strahlte ihn an, als würde sie ihn schon seit Jahren kennen. »Darf ich Euch etwas zu trinken anbieten? Ich habe Ale im Haus.«

Nachdem sie einen Krug und drei Holzbecher geholt hatte, hockten sie sich um den Stein. Ellen knetete weiter. Ihre Kinder liefen überall herum und beäugten, hinter Bäumen verborgen, die drei wichtigen Herren. Simon zählte fünf, aber so flink wie sie umhertollten hätten es auch mehr sein können.

»Du bist die Schwester von Mary Butcher aus Crediton?«, fragte Simon, nachdem die ersten Begrüßungsworte gewechselt waren.

»Ja, Sir.«

Sie hatte den rosigsten Teint, den Simon je bei einer Frau gesehen hatte. Ihre braunen Augen leuchteten und ihr dunkelrotes Haar glänzte im Sonnenlicht. »Ist sie da? Wir würden gerne mit ihr sprechen.«

Sie sah ihn etwas verwundert an. »Nein, Mary ist nicht hier. Ist sie denn nicht zu Hause in Crediton?«

»Nein«, antwortete Simon leicht beunruhigt. »Man hat uns gesagt, sie sei hier.«

»Wollte sie dich in dieser Woche besuchen?«, warf Baldwin ein.

»Eigentlich nicht. Aber sie kann ja kommen, wann sie will. Meistens weiß ich das vorher nicht. Es lohnt nicht, einen Boten aus Crediton zu schicken.«

»Kommt sie oft hierher?«, fragte Simon.

»O ja, recht oft. Ich besuche sie selten in der Stadt, ich muss mich um all das hier kümmern.« Mit nicht geringem Besitzerstolz zeigte sie auf die Kinder und die Tiere, die überall herumliefen. »Manchmal wird ihr der Lärm und der Gestank der Stadt zu viel, und dann kommt sie hierher. Ihr Mann hat nichts dagegen.«

»Adam Butcher.«

»Ja, Adam hat sie vor vier Jahren geheiratet, kurz bevor er seinen Laden aufmachte. Ich kann Euch sagen, wir waren sehr erleichtert. Sie war damals schon dreiundzwanzig, und wir dachten schon, wir würden nie einen Mann für sie finden. Ich habe mit achtzehn geheiratet, und mit dreiundzwanzig hatte ich bereits vier Kinder.«

»Man hat uns gesagt, sie sei Dienstag hierher gekommen.«

Sie wurde unruhig. »Ist sie etwa verschwunden? Weiß man vielleicht nicht, wo sie ist?«

»Nun, möglicherweise hat sich der Lehrling des Metzgers geirrt«, beschwichtigte Baldwin. »Er hat es uns erzählt, aber er scheint mir nicht einer der Hellsten. Mach dir keine Sorgen. Vielleicht besucht sie eine Freundin – oder habt ihr noch Geschwister?«

»Nein, Sir. Ich bin ihre einzige Schwester.« Sie schien nicht überzeugt.

»Ich kann mir denken, warum sie so gerne hierher kommt«, sagte Baldwin. »Ein schönes kleines Anwesen habt ihr hier.«

»Es ist nicht schlecht, Sir. Die Bohnen gedeihen gut dieses Jahr, und die Erbsen auch. Jedenfalls besser als letztes Jahr. Mein Mann ist sehr fleißig, und er arbeitet oft für das Gut, repariert Karren und Fässer. Dafür bekommen wir Weizen und Gerste.«

Baldwin nickte. Erbsen und Bohnen waren in diesem Jahr in der Tat prächtig gewachsen, und die Hühner, die auf dem Hof herumliefen und pickten waren erst wenige Monate alt. Das deutete darauf hin, dass es den Carpenters gut ging. »Sag, Ellen, wie lange wohnt Mary schon in Crediton? Ich habe gehört, dass sie bereits vor ihrer Hochzeit dort lebte, vor fünf oder sechs Jahren.«

»Ja, Sir. Sie arbeitete im Stoffhandel, webte und erledigte Näharbeiten. Nach ihrer Heirat hat sie natürlich damit aufgehört.«

»Natürlich. Und wie lange wohnt sie nun schon in der Stadt?«

»Oh, länger als sechs Jahre, acht werden es sein. Mit achtzehn oder neunzehn ist sie hingegangen.«

»Wie hat sie Adam kennen gelernt?« Baldwin sah sie

scharf an. Simon bemerkte es und fragte sich, worauf der Ritter hinauswollte.

Ellen schien keine Geheimnisse vor den Besuchern zu haben. Jetzt lachte sie laut auf. »Kennen gelernt? So kann man es auch nennen. Sie ist eines Tages an seinem Geschäft vorbeigegangen, er warf gerade Innereien auf die Straße und alles spritzte auf sie. Sie ist in den Laden gestürmt und hat sich fürchterlich aufgeregt. Ordentlich den Kopf gewaschen hat sie ihm, hat ihm mit dem Constable gedroht und womöglich mit dem Friedensrichter. Wenn sie zornig ist, kann sie nichts aufhalten, unsere Mary, dann ist sie wirklich sehr beeindruckend. Der arme Adam hatte keine Chance, er war ihr sofort verfallen.«

Baldwin lächelte. »Du meinst, er liebt sie vielleicht mehr als sie ihn?«

»O ja«, antwortete sie, in Gedanken noch immer bei der stürmischen Liebesgeschichte, doch dann warf sie ihm einen seltsamen Blick zu.

»Was glaubst du – liebt sie ihn?«

Sie schwieg eine Weile und noch immer umspielte ein Lächeln ihre Lippen, aber es verblasste langsam, und als sie sprach, klang ihre Stimme traurig. »Ja, schon, aber nicht so, wie es sein sollte. Oder vielleicht wäre es besser, wenn er sie etwas weniger lieben würde. Dann wären die Gewichte in ihrem Haus besser verteilt. Das Schlimme ist, dass ein Mann wie Adam sie nicht fesseln kann. Er verehrt sie abgöttisch, aber sie langweilt sich schnell, und dann fängt sie an zu nörgeln.«

»Nicht die beste Grundlage für eine Ehe«, kommentierte Baldwin.

»Nein, Sir, eigentlich nicht, sie kommandiert ihn auch ständig herum, aber er sagt kein Wort. Und doch scheinen sie einigermaßen glücklich zu sein.«

»Magst du deine Schwester?«

»Sie ist meine beste Freundin. Wenn eine von uns Schwierigkeiten hat, kann sie der anderen alles anvertrauen.«

»Eher als euren Männern wahrscheinlich«, meinte Baldwin.

»Als denen ganz bestimmt!« Sie lachte herzlich. »Es gibt Dinge, die nur eine Frau verstehen kann.«

»Und Geheimnisse, die sie nur mit einer anderen Frau teilen möchte.«

»O ja.«

»Vor allem, wenn es um Männer geht.«

Plötzlich schwieg sie. Dafür knetet sie den Teig umso heftiger.

Baldwin sah sie abschätzend an. »Ellen, hast du gehört, dass sich ein Söldnertrupp in Crediton aufhält?«

Als sie ihn ansah, war die Freundlichkeit aus ihrem Gesicht verschwunden. »Söldner?«, wiederholte sie.

»Ja. Dieselbe Truppe, die schon vor Jahren einmal in der Stadt gewesen war, unter dem gleichen Anführer, Sir Hector. Sie kannte ihn, nicht wahr? Sie kannte ihn sogar sehr gut, ist es nicht so?«

»Ich weiß nicht, was Ihr meint.«

»Du weißt sehr wohl, was ich meine. Wegen ihr hat Sir Hector damals eine andere Frau verstoßen, Judith. Sie ist tot, das solltest du vielleicht wissen. Und eine andere, die an die Stelle deiner Schwester getreten war, ist ebenfalls tot. Sarra hieß das arme Mädchen.« Baldwin atmete tief aus. »Wenn deine Schwester hier auftaucht, lass es uns wissen, Ellen. Wir müssen mit ihr reden. Ich fürchte, sie ist in Gefahr.«

»Was redet ihr da?«

Baldwin sah sie ernst an. »Hast du nicht gehört, was ich gerade gesagt habe? Dieser Ritter hatte drei Geliebte in Crediton. Zwei davon sind tot, die dritte ist deine Schwester. Also sag mir Bescheid, wenn du von ihr hörst.«

21. KAPITEL

Auf dem Rückweg war Baldwin tief in Gedanken versunken. Als sie die Hügelkuppe erreichten, hinter der Crediton lag, drehte Simon sich zu ihm um.

»Du hast gesagt, ihre Schwester könne auch in Gefahr sein, Baldwin – aber warum? Warum in aller Welt sollte dieser Schurke alle Frauen umbringen, die er in dieser Stadt kannte?«

»Das ist nicht unbedingt der Punkt, um den es hier geht, Simon«, erwiderte Baldwin. Er tätschelte seinem Pferd den Hals und verscheuchte gereizt den Fliegenschwarm, den er damit aufgeschreckt hatte, bevor er fortfuhr: »Vielleicht hat Sir Hector keiner der Frauen ein Haar gekrümmt. Es ist erstaunlich, wie deutlich alle Spuren zu ihm zu führen scheinen, nicht? Zwei Frauen sterben, und mit beiden hatte Sir Hector ein Verhältnis. Beide Male gab es davor Auseinandersetzungen. Sarra aus der Schänke hat sich lauthals mit ihm gestritten und wird kurz danach tot in einer Kiste gefunden, und das auch noch in seinen Räumen. Judith läuft ihm auf der Straße in die Arme und wird erstochen.«

»Ja. Der Zusammenhang ist doch eindeutig.«

»Mag sein, aber betrachte die Sache mal von einer anderen Seite. Wer könnte sich einen Vorteil davon versprechen, dass diese Frauen gefunden werden und ihre Verbindung zu Sir Hector ans Licht kommt?«

»Mit Sicherheit niemand.«

»Mir fallen einige ein. Was ist mit den Söldnern? Denk zum Beispiel an Wat – er will seinen Anführer loswerden, ich meine, diese Tatsache ist offensichtlich genug. Andernfalls hätte er nicht so bereitwillig von Sir Hectors Verhältnis mit Judith berichtet.«

»Vielleicht ging es ihm um die Gerechtigkeit.«

Baldwin starrte ihn an. »Gerechtigkeit – und Wat? Vielleicht hältst du ihn irrtümlich für einen netten Burschen,

Simon, für einen Gentleman. Aber das ist er nicht. Er ist ein Söldner. Er ist skrupellos, ein Mörder und Räuber. Ein Ritter sollte im Namen des Christentums kämpfen, dafür, dass sein Name und sein guter Ruf ihm vorauseilen in dieser Welt und der nächsten. Er sollte die verteidigen, die zu schwach und zu elend sind, um es selbst zu tun, er sollte höflich und großzügig sein. Hast du auch nur eine dieser Eigenschaften bei Sir Hector und seiner Truppe erkennen können – zum Beispiel bei Wat?«

»Ich bin mir sicher, dass…«

Mit einer Heftigkeit, die ungewöhnlich für ihn war, zügelte Baldwin sein Pferd. »Simon, versuche nur nicht, die Söldner zu entschuldigen. Sie sind schlechte Menschen, weiter nichts. Männer wie sie reiten durchs Land und bieten ihre Unterstützung demjenigen an, der sie dafür bezahlt, und das auch nur, solange es ihnen beliebt. Sie haben keinerlei Vorstellung von Ehre oder Großzügigkeit; alles, was sie wollen, ist der nächste Batzen Geld, und in der Wahl ihrer Mittel sind sie recht skrupellos.«

»Schon gut, Baldwin«, sagte Simon besänftigend. »Du verstehst mehr von dieser Sorte Männer, als ich es tue; mir sind vorher nie Söldner begegnet.«

»Es tut mir Leid, Simon. Diese ganze Geschichte beginnt mich aufzuregen, und vor lauter Hilflosigkeit gehe ich auf jeden los, der mir nun mal gerade in den Weg kommt.«

»Als wir heute losgeritten sind, warst du der Meinung, dass ein Blick auf die Verhältnisse vor Ort die Sache klären könnte. Das hat ja im Prinzip auch geklappt. Wir wissen jetzt, dass die Frau des Metzgers ebenfalls mit Sir Hector zu tun hatte. Es scheint recht deutlich, dass er Judith ihretwegen verlassen hat, und wahrscheinlich passierte Sarra dasselbe, als er Mary Butcher in der Stadt wiederbegegnet ist.«

»Ja. Und sie ist nun ebenfalls verschwunden.«

»Sie muss nicht tot sein, Baldwin, denk daran. Wenn sie klug ist und die Geschichte mit Sarra und Judith gehört hat, könnte sie ihre eigenen Schlüsse gezogen haben. Vielleicht ist sie fortgelaufen, um sich zu schützen?«

»Sicher, das ist möglich.«

»Was diese Sache insgesamt betrifft, wollen wir einfach hoffen, dass Stapledons Männer die beiden Diebe erwischen. Sie könnten zumindest ein wenig mehr Licht ins Dunkel bringen.«

Bischof Stapledon spazierte mit Peter Clifford im Garten umher und zeigte sich entzückt über die Vielfalt der Pflanzen. Peter, das wusste er, war sehr stolz auf seine Kräuter und Gewürze. Einige waren ihm von weither beschafft worden.

Irisgewächse gehörten zu Peters besonderen Lieblingen. Sie waren, wie er in großer Ausführlichkeit darlegte, das ideale Beispiel für Gottes Güte. Ihre Wurzeln konnten zu Tinte verarbeitet werden; aus ihren Blüten konnte man eine Spülung für Zähne und Zahnfleisch gewinnen, und die Blätter benutzte man, um Matten zu flechten oder Dächer auszubessern. Doch selbst wenn wenn sie für keinen dieser Zwecke benötigt wurden, waren sie wunderbar anzusehen und dufteten süß.

Der Bischof lächelte und nickte, während Peter ihn durch den Garten führte, darauf bedacht, seinen Gastgeber nicht mit offensichtlicher Langeweile zu kränken. Stolz wurden ihm Lilien und Rosen präsentiert; sie wuchsen in einem Beet nahe beim Haus, während sich beim Obstgarten, wo die Apfel-, Birnen- und Nussbäume standen, die Beete mit den Kräutern befanden. Hier blühten Rauten, deren Geruch dem Bischof seit jeher zuwider war, aber auch Salbei, Kamille, Lavendel und weitere duftende Pflanzen. Nach einer Stunde fiel selbst dem begeisterten Peter auf, dass die Aufmerksamkeit des Bischofs nachließ, und sie überquerten den Rasen, der, übersät mit Gänseblümchen, Veilchen, Schlüsselblumen und Immergrün, ein prächtiges Bild abgab, um sich im Schatten einer Eiche auf einer Bank niederzulassen. Hier trafen sie auf

Margaret und Hugh. Edith pflückte ein Stückchen entfernt mit Rollo Blumen. Hugh stand auf, als die beiden sich näherten, doch der Bischof bedeutete ihm, wieder Platz zu nehmen. »Dürfen wir uns zu euch setzen?«

»Natürlich, Mylord.« Margaret rutschte beiseite, damit mehr Platz auf der Bank war, und Hugh stand ergeben zum zweiten Mal auf und stellte sich hinter sie, wo er die Kinder im Blick hatte. Rollo war erstarrt, als er Männerstimmen gehört hatte, doch nachdem er alle erkannt und sich durch einen Blick auf Hugh nochmals vergewissert hatte, dass keine Gefahr drohte, hatte er das Spiel wieder aufgenommen. Er hatte den Priester so oft Gutes tun sehen, vermutete Hugh, dass er wusste, dass von den zwei Männern im Ornat nichts zu befürchten war.

Die beiden setzten sich, und Stapledon wandte sich an Margaret. »Ich hoffe, ich trete Euch nicht zu nahe, aber Ihr seht etwas erholter aus. Geht es euch ein bisschen besser?«

Sie konnte ihre Freude kaum verbergen. »Nicht nur mir geht es besser«, gab sie zu. »Mein Mann war sehr traurig über den Tod unseres Sohnes, aber er scheint fast darüber hinweg zu sein. Die letzten Wochen waren schlimm, aber ich glaube, dass wir das Ärgste hinter uns haben. Peters Freundlichkeit hat uns viel geholfen.«

Der Bischof nickte feierlich. »Euer Mann war sehr aufgewühlt. Ich weiß, wie schlimm so etwas sein kann. Ich glaube, wir Kirchenmänner wissen das alle. Wir sehen so viele kleine Särge, die in die Erde hinabgelassen werden, und der Tod macht keinen Unterschied zwischen Arm und Reich.«

»Wir werden einen zweiten Sohn bekommen, so Gott will.«

»Ja.« Stapledon betrachtete Rollo. »Der junge Mann dort hat sichtlich Spaß daran, mit Eurer Tochter zu spielen.«

»Edith mag ihn auch. Sie sind ungefähr gleich alt, und Edith hat wenig Freunde, dort wo wir leben. Sie freut sich, wenn sie jemanden zum Spielen hat.«

»Ja«, sagte der Bischof wieder und runzelte dann gedankenverloren die Stirn.

»Bischof? Bischof!«

Stapledon hob den Kopf und sah Roger über den Rasen eilen. Zu guter Letzt hatte er angefangen, sich ein wenig zu entspannen, und dass Roger in diese Minuten der Seelenruhe hineinplatzte, verdross ihn ein wenig. Als der junge Geistliche vor ihnen stand, fragte er mit ironischem Lächeln: »Was gibt es, Roger? Brennt das Haus?«

»Nein, Sir. Aber eben ist ein Bote aus Exeter eingetroffen. Sie haben die beiden Diebe aufgespürt und gefangen genommen, und werden sie herbringen.«

»Wunderbar«, sagte Peter und rieb sich zufrieden die Hände. »Dann können wir wohl diese leidige Angelegenheit bald als erledigt betrachten.«

»Ja«, entgegnete Stapledon, doch sein Blick wanderte wieder zu dem kleinen Jungen, der im Gras spielte. »Die meisten von uns zumindest.«

Als Simon und die anderen zurück nach Crediton kamen, waren sie verschwitzt und staubig. Ihre Hosen und Übergewänder waren bedeckt mit rotbraunen Schlieren und Schlammspritzern, denn nach dem nächtlichen Regen war der Weg nach Coleford aufgeweicht. Die Hitze hatte die schlammigen Pfützen dann in eine Wüste aus rötlichem Staub verwandelt, der unter den Hufen ihrer Pferde aufstob. Simon betrachtete Baldwin, dessen Haare verklebt vom Kopf abstanden. Sein Gesicht war dunkel vom Schmutz, mit Ausnahme der hellen Spuren, die die Schweißtropfen hinterlassen hatten, und sein Übergewand war nicht mehr weiß, sondern im Schulterbereich hell ockerfarben und kräftig orange am Saum. Als ob ein Regenschauer die Farbe von oben nach unten ausgewaschen hätte, dachte Simon mit einem Grinsen, das ihm verging, als er sich des Zustandes seiner eigenen Kleidung gewahr wurde. Der feine Staub hatte nicht nur ihre Kleider in Mitleidenschaft gezogen. Simon konnte ihn in

Augen und Kehle fühlen, und als sie an der Schänke vorbeikamen, krächzte er: »Lass uns ein bisschen von dem Zeug mit Pauls Ale wegspülen. Seine Frau braut besseres Ale als Peters Schankmeister.«

Baldwin nickte, und bald saßen sie im Hof, jeder einen Krug mit kühlem, köstlichem Nass in der Hand.

Simon trank einen großen Schluck und sah sich um. An einem Tisch saßen einige von Sir Hectors Männern, die tunlichst vermieden, ihn anzusehen. Er kannte keinen davon und wollte sich schon wieder wegdrehen, als er Wat bemerkte.

Der Söldner stand am anderen Ende des Hofes, in der Nähe der Ställe, und unterhielt sich mit jemandem, den Simon nicht erkennen konnte. Lediglich ein Paar Stiefel waren unter der Stalltür zu sehen, daneben eine Hand, die aufgeregt gestikulierte. Wat starrte sein Gegenüber gleichermaßen erschrocken und fasziniert an, schüttelte bisweilen heftig den Kopf oder nickte ernsthaft.

»Baldwin«, Simon hielt sich den Becher vor den Mund, »da drüben ist Wat und diskutiert mit jemandem, es scheint etwas Ernstes zu sein.«

»Was?« Baldwin sah unauffällig über die Schulter. »Ich würde zu gerne wissen, was.«

Als der Söldner ihre Blicke bemerkte, brachte er sein Gegenüber mit einer schnellen Geste zum Schweigen. Er war sich nicht sicher, ob er dem Friedensrichter sofort von dieser Entdeckung berichten sollte. Doch es würde ohnehin nicht zu vermeiden sein, die schreckliche Wahrheit würde so oder so ans Licht kommen, ohne dass er sich noch mehr Vorteil davon verschaffen konnte.

Wat fühlte sich plötzlich müde und ausgelaugt von den eigenen Plänen und den Versuchen, die meisten Männer der Truppe für sich zu gewinnen. Die Würfel waren gefallen, seit Hector mit seinem Bemühen, sich die Gunst des Königs zu verschaffen, gescheitert war. Als sein Versuch, einen neuen Pakt zu schmieden, rundweg abgeschmettert wurde, war allen Mitgliedern der Truppe klar, dass seine Führungsposition nunmehr in Zweifel gestellt war. Seine militärischen Fähigkeiten standen außer Frage, aber seine Hauptaufgabe war es, Aufträge und Geld für seine Männer zu beschaffen, und jetzt war er offensichtlich nicht mehr in der Lage, ihre Erwartungen zu erfüllen. Auch für sie war nun deutlich geworden, dass potenzielle Auftraggeber nicht gut auf Sir Hector zu sprechen waren. Er hatte einmal zu oft die Seiten gewechselt. Nun würde selbst ein König, der verzweifelt Truppen benötigte, ihn und seine Truppe nicht mehr beschäftigen.

Die Söldner hatten darüber gesprochen, als sie von seinem Misserfolg erfahren hatten. Einige wollten ihn dennoch behalten, damit er sie zurück nach Frankreich führte, andere jedoch waren so unzufrieden mit Sir Hectors Planung und diesem zusätzlichen Armutszeugnis, dass sie einen Wechsel befürworteten.

Aus diesem Grund hatte Wat reagiert, hatte versucht, auszutesten, ob er die Stimmung gegen Sir Hector aufheizen konnte, aber es war ihm nicht Recht gewesen, dass die Dinge diesen Lauf nahmen. Zunächst einmal hatte er verhindern wollen, dass seine Truppe hier in England in irgendeiner Form in einen Mordfall hineingezogen wurde. In Frankreich war dies etwas anderes. Dort waren Morde nicht gefährlich, wenn ein starker Söldnertrupp sie rechtfertigte. In England unterstanden auch Söldner dem Gesetz und durften daher nicht zu viel Aufmerksamkeit auf sich lenken. Die Mordtaten hier konnten selbst die korruptesten und ahnungslosesten Helfer des Königs nicht ignorieren. Nach Wats Dafürhalten waren die meisten dieser Leute bestechlich, doch was Baldwin betraf, war er sich nicht sicher. Die dunklen Augen des Friedensrichters fixierten ihn und sein Stirnrunzeln signalisierte, wie Wat mittlerweile wusste, Neugier. Er war alles andere als glücklich darüber, schon zum zweiten Mal heute im Mittelpunkt von Baldwins Aufmerksamkeit zu stehen, aber er hatte offenbar keine Wahl.

»Kommt mit.« Wat näherte sich ihrem Tisch und deutete kurz mit dem Daumen hinter sich. »Dieser Mann hat etwas gefunden, das ihr sehen solltet.«

»Was?« Baldwin wandte sich an Wats Begleiter. Es war einer der Söldner, mit dem er bisher noch nicht gesprochen hatte. Er hieß Will, war klein und dicklich und hatte einen Stiernacken. Die Bartstoppeln in seinem runden, pockennarbigen Gesicht ließen auf nur spärliche Rasuren schließen, doch er war erstaunlich wortgewandt. Offenbar hatte er eine Verletzung am rechten Arm, denn er trug ihn in einer einfachen Schlinge. Baldwin bemerkte, dass er sich überdies sehr vorsichtig bewegte. Vielleicht eine Stichwunde oder dergleichen.

»Ich habe eine Leiche im Stall gefunden, Sir. Eine Frau.«

Baldwin und Simon starrten ihn an, sprangen auf und stürmten in Richtung Stall.

Simon wünschte verzweifelt, dass der Mann sich geirrt haben mochte. Er hatte in der letzten Woche zu viele Tote gesehen. Zwei tote Frauen, beide fast oder völlig grundlos erstochen, waren das Äußerste, womit er umgehen konnte. Dass es nun noch eine dritte geben sollte, schien unfassbar.

Er rutschte auf der gestampften Erde des Stalls aus und stürzte fast. Oben war der Heuboden, darunter die Pferde in ihren Boxen. Sie mussten die Leiter hinaufsteigen. Simon ließ Baldwin, der erschöpfter wirkte, als er ihn je zuvor gesehen hatte, und den beiden anderen den Vortritt und kletterte dann hinterher. Als er oben anlangte, bemerkte er rasche Bewegungen und Rascheln im Heu. Wat verzog den Mund. »Ratten. Sie kommen überallhin.«

Das Heu lag in unordentlichen Haufen herum, dazwischen die Habseligkeiten der Söldner.

»Ich wollte gerade meine Waffen zusammensuchen, um sie zu säubern«, sagte Will mit erstickter Stimme. Simon bemerkte, dass der Söldner fast so entsetzt war wie er selbst. Er trat einen Schritt vor und streckte die Hand aus.

Simon sah zunächst nur ein Durcheinander aus Kriegswerkzeug. Ein Kurzschwert, ein Bündel Bolzen für eine Armbrust, ein lederner Helm und Teile eines Kettenpanzers lagen auf einer schweren Decke, daneben ein umgekippter Becher. Das Ale darin war ausgelaufen, und der Biergeruch vermischte sich mit dem gesunden Duft des trockenen Pferdefutters.

Der Grund für das Entsetzen lag vor ihnen. Die Decke, die dem Söldner als Bett zu dienen schien, war an einer Ecke umgeschlagen. Darunter war ein Loch ins Heu gewühlt worden, und roter Stoff war zu sehen.

»Als ich mich hingesetzt habe, spürte ich, dass irgendetwas unter der Decke war, und ich fing an, zu buddeln. Ich bekam etwas zu fassen, ich wusste nicht, was«, erklärte Will, »ich zog und schob das Heu beiseite und dann…«

Baldwin kniete nieder und nahm vorsichtig das restliche Heu fort. Darunter lag die Leiche einer jungen Frau. Ihre Augen waren trüb, denn es hatte sich bereits eine Schicht Staub auf sie gelegt. Staub bedeckte auch den restlichen Körper und ihr Kleid, das jedoch an einigen Stellen feucht schien.

»Ich muss die ganze Nacht neben ihr geschlafen haben«, stellte der Söldner mit fast verwunderter Stimme fest.

»Nicht nur eine Nacht«, erwiderte Baldwin bestimmt, »diese Frau ist schon seit einigen Tagen tot.«

Simon sah einen Augenblick lang die vor Schreck geweiteten Augen des Söldners, dann drehte der Mann sich um und übergab sich.

Paul brachte ihnen Ale und stand daneben, als sie auf die Leiche herunterstarrten. Sie hatten sie auf die Leiter gelegt, diese als Bahre benutzt und die Frau in den Schankraum gebracht. Baldwin hatte das Heu weiter durchsucht, war aber auf nichts Auffälliges gestoßen. Kein Hinweis darauf, wer sie getötet haben mochte.

»Bist du dir sicher?«

Der Wirt warf Baldwin einen gereizten Blick zu. »Sie

war meine Nachbarin. Natürlich bin ich mir sicher. Es ist Mary Butcher.«

»Ich musste dich das fragen. Wann hast du sie zuletzt gesehen?«

»Oh, das war am Montag, glaube ich. Sie stand draußen, mit Sir Hector, und sie gingen zusammen weg.«

Baldwin seufzte und sah Simon an. »Es scheint ziemlich schlüssig, oder?«

Simon nickte, als der Wirt den Raum verließ. »Dass Sir Hector sie getötet hat? Ja. Es ist genau dasselbe wie bei den zwei anderen.«

»Zwei Stichwunden im Rücken, wie bei Judith.«

»Und wie bei Sarra. Sie hatte auch zwei Wunden.«

»Ja, aber im Brustkorb. Sie wurde von vorne erstochen.«

»Weil sie schon in der Kiste lag.«

»Eben. Der Mörder brauchte nur den Deckel anzuheben und zuzustechen«, bemerkte Baldwin, hob den Arm, um seine Aussage zu untermalen, und starrte dann wieder auf die Leiche.

»Stimmt etwas nicht?«

»Wie bitte?« Baldwin schüttelte den Kopf. »Alles in Ordnung. Ich dachte nur nach. Judith und diese Frau wurden von hinten erstochen. Wahrscheinlich hat der Mörder ihnen den Mund zugehalten, und dann …« Seine Hände spielten die Szenerie nach, sanken dann herab und er starrte weiter auf die Frau. »Ich frage mich, warum mich das so beschäftigt..«

»Was ich nicht verstehe«, warf Simon gedankenverloren ein, »ist, auf wen Sir Hector gewartet haben mag.«

»Was sagst du da?« Baldwin warf ihm einen neugierigen Blick zu.

»Als wir ihn mit Judith auf der Straße trafen. Wir dachten, er würde auf jemanden warten, und ich hätte auf Mary getippt. Aber sie ist schon einige Tage tot.«

»Ja. Einige Tage mit Sicherheit«, erwiderte Baldwin. »Das scheint unlogisch. Es sei denn er hat versucht, ein

Alibi daraus zu machen. Er hat getan, als würde er auf sie warten, obwohl er sie schon getötet hatte. Auffällig ist, dass überall hier oben Ratten sind, aber an ihr ist fast keine Spur von ihnen zu sehen.«

Simon hob die Augenbrauen und betrachtete die Leiche. »Du hast Recht. Nur an Fingern und Zehen.«

»Ratten lassen sich doch kein frisches Fleisch entgehen«, grübelte Baldwin. »Ich hätte Schlimmeres erwartet.«

»Und darüber hinaus – warum in aller Welt sollte Sir Hector sie überhaupt hierher gebracht haben?«

»Es ist unglaublich.«

»Unglaublich? Es ist absurd. Er hat die erste Leiche in einer Kiste versteckt, die zweite einfach auf der Straße liegen lassen und die dritte hier oben unter einer dünnen Lage Heu versteckt, wo seine eigenen Männer schlafen. Das ist wahrhaftig mehr als absurd.«

»Das stimmt.« Baldwin sah wieder auf die Leiche hinab. »Sie kann allerdings noch nicht lang dort oben gewesen sein. Fühl mal, ihr Kleid ist feucht. Jemand muss sie dorthin gebracht haben, als sie schon eine Weile tot war. Davor muss sie irgendwo anders gelegen sein.«

»Warum ist das Kleid feucht?« Simon berührte zaghaft den Stoff.

»Letzte Nacht hat es geregnet. Gegossen. Sie war mit Sicherheit irgendwo versteckt und wurde während des Sturms in den Stall gebracht.« Auch als der Ritter sprach, wanderte sein Blick weiter über den Körper der Frau und suchte nach Hinweisen auf den Mord. Sie war sicherlich sehr schön gewesen, dachte er. Schlank, wohlgeformt, mit großen blauen Augen und dichtem braunem Haar. Ihre Handgelenke und Knöchel waren zierlich und ihre Taille war so schmal, dass er sie mit beiden Händen hätte umfassen können. Von vorne sah man ihr außer den Bissspuren der Ratten an Fingern und Zehen nichts an. Auch von hinten war fast nichts zu erkennen, abgesehen von den Stellen, an denen ihr Kleid von der Klinge, die ihr den Tod gebracht hatte, aufgeschlitzt worden war.

Er seufzte. Dass jemand dieser zierlichen jungen Frau das Leben genommen haben sollte, schien unvorstellbar. Umso unvorstellbarer, da dies der dritte Mord in Folge war.

»Wo könnte sie davor gewesen sein?«

»Wenn wir das herauskriegen, Simon, dann wissen wir auch, wer sie getötet hat, und warum.«

»Meinst du, er wird ein Geständnis ablegen?« Simon ignorierte den Anflug von Zorn auf Baldwins Gesicht und ließ sich auf einen Schemel fallen. Er beugte sich vor und betrachtete Mary Butcher eindringlich.

»Ich wüsste nicht, warum. Haben wir irgendwelche Beweise gegen ihn? Wir wissen nur, dass die beiden zusammen gesehen wurden, bevor sie starb. Das ist ein dürftiger Hinweis. Damit könnten wir fast jeden des Mordes anklagen.«

»Mag sein, aber wir müssen ihn auf jeden Fall verhaften. Wenn er es nun war, und er tötet noch mehr Frauen? Drei hat er schon auf dem Gewissen. Wir können nicht riskieren, dass noch eine vierte dazukommt.«

»Ach nein?«

Simon fuhr herum. Sir Hector hatte unbemerkt den Raum betreten, sogar Edgar war überrascht. Der Söldner durchquerte den Raum langsam und entschlossen, die Hand am Schwert, ohne sie jedoch zu bedrohen.

Er sah sie kaum an, ging zu dem Tisch, auf dem Mary Butcher lag und sah auf sie hinab – traurig, wie Simon feststellte.

»Arme Mary. Arme, unglückliche, unzufriedene Mary«, murmelte er und drehte sich zu Baldwin um. »Ich war es nicht. Ich wäre niemals dazu in der Lage gewesen. Sie war die Frau, die ich liebte, die ich mit mir nehmen wollte.«

»Sie hatte ein Verhältnis mit Euch.« Es gab keinen Grund, zu fragen; Baldwin stellte eine Tatsache fest.

»Wir lernten uns vor Jahren kennen«, gab der Captain zu. »Ich wollte sie schon damals mitnehmen, doch sie wollte nicht. Sie wusste nur wenig über das Leben eines

Söldners, aber sie hat ihr bequemes Zuhause hier zu schätzen gewusst. Es gefiel ihr, dass sie sich die teuersten Kleider leisten konnte, das beste Leder und die schönsten Pelze. Ich hätte sie damit überhäuft, aber hier hat sie das alles auch bekommen, von ihrem Mann, ohne das Risiko, dass ihr Liebster im Kampf fallen könnte, ohne die Notwendigkeit, ständig unterwegs zu sein, ohne die Angst, von Feinden verfolgt zu werden, ohne die Unsicherheit, ob die Verbündeten von heute nicht morgen schon zu Feinden werden könnten.«

»Sie wollte nicht mit Euch gehen?«

»Nein.« Die Antwort war endgültig.

»Warum seid Ihr dann zurückgekommen?«

Der Söldnerführer richtete seine scharf blickenden grauen Augen auf Baldwin. »Weil ich jeden Tag an sie gedacht habe, die letzten Jahre hindurch. Weil sie mir fehlte, weil ich sie wollte, seit ich sie zuletzt gesehen hatte. Weil ich das Gefühl hatte, einen Teil von mir selbst zurückgelassen zu haben. Es war wie ein Exorzismus. Ich dachte, wenn ich sie noch einmal sähe, wäre ich geheilt.«

»Deshalb seid Ihr hergekommen, nachdem Eure Abmachung mit dem König missglückt war?«

»Ja. Ich dachte, ich sei darüber hinweg. Ich versuchte sogar, mich mit der Kellnerin abzulenken… Es hat nicht geklappt. Bedienstete werden niemals etwas anderes sein als Bedienstete. Was ich wollte, war Mary.«

Baldwin nickte, konnte aber nicht begreifen, warum ein Mann sich eine Frau nehmen sollte, um eine andere zu vergessen. Wenn er sich dazu fähig fühlte, war es dann noch ein weiter Schritt zum Mord an der Frau, die seinen Erwartungen nicht gerecht werden konnte?

Sein Gesichtsausdruck musste ihn verraten haben. Der Söldner verzog den Mund. »Ihr denkt, ich hätte sie umgebracht, weil sie nicht Mary war? Sie hat mir nichts bedeutet! Ich töte Menschen, die mich verletzen oder bedrohen, die mich hintergehen oder betrügen – die Kleine hatte nicht verdient zu sterben, nur weil sie nicht die Frau war, die ich wollte. Und meine Mary hätte ich sicherlich niemals töten können, woran auch immer sie schuld gewesen wäre. Ich habe sie von ganzem Herzen geliebt.«

»Wann habt Ihr sie zuletzt getroffen?«

»Montagnacht. Die Bediensteten und der Lehrling ihres Mannes wussten, dass ich da war, aber es machte ihnen nichts aus. Sie sahen mich in ihr Zimmer gehen und morgens wieder herauskommen. Alle waren sie der Ansicht, dass ich besser zu ihr passte als ihr Mann.«

Simon bezweifelte das. Jeder Bedienstete würde sich zum Schweigen verpflichten lassen, wenn auf dem Spiel stand, einen Söldnerführer zu verärgern.

»Seid Ihr sicher, dass es das letzte Mal war?«, drängte Baldwin.

»Ja. Ich habe danach noch versucht, sie zu sehen. Ihr habt mich in der Stadt getroffen, als ich auf sie gewartet habe. Deshalb war ich auch so ärgerlich über die andere kleine Schlampe.«

»Judith?«, fragte Baldwin.

»Hieß sie so? Die Bettlerin?«

»Konntet Ihr Euch nicht an sie erinnern?«

»Erinnern?« Hector verzog keine Miene, aber Baldwin bemerkte, dass er blass geworden war.

»Richtig, Sir Hector. Erinnern. Ihr habt Euch mit ihr die Zeit vertrieben, als Ihr das letzte Mal in Crediton wart, bevor Ihr Mary traft, stimmt das?«

»Ich … Das kann nicht sein.« Sir Hector biss sich auf die Lippen.

»Hattet Ihr sie vergessen? Die Frau, die Ihr eine Nacht oder mehrere Nächte besessen hattet und die Ihr verstoßen habt, als Ihr Mary kennen lerntet?«

»Nein. Ich … nein.«

»Und dann gibt's da noch ihren Sohn, der kurze Zeit später geboren wurde.«

»Nein!« Das Gesicht des Söldnerführers war nun durchscheinend wie Wachs. Er legte die Hand an sein Kinn, als versuche er sich zu erinnern.

»Ist das Euer Sohn?«, schleuderte Baldwin ihm entgegen.

»Nein, das kann nicht sein.« Die Qual in seiner Stimme war fast greifbar.

»Da bin ich mir nicht so sicher. Sir Hector, ich glaube, ich habe mehr als genug Grund, Euch des Mordes an diesen Frauen zu verdächtigen.«

»Warum hätte ich sie töten sollen? Aus welchem Grund?«

»Die Erste, weil sie Eurer Meinung nach ein Kleid gestohlen hatte, das für Eure Geliebte bestimmt war. Die Zweite, weil sie Euch auf offener Straße blamierte, als sie Euch sagte, dass Rollo Euer Sohn ist.« Baldwin beobachtete den Mann genau, während er sprach, und es schien, dass er ins Schwarze getroffen hatte. Sir Hector zuckte zusammen. »Und Mary vermutlich, weil sie sich geweigert hat, ihre Heimat und ihren Mann zu verlassen, um mit Euch zu gehen.«

»Nein, das stimmt nicht, das ist vollkommen falsch!«

»Sie wollte nicht mit Euch gehen, ist das richtig?«

»Wenn das der Grund wäre, hätte ich ihn getötet, nicht sie! Es hatte nichts damit zu tun, dass ...«

»Sie wollte nicht mit Euch gehen, und deshalb habt Ihr Euch entschlossen, sie zu töten. Ihr dachtet, dass niemand sie haben sollte, wenn Ihr sie nicht haben konntet. Nicht einmal ihr eigener Mann.«

»Unsinn. Warum hätte ich das tun sollen? Ich hätte Mary niemals wehgetan. Ich habe sie geliebt.«

»Mag sein«, erwiderte Baldwin, lehnte sich an den Tisch und verschränkte die Arme. »Ich frage mich jedoch, was dieses Wort für Euch bedeutet. Ihr seid Soldat, Sir Hector. Ihr seid es gewöhnt, Euch zu nehmen, was Ihr wollt. Ihr wolltet Mary Butcher, und Ihr habt sie Euch genommen, ohne dabei einen Gedanken an ihren Mann zu verschwenden, an ihren guten Ruf, an irgendetwas sonst. Ihr wolltet sie, und Ihr habt sie Euch genommen.«

»Das ist eine Lüge!«

»Wirklich? Ich frage mich, ob Ihr überhaupt wisst, was Wahrheit ist. Euer ganzes Leben besteht aus Diebstahl. Ihr handelt einen Kontrakt mit einem Lehnsherren oder Adligen aus und verwüstet dann einen beliebigen Landstrich. Ihr nehmt Euch, was Ihr wollt – und bringt dadurch auch Eure Truppe über die Runden. Und dann kommt Ihr hierher und versucht, genau so weiterzumachen. Eine Frau hier, eine Frau dort. Sarra, Judith und Mary. Alle gehörten Euch, bis sie Euch langweilten. Und dann habt Ihr sie getötet. Alle. Alle mit zwei Stichen, alle auf dieselbe Art und Weise.«

»Mary ist auch so getötet worden?« Seine Stimme klang heiser und entsetzt.

»Auch Mary«, bestätigte Baldwin mitleidslos. »Ihr habt sie alle getötet, gebt es zu! Warum?«

Simon beobachtete die beiden Männer. Baldwin schien zu wachsen, während er sprach. Er schien sich selbst davon ablenken zu wollen, dass er seinen eigenen Worte nicht ganz glaubte, dass ein solcher Mordplan so entsetzlich war, dass er niemanden für fähig halten konnte, ihn auszuführen. Seine Züge waren hart, er sprach mit einer Art verzweifelter Dringlichkeit, als wolle er vom Gegenteil überzeugt werden, müsse aber in Kürze akzeptieren, dass er mit seinen Vermutungen Recht hatte.

Tatsächlich verspürte Baldwin während der Auseinandersetzung so etwas wie Verständnis für den Söldnerführer. Der Ritter war nicht leichtgläubig; er war auch nicht bereit, dem Söldner seinen Lebenswandel zu verzeihen, doch der schien tief betroffen, als Baldwin, bestärkt von Verachtung und Groll, gegen ihn wetterte.

Sir Hector machte den Eindruck, als würde er bei jedem Wort schrumpfen, bis er Simon an die Bauern in den Hügeln erinnerte, die der Vogt jede Woche aufsuchte und die viel älter aussahen als sie waren, ausgelaugt und erschöpft von Sorge und Krankheit. Simon nickte. Es gab so oft keine Möglichkeit, den wahren Verbrecher zu überführen, aber diesmal war er überzeugt davon, dass er und sein Freund den Täter erwischt hatten. Er war höchst zufrieden mit der Wirkung von Baldwins Worten.

Etwas in Sir Hectors verstörten Zügen machte Baldwin jedoch nachdenklich. Das Verhalten des Mannes brachte ihn dazu, ein wenig sanfter zu sprechen. Nicht, dass er plötzliche Verbundenheit mit einem Mann empfunden hätte, der eines abscheulichen Verbrechens bezichtigt wurde, denn er hatte zu oft miterlebt, dass Verbrechern die Tragweite ihrer Tat erst bewusst wurde, wenn sie ihr Verderben kommen sahen. Die Aussicht auf den Galgen war häufig eine nützliche Gedächtnisstütze und erzeugte unmittelbare Reue. Auch wenn Baldwin nach vielen bitteren Jahren längst nicht mehr so sensibel war wie einst, empfand er doch immer noch Mitgefühl und war sicher, dass der Söldnerführer echten Schmerz fühlte.

Dies allein war noch kein Beweis für seine Unschuld. Baldwin kannte Fälle, in denen Männer die Frauen, die sie liebten, getötet hatten; aus Eifersucht, aus Jähzorn, aus vielen verschiedenen Gründen. Das war keine Seltenheit. Alle hatten sich für ihre Tat geschämt und waren erschüttert gewesen über sich selbst. Doch als er den Namen des letzten Opfers ausgesprochen hatte, beschlichen ihn Zweifel. Sir Hector stand mit gesenktem Kopf vor ihm, mit hängenden Schultern und Armen, ein Bild des Jammers. Dies war nicht mehr der hochmütige Kriegsherr, der bereit war, jeden Streit mit dem Schwert auszutragen. Dies war ein Mann, der alles verloren hatte, was ihm etwas bedeutete. Seine Körperhaltung vermittelte, dass sein Leben keinen Sinn mehr hatte. Für ihn gab es nichts mehr auf dieser Welt.

Baldwin schwieg und sah Sir Hector nachdenklich und mit schief gelegtem Kopf an. Der Söldnerführer ereiferte sich nicht, verteidigte sich nicht, stritt nichts ab, und der Ritter hatte plötzlich Zweifel. Im Geiste ging er die Beweise durch und musste sich eingestehen, dass die Verbindung Sir Hectors zu den ermordeten Frauen eine dürftige Verdachtsgrundlage blieb.

»Sir Hector, ich werde Euch nicht festnehmen, aber ich verlange, dass Ihr die Schänke nicht verlasst. Natürlich muss ich Eure Männer befragen und sicherstellen, dass sie Euch bei einem Fluchtversuch nicht unterstützen, aber ich sehe keinen Grund, Euch einzusperren. Ihr könnt hier bleiben.«

Der Mann nickte nur und verließ den Raum. Baldwins aufmerksamer Blick folgte ihm, bis die Tür sich hinter ihm schloss. »Edgar, bring mir Wat her und diesen Will, der die Frau gefunden hat.«

22. KAPITEL

Wat stolzierte breitbeinig herein; fast erinnerte er Simon an die Seeleute, die er in Plymouth und Exeter gesehen hatte. Der alte Söldner hatte ein ernstes Gesicht aufgesetzt, aber Simon war überzeugt davon, dass sich dahinter ein triumphierendes Grinsen verbarg. Er wollte der Anführer werden, und nun hatte sein Herr nicht verhindern können, dass ihm die Führung der Truppe aus der Hand glitt und Wat geradezu in den Schoß fiel. Simon starrte ihn finster an, voll Verachtung für einen Mann, der sich über drei Todesfälle freuen konnte.

»Wat«, sagte Baldwin, sobald der Mann eingetreten war und Edgar die Tür hinter ihm geschlossen hatte. »Euer Anführer darf diese Schänke nicht verlassen. Ich übergebe ihn eurem Gewahrsam. Keiner von euch darf Crediton verlassen oder Sir Hector zur Flucht verhelfen. Ich werde dich zur Verantwortung ziehen, wenn etwas schief geht, ist das klar?«

»Völlig klar, Sir.«

»Und nun zu dir«, wandte sich Baldwin an Will. »Wie hast du die Leiche bemerkt?«

»Ich habe mich gesetzt, und fühlte, dass da etwas lag. Also habe ich versucht rauszukriegen, worauf ich saß.«

»Und dabei hast du die Tote entdeckt.«

»Das stimmt.«

Baldwin nickte. »Und es war genau die Stelle, wo du geschlafen hast? Wie lange schon?«

Will schluckte und wurde etwas fahl im Gesicht, bevor er antwortete: »Seit wir hier angekommen sind.«

»Du glaubst also, dass du jede Nacht auf der Leiche geschlafen hast.«

Will nickte und spürte, wie die Übelkeit zurückkehrte.

»Das glaube ich nicht. Wenn sie in den Nächten davor auch schon dort gewesen wäre, hättest du das bemerkt.« Baldwin seufzte. »Für mich sieht es so aus, als hätte man sie erst kürzlich da hinaufgeschafft. Letzte Nacht, um genau zu sein.«

»Was?«, platzte Wat heraus. »Was meint Ihr damit? Keiner legt eine Leiche mal eben so ab. Es ist doch klar, dass sie sonst schnell gefunden wird. Niemand würde einen Mord begehen und dann dafür sorgen, dass jeder von dem Verbrechen erfährt.«

»Hast du deine Liegestatt gestern Nacht verlassen?«, fragte Baldwin.

Der Mann warf einen kurzen Blick auf Wat und zuckte dann die Schultern. »Ja. Ich schlief, bis der Sturm anfing, aber dann bin ich aufgestanden… als es angefangen hat zu regnen.«

»Wann bist du wiedergekommen?«

»Gar nicht. Ich… habe mich verletzt, deshalb haben mich die Männer drüben in der Schänke hingelegt.«

Baldwin nickte und warf einen Blick auf die Wunde. Will wurde rot.

»Das ist verrückt«, brach es aus Wat heraus.

»Manche würden behaupten, dass jeder, der sich fürs Töten entscheidet, verrückt sein muss«, bemerkte Baldwin gleichmütig. Er hatte das Gefühl, der Mann wolle ihn davon abhalten, Wills Verletzung in Augenschein zu nehmen. »Auch wenn er es für Geld tut.«

Wat machte eine widerwillige Handbewegung. »Das

verstehe ich nicht. Warum sollte Sir Hector die Leiche in den Stall bringen? Er wusste, dass man sie schnell finden würde. Und dass jede Spur in seine Richtung führen würde.«

»Vielleicht war es nicht Sir Hector, der sie dorthin gebracht hat.«

»Wer sollte es sonst gewesen sein?«

»Das müssen wir herausfinden. Wenn sie vor dem Regen schon im Stall gewesen wäre, hätte Will sie bemerkt. Er kann unmöglich auf der Leiche gelegen haben, ohne etwas zu merken, wenn er doch im Sitzen schon gespürt hat, dass etwas unter ihm lag. Außerdem war ihr Kleid an einigen Stellen nass, was darauf hinweist, dass sie letzte Nacht herumgetragen wurde.«

Simon stand auf, durchquerte den Raum und wandte sich dann wieder Baldwin zu. »Es gibt nur zwei mögliche Erklärungen. Erstens, dass der Platz, an dem sie davor versteckt war, dem Täter nicht sicher genug schien. Und zweitens, wie du schon sagtest, weil jemand wollte, dass die Leiche entdeckt wird.«

»Ja. Etwas anderes kann ich mir nicht vorstellen.«

»Die erste Erklärung ist nicht plausibel.«

»Warum?«, fuhr Wat dazwischen.

Simon warf ihm einen verächtlichen Blick zu. »Warum? Denk doch einmal nach. Wenn du jemanden umgebracht hättest, würdest du die Leiche an einem so zugänglichen Ort verwahren?« Der Söldner schwieg, und Simon wurde bewusst, dass es solche Situationen in seinem Leben durchaus schon gegeben haben mochte. »Äh – wie auch immer, wenn jemand so etwas tut, versucht er, die Leiche fortzuschaffen. Er wird alles tun, um sie aus der Stadt zu bringen und sie irgendwo auf dem Land an einem ruhigen Plätzchen abzuladen. Die üblichen Morde hier, die im Streit, im Rausch oder wegen Uneinigkeiten beim Spiel verübt werden, die sind schnell gelöst. Zwei Männer kämpfen, danach ist einer tot, der Widersacher ist bald gefunden. In einem Fall wie diesem aber sind drei Menschen umgekommen, das deutet darauf hin, dass die Morde geplant waren und dass die größte Sorge des Mörders eigentlich die sein müsste, seine Spuren zu verwischen, und die Leiche zu verstecken. Wenn keine Leiche gefunden wird, kann auch niemand verfolgt werden.«

Will runzelte bei diesen Worten verständnislos die Stirn.

»Ihr glaubt, Sir Hector hat sie umgebracht und sie dann letzte Nacht an meinen Schlafplatz gelegt? Das ist unmöglich, er war die ganze Nacht in seinem Zimmer.«

Baldwin starrte erst den verwirrten Söldner, dann Wat an, der grimmig auf die Erde sah, und fragte: »Stimmt das?«

»Ich habe jemanden vor seiner Tür postiert«, gab Wat zu und verfluchte Will innerlich. Er wollte auf keinen Fall, dass Baldwin von dem Mordversuch erfuhr. »Das schien mir sinnvoll, nachdem Judith gefunden worden war. Hätte er sein Zimmer verlassen, um ihre Leiche zu holen und zu verstecken, hätten wir ihn gesehen.«

»Aha«, erwiderte Baldwin ruhig. Simon ließ sich auf einen Schemel fallen und starrte Wat an.

»Eigentlich habe ich nichts anderes erwartet, Wat«, sagte er. »Solange wir nicht beweisen können, dass er einen Komplizen hatte, müssen wir annehmen, dass Sir Hector unschuldig ist.«

Der Söldner starrte Ritter und Vogt mit offenem Mund an. »Ihr seid beide verrückt.«

Simon stützte das Kinn auf seine Faust. »Wir nicht«, entgegnete er müde, »aber da draußen ist ganz sicher jemand verrückt geworden.«

Plötzlich war er erschöpft. Die Sache wurde immer vertrackter: Jedes Mal, wenn sie eine vielversprechende Spur entdeckt zu haben glaubten, wenn die Zusammenhänge deutlich zu werden schienen, passierte etwas, das sie zurückwarf. Der Diebstahl zu Beginn schien eine Routinesache zu sein, doch dann hatten sie Sarra gefunden; der Mord an Judith hatte scheinbar einen weiteren Hinweis auf die Täterschaft Sir Hectors geliefert, und die Entdeckung von Marys Leiche unter dem Heu schien das Motiv zunächst zu untermauern.

Die Tür knallte, als Wat und sein Kamerad das Zimmer verließen. Wat stürmte wütend voran, vermutlich weil er seine Führungsposition, die er sich gerade erst zu sichern begonnen hatte, schon wieder in Gefahr sah.

»Könnte er es gewesen sein?«, fragte Simon.

»Wer, Wat? Vielleicht. Er will Sir Hector unbedingt stürzen, das ist sonnenklar«, entgegnete Baldwin, streckte sich und stöhnte, bevor er sich wieder in seinem Stuhl zurücklehnte. »Sein ganzer Ehrgeiz ist es, Führer dieser Truppe zu werden.«

»Es ist seltsam, wie alles auf Sir Hector hindeutet. Wat könnte die Frau getötet und dann versucht haben, es so aussehen zu lassen, als sei sein Herr der Schuldige. Dann fiele es ihm leicht, die Führung der Truppe zu übernehmen.«

»Stimmt. Aber in der Truppe sind noch so viele andere – ob es einer von ihnen war?«

»Wat war Sir Hectors persönlicher Diener, als Sarra getötet wurde. Er könnte ihr das Kleid gegeben und sie erstochen haben. Dann hat er sie in der Kiste versteckt, damit es so aussah, als sei Sir Hector der Mörder.«

»Möglich, aber unwahrscheinlich. Es sei denn, Wat hat ihr das Kleid gebracht, ihr gesagt, dass Sir Hector sie darin sehen möchte und sich dann auf den Jähzorn seines Herrn verlassen. Aber ich glaube nicht, dass er es selbst war. Warum sollte er dieses Risiko auf sich nehmen? Und Judith, die zweite Frau? Wie sollte Wat von ihr erfahren haben? Sir Hector hat möglicherweise erwähnt, dass er sie an jenem Tag auf der Straße getroffen hat, aber er wirkt nicht gerade wie jemand, der anderen persönliche Dinge anvertraut; erst recht nicht, wenn er in der Stimmung ist, in der er war. Nachdem Mary ihn, wie er glauben musste, einige Stunden hatte warten lassen, hat er vielleicht seine Wut an ihr und Judith ausgelassen, aber mehr nicht.«

»Wenn das stimmt, was er gesagt hat, dass sie sich treffen wollten ... Ich muss gestehen, ich habe ihm geglaubt.«

»Ja. Ich auch.«

»Glaubst du, sie hat ihn gemieden? Sir Hector könnte sie so bedrängt haben, dass sie ihn nicht mehr sehen wollte. Und als er sie dann endlich alleine erwischte, hat er in seinem Ärger zugestochen.«

Baldwin sah zu der Leiche hinüber. »Das ist möglich«, räumte er ein. »Aber es war offensichtlich, dass ihr Tod ihn tief getroffen hat.«

»Ja. Das habe ich auch gedacht. Sein Schmerz war echt.«

Baldwin schlug sich mit der Faust in die Handfläche und stand ärgerlich auf. »Das ist lächerlich! Drei Frauen sind tot, jemand wurde bestohlen, und wir sind der Lösung des Falls noch so fern wie zu Beginn.«

Sie verließen den Raum und verfügten, dass die Leiche in der Schänke bleiben solle, bis der Priester ihre Abholung veranlassen konnte. Draußen hielten sie kurz inne und starrten zur Metzgerei hinüber. »Wir sollten nachsehen, ob Adam schon zurück ist«, murmelte Baldwin. »Besser, einer von uns spricht mit ihm, als dass er durch jemand anderen erfahren muss, dass seine Frau umgebracht wurde.«

Sie betraten die Metzgerei, doch Adams Lehrling, der Schinken zum Trocknen vorbereitete, teilte ihnen mit, dass sein Lehrherr noch immer nicht zurückgekehrt sei. Baldwin befahl ihm auszurichten, dass Adam unmittelbar nach seiner Rückkehr zu Peter kommen solle. Dann holten sie ihre Pferde und ritten zu Cliffords Haus.

Er rieb sich heftig die Schläfen. Es war unverständlich. Sie hatten sie gefunden, und er war immer noch frei. Sicherlich war ihnen klar, dass nur er der Schuldige sein konnte. Wer sonst hatte ein Verhältnis zu allen drei Frauen gehabt? Der Friedensrichter und sein Freund mussten blind oder völlig unfähig sein.

Dann dämmerte es ihm. Der Nebel in seinem Hirn begann sich zu lichten, als ihm klar wurde, was das bedeuten musste. Er hob langsam den Kopf und starrte an die gegenüberliegende Wand.

Sie waren bestochen worden.

Das war nur allzu üblich. Im ganzen Land ließen die so genannten Gesetzeshüter sich bestechen und füllten die eigenen Taschen. Sheriffs, Vogte und Gemeindevorsteher wurden regelmäßig überprüft, um den schlimmsten Exzessen vorzubeugen; doch immer wieder kam es vor, dass bezahlte Zeugen auftraten, die jede Argumentation untermauerten, und wenn man genügend Geld investierte, würde das Urteil eines gesamten Gerichtes nach Wunsch ausfallen.

Das musste es sein, dachte er, und seine Augen funkelten vor Zorn. Dass ihm die Gerechtigkeit verwehrt bleiben sollte, empfand er als Beleidigung. Nicht, nachdem er sich einen so guten Plan ausgedacht hatte. Er grinste höhnisch. Und all das, weil der Richter korrupt war.

Doch Baldwin stand im Ruf, ein ehrlicher Mann zu sein, das wusste er. Seine Gereiztheit wich Verwirrung. Die ganze Stadt sprach davon, wie entschlossen der Ritter nach Gerechtigkeit strebte; wenn er so korrupt wäre, hätte er sich doch längst verraten müssen. Der Friedenshüter war in fast jeden wichtigen Fall mit einbezogen, und bisher hatte es keinerlei Klagen gegeben. Er galt als charakterstarker und fairer Mann, als jemand, der die Umstände vernünftig und weise in Betracht zog, Zusammenhänge erkannte und die meisten Fälle löste, ohne dass überhaupt Anwälte hinzugezogen werden mussten. Warum also sollte er plötzlich unehrlich geworden sein?

Der Mann zog scharf die Luft ein. Natürlich, das war es. Der Friedenshüter war anständig und ehrlich, aber vielleicht war er zu leichtgläubig. Ein skrupelloser, hinterhältiger Mann konnte ihn sicherlich täuschen, besonders ein Mann, der selbst mit dem Gesetz zu tun hatte, der wusste, wie man Fakten manipulierte oder sie in ganz anderem Licht darstellte. So jemand konnte Baldwin dazu bringen, den falschen Mann freizulassen.

Blässe überzog sein Gesicht, als er sich seines Irrtums bewusst wurde. Sein Feind war nicht der Friedensrichter, es war dessen Freund – der Vogt von Lydford Castle.

Schnell vergegenwärtigte er sich, wie die Ereignisse ihren Lauf genommen haben mussten, wie Simon Puttock willentlich seinen eigenen Freund getäuscht hatte. Er musste Geld von Sir Hector angenommen haben, denn niemand manipulierte den Ausgang von Ermittlungen umsonst. Der Söldnerführer hatte ihn bestochen. Dann hatte der Vogt Leute dazu gebracht, Beweise zu fälschen, hatte ihnen vorgemacht, sie würden der Gerechtigkeit dienen, indem sie logen oder zumindest ihre Aussagen zurückzogen. Bestimmt hatten viele Leute auch gedacht, dass der Vogt Recht habe und dass der Fehler auf ihrer Seite lag. Es war so schwer für einfache Menschen, bei all dem Gerede über Gerechtigkeit und Gesetze nicht durcheinander zu kommen.

Manche hatten jedoch sicherlich bestochen werden müssen, damit sie logen. Wat zum Beispiel war nicht verlässlich, das hatte er immer schon gewusst. Der Söldner sah aus wie ein friedlicher alter Mann, doch wenn man ihm lange in die Augen sah, dann fiel einem der Hass auf, der darin brannte.

Der Mann seufzte. Er war nicht sicher vor jemandem, der die Abgründe der Seele kannte, der erlebt hatte, wie selbst die Menschen, denen man vertraute, auf einmal böse werden konnten. Man durfte niemandem trauen, nur sich selbst und dem eigenen Dolch.

Was war nun zu tun? Er blickte gehetzt umher, als er sich seine missliche Lage vor Augen hielt. Sicherlich war es Simon Puttock, der verhinderte, dass Gerechtigkeit geschah. Der Vogt musste gezwungen werden, sein Komplott mit dem Söldnerführer zuzugeben.

Dann fiel ihm auf einmal ein, wie er den doppelzüngigen Vogt zu einem Geständnis zwingen konnte.

Und er lächelte.

Peter Clifford sah zu, wie man die beiden Diebe von ihren Pferden zog. Ihre Hände waren gefesselt, und sie waren ärgerlich und verstockt, doch sie machten keinerlei Anstalten, ihre Schuld zu leugnen. Das schwer beladene Maultier sprach für sich. Peter ging seufzend zurück ins Haus. Baldwin und Simon waren kurz davor eingetroffen; der Vogt war mit Frau und Kind im Garten, während Baldwin fast in einem großen, thronartigen Stuhl versank, den Kopf gesenkt, die Hände gefaltet wie im Gebet.

Als er den Priester eintreten hörte, sah er auf. »Sind sie da?«

»Ja.« Peter setzte sich ebenfalls, und kurz darauf erschienen Stapledons Männer mit den Gefangenen. Dahinter schleppten Leute die Säcke hinein und stellten sie mit lautem Klirren ab.

Baldwin sah die beiden einen Augenblick lang an und wies dann auf die Säcke. »Streitet ihr den Diebstahl etwa ab?«

Henry sah mürrisch auf. Er hatte ein blaues Auge, und das Haar auf seiner Stirn war blutverklebt, da er von einem Schlag mit dem Knüppel an der Flucht gehindert worden war. Er begegnete dem Blick des Ritters mit so viel Würde, wie er noch aufzubringen vermochte. »Seht uns an, Sir. Wir sind niedergeschlagen und gefesselt worden, man hat uns gegen unseren Willen hierher zurückgebracht, und …«

»Schweig. Werde bloß nicht auch noch frech. Ihr seid mit dem gestohlenen Silber erwischt worden, als ihr versucht habt, so viel Geld wie möglich dafür zu bekommen. Ich würde euch nur zu gerne eurem Anführer übergeben; bestimmt wäre er ganz versessen darauf, das Strafmaß für euren Verrat selbst zu bestimmen. Erzählt mir jetzt, was an dem Tag passiert ist, als ihr dieses Silber gestohlen habt.«

Simon und Hugh betraten den Raum und gingen leise

an der Wand entlang, um sich ein Stückchen hinter Baldwin auf einer Bank niederzulassen.

»Sir, wir haben unserem Herrn lediglich ein paar Dinge weggenommen, weil er uns Geld schuldete.«

»Ihr habt ihm sein Eigentum gestohlen. Und habt ein Mädchen getötet, ein unschuldiges junges Mädchen, das niemandem …«

»Das ist eine Lüge!«, entfuhr es John Smithson. »Wir haben sie nicht einmal angefasst. Sie war …«

»Halt das Maul, du Idiot«, fauchte Henry. »Bist du so scharf darauf, eine Schlinge um den Hals zu haben?«

»Du hältst das Maul. Ich lass mich nicht für etwas aufhängen, das Sir Hector getan hat!«

»Erzählt uns einfach, was passiert ist. Ich kann die Lügen und Unterstellungen nicht mehr hören, die ihr und eure Kameraden von euch gebt. Inzwischen gibt es drei Tote, und ich will wissen, was passiert ist.«

»Drei Tote?«, wiederholte Henry entsetzt. »Aber damit haben wir nichts zu tun.« Dann, etwas forscher: »Das muss passiert sein, als wir schon weg waren. Ihr könnt nicht behaupten, dass wir das waren.«

»Ich kann eine ganze Menge behaupten«, versetzte Baldwin scharf. »Ich kann zum Beispiel behaupten, dass der erste Mord geschah, während ihr den Diebstahl verübtet, und der zweite in der Nacht, in der ihr aus der Stadt floht. Wann der dritte Mord passiert ist, wissen wir nicht, aber höchstwahrscheinlich ebenfalls, während ihr euch noch in der Nähe aufhieltet.«

»Wer? Wer wurde noch umgebracht?«

»Über Sarra wisst ihr ja Bescheid. Dann, in der Nacht, als ihr geflohen seid, eine Bettlerin, sie hieß Judith. Sie wurde einfach auf der Straße umgebracht. Und heute wurde die Leiche von Mary Butcher gefunden.«

»Und warum sollten wir Frauen umbringen, die wir nicht mal kennen?«

»Sarra kanntet ihr ja offenbar«, warf Simon ein. »Ihr habt am ersten Abend versucht, sie zu vergewaltigen.«

»Das war keine Vergewaltigung. Sie war doch nur eine Kellnerin; wir glaubten nicht, dass das so schlimm für sie wäre. Und wir haben sie ja in Ruhe gelassen, als Sir Hector es uns befohlen hat.«

»Aber du wolltest sie, oder?«, fuhr Baldwin fort. »Und deshalb hast du sie später umgebracht. Aus Eifersucht. Oder weil sie zufällig dazukam, als du das Silber gestohlen hast.«

John Smithson warf einen raschen Blick auf seinen Komplizen. »Nein«, sagte er müde, »so war es nicht.« Während Henry lauthals protestierte, war Smithsons Stimme ruhig geworden. Vielleicht würde das Verhör nun ein bisschen ergiebiger werden.

»So war es nicht«, sagte er nochmals mit gesenktem Kopf. »Mit dem Mord haben wir nichts zu tun. Es war so. Wir waren vor fünf Jahren schon einmal hier und haben damals auch in der gleichen Schänke übernachtet. Damals lernten Henry und ich Adam kennen, und wir verstanden uns gut. Er ist ein prima Kerl, hatte gerne seinen Spaß und jede Menge komischer Geschichten auf Lager. Es war lustig, mit ihm zu trinken. Damals war er noch Lehrling, bei seinem alten Meister, der jetzt mit den anderen das Schlachthaus betreibt. Adam hat seine eigene Metzgerei vor drei oder vier Jahren aufgemacht.«

»Wisst ihr, woher er das Geld dazu hatte?«, warf Simon ein.

»Nein, Sir. Aber ich kann es mir denken. Adam hatte keine Scheu, ein Risiko einzugehen, wenn nur viel Geld dabei heraussprang. Er hat kein Spiel abgelehnt, wenn er sich einen Vorteil davon versprach, und ich glaube, er hat das Geld gewonnen.«

»Oder hat jemanden übers Ohr gehauen, um es zu kriegen«, mutmaßte Baldwin.

»Vielleicht, Sir. Wie auch immer ... Henry und ich sind seit vielen Jahren in Sir Hectors Truppe. Früher hatten wir gute Möglichkeiten, viel Geld zu verdienen und trotzdem unser eigener Herr zu sein. Doch Sir Hector hat die Zügel in letzter Zeit ziemlich schleifen lassen. Er ist zu nachlässig geworden. Früher war er ein starker Mann, er konnte jeden seinem Willen unterwerfen, aber die Zeiten haben sich geändert. Im letzten Jahr hatten wir keinen einzigen Auftrag und nur wenig Geld. Im Herbst wurde uns klar, dass es in der Gascogne nichts mehr für uns zu tun gab. Man erzählte sich, dass in Marokko viel zu holen wäre, wenn man für die Mauren gegen ihre Nachbarn kämpfte, aber Sir Hector war dagegen, und ein großer Teil der Truppe war auf seiner Seite. Also sind wir zurück nach England gekommen.

Als wir in London ankamen, fingen die Männer an, sich zu beschweren. Die Preise dort sind ungeheuer hoch. Es ist unglaublich, dass es Leute gibt, die sich das Leben dort leisten können, so wie die Bürger dort jeden zwingen, ihren Gilden und ständischen Vereinigungen beizutreten. Dann hörten wir, dass es im Norden Krieg gab, dass der König ein neues Heer aushob, und wir wollten uns ihm anschließen. Doch nicht einmal der König wollte uns haben. Wir sind ausgebildet, erfahren und entschlossen, die idealen Männer für seine Zwecke, aber Edward lehnte uns ab.«

»Vielleicht war ihm zu Ohren gekommen, dass ihr oft die Seiten gewechselt hattet«, bemerkte Baldwin.

John sah ihn überrascht an. »Aber das würde doch jeder tun, wenn er sieht, dass er sonst verliert.«

Baldwin antwortete nicht und sah ihn nur grimmig an. Der Söldner fuhr etwas zaghafter fort: »Als Edward uns ablehnte, kam es innerhalb der Truppe fast zur Rebellion. Einige wollten Sir Hector stürzen. Er muss seine Männer zusammenhalten und uns Aufträge besorgen, denn wenn niemand uns bezahlt, wenn niemand will, dass wir für ihn kämpfen, dann hat unser Leben keinen Sinn. Dann können wir genauso gut dem Trupp eines anderen Schurken beitreten. Doch nicht einmal das war möglich. Wir galten als Sir Hectors loyale Truppe, und die anderen misstrauten uns, weil sie glaubten, wir würden sie hintergehen.

Als wir kurz vor Winchester waren – wir wollten zurück an die Küste – , fassten wir einen Entschluss. Wir wollten uns auf Wats Seite schlagen. Aber er hat uns abgewiesen, er sagte, er könnte uns nicht gebrauchen. Es war also offensichtlich, dass wir in der Truppe keine Unterstützung finden würden. Es war besser, zu fliehen. Und das Silber sollte uns das Leben erleichtern.

Dann kamen wir hierher zurück und trafen Adam wieder. Noch immer schien Flucht die beste Idee zu sein. Flohen wir, dann konnten wir uns einer anderen Truppe anschließen oder sonst etwas tun. Adam kam zu uns in die Schänke und wollte uns am nächsten Abend treffen, wenn etwas mehr Ruhe eingekehrt war. Am selben Abend war es unmöglich, da Sir Hector ein Gelage veranstaltete. Wie Ihr wisst, ist er am nächsten Morgen ausgegangen und hat uns später erzählt, dass er diese Frau wiedergetroffen hatte …«

»Mary Butcher«, vermutete Baldwin.

»Ja, Sir. Ganz richtig, Mary, Adam Butchers Frau. Wir waren schockiert.«

»Habt ihr es Butcher erzählt?«

»Um Himmelswillen, nein!« Das klang zu entsetzt, um eine Lüge zu sein. »Ihr habt keine Ahnung, wie jähzornig er ist. Wenn wir das getan hätten, wäre Adam mit seinem Fleischerbeil direkt auf Sir Hector losgegangen. Nein, wir haben gar nicht über das Thema gesprochen.«

»Aber vermutlich war Sir Hector nicht begeistert davon, dass ihr mit dem Ehemann seiner Geliebten unterwegs wart?«

John biss sich verlegen auf die Lippe. »Er hat uns sogar gefragt, ob wir Adam eine Weile beschäftigen könnten. Hat uns eine hohe Belohnung angeboten, wenn er dabei durch einen Unfall ums Leben käme – aber wir haben abgelehnt.«

Henry schaltete sich ein. »Wir würden keinen Mann nur deshalb umbringen, weil ein anderer eifersüchtig ist.«

»Nein, das glaube ich auch nicht«, sagte Baldwin nachdenklich. »Nicht wenn ihr Sir Hectors ganzes Silber auch ohne die Aussicht auf den Galgen kriegen konntet.«

»Wir haben unser Leben nicht riskiert«, erklärte Henry mit Nachdruck. »Wir haben mit Adam getrunken und ihm von unserem Plan erzählt, aber erst wollte er nicht. In der alten Schänke, die Richtung Sandford liegt, saßen wir fast die ganze Nacht beieinander. Dabei schlugen wir ihm vor, bei dem Diebstahl mitzumachen, aber darauf ging er nicht ein. Frühmorgens ist er heimgeritten, aber dann hat er seine Meinung geändert und kam zurück, und wir besprachen, wie …«

»Er hat seine Meinung geändert?«, unterbrach ihn Baldwin.

»Ja, Sir. Er war ja vor uns gegangen. Als wir an dem alten Kreuz oben auf der Barnstaple Road waren, kam er uns wieder entgegen, als wären die Furien hinter ihm her. Er sagte, er hätte nachgedacht, nur ein Dummkopf würde bei unserem Plan nicht mitmachen, schließlich böte sich nicht alle Tage die Gelegenheit, an so viel Silber heranzukommen.«

»Verstehe. Erzähl weiter.«

»Es war ganz leicht«, sagte John. »Sir Hector war ja, nachdem er nachmittags zurückgekommen war, gleich wieder gegangen. Wir hatten ein bisschen Angst, dass Wat uns überraschen könnte. Ihm hätte es Spaß gemacht, wenn Sir Hector uns auf die Schliche gekommen wäre, aber wir wussten, dass er das Kleid für ihn holen sollte. Uns blieb also genug Zeit, wir mussten es nur schaffen, bevor Wat zurückkommen und das Salzgefäß für Sir Hectors Abendessen holen würde. Wir taten, als wollten wir ihn suchen, und gingen in sein Zimmer, um die Fensterläden zum Hof aufzumachen. Dann sind wir rausgegangen, und Henry ist durch das Fenster hineingeklettert, während ich aufgepasst habe. Dann hat er mir die ganzen Sachen herausgereicht und hat die Läden wieder geschlossen. Ich ging nach vorne auf die Straße.«

»John hat so getan, als würde er Adam helfen«, steuerte Henry widerwillig bei. »Der Metzger hatte seinen Lehrling in den Laden geschickt, er sollte sich dort um das Fleisch kümmern. Ich habe die Sachen herausgereicht, und John hat sie in einem Sack auf Adams Karren verschwinden lassen. Adam hat aufgepasst, dass uns auf der Hauptstraße und vom Hügel keiner sehen konnte. John hatte die andere Richtung im Blick.«

»Und wieso erst das Spielchen mit den Fensterläden? Warum seid ihr nicht gleich in Sir Hectors Zimmer geblieben?«

Henry warf ihm einen erstaunten Blick zu. »Wir waren ja angeblich auf der Suche nach ihm – wir taten so, als dachten wir, er wäre da. Wenn wir länger im Zimmer geblieben wären, hätte es nicht lange gedauert und jemand aus der Truppe hätte nachgeschaut, was wir dort tun. Deshalb haben wir nur die Fensterläden geöffnet. So konnten wir vom Hof aus hinein und so lange drinbleiben, wie wir wollten.«

»Hat keiner im Schankraum etwas gemerkt?«

»Nein. Wir haben nicht viel mit denen zu tun. Einer machte einen blöden Witz, wie komisch es sei, dass ausgerechnet wir Sir Hector so dringend suchten, aber das war alles. Danach, als das Silber draußen war, haben wir dasselbe noch einmal getan. John kam an die Hofseite und schlug gegen den Fensterladen, als die Luft rein war. Ich stieg heraus, und wir taten erneut so, als würden wir nachschauen wollen, ob Sir Hector inzwischen zurück sei. So haben wir die Fensterläden wieder zugemacht.«

»Hattet ihr denn keine Angst, dass jemand, der die Straße entlangkam, eure akrobatische Einlage bemerken könnte?«

John Smithson lächelte verschlagen. »Wir hatten vorgesorgt. Adam hat am Morgen ein paar Kälber geschlachtet und die Innereien am Straßenrand liegen lassen. So wie das Zeug in der Hitze gestunken hat, ist kein Mensch auch nur in die Nähe gekommen. Sogar die Pferde scheuten.«

»Auf diesem Weg habt ihr also das ganze Silber herausgeschafft?«

»Ja. Dann hat Adam den Karren hinter sein Haus zur Scheune gezogen und das Zeug auf dem Heuboden versteckt, während Henry herauskletterte und wir wieder hineingingen, um die Läden zu schließen.«

»Das Mädchen«, murmelte Simon. »Was ist mit dem Mädchen?«

John sah zu Henry hinüber, dessen Gesicht nun blass und von einem leichten Schweißfilm überzogen war. »Ich schwöre«, brachte er krächzend hervor, »dass ich sie nicht umgebracht habe.«

»Aber niedergeschlagen hast du sie? Und in die Kiste gelegt?« Simon stand auf und stellte sich neben Baldwin. »Warum?«

»Als ich durchs Fenster zurückgestiegen bin, war niemand im Zimmer. Dann hörte ich sie kommen, sie war sehr fröhlich und rief nach Sir Hector. Ich konnte mich gerade noch hinter der Tür verstecken, und als sie reinkam, habe ich ihr mit meinem Knüppel eins übergezogen. Sie fiel um, wie ein abgeschossenes Eichhörnchen vom Baum fällt. John war am Fenster, ich weiß nicht, ob sie ihn noch gesehen hat. Ich fesselte sie und legte sie in die nächste leere Kiste. Bei Gott, ich schwöre, das war alles.«

»Schwören werdet ihr vielleicht auch müssen«, stellte Baldwin ruhig fest. »In Gegenwart eines Bischofs.«

Henry straffte seine Schultern. »Es ist die Wahrheit.«

Simon sah zu John hinüber, der den Mund verzog. »Was ist mit dir, John?«

»Mit mir?«

»Jemand ist in das Zimmer gegangen und hat Sarra mit zwei Stichen getötet. Als der Deckel angehoben wurde, dachte sie bestimmt, jemand würde sie befreien. Stattdessen hat sie diesen Jemand mit einem Messer auf sich einstechen sehen. Sie konnte nicht einmal schreien mit dem Knebel im Mund. Warst du das, John?«

»Ich sagte doch schon, ich war draußen.«

»Ja, aber Henry sagte doch eben, dass sie dich vielleicht gesehen hätte. Weil du am Fenster warst, als sie hereinkam.«

»Das glaube ich nicht. Ich …«

»Hättest du dieses Risiko auf dich genommen? Wenn sie dich erkannt hätte, wäre sie zu deinem Herrn gerannt, um ihm alles zu berichten, nicht wahr? Du konntest sie nicht am Leben lassen. Sie war Zeugin des Diebstahls.«

John starrte Henry an. »War ich auch nur eine Minute allein in dem Zimmer?«

»Nein«, sagte Henry bestimmt.

»Aber als das Silber herausgeschafft war und als du, Henry, zum hinteren Fenster zurückgegangen bist? Da wäre es doch ein Leichtes für John gewesen, hineinzusteigen und sie zu töten?«

»Nein, Sir. Daran habe ich zuerst auch gedacht, aber das konnte er nicht. Ich habe die Fenster vorne verriegelt, als ich fertig war. Von dort kann niemand in den Raum gelangt sein. Nur durch das hintere Fenster oder durch die Tür.«

Baldwin ergriff wieder das Wort. »Ihr gebt zu, das Mädchen niedergeschlagen und in der Kiste versteckt zu haben, und ihr erwartet von uns, dass wir euch glauben, dass ihr nichts mit ihrem Tod zu tun hattet? Es wusste doch keiner außer euch, dass Sarra dort war.«

»Einer schon«, murmelte Henry, und Baldwin stöhnte auf, als er begriff.

»Er stand neben uns, als ich John von dem Mädchen erzählte, und er hielt sich ja weiter hier in der Stadt auf, als wir geflohen waren. Ich weiß nicht, warum eurer Meinung nach die anderen Mädchen getötet worden sind, aber ich würde wetten, er hat alle drei auf dem Gewissen.«

Simon sah Baldwin verblüfft an. »Der Metzger – Adam?«

»Natürlich … Adam Butcher«, sagte Baldwin langsam. Er fragte sich, warum er nicht schon längst an den Metzger gedacht hatte.

»Aber warum sollte er sie alle getötet haben?«

»Weil er wusste, dass jede der drei Frauen auf die ein oder andere Weise mit Sir Hector zu tun gehabt hatte – Sarra, die Kellnerin; Judith, die vor Jahren auch als Kellnerin gearbeitet hat; Mary, weil sie seine Geliebte war. Vielleicht hat er sie aus purer Eifersucht getötet. Sie war schon einige Tage tot; ich vermute, er hat sie sofort umgebracht, als er erfuhr, dass sie ihn betrog. Henry hat ihm von Sarra erzählt, also hat er sie erstochen …«

»Er kann es nicht getan haben, Sir«, unterbrach Henry.

»Warum?«

»Weil er nie zu Sir Hectors Zimmer durchgekommen wäre. Uns kannte man, nur deshalb hat es geklappt. Ihn hätte man im Schankraum aufgehalten.«

»Sarra ist hineingekommen«, stellte Simon fest. »Keine von den Wachen hat sie aufgehalten, und keiner hat nachgesehen, als sie nicht mehr herauskam.«

»Das ist etwas anderes. Sie wussten alle, dass sie mit Sir Hector geschlafen hatte. Wahrscheinlich nahm jeder an, dass sie im Zimmer auf ihn warten wollte. Adam hätten sie nicht hineingelassen.«

»Ich denke, wir übersehen hier etwas«, bemerkte Sir Baldwin matt und nippte an einem Kelch mit verdünntem Wein. »Henry ist durchs Fenster hinausgeklettert, dann seid ihr hineingegangen, um die Läden wieder zu schließen, richtig? Adam wusste bereits von dem Mädchen. Ihr musstet durch den Schankraum und den Gang zurück zum Zimmer Sir Hectors. In der Zwischenzeit ist Adam durch das Fenster hereingestiegen, er öffnete die Kiste, erstach sie und kletterte zurück nach draußen.«

»Das kann sein, Henry.« Smithsons Stimme klang entsetzt.

»Es passt alles zusammen, soweit wir die Fakten kennen«, bestätigte Baldwin. »Aber da ist noch etwas … der Mann, der euretwegen im Gefängnis sitzt. Was war mit Cole?«

Smithsons Blick begann auf einmal nervös zu flackern.

Henry seufzte. Er begann zu sprechen, als hätte er aufgegeben, als sei er schließlich doch überführt worden und wollte nun ein volles Geständnis ablegen, um auf mildernde Umstände hoffen zu können.

»Das war ich, Sir. Er hatte uns den ganzen Tag ein Loch in den Bauch gefragt; ständig versuchte er herauszufinden, ob wir seinen Bruder getötet hatten. Haben wir aber nicht. Am Tag, als er starb, war er mit Sir Hector mitten im Trupp, während wir die Flanken deckten. Aber Cole hatte uns im Visier, und ich hielt es für besser, ihn loszuwerden. Ich wartete, bis er allein im Hof war, und stieß dann einen Harnisch im Stall um. Er kam näher, und als er den Stall betrat, warf ich einige Hufeisen in die hinterste Ecke. Er drehte sich in die Richtung, und ich packte ihn und schlug ihn nieder. Dann hatte ich die Idee, den Verdacht auf ihn zu lenken. Er war neu in der Truppe, man würde ihn auf jeden Fall verdächtigen. Ich fesselte ihn und ließ ihn hinten im Stall liegen. Dort haben wir ihn dann mit Adams Karren abgeholt. Wir haben ihn zwischen zwei Kalbskadavern versteckt, sind in Richtung Süden gefahren und haben ihn an einen Baum gefesselt. Später sind John und ich dorthin gelaufen. John hatte einiges Silberzeug mitgebracht, das wir ihm untergeschoben haben. Er war noch nicht wieder bei Bewusstsein.«

Baldwin stützte das Kinn auf die Faust und sah von einem zum anderen. »Eure Offenheit wird euch vielleicht noch zugute kommen. Zumindest wissen wir jetzt, dass wir Cole freilassen können.«

»Ja. Allerdings sollten wir Adam Butcher auf der Stelle verhaften«, stimmte Simon zu.

»Seid vorsichtig«, riet Henry. »Er war schon immer ein finsterer Kerl, aber ich denke, seit er von Sir Hector und seiner Frau weiß, ist er mehr als nur ein bisschen jähzornig.«

»Komm, Simon.« Baldwin stand auf. »Lass uns dem Metzger einen Besuch abstatten. Mal sehen, was er uns zu sagen hat.«

Mit Hugh und Edgar hinter sich gingen sie zur Tür, während Stapledons Männer auf die beiden Gefangenen aufpassten. Baldwin trat gerade nach draußen, als er den Schrei hörte.

23. KAPITEL

Margaret war seit Wochen nicht mehr so guter Dinge gewesen. Simon schien langsam über Peterkins Tod hinwegzukommen, und es tat ihm sichtlich gut, nach all den Monaten in der eintönigen Moorlandschaft wieder einmal in Crediton zu sein. Sie wollte lieber nicht darüber nachdenken, inwieweit diese neu erwachten Lebensgeister mit dem Umstand zu tun hatten, dass es wieder einen neuen Mord, eine Reihe von Todesfällen zu untersuchen galt. Es war bequemer, diesen Charakterzug an ihm zu ignorieren, auch wenn ihr bewusst war, wie groß sein Einsatz bei solchen Ermittlungen war. Wenn er mit einem komplizierten Fall zu tun hatte, wenn es um die Gerechtigkeit ging, schien er fast zu einem anderen Mann zu werden.

Zweifellos – es ging ihm viel besser. Sie spürte es, weil er sie wieder auf diese besondere Weise anlächelte. Seit Peterkins Tod hatte er das nicht mehr getan. Sie ahnte, dass diese Veränderung auf irgendeine Weise mit dem Jungen zusammenhing. Rollo und Edith spielten und hatten die Köpfe dicht zusammengesteckt. Von Zeit zu Zeit warf der Junge einen Blick über die Schulter und vergewisserte sich, dass Roger noch da war. Die Kinder saßen auf dem Stamm einer gefällten Eiche, die zu Feuerholz zerhackt werden sollte, und sahen aus wie zwei kleine verdreckte Engel. Die Sonne ließ ihr Haar aufleuchten wie rötliche Heiligenscheine, nur die Flügel fehlten noch.

Der arme Junge, dachte sie, er hatte wirklich ein schweres Los. Waisen wie er waren oft völlig auf kirchliche Almosen angewiesen, um überleben zu können. Menschen ohne Familie blieben oft selbst die notwendigsten Dinge versagt. Die Leute, die es sich leisten konnten, für ein solches Waisenkind zu sorgen, würden ihr Geld lieber einer wohltätigen Institution spenden als viel Mühe in ein Einzelschicksal zu investieren, wenn der Betroffene ohnehin keine großen Überlebenschancen hatte. Warum sollte man sich um die weltlichen Bedürfnisse eines einzigen Kindes kümmern, wenn man das Geld genauso gut einem Kloster geben konnte? Die Gebete der Mönche waren schließlich notwendig, um Hunderten oder Tausenden das Leben zu retten.

Sie grübelte, während sie den beiden dabei zusah, wie sie Ketten aus Gänseblümchen machten. Edith lachte vor sich hin, als der Junge ernsthaft einen Blumenstiel mit dem anderen verband. Man sollte sich um Kinder kümmern und sie schützen wie jedes andere kostbare Gut auch, doch das war nur allzu selten der Fall. Wenn die Familie eines Leibeigenen Hunger litt, waren die Kinder meist die Ersten, die verzichten mussten; ihr Vater brauchte Kraft, um seine Felder bewirtschaften und Vorräte für die Zukunft anlegen zu können. Manchmal verhungerten Mütter, um ihre Kinder am Leben zu erhalten, doch die Gemeinschaft missbilligte das. Es war Gottes Wille, wenn ein Kind starb. Die Mutter sollte sich bemühen, bei Kräften zu bleiben, um für die anderen sorgen und weitere Kinder austragen zu können. Es war nicht richtig, zu sterben, um ein Leben zu retten, wenn man darüber die Pflichten gegenüber der Familie vergaß.

Margaret wusste, dass das vernünftig war, doch sie konnte es nicht akzeptieren. Nie würde sie es ertragen können, Edith verhungern zu sehen; das Leben ihrer Tochter war ihr kostbarer als das eigene. Die Meinung, dass nur das Leben von Erwachsenen geschützt werden sollte, weil sie der Gemeinschaft von Nutzen waren, teilte sie nicht.

Dennoch wollte sie nicht noch zusätzlich für dieses andere kleine Leben verantwortlich sein. Zu wissen, dass sie ihrem Mann nicht den Erben hatte schenken können, den er sich so verzweifelt wünschte, war schon genug. Ein Kuckucksei bei sich aufzunehmen, wäre das Eingeständnis ihrer Niederlage gewesen. Sie kannte viele andere Familien, die ebenfalls keine Söhne hatten, die große Rinder- und Schafherden besaßen und deren Hunde und Katzen sich vermehrten; doch allzu oft fehlte ihnen etwas Grundlegendes: Söhne, die den Namen der Familie weitertrugen.

Rollo war ein liebenswerter Junge und Edith schien in ihm den idealen Spielkameraden zu sehen. Dennoch wollte Margaret ihn nicht in die Familie aufnehmen. Ihr war klar, dass das zu bedeuten hätte, dass sie ständig von ihm erwarten würde, ihren Ansprüchen zu genügen; wenn er das nicht konnte, würde sie die Geduld verlieren und ihn spüren lassen, dass er eigentlich ein Waisenkind war. Und sollte sie in einiger Zeit – ihre größte Hoffnung und ihr innigster Wunsch – in der Lage sein, Simon einen weiteren Sohn zu schenken, würde Rollo sich zurückgesetzt fühlen. Das Kuckucksjunge würde von seinem Platz verdrängt werden.

»Darf ich mich zu Euch setzen?«

»Aber natürlich«, lächelte sie und klopfte leicht neben sich auf die Bank. Stapledon ließ sich nieder und beobachtete die Kinder.

»Sie scheinen prächtig miteinander auszukommen«, sagte er nachdenklich.

»Ja. Es ist schön für Edith, einen gleichaltrigen Spielkameraden zu haben. Ich glaube, sie hat sich gelangweilt.«

»Wie geht es dem Jungen?«

»Er ist noch lang nicht darüber hinweg, das kann man nicht erwarten, aber in der Nähe von anderen scheint er ganz ruhig. Die Angst kommt wieder, sobald er alleine ist.«

Stapledon schüttelte den Kopf. »Man möchte sich gar nicht ausmalen, was er mit angesehen hat. Es ist mehr, als manch ein erwachsener Mann ertragen könnte.«

»Er ist noch klein; manchmal hilft das. Kinder sind viel anpassungsfähiger als Erwachsene«, erwiderte Margaret nachdenklich.

»Vielleicht. Ich muss immer wieder darüber nachdenken, was nun aus ihm werden soll.«

Margaret erschrak. Sie wagte nicht, ihn anzusehen, aus Angst, dass er in ihren Augen lesen würde, was sie darüber dachte.

»Ich auch…«

»Es wäre vermutlich am besten für ihn, wenn eine Familie ihn aufnehmen würde.«

»Ja. Das wäre sicherlich das Beste.«

»Es ist natürlich schwierig… eine Familie zu finden, in die er auch passt.«

»Sehr schwierig.«

»Nicht, dass es in Crediton nicht viele rechtschaffene Leute gäbe, sehr rechtschaffene Leute sogar. Dennoch… aus ihm könnte man etwas machen, käme er in die richtigen Hände.«

»Sicherlich…«

»Von der finanziellen Seite einmal ganz abgesehen. Wenige Familien in Crediton könnten es sich leisten, ein zusätzliches Maul zu stopfen.«

Margaret nickte bedrückt und bereitete sich innerlich darauf vor, den Vorschlag, der gleich folgen würde, abzulehnen.

»Sagt mir also, Margaret, was haltet Ihr von folgender Idee…« Der Bischof wandte sich ihr zu, die Brauen nachdenklich hochgezogen.

Dann traf ihn der Knüppel und er sackte zu ihren Füßen zusammen.

Baldwin zog sein Schwert. Ein lang gezogener Schrei hatte die Nachmittagshitze durchschnitten. Er sah Simon an. Der stieß ihn beiseite und stürmte mit Hugh in den Garten hinaus. »Das war Margaret!«

Mit wild klopfendem Herzen riss Simon ebenfalls sein

Schwert heraus. Seine Frau brauchte seine Hilfe, und er würde sie nicht enttäuschen. Nicht noch einmal. Er hatte nun seit Wochen ihre Gegenwart gemieden, obwohl sie ihn gebraucht hatte; stets hatte er befürchtet, sie würde ihn an seinen Verlust erinnern und hatte sie daher aus seinen Gefühlen und Gedanken ausgeschlossen. Scham breitete sich heiß wie geschmolzenes Blei in seinem ganzen Körper aus, weil er die Frau, deren Leben allein von ihm abhing und die nichts gewollt hatte als ihm Trost und Unterstützung zu geben, so zurückgestoßen hatte.

Ein weiterer angstvoller Schrei, dann ein Klagelaut, der von schierem Entsetzen sprach und Simon wie ein Messerstich in den Magen fuhr. Er fasste sein Schwert fester und lief voran, die kurze Treppe zum Kräutergarten hinab und an Peters Rosenspalier vorbei hinüber auf den Rasen.

Dort fanden sie die Kinder. Stapledon lag niedergestreckt neben der Eiche. Baldwin ließ sich neben ihm auf die Knie fallen und sah dann erleichtert zu Simon auf. Der Bischof lebte.

Simon lief zu Edith. Sie starrte ihren Spielkameraden zu Tode erschrocken an und schien dankbar für die Möglichkeit, ihr Gesicht im Hemd ihres Vaters vergraben zu können und den jammervollen Anblick nicht mehr ertragen zu müssen.

Rollos Augen waren weit aufgerissen und sein magerer kleiner Körper wurde von einem nicht enden wollenden Schrei geschüttelt. Er konnte nicht sprechen, er nahm die Leute um sich herum nicht einmal wahr. Er bestand nur noch aus diesem Schrei, einem Schrei der Verlassenheit und Verzweiflung. Zuerst hatte der Mann seine Mutter getötet, und nun hatte er die freundliche Frau, die sich um ihn gekümmert hatte, ebenfalls mitgenommen. Roger stand händeringend daneben und wusste nicht, wie er das Kind beruhigen sollte.

Simon reichte Edith zu Hugh hinüber und umarmte den Kleinen fest. Er versuchte, den Schrei mit bloßer physischer Kraft zu ersticken, als könne er dabei etwas von seiner Selbstbeherrschung an Rollo weitergeben. Das Schluchzen verebbte nach und nach, bis sich der Junge, zitternd, tränenüberströmt und wimmernd vor Verzweiflung von Roger auf den Arm nehmen ließ.

Simons Qual hingegen ließ sich nicht lindern. Seine Frau war hier gewesen, und nun war sie verschwunden. Stapledon versuchte stöhnend, sich aufzusetzen. Der Kirchenmann war so respekt- und rücksichtslos niedergeschlagen worden wie ein gewöhnlicher Bauer.

»Roger, was um Himmels Willen ist hier passiert?«

»Vogt, ich...«

»Wo ist Margaret? Sie war doch hier, oder nicht? Wo ist sie?«

»Es war der Metzger, Vogt – Adam! Er schlug den Bischof nieder, dann zerrte er Eure Frau...«

»Wohin, Mann? In welche Richtung ist er verschwunden?«

Hektisch streckte Roger den Arm aus. »Hier entlang, Richtung Kirche. Richtung Kirche ist er gelaufen.«

»Vater!«

Aus Ediths Stimme klang der Schreck. »Komm her, Edith. Es wird ja alles wieder gut.«

Sie warf sich in seine Arme, und er hielt sie einen Moment lang fest, setzte sie dann aber vorsichtig wieder ab. »Du bleibst hier, Liebes, ja? Ich gehe Mami holen, und dann kommen wir wieder hierher.«

Simon stürzte davon. Er merkte nicht, dass Hugh die Kleine dem vollkommen sprachlosen Peter Clifford in die Arme schob, bevor er hinter ihm herjagte, gefolgt von Baldwin. Er wusste nur, dass Margaret in Lebensgefahr war; in den Händen eines Mörders, der gewissenlos und offenbar auch grundlos tötete. Jetzt wollte Simon nur eines – sie retten.

Er stürmte zurück in Peters Haus, seine Stiefel hallten auf den Steinfliesen wieder. Dies war der schnellste Weg zur Kirche, wenn Adam tatsächlich dorthin unterwegs war. Er rannte durch den Hof und erschreckte ein Pferd so sehr, dass es hochstieg und der Stallknecht zu fluchen begann. Wie von Sinnen rutschte er über den gepflasterten hinteren Teil des Hofes und hetzte über den alten Friedhof auf das Gerüst zu, das wie ein eigenwilliger Zaun das neue Gebäude aus rotem Backstein umgab. Als er über den Bauschutt und die Erdhaufen kletterte, sah er die zwei Gestalten oben auf dem Gerüst und blieb wie vom Schlag getroffen stehen.

Er erkannte sie sofort. Ihr rotgoldenes Haar, flammend rot in der Abendsonne, floss ihren Rücken hinab, ihre Haube baumelte an einem der Bänder. Margaret versuchte verzweifelt, auf einer der obersten Leitern Halt zu finden. Hinter ihr auf den schmalen Brettern, trittsicher wie eine Katze und mit einem langen Dolch in der Hand, stand der Metzger.

Nun würden sie bereuen, dass sie so korrupt waren. Sie würden bis in alle Zukunft wissen, dass es einen Mann gab, den sie nicht betrügen konnten: ihn. Sie würden erkennen müssen, dass sie ihre Pflichten nicht so vernachlässigen durften. Sie würden den Söldnerführer verhaften müssen. Adam hatte dafür gesorgt, dass alle Spuren in seine Richtung führten, und sie konnten diese Hinweise nicht übersehen haben. Oben auf der höchsten Leiter hielt er inne und holte tief Luft. Es war erstaunlich, wie wenig Angst er hatte. Normalerweise war er schon nervös, wenn er auf einen Stuhl steigen musste, und heute kletterte er auf ein Baugerüst, das so hoch war, dass man das ganze Land überblicken konnte. Im Westen lagen die Hügel, und hinter ihnen Barnstaple. Im Osten sah man die Straße nach Exeter.

Einer der Arbeiter kam auf den Brettern, die um das Gebäude herumführten auf sie zugeklettert und hielt verblüfft inne. »Was macht ihr denn hier?«, fragte er, doch dann sah er den Dolch in Adams Hand. Sein Mund klappte zu, er drehte sich um und floh.

Adam fesselte Margaret die Hände, lächelte sein Opfer an und deutete mit der Klinge nach unten zu den Männern auf dem Kirchplatz. »Weißt du, wer das ist?«, knurrte er. »Sie wissen, wer ich bin, aber ich habe bis jetzt nur einige von ihnen kennen gelernt. Komisch, wie Lebensläufe sich auf einmal miteinander verflechten. Ihre, meiner, alles nur wegen des Mannes, der mir meine Frau wegnehmen wollte. Ohne jeden Grund. Er tat es nur, weil er die Möglichkeit dazu hatte. Warum wollte sie ihn? Sie hat sich nicht gewehrt, wisst Ihr, sie hat ihn einfach in ihr Bett gelassen – in mein Bett! –, als sie glaubte, ich sei außer Haus. Aber ich habe sie überrascht.« Er kicherte. »O ja, ich habe sie ganz schön überrascht.«

Margaret starrte ihn an. »Hast du die beiden getötet?«

»Getötet? Nein, das wäre nicht klug gewesen. Ich hätte meine Rache gehabt, aber wo wäre die Gerechtigkeit geblieben? Nein, ich wollte ihn leiden sehen für das, was er mir angetan hat. Ich hätte ihn erstechen können, wie er da in meinem Bett lag, aber dann hätte er nicht auf seinen Tod warten müssen. Es wäre ein leichter und schneller Tod gewesen. Den wollte ich ihm nicht gönnen, dieser Mann hat mich und meine Mary schließlich ruiniert. Arme Mary.« Er schwieg kurz und betrachtete stirnrunzelnd den Dolch, dann sprach er ruhig und nachdenklich weiter. »Sie war mein Leben, mein Ein und Alles. Ich hätte alles getan, um sie glücklich zu machen, doch sie hat mich betrogen. Ich brachte ihr Geschenke und Geschmeide, doch sie nahm sich einen anderen Mann. Nie hat sie mir zu verstehen gegeben, dass etwas nicht stimmte, es gab kein einziges böses Wort zwischen uns, doch sie zog mir diesen Söldner vor!«

Margaret sah, dass sich auf dem Kirchplatz immer mehr Menschen zu der kleinen Gruppe Männer gesellten. Sie konnte ihren Mann erkennen und stellte sich vor, wie entsetzt er war. Er musste furchtbare Angst haben, sie auch noch zu verlieren. Peterkins Tod war schon schlimm genug gewesen. Sie wünschte sich, ihn zu küssen, in seine ernsten grauen Augen sehen zu können, ihn zu umarmen… und fragte sich, ob sie jemals wieder die Gelegenheit dazu haben würde.

»Die da unten denken alle, ich sei verrückt. Sie denken, ich hätte die Frauen grundlos umgebracht. Was verstehen sie von der Liebe, vom Verlust?«, fauchte er, gestikulierte wild und schwang den Dolch. »Was starrt ihr alle so blöd?«, schrie er. »Wenn ihr mit mir sprechen wollt, kommt doch herauf! Ich bin nicht bestechlich! Ich bin nicht falsch und hinterhältig! Ich bin kein Beamter des Königs, der lügt und sich die eigenen Taschen auf Kosten der Gerechtigkeit voll stopft!«

Margaret schwieg und schaute mit seltsamer Gelassenheit auf ihren Mann hinab. Ihre Hände waren gefesselt. Sie konnte nicht wagen, vor diesem seltsamen kleinen Mann davonzulaufen, der so schreckliches Zeug vor sich hinredete, der so launisch, aber ebenso gefährlich war. Jeder Fluchtversuch wäre sinnlos. Wenn sie es schaffte, seinem Griff zu entfliehen, würde sie wahrscheinlich in die Tiefe stürzen. Die Bretter, aus denen das Gerüst gezimmert war, waren dünn und splitterten, man hatte einfach dicke Äste mit einem Keil längsgespalten; das unbearbeitete Holz war trocken geworden und bog sich. Manche Bretter waren am Gerüst befestigt, doch die meisten lagen nur lose darauf, da die Arbeiter sich auf ihre Geschicklichkeit und Trittsicherheit verließen.

Langsam ging sie in die Knie, bis sie zusammengekauert auf einem der Bretter saß, hielt sich an einem der senkrechten Pfosten des Gerüsts fest und begann zu beten. Sie war bereit, heute Nachmittag zu sterben; und wünschte sich nur noch eine Gelegenheit, ihrem Mann zu sagen, wie sehr sie ihn liebte.

»Ich muss ihr helfen«, murmelte Simon. Baldwin legte die Hand auf die Schulter seines Freundes. »Du kannst ihr nur von hier unten helfen.«

»Lass mich in Frieden, Baldwin. Du wirst mich nicht

dazu bringen, meine Frau im Stich zu lassen, wenn es noch irgendetwas gibt, was ich tun kann.«

»Es wäre besser, wenn du hier bleibst.«

»Warum?« Simon schüttelte die Hand auf seiner Schulter ab, doch als er sich umdrehte, war sein Gesicht nicht mehr zornig, sondern lediglich traurig und angsterfüllt. »Soll ich zusehen, wie dieser Wahnsinnige sie tötet? Und was, meinst du, gefällt ihr besser – wenn sie sieht, dass ich hier tatenlos verharre, oder wenn ich alles in meiner Macht Stehende tue, um sie zu retten? Sie will bestimmt nicht, dass ich sie sterben sehe, aber wenn ich nicht versuchen würde, ihr zu helfen, wäre das noch schlimmer. Es wäre würdelos, einfach dazustehen, wo sie doch meine Hilfe braucht.«

Baldwin fühlte, dass seine Augen feucht wurden. Er legte Simon wortlos eine Faust auf die Schulter und nickte.

»In der Zwischenzeit«, murmelte Simon, »soll jemand die Arbeiter vom Gerüst holen. Nicht dass der Wahnsinnige Angst vor ihnen bekommt und sich und Meg umbringt.«

»Herr?« Hugh trat neben ihn und spähte hoch zu den beiden Gestalten auf dem Gerüst. Seine Stimme war ruhig und leise. »Man kann auch von der anderen Seite der Kirche auf das Gerüst gelangen. Es gibt dort noch mehr Leitern. Ich glaube, ich könnte es schaffen.«

»Bist du sicher?« Auf Simons Gesicht zeichnete sich verzweifelte Hoffnung ab. Hugh nickte.

Seit Simon ihn davor bewahrt hatte, ein eintöniges Dasein als Schafhirte im Nordosten des Moors, in Drewsteignton zu fristen, war Hugh ihm treu ergeben. Als Simon geheiratet hatte, war Hugh dem Charme Margarets schnell erlegen, er liebte Edith und hatte Peterkin geradezu angebetet. Nein, er konnte nicht hier stehen bleiben und seine Herrin sterben sehen, um danach den unvermeidlichen Verfall seines Herrn mitzuerleben. »Ich schaffe es«, sagte er zuversichtlich.

»Es ist ziemlich hoch«, gab Baldwin unsicher zu bedenken. Er wusste nur zu gut, dass Hugh unter Höhenangst litt und lange Zeit gebraucht hatte, um sich wenigstens auf einem Pferderücken wohl zu fühlen.

»Ich schaffe es schon«, wiederholte Hugh trotzig.

»Na schön«, sagte Simon. »Zeig mir, wo die Leiter steht. Ich werde …«

»Nein, Simon!«, unterbrach ihn Baldwin. »Du darfst nicht weggehen! Du musst hier bleiben und versuchen, mit Adam zu sprechen, ihn abzulenken, sodass er uns nicht kommen sieht.«

»Aber ich muss irgendetwas tun. Hugh kann mir helfen, hinaufzukommen, und ich versuche dann, sie zu retten.«

»Sir Baldwin hat Recht, Herr«, sagte Hugh eindringlich. »Ihr müsst hier bleiben, wo sie Euch sehen kann. Ihr habt es doch selbst gesagt – was soll sie denken, wenn Ihr verschwindet?«

»Und wie soll ich weiterleben, wenn ich es nicht einmal versuche?« Simon wurde vom Metzger unterbrochen, der mit den Armen fuchtelte und zu brüllen begann. Simon sah hinauf, er bemerkte kaum noch, dass seine Frau sich auf die Bretter niedersinken ließ, so sehr hatte ihn die Angst im Griff.

»Vogt! Ihr hört mich, oder? Wie würde es Euch gefallen, wenn Eure Frau getötet würde? Hättet Ihr sie gerne unten bei Euch? Soll ich sie runterstoßen? Oder soll ich sie vorher erstechen, damit sie schon tot ist, bevor sie unten aufschlägt? Was ist Euch lieber?«

»Baldwin«, murmelte Simon tonlos, »ich muss da hinauf.«

»Das kannst du nicht tun. Ich werde gehen. Nein, Simon, keine Diskussion. Du musst hier unten bleiben. Es ist ganz klar, dass der Mann es aus irgendeinem Grund auf dich abgesehen hat. Wenn du auch nur eine Minute verschwindest, wird er es merken, und wie ist es dann um Margaret bestellt? Das ist keine Frage der Ehre mehr, es geht nur noch um Leben und Tod. Wenn du von einem

Wolf angegriffen wirst, machst du dir auch keine Gedanken mehr über deine Ehre. Du tötest ihn oder du stirbst selbst. Und wir müssen den Metzger töten, bevor er Margaret etwas antut.

Du musst hier bleiben, Simon. Lenk ihn ab, bring ihn zum Reden. Hugh, du kommst mit.« Baldwin lief zur Straße zurück, gefolgt von Edgar und Hugh, und die drei Männer verschwanden hinter einer hohen Hecke.

»Also gut, Hugh!«, rief Baldwin. »Bring mich zur Leiter, schnell!«

24. KAPITEL

Ihr war kalt. Dabei schien die Sonne, und sie spürte die Wärme der Strahlen auf ihrem Rücken. Das Tal, in dem Crediton und die Kirche lagen, schimmerte im Licht des Spätnachmittags. Die Blätter der Bäume begannen bereits, sich herbstlich zu verfärben und leuchteten gelb, braun und rot; das Sonnenlicht verlieh ihnen einen goldenen Glanz. Sie nahm diese Schönheit in sich auf, als hätte sie sie nie zuvor bemerkt. Die Natur präsentierte sich in ihrer ganzen Pracht, und sie spürte unermessliche Sehnsucht. Ein leises Schluchzen drang aus ihrer Kehle.

Doch dann richtete sie sich auf und wandte den Blick ab. Der Metzger sollte nicht glauben, sie habe Angst.

Aber Adam achtete gar nicht auf sie. Er beugte sich über das niedrige Geländer und sah hinunter. »Du hast wohl gedacht, du könntest mich zum Narren halten, Vogt!«, rief er. »Wolltest mich für dumm verkaufen. Aber ich bin kein Idiot. Ich durchschaue dich, du hast dich vom Söldner bestechen lassen und dafür gesorgt, dass er nicht verhaftet wurde.«

»Unsinn, er hat mir kein Geld gegeben!«, schrie Simon von unten zurück. Adam knirschte mit den Zähnen.

»Kein Geld, keine Bestechung? Du, ein Vertreter des

Gesetzes, hast kein Geld angenommen? Da musst du ja ein äußerst ehrenwerter Mann sein, Vogt, ein wahrer Gentleman. Und das soll ich dir glauben, wenn du ihn nach all den Beweisen noch immer frei herumlaufen lässt? Er ist ein Ehebrecher und Mörder, das steht fest!«

Simon starrte zu ihm hinauf. Das rundliche Gesicht des Metzgers, das Simon immer zum Schmunzeln gebracht hatte, war verzerrt und seine Lippen zuckten. »Gott, erhöre meine Gebete«, murmelte er. »Gib, dass Baldwin ihn erwischt, bevor er meiner Meg etwas antut.«

Sie standen in der Gasse vor der Mauer, die um die Kirche herum verlief. Jetzt befanden sie sich hinter dem Gebäude. Sie hörten Rufe von der Vorderseite, aber hier war alles still. Baldwin nickte kurz und sie liefen durch eine Pforte in den Kirchhof, vorbei an riesigen alten Bäumen.

Rote Steinquader lagen auf dem Boden und der Bauschutt knirschte unter ihren Stiefeln. Hämmer und Meißel, Sägen und Bohrer, Eimer und Stricke, die Winden, mit denen die Steine nach oben geschafft wurden, und große Kohlepfannen lagen dort, wo die verblüfften Handwerker sie hatten fallen lassen.

Baldwin warf einen skeptischen Blick auf die Leiter, die am Baugerüst lehnte. Sie schien solide gebaut, sicher genug, um das Gewicht mehrerer Männer und ihrer Lasten zu tragen. Die Sprossen waren kaum ausgetreten, sie war wohl ganz neu. Doch als er nach oben sah, musste er schlucken. Der Weg dorthin war lang.

Er kämpfte seine Angst nieder, ergriff die Streben mit beiden Händen und begann den Aufstieg.

Das erste Viertel der Leiter bewältigte er mühelos. Er achtete darauf, nicht in die Tiefe zu schauen und wunderte sich fast, wie einfach es schien, einen Fuß auf eine Sprosse zu stellen und den anderen nachzuziehen. Als sie die Mitte erreicht hatten, änderte sich das.

Die Leiter begann zu vibrieren, und er hielt sich krampfhaft fest. Bei jedem Schritt, den die Männer taten, schwankte die Leiter ein Stück vom Gerüst weg, um dann wieder dagegen zu prallen. Baldwin war überzeugt, dass sie jeden Augenblick nach hinten wegkippen könnte und sie in Tiefe reißen würde.

»Was ist?«, fragte Edgar, der ihm dichtauf folgte, und unter Aufbietung all seiner Willenskraft setzte Baldwin den Fuß auf die nächste Sprosse. Er schaute nicht zu seinem Diener hinab und brachte auch kein Wort hervor. Bis sie endlich die Spitze erreicht hatten, schien eine Ewigkeit vergangen zu sein.

Oben trat Baldwin auf die nächste der rundum verlaufenden Planken und atmete einige Male tief durch, nachdem er Edgar einen finsteren Blick zugeworfen hatte. An der Mauer der neuen Kirche konnte man sich abstützen, aber die Planken bogen sich unter dem Gewicht der Männer und wackelten bedenklich. Mit einem leisen Fluch bedeutete er den anderen, vorsichtiger zu gehen. Als sein Blick in die Ferne schweifte, spürte er die schreckliche Faszination der Höhe. Wie gelähmt starrte er um sich, und erst als Edgar ihm auf die Schulter tippte, wappnete er sich für die nächsten Schritte.

Eine andere, kürzere Leiter brachte sie noch weiter nach oben. Baldwin fühlte sich immer unsicherer, als er weiterkletterte. Nun kam es ihm so vor, als würde gleich das ganze Gerüst unter ihnen zusammenstürzen. Er biss die Zähne zusammen, überwand seine Angst und setzte den Aufstieg fort.

Hugh hatte noch nie in seinem Leben einen solch kalten Hass empfunden. Oft genug hatte er kämpfen müssen, schon als kleiner Junge, wenn Viehdiebe es auf eines der Lämmer abgesehen hatten, die er hüten musste. Aber dieses Mal ging es um etwas anderes. Niemand durfte seiner Herrin etwas zu Leide tun – aber dieser Wicht hatte es gewagt, sie zu entführen und sie mit dem Tod zu bedrohen. Hugh war gewillt, sie zu retten und die Familie seines Herrn zu schützen. Wenn es nach ihm ging, musste der Metzger sterben.

Dabei hatte ihn nicht die Mordlust gepackt. Aber er hatte daran denken müssen, wie es dem armen Rollo ergangen war, der die Ermordung seiner Mutter erlebt hatte und ein solches Schicksal wollte er Edith um jeden Preis ersparen. Er strich mit dem Daumen über die Spitze seines Dolchs.

Edgar sah ihn an. Er spürte die kalte Wut, die Hugh gepackt hatte, aber er bemerkte auch, dass sein Herr vor Angst zitterte. Baldwin setzte jeden Schritt so vorsichtig, als könne er durch einen Spalt in den Brettern in die Tiefe stürzen. Es hätte etwas Komisches an sich gehabt, wenn die Situation nicht so verzweifelt gewesen wäre.

»Warum hast du ihn nicht verhaftet?« Die schrille Stimme hallte durch die Stille in den Kirchhof hinunter. »Ich habe versucht, dir zu helfen, ich habe versucht, dir zu zeigen, was er getan hat. Zuerst Ehebruch, dann das Mädchen in der Truhe. Die Bettlerin war einmal seine Geliebte, genau wie meine Frau. Mehr Beweise braucht man doch nicht! Doch du hast alle Hinweise ignoriert. Er muss dir ein Vermögen dafür bezahlt haben, dass du ihn verschonst! Wer genug Geld hat, braucht den Galgen nicht zu fürchten, wie? Was nur hat dich so bestechlich gemacht?«

»Wir wussten es doch nicht, Adam!«, rief Simon verzweifelt. »Wir dachten, das erste Mädchen sei bei dem Raub getötet worden, über den zweiten Mord wussten wir zunächst gar nichts. Dann fanden wir deine Frau, und wir erkannten, dass er es nicht gewesen sein konnte. Du warst es, du hast das alles getan. Aber all das hat nichts mit meiner Frau zu tun. Lass sie gehen!«

»Nein!« Der Schrei ließ Simons Blut gefrieren. »Warum sollte ich denn? Warum soll ich dir ihr Leben schenken? Warum sollst du mit deiner Frau glücklich sein, wo man mir meine genommen hat? Du verdienst sie nicht, jetzt, da mein kleiner Engel tot ist. Warum sollte ich sie verschonen? Du hast mein Leben ruiniert, nun ruiniere ich deins.«

»Das stimmt doch alles nicht!« Hilflos hob Simon die

Arme. »Ich habe nur versucht, die Wahrheit herauszufinden, mehr nicht!«

»Lügner! Du hast sein Geld genommen und nun schützt du ihn!« Voller Entsetzen sah Simon, wie Adam sich seiner Frau näherte. »Der Richter ist ein ehrenwerter Mann!«, schrie der Metzger. »Bleibst nur du. Du hast mich um meine Rache gebracht! Du hast ihm Lügen eingeflüstert. Du hast ihm eingeredet, Sir Hector sei unschuldig, du allein!«

»Adam, lass es dir erklären, es war alles ganz anders«, flehte Simon.

»Du willst mir etwas erklären, du, ein Lügner? Wie kann ich dir auch nur ein Wort glauben!«, höhnte Adam. »Der Einzige, dem ich glaube, ist der Friedensrichter. Er ist gerecht, und er muss die Wahrheit erfahren, damit er dich bestrafen kann…« Er schaute unruhig hinunter. »Wo ist er?«, kreischte er plötzlich. »Wo ist der Richter? Eben habe ich ihn noch gesehen.«

»Er kommt gleich wieder…«

»Schon wieder lügst du! Er ist fort, du Heuchler, aber wohin ist er gegangen? Treibt er auch ein falsches Spiel?« Seine Stimme klang immer schriller und nun kreischte er wie ein betrunkenes Weib. »Er ist ebenfalls ein Heuchler, ich hätte es wissen müssen!«

Mit weit aufgerissenen Augen sah Simon, wie der Metzger hinter seine Frau trat und ihr den Dolch an die Kehle setzte.

»Bitte, verschone sie! Hör zu, lass mich heraufkommen, du kannst mich haben, mich willst du doch! Ich komme zu dir, unbewaffnet, und du kannst mit mir machen was du willst.«

»Nein! Nein! Nein! Ich will dich winseln sehen, will deinen Schmerz erleben. Du sollst mein Leid spüren und du sollst leiden wie ich. Meine Frau ist tot und entehrt, und der Mann, der dafür verantwortlich ist, läuft frei herum – durch deine Schuld! Sieh her, Vogt! Schau dir an, wie tapfer deine Frau sterben wird.«

Hugh stand am Fuß der Leiter und hörte alles. Ohne sich um die anderen zu kümmern, kletterte er so schnell es ging hinauf und sprang auf die Planken, den Dolch in der Hand. Mit einem Blick erfasste er die Lage. Der Metzger kehrte ihm den Rücken zu. Doch er war zu weit entfernt, Hugh konnte es nicht wagen, das Messer nach ihm zu werfen. In seiner Verzweiflung schnitt er seinen Geldbeutel vom Gürtel ab und warf ihm Adam mit aller Kraft in den Rücken.

Adam knurrte wie ein Jagdhund, den man von seiner Beute zerrt, und drehte sich mit entblößten Zähnen um. Er drohte Hugh mit der Faust, und diese Sekunden reichten Hugh um nahe genug heranzukommen. Er fasste seinen Dolch an der Spitze, hob ihn und schleuderte ihn mit einem Schrei auf den Metzger, während die Balken unter ihm zitterten.

Adam ließ den Dolch, den er in der Hand hielt, fallen und starrte ungläubig auf den Dolchgriff, der aus seiner Brust ragte. Er murmelte etwas und umklammerte ihn, als wolle er ihn herausreißen, aber schon lief ein blutiges Rinnsal aus seinem Mund und seine kraftlosen Finger wurden immer tauber und rutschten ab. Hugh kam auf ihn zu. Adams Arme hingen herab und er stieß unverständliche Laute aus. Dann schwankte er, stolperte und stürzte mit einem Grauen erregenden Schrei über das Geländer in die Tiefe.

Margaret sah, wie sein Körper fiel. Es dauert lange, dachte sie unwillkürlich, und auch sein Schrei hallte endlos über den Hof, bis ein dumpfer Aufschlag ihn beendete.

Sie spürte Hugh an ihrer Seite. Er legte ihr die Hände auf die Schultern und drehte sie vorsichtig herum; sie hörte, wie er erleichtert aufatmete, als er sah, dass sie unverletzt war. Sie blickte ihn mit leeren Augen an und wollte sich aufrappeln, aber plötzlich verschwamm alles um sie herum, und auch Hugh konnte sie kaum stützen. Als er ihr schließlich auf die Beine geholfen hatte, fürchtete sie schwankend, das Gleichgewicht zu verlieren; zitternd lehnte sie sich an Hugh.

Edgar und Baldwin hatten sie nun ebenfalls erreicht, und nachdem Baldwin ihre Handfesseln zerschnitten hatte, gelang es ihnen gemeinsam, sie zur Leiter zu bringen. Sie sicherten sie mit einem Seil und stiegen langsam mit ihr hinab.

Als sie unten angekommen waren, nahm Simon sie schluchzend in seine Arme und vergrub den Kopf an ihrer Schulter. Baldwin und die anderen entfernten sich lautlos.

25. KAPITEL

»Warum er sie getötet hat, werden wir letzten Endes wohl nie begreifen«, sagte Baldwin.

Sie saßen in Peter Cliffords Halle und tranken Hippocras. Der Duft des Würzweins, in dem sich die Aromen von Ingwer, Zimt, Muskat und Gewürznelken mischten, stimmte sie heiter und gelassen.

Simon hatte eine solche Stärkung besonders nötig. Er umklammerte die Hand seiner Frau, als wollte er sie nie mehr loslassen. Ihm war deutlich geworden, wie sehr er sie liebte. Die Ereignisse des Nachmittags hätten ihn fast den Verstand gekostet. Er sah Margaret an – ihr blasses Gesicht, die dunklen Ringe unter den Augen, die zerfurchte Stirn. Wären sie nicht in der Runde beisammen gesessen, hätte er sie nur allzu gerne an sich gedrückt und mit Küssen überhäuft.

»Und sein Ziel war es, alles dem Söldnerführer anzuhängen?«, fragte Stapledon ungläubig.

»Ja, das scheint sicher. Sir Hector sollte für die Morde büßen, die Adam selber begangen hatte, auch den an seiner eigenen Frau.«

»Eine abscheuliche Tat.«

»Ganz recht, widerwärtig. Aber er liebte seine Frau über alles, und als er herausfand, dass Mary ihn betrog, woran kein Zweifel besteht, verlor er vor Eifersucht den Verstand. Er tötete seine Frau und ersann einen teuflischen Plan, dem zwei unschuldige Menschen zum Opfer fielen. Es ist wirklich unvorstellbar.«

Simon nickte. Nur der Wahnsinn konnte einen Menschen zu so etwas befähigen. Er führte den Wein zum Mund, als ihm etwas einfiel. »Baldwin hast du eigentlich befohlen, dass man Cole und Sir Hector freilässt?«

»Bei allen…« Baldwin bemerkte Peter Cliffords vorwurfsvollen Blick und verkniff sich den Fluch. »Nein, aber gut, dass du mich daran erinnerst.«

»Wir sollten beide auf einen Schluck zu uns bitten«, sagte Simon. »Sir Hector wird noch immer von Wat bewacht, nicht wahr? Ein Bote soll zu ihm gehen. Er soll seinen Herrn unter Bewachung herbringen.«

»Simon, führst du etwas im Schilde?«, fragte Baldwin neugierig.

»Ich? Aber nein. Wie kommst du nur darauf?«

Stapledon betrachtete die beiden Männer amüsiert. Es faszinierte ihn, wie sich ihre Gedanken überschnitten, auch wenn er ihre Absichten nicht genau genug erkennen konnte.

Es hatte ihn sehr überrascht, dass Margaret Puttock darauf bestanden hatte, bei ihrem Mann zu sitzen. Nach dem, was sie erlebt hatte, wäre mancher kräftige Mann zusammengebrochen oder hätte zumindest Ruhe und Schlaf gesucht. Manch einer hätte vielleicht sogar den Verstand verloren. Die Dienerschaft, die mittlerweile über alles Bescheid wusste, behandelte sie mit größter Hochachtung. Stapledon fragte sich, ob er ähnliche Haltung bewahren würde.

Simon und Baldwin unterhielten sich leise, nicht weil sie etwas zu verheimlichen hatten, sondern weil sie so konzentriert in ihre Überlegungen vertieft waren, dass sie alles um sich herum vergaßen. Fast wie ein altes Ehepaar, dachte Stapledon, wo der eine schon im Voraus weiß, was der andere sagen wird, weil er seine Gedanken errät.

Er ließ sich seinen Pokal mit dem Würzwein auffüllen und sank erschöpft an die Lehne seines Stuhls zurück. Sein Kopf schmerzte noch immer heftig, auch wenn ihm der Arzt versichert hatte, er würde keine bleibenden Schäden davontragen. Der Schädel war nicht gebrochen, und für einen Mann seines hohen Alters, so hatte der Mediziner zumindest angedeutet, grenzte das an ein Wunder. Er schämte sich noch immer dafür, mit welch unchristlichen Worten er den dürren Quacksalber davongejagt hatte.

Als Erster traf Cole ein. Er sah furchtbar aus. Das fettige Haar hing ihm strähnig ins Gesicht und seine Haut sah so wächsern aus, als habe er einen Fieberanfall hinter sich. Ein nervöses Zucken umspielte seine Mundwinkel. Tanner war mit ihm gekommen und wartete auf den Befehl, den Gefangenen freizulassen. Baldwin nickte ihm zu und er befreite Cole von den Handfesseln. Völlig erschöpft aber erleichtert sank Cole auf einen Stuhl. Er schien sich zu fragen, was der Grund für diese wundersame Wendung war.

Eine Viertelstunde später traf Sir Hector mit Wat und einem anderen Wächter ein. Der Söldnerführer war das genaue Gegenteil von Cole. Sein Augen waren klar und ruhig, sein Gesicht hatte eine gesunde, rötliche Farbe und er stand aufrecht und selbstsicher vor ihnen.

»Ihr batet mich, mit Euch zu feiern? Dann habt Ihr also diese unschöne Sache aufgeklärt? Ich hörte, Adam der Metzger wäre tot?«

»Ja.« Baldwin lächelte. »Er ist vom Baugerüst der Kirche gefallen…« Ein Blick auf Margaret sagte ihm, dass es besser war, nicht zu eingehend zu beschreiben, was dort oben geschehen war.

»Gut so. Dann will ich meinen Becher mit Euch erheben. Trinken wir auf das Ende eines Mörders.«

Simon sah ihn abwägend an. »Ihr würdet auf das Ende jedes Mörders trinken?«, fragte er.

»Natürlich. Ein solcher Mensch ist ein loser Ziegelstein im Mauerwerk unserer Gesellschaft. Das ganze Gebäude kann einstürzen, wenn er nicht ersetzt wird. Vor solchen Verbrechern müssen wir uns alle schützen.«

»Ach so.«

»Habt Ihr herausgefunden, warum dieser Wahnsinnige die Frauen getötet hat?«

»Ähm ... ja.« Simon räusperte sich. »Ihr könnt es natürlich noch nicht wissen. Er wollte Euch zum Sündenbock machen.«

»Was wollte er ...?«

»So ist es. Er wollte dafür sorgen, dass man Euch hängt. Er wusste von Eurer Affäre mit seiner Frau und wollte sich rächen.«

»Er hat die Frauen getötet, nur um sich an mir zu rächen? Das scheint mir wenig glaubhaft.«

»Trotzdem stimmt es. Er tötete Judith, weil Ihr bei Eurem ersten Aufenthalt in Crediton eine Affäre mit ihr hattet.«

»Das streite ich nicht ab«, meinte Sir Hector. »Aber sie wollte mir ihr Balg andrehen!« Er lachte verächtlich. Niemand stimmte mit ein.

»Ihr Balg?«, fuhr Baldwin fort. »Jedenfalls hat der Metzger Euer Zusammentreffen mit ihr beobachtet, und er sah auch, dass wir in der Nähe standen. Daraufhin erstach er sie in der Hoffnung, dass wir Euch verdächtigen würden. Es kommt häufig vor, dass Männer ihre Geliebten oder Ehefrauen töten – Adam ist das beste Beispiel dafür.

Sir Hector trank einen Schluck Wein und nickte. »Ich verstehe. Er wusste ja, dass ich nicht in der Schänke war, weil ich mich mit seiner Frau treffen wollte. Das muss er irgendwie erfahren haben.«

»Wahrscheinlich. Der Mord an seiner eigenen Frau sollte der letzte Beweis für Eure Schuld sein, und in der Tat deutete vieles auf Euch hin. Trotzdem hatten wir unsere Zweifel, denn sie muss schon davor tot gewesen sein, und wir sahen Euch auch auf sie warten. Das hätte natürlich auch ein geschickter Schachzug von Euch sein können, aber trotzdem schien es seltsam. Es hätte Euch mehr genutzt, alle wissen zu lassen, wo Ihr Euch aufgehalten habt.«

»Ich bin froh, dass Ihr die Wahrheit herausfinden konntet«, erwiderte Sir Hector herablassend. »Zu wissen, dass ich des Mordes an meiner Mary verdächtigt wurde, hat es alles noch schlimmer gemacht.«

»Was soll ich denn sagen?«, unterbrach Cole das Gespräch. »Ich saß tagelang im Kerker und wurde des Mordes und des Diebstahls verdächtigt. Was geschieht nun mit mir? Bin ich wirklich frei?«

»Aber ja«, antwortete Simon lächelnd. »Es tut uns Leid, aber die Beweise sprachen zunächst gegen dich. Du hast dich rekrutieren lassen und warst kurz darauf verschwunden; als man dich fand, hattest du zwei Beutestücke bei dir. Natürlich mussten wir dich verdächtigen. Dann erfuhren wir einiges über die beiden Männer, die dich angeblich verfolgt hatten. Danach schien es uns besser, dich um deiner eigenen Sicherheit willen im Gefängnis zu behalten. Als die beiden noch frei waren, hätten sie andere anstiften können, dich zu töten.«

»Wir haben uns natürlich auch gefragt, ob du Sarra ermordet hast«, sagte Baldwin leise, » wussten allerdings nur, dass ihr miteinander gestritten habt. Unter ähnlichem Verdacht stand auch Sir Hector. Auch er hatte Streit mit Sarra und hatte ihr den Laufpass gegeben.«

Nach diesen Worten wurde es seltsam still im Raum. Stapledon fragte sich, worauf die beiden Männer des Gesetzes hinauswollten.

Simon ließ sich nicht beirren. »Dann war da noch die Sache mit dem blauen Gewand. Wat erzählte uns, wie aufbrausend Ihr seid. Er deutete sogar an, dass Ihr Sarra in einem Wutanfall getötet haben könntet, weil sie das Kleid trug, das Ihr für Mary gekauft hattet. Aber dann erfuhren wir, dass er möglicherweise Umsturzpläne gegen

Euch schmiedete. Vielleicht hat er Sarra gesagt, sie solle das Kleid anziehen und zu Euch gehen.«

»Zuzutrauen wäre es ihm«, knurrte Sir Hector. Wat verzog keine Miene.

»Ich werde Euch erzählen, was geschehen ist«, fuhr Baldwin fort. »John und Henry stahlen Euer Silber. Sarra näherte sich dem Zimmer, als Henry die Truhe leerte. Er hörte ihre Schritte, versteckte sich und schlug sie nieder, als sie eintrat. Er versteckte sie in einer anderen Truhe und machte einfach weiter. Dann flüchtete er.

Zunächst dachten wir, Adam sei durch das Fenster geklettert und habe Sarra getötet, bevor Henry und John zurückkehrten, um es zu schließen. Aber es gibt noch eine andere Möglichkeit.«

Simon beugte sich vor. Er drehte den Weinpokal in den Händen. »Es ist so: Jemand anderes kehrte in das Zimmer zurück. Adam, der draußen wartete, hörte ihn. Er hörte, wie der Deckel der Truhe hochgehoben wurde, und er hörte, wie der Mord geschah.«

»Das hätte er Euch doch erzählt«, wandte Sir Hector ein.

»Nicht unbedingt. Er hasste die Obrigkeit, misstraute jedem, der Autorität verkörperte. Und er hätte davon ausgehen können, dass Ihr dann die Affäre mit seiner Frau zugegeben und seine Anschuldigungen als bloßen Racheakt abgetan hättet. Er sah sich von Feinden umgeben, auch uns betrachtete er als Gegner. Der Ehebruch seiner Frau hat seinen Verstand endgültig getrübt. Also nahm er die Sache in die eigene Hand, weil er glaubte, dass niemand für ihn eintreten würde. Seiner Meinung nach hatten sich alle gegen ihn verschworen. Vielleicht hat er den Mord an seiner eigenen Frau bitter bereut, denn er liebte sie heiß und innig, aber Judith brachte er aus einem einzigen Grund um – er wollte Euch am Galgen sehen, als verurteilten Mörder. Doch er hat ihr Leben für nichts und wieder nichts geopfert und hat dadurch nur die Aufmerksamkeit von Euch abgelenkt. Nachdem wir Marys Leiche gefunden hatten, war uns klar, dass hier ein teuflischer Plan verwirklicht worden war.«

»Was soll das alles? Wollt Ihr mich nun doch des Mordes an Sarra beschuldigen? Ich habe die Schlampe nicht getötet!«, entrüstete sich Sir Hector.

Baldwin bedachte ihn mit einem kühlen Blick. »Nun, Adam glaubte, Ihr hättet das Mädchen erstochen. Aber sehen konnte er es nicht, er stand ja draußen vor den geschlossenen Fensterläden. Aber er ging davon aus, dass Ihr es wart, weil außer Euch und einigen Vertrauten niemand Zugang zu diesem Lagerraum hatte. Er hörte Geräusche. Henry und John waren gegangen und noch nicht wieder zurückgekehrt. Also bliebt nur Ihr.«

»Was für ein Blödsinn!«

»Ihr habt völlig Recht«, meinte Simon.

»Wie bitte?«

»Adam wusste nicht, dass ein anderer ebenfalls Zutritt hatte, der Mann, der Euch das Salzgefäß für das Essen brachte. Euer Diener Wat.«

Sir Hector starrte sie mit offenem Mund an, bevor er sich Wat zuwandte.

Wat stand wie angewurzelt da. Er schaute zur Tür, wo drei von Peter Cliffords Bediensteten standen, Knüppel in den Händen. Tanner hatte die Daumen in seinen breiten Ledergürtel gesteckt und grinste.

»Wat«, sagte Baldwin ernst, »ich beschuldige dich des Mordes an dem Schankmädchen Sarra. Du wirst bis zu deiner Verhandlung in Gewahrsam bleiben. Wenn du Widerstand leistest … Fast wünschte ich, du würdest es tun.«

Wat beteuerte seine Unschuld, aber schließlich wurde er von Cliffords Männern und Tanner abgeführt. Ein sichtlich zufriedener Sir Hector und Baldwin begleiteten sie zum Gefängnis. Simon und seine Frau zogen sich in ihre Kammer zurück.

»Wie geht es dir?«, fragte er. Sie saßen auf ihrer Bettstatt in dem dunklen Raum. Die Läden waren zum Schutz gegen die Kälte geschlossen. Margaret war leichenblass und konnte kaum die Augen offen halten. Er drückte ihre Hand und streichelte ihre Wangen.

»Es geht mir gut, wirklich.«

»Du lebst, das ist das Wichtigste.«

»Ich dachte, ich müsste sterben.«

»Und ich wäre fast wahnsinnig geworden, dort unten. Ich wollte zu dir, aber Baldwin ließ mich nicht…«

Sie legte ihm den Finger auf den Mund. »Jetzt ist alles vorbei.«

»Dieser Gedanke – dich nie mehr in den Armen halten zu können…. Ich hatte solche Angst, dich zu verlieren. Ich liebe dich«, flüsterte er.

Sie lächelte. »Ich liebe dich auch. Und ich möchte noch einen Sohn mit dir haben.«

»Du musst dich jetzt erholen, das ist alles, was zählt.«

Margaret schloss die Augen, doch dann fiel ihr das Gespräch im Garten ein und sie seufzte.

»Was ist?«

»Der Bischof hatte gerade mit mir über Rollo gesprochen, als dieser Mann uns überfiel. Simon, ich möchte ein eigenes Kind haben, nicht das eines anderen. Ist das selbstsüchtig?«

»Selbstsüchtig? Ich möchte niemanden um mich haben, der mich dauernd an die Ereignisse dieses Nachmittags erinnert. Auch ich könnte es nicht ertragen, wenn der Junge bei uns leben würde. Mach dir keine Sorgen, ich werde es dem guten Bischof schon erklären.«

Als er in die Halle zurückkehrte, war auch Baldwin wieder da und saß neben Stapledon. Clifford war zur Kirche gegangen, um dafür zu sorgen, dass die Arbeiten dort wieder aufgenommen wurden.

»Sir Baldwin, Simon, vielleicht bin ich etwas schwer von Begriff, aber ich frage mich immer noch, wie ihr die Sache aufgeklärt habt«, begann der Bischof.

»In der Rückschau scheint alles viel einfacher als es war«, meinte Baldwin.

Simon schenkte sich noch etwas Wein ein, Baldwin lehnte dankend ab. Er hatte schon mehr getrunken als gewöhnlich. »Zunächst sah es natürlich nicht gut für Cole aus«, fuhr er fort. »Man hatte ihn mit zwei Silbertellern erwischt, als er sich scheinbar auf der Flucht befand. Es schien auf der Hand zu liegen, dass Sarra ihn beim Diebstahl überrascht hatte und dass er sie tötete, bevor sie ihn verraten konnte. Aber dann stellten wir uns die Frage, wie Cole allein diese Menge an Silber hatte fortschaffen können.« Simon holte so enthusiastisch mit der Hand aus, dass etwas Wein über den Rand seines Bechers schwappte. »Ohne Komplizen hätte er das nicht bewerkstelligen können.«

»Simon hat Recht«, ergänzte Baldwin. »Es mussten andere am Werk gewesen sein. Hinzu kommt, dass Sarra schon in der Truhe lag, bevor sie jemand erstach. Das deutete darauf hin, dass es nicht unbedingt eine Verbindung zwischen dem Diebstahl und dem Mord geben musste. Sir Hector hätte wohl kaum sein eigenes Silber gestohlen, aber als Mörder kam er durchaus in Frage.«

»Außerdem schien es unwahrscheinlich, dass Cole den Söldnerführer bestehlen würde«, meinte Simon.

»Warum?«, fragte Stapledon.

»Jemand, der einen Mann wie Sir Hector berauben würde, müsste schon tollkühn sein. Ein junger Mann vom Land verfügt nicht über eine solche Frechheit.«

»Vielleicht gerade aufgrund seiner Naivität«, vermutete der Bischof. Baldwin schüttelte den Kopf.

»Kaum, Bischof. Er hatte schließlich erfahren, wie sein Bruder gestorben war, und er war sicherlich nicht so dumm und naiv, dass ihm nicht klar gewesen wäre, wie gefährlich Sir Hector ist. Aber etwas anderes hat mich dann auf die richtige Fährte gebracht.«

»Und was?«

»Wer hätte es wagen können, einen Söldnerführer zu berauben, wenn nicht andere Söldner? Henry und John kannten Adam von ihrem letzten Aufenthalt in Crediton.

Als sie sich wieder trafen, erzählten sie dem Metzger, wie unzufrieden sie mit Sir Hector waren. Sie hatten den Raub schon lange geplant und fragten Adam, ob er ihnen helfen wolle, doch der lehnte ab. Sie wussten jedoch etwas, das er nicht wusste: Seine Frau hatte eine Affäre mit Sir Hector. Ich weiß nicht, ob sie ihm das gesagt haben. Aber als er nach Hause kam, fand er seine Frau und Sir Hector im Bett, und damit war der Pakt besiegelt. Er ging zu Henry und John zurück und erklärte sich bereit, ihnen zu helfen.

Sir Hector vertraute Henry und John noch immer. Er erzählte ihnen, dass er vorhabe, sich am Nachmittag mit Mary zu treffen, und sie wollten die Gelegenheit nützen. Unter einem Vorwand gingen sie in sein Zimmer, öffneten die hinteren Fensterläden und verschwanden wieder. Draußen stand John Wache, während Henry in die Kammer stieg. Es wäre aufgefallen, wenn man gesehen hätte, wie sie in Sir Hectors Räume gingen und sich längere Zeit dort aufhielten. Henry reichte also das Silber nach draußen, und Adam half ihnen, indem er seinen Karren vor das Fenster fuhr und einen Haufen stinkender Innereien auf die Straße kippte. Niemand blieb an dieser Stelle stehen, um sich zu unterhalten und niemand sah, dass zwei Männer sich dort zu schaffen machten. Die Diebe luden das Silber auf den Karren und blieben unentdeckt.«

»Als sie fertig waren, kletterte Henry aus dem Fenster. Dann gingen sie noch einmal in die Kammer und schlossen die Läden wieder«, ergänzte Simon.

»In der Zwischenzeit hatte Wat das Kleid Sarra gegeben und ihr gesagt, sie solle es anziehen. Er hoffte, dass Sir Hector, der für seine Wutanfälle bekannt war, sie in seinem Zorn töten würde. Aber sie kam zu früh in die Kammer, also schlug Henry sie nieder und legte sie in die Truhe.«

Simon nickte. »Und wie der Zufall es wollte, kam Wat genau zu der Zeit in das Zimmer, in der sich Henry und John auf der Straße befanden. Er hoffte, sein Plan würde funktionieren. Wahrscheinlich öffnete er die Truhe nur, weil er etwas holen wollte; es hat ihn sicherlich sehr verblüfft, Sarra dort liegen zu sehen. Er fragte sich, wie sie dorthin gekommen war, vielleicht nahm er an, Sir Hector habe es getan. Das war die Gelegenheit für Wat. Zwar hatte Sir Hector Sarra nicht getötet, wie er gehofft hatte, aber wenn sie tot war, würde jeder ihn des Mordes verdächtigen! Er erstach Sarra und schloss den Deckel der Truhe.«

Nun nahm Baldwin den Faden wieder auf. »Währenddessen stand Adam vor dem Fenster und wartete auf seine Komplizen. Als er Geräusche in der Kammer hörte, nahm er an, es handele sich um Sir Hector. Und als er von dem Mord vernahm, ging er davon aus, dass Sir Hector Sarra ermordet hatte.«

»Aber warum hat er Euch das nicht einfach gesagt?«, fragte Stapledon.

»Ich glaube, dass er da schon auf den Gedanken gekommen war, seine Frau zu beseitigen und die Schuld Sir Hector in die Schuhe zu schieben. Wir verdächtigten den Söldnerführer sowieso, und außerdem hätte er sich ja in gewisser Weise auch verraten, wenn er zugegeben hätte, zur Zeit des Diebstahls am Fenster gestanden zu haben.«

»Wann hat er seine Frau getötet?«

»Ich weiß es nicht genau, aber wahrscheinlich am Dienstag.«

»Und wo hat er ihre Leiche versteckt?«, fragte der Bischof. »Das ist nicht ganz einfach.«

»Für manche ist es einfacher als für andere«, meinte Baldwin bitter. »Adam hatte einen Kühlraum für sein Fleisch. Sein Lehrling erzählte uns, er habe seit einiger Zeit keinen Zutritt mehr zu dieser Kammer. Wahrscheinlich hat er die Leiche eine Zeit lang dort gelagert.«

»Bleibt nur noch die Frage, wer Coles Bruder getötet hat.«

Baldwin lehnte sich zurück. »Ich muss gestehen, ich bin nicht unglücklich darüber, dass diese Geschichte nicht in meine Zuständigkeit fällt. Das ist weit weg von hier geschehen.«

»Aber Ihr glaubt zu wissen, wer ihn getötet hat?«

»Ich hege keinen Zweifel, dass es Henry und John waren. Sie haben von seinem Tod profitiert, aber er kann natürlich auch in der Schlacht gefallen sein. Sein Schicksal beschäftigt mich nicht besonders. Er war selbst ein Söldner und wusste um das Risiko seines Gewerbes.«

»Nun«, seufzte der Bischof, »dann bleibt nur noch ein Opfer dieser tragischen Ereignisse.«

»Ihr sprecht von Rollo?«, fragte Simon vorsichtig.

»Ja. Irgendjemand muss sich um den armen Burschen kümmern.«

Baldwin überlegte. »Wo könnte man ihn unterbringen?«

»Ich wüsste eine Lösung«, sagte der Bischof.

Simon holte tief Atem. »Ich fürchte, ich muss Euch enttäuschen, Sir. So gerne ich helfen würde, aber ich kann den Jungen nicht zu mir nehmen?«

»Aber…«

»Nein. Wir haben gerade einen Sohn verloren, und es wäre eine grausame Strafe für uns, ein Adoptivkind an seiner Stelle zu sehen. Ich glaube, er würde bei uns nicht glücklich werden, weil wir ihn nie wirklich annehmen könnten.«

»Simon, bitte…«

»Das möchte ich Margaret nicht antun. Rollos Anblick würde sie ständig an die schrecklichen Stunden des heutigen Tages erinnern. Nein, das lasse ich nicht zu, eine solche Qual hat sie nicht verdient.«

»Vogt, wenn Ihr mich einmal zu Wort kommen lassen würdet«, sagte Stapledon lächelnd. »Ich denke nicht im Traum daran, Euch den Jungen aufzuzwingen. Ich hatte an eine weitaus einfachere Lösung gedacht – ich werde ihn mit nach Exeter nehmen. Er kann sich in den Ställen und der Küche nützlich machen, und wenn er sich als begabt erweist, werde ich ihn ausbilden lassen. Wer weiß, vielleicht könnte er in einigen Jahren mein College in Oxford besuchen. Auf jeden Fall ist er bei mir gut versorgt.«

Simon atmete erleichtert auf. »Ja, das ist sicher das Beste.«

Stapledon nickte gütig, doch dann umwölkte sich seine Stirn. »Aber warum musste dieser wahnsinnige Narr, auch noch Judith töten? Was für eine teuflische Tat! Ein Mann, der einem Jungen die Mutter raubt, nur um Sir Hector etwas anzuhängen und ihn ins Gefängnis zu bringen!«

»Vielleicht war alles viel simpler«, meinte Baldwin. »Mir ist eingefallen, dass die meisten Leute durch die Straßen hasten, weil sie ihrer Arbeit nachgehen. Es gibt aber Menschen, die das nicht tun.«

»Wovon sprecht ihr?«

»Von den Bettlern. Sie stehen oft lange an der gleichen Stelle, wenn sie die Leute um Almosen bitten, so wie Judith. Vielleicht ist ihr an diesem Nachmittag etwas aufgefallen. Und als sie von dem Diebstahl hörte, ging ihr vielleicht ein Licht auf. Möglicherweise hat sie Sir Hector gegenüber den Metzger erwähnt. Vielleicht glaubte er, sie wollte ihn erpressen, wegen Rollo, den die meisten Leute sowieso für seinen Sohn hielten.«

»Ihr sagtet doch, Rollo habe geschrien, als er den Ritter erblickte, nachdem Hugh ihn gefunden hatte?«

»In der Tat. Aber die Metzgerei befindet sich direkt neben der Schänke, und ich glaube, Rollo hat Adam gesehen, als der aus seinem Laden trat. Für Sir Hector war es sicherlich auch ein Schock, denn er musste natürlich annehmen, dass dieses Kind seinetwegen so schrie. An seiner Stelle wäre ich auch erschrocken. Nun, wenn Judith noch irgendwelche Gefühle für Sir Hector hegte, dann waren sie sicherlich nach ihrem Aufeinandertreffen dahin. Vielleicht ist sie danach zu Adam gegangen und hat Geld von ihm verlangt, weil sie ihn mit dem Diebstahl in Verbindung brachte. Und so gesehen war es für Adam zweifach von Vorteil, sie zu ermorden. Man würde Sir

Hector der Tat verdächtigen, und eine mögliche Zeugin des Diebstahls war für immer zum Schweigen gebracht.«

26. KAPITEL

Paul wurde vom Geräusch von Schritten und lautem Gepolter geweckt und rollte sich schläfrig auf die Seite. Nachdem er in den letzten Tagen spät ins Bett gekommen und früh aufgestanden war, fiel es ihm schwer, unter der warmen Decke hervorzukommen. Er schmiegte sich an seine Frau, schloss die Augen und vergaß den Lärm in der Hoffnung, noch ein wenig Ruhe zu finden, bevor der Tag begann.

Aber er konnte nicht mehr einschlafen, seine Gedanken kreisten unentwegt um die Gäste in seinem Haus. Es war typisch für die Söldner, dass sie nicht nur erwarteten, bis spät in die Nacht hinein bedient zu werden, sondern dass sie außerdem noch vor dem Morgengrauen einen solchen Lärm veranstalteten. Daran sah man, was sie für ihre Mitmenschen übrig hatten, dachte er bitter; nichts als Verachtung.

Die Geräusche verstummten nicht, und als ein besonders lautes Getöse dazukam, hielt Paul es nicht länger aus. So ging es nicht! Gähnend schlurfte er zum Fenster, öffnete die Läden und schaute hinaus auf die Straße.

Noch lag sie im tiefen Schatten, nur ein paar vereinzelte Fußgänger waren um diese frühe Stunde unterwegs. Zwei Straßenhändler bereiteten sich auf die Arbeit vor und packten ihre Ware in große Körbe. Hinter dem Gefängnisdach stiegen Rauchsäulen auf. Die Frauen hatten die Feuer entfacht, um für ihre Familien das Frühstück zu bereiten.

Vor den Umrissen der neuen Kirche lag der Nebel wie ein weißes Tuch und hüllte das Tal ein. Die Morgenluft war kühl. Er betrachtete die Bäume längs des Flusses. Die

Färbung ihrer Blätter kündigte den nahenden Winter an. Plötzlich fegte eine kalte Brise durch die Straße, und fröstelnd trat Paul vom Fenster zurück. Schnell schloss er die Läden.

Nachdem er Beinlinge und ein Lederwams angezogen hatte ging er in den Schankraum, wo sich ihm ein Bild des vollkommenen Durcheinanders bot.

Fluchend drängten sich schwer beladene Söldner an ihm vorbei; sie stöhnten unter der Last ihrer Kisten oder der Säcke auf ihren Schultern. Zwei Soldaten trugen ganze Bündel von lederumwickelten Spießen in den Hof hinaus. Ein anderer folgte ihnen stöhnend und klagte über seine Kopfschmerzen. Es wunderte Paul nicht, dass der Mann sich unpässlich fühlte. Den anderen musste es genauso gehen. Seit der Verhaftung Wats und der beiden Diebe hatten die Männer dem Ale noch heftiger zugesprochen als zuvor.

Paul dachte vor allem an eins: Auf keinen Fall sollte Sir Hector abreisen, ohne die Rechnung zu begleichen. Der Großteil des Gepäcks und der Waffen war mittlerweile im Hof auf die Karre geladen worden. Die Hufe der Pferde klapperten, die Tiere spürten, dass der Aufbruch nahte. Paul sah den riesigen schwarzen Hengst, auf dem Sir Hector gekommen war. Mit seinem stolzen Gebaren und seiner Furcht einflößenden Erscheinung ähnelte das Tier seinem Herrn.

»Du bist ein Frühaufsteher, Wirt.«

Paul lächelte dienstbeflissen. Sir Hector sah ihn verächtlich an. Wie alle Wirte, dachte er, war auch dieser nur hinter dem Geld her. Kurz angebunden fragte er nach der Rechnung, und die beiden begannen zu verhandeln. Paul nannte ihm die Summe, Sir Hector gab sich überrascht ob ihrer Höhe. Paul zeigte ihm die leeren Fässer im Vorratsraum, der Söldnerführer argwöhnte, sie könnten nicht alle voll gewesen sein. Schließlich einigten sie sich auf einen Betrag. Paul hatte zwar keinen großen Gewinn erzielt, aber zumindest hatte er nicht draufgezahlt.

Auch Sir Hector war zufrieden. Er hatte gehofft, mit weniger davonzukommen, aber sicherlich wäre eigentlich eine größere Summe fällig gewesen. Er zählte die Münzen langsam ab, als wollte er noch einmal sein Unverständnis für die hohe Rechnung bekunden, und ging dann in den Hof. Ohne die Männer, die dort auf ihn warteten, weiter zu beachten, stieg er auf sein Pferd. Erst jetzt musterte er die Soldaten.

Vor ihm stand ein trauriger Haufen. Als Sir Hector in Crediton angekommen war, hatte er eine kleine, aber schlagkräftige Truppe angeführt. Jetzt, da seine beiden Sergeanten, die ihn bestohlen hatten, und sein erfahrenster Gefolgsmann, der Mörder Sarras, im Gefängnis saßen und auf ihren Prozess warteten, gab es keinen Zusammenhalt mehr in der Gruppe. Will war nach seinem misslungenen Anschlag auf Sir Hector verschwunden und würde es nicht wagen, noch einmal aufzutauchen.

Die Männer standen beklommen vor ihm. Keiner schaute ihm in die Augen, und er schwankte einen Augenblick. Vielleicht war die Zeit gekommen, die Truppe aufzulösen. Die Vorstellung war verlockend. Er brauchte sie nur fortzuschicken. Sie würden sicher alle gehen, bis auf ein oder zwei. Dann konnte er sich in die Schänke setzen und überlegen, wie sich ein neues Leben in der Stadt beginnen ließe.

Aber außer dem Kriegshandwerk hatte er nichts gelernt. Was hätte er in einer kleinen Stadt wie dieser anfangen sollen? Crediton war ein ruhiger Ort, ideal für diese neue Sorte von Geschäftsleuten, die überall auftauchten. Die Mühlen standen selten still, die Bauern fuhren gute Ernten ein, und die Tuchindustrie blühte. Gab es hier Arbeit für einen ehemaligen Söldner? Sir Hectors Fähigkeiten waren in dieser Stadt nicht gefragt. Hier würde er keinen Frieden finden können.

Abrupt riss er sein Pferd herum und ritt los.

Paul sah der Truppe nach, die den Hof verließ, die Karren am Ende des Zugs. Als sie verschwunden waren, drehte er sich um, ging ins Haus und betrachtete das Schlachtfeld, das die Söldner hinterlassen hatten.

»Sind sie weg?« Gähnend betrat Margery den Raum.

»Ja, gerade eben«, bestätigte Paul und ging zur Vordertür. Die Truppe marschierte die Straße entlang, vorbei an der Metzgerei und der Schänke in Richtung Westen. Sir Hector blickte nach vorne und tat so, als bemerke er den Wirt und seine Frau gar nicht. Margery fröstelte es, als die Männer an ihr vorbeizogen. Ihr stummer Marsch ängstigte sie ebenso wie ihre Trinkgelage und ihr Lärmen es getan hatten. Sie war froh, die ganze Schar los zu sein.

»Gut«, sagte Paul und klatschte in die Hände. »Jetzt machen wir den Schankraum sauber und gehen wieder ins Bett. Ich komme mir vor, als hätte ich eine Woche lang nicht geschlafen.«

»Ich auch«, sagte seine Frau matt.

Paul legte den Arm um ihre Schultern. Sie war vollkommen erschöpft. Die vergangenen Tage hatten ihre Spuren hinterlassen, und sie sah aus, als würde sie gleich zusammenbrechen. »Am besten du gehst sofort wieder schlafen. Die Mädchen können mir helfen.«

»Nein, es wird schon wieder.«

Mit einem müden Lächeln schob sie Pauls Arm weg, griff nach einem Besen und fing an, den Unrat zusammenzufegen, der den Boden des Schankraums bedeckte.

Paul warf einen letzten Blick auf die einsame Straße. Er fühlte sich merkwürdig leer. So viel war in den letzten Tagen geschehen. Er war herumgeschubst und beleidigt worden und hatte ein paar ehrenwerte Gäste verloren. Eines seiner Schankmädchen hatte man ermordet, nachdem sie kurz zuvor nur knapp einer Vergewaltigung entgangen war. Alles, was jetzt davon übrig blieb, war eine Staubwolke in der Ferne und das leise, fast musikalische Klappern von Rüstungen und Waffen.

Er schüttelte den Kopf und half seiner Frau. Um Sarra tat es ihm Leid, aber der Tod war überall. Paul hatte ein Geschäft zu führen.

Die hinkende Gestalt, die aus den Schatten hinter dem Gefängnis glitt und der Truppe hinterherlief, bemerkte er nicht.

Von der Hügelkuppe aus konnte Sir Hector bis zu den Erhebungen Dartmoors sehen. Der Himmel war hellgrau, bald würden die ersten Sonnenstrahlen durch die Wolken brechen. Das Land breitete sich sanft vor ihm aus, viele kleine Hügel, dazwischen plätschernde Bäche und Flüsse. Er erinnerte sich an seinen ersten Besuch.

Damals war ihm Mary begegnet, und ihm war sehr melancholisch zumute gewesen, als er die Stadt verlassen hatte. Zum ersten Mal hatte er die Freude verspürt, jemanden glücklich zu machen, und von diesem Gefühl hatte er bis vor kurzem gezehrt. Nun, da er Marys leblosen Körper gesehen hatte, war etwas in ihm erloschen.

Einen Augenblick erlaubte er sich die Frage, wie sein Leben verlaufen wäre, wenn er damals in Crediton geblieben wäre. Vielleicht hätte er sich als Kaufmann niederlassen können. Das nötige Geld hatte er damals besessen. Die Kriege in der Gascogne waren ausgesprochen Gewinn bringend gewesen. Er hätte ein bürgerliches Leben beginnen können, ohne sich um Geld sorgen zu müssen.

Aber Mary hatte ihn letzten Endes abgewiesen. Sie hatte gewusst, dass sich Adam für sie interessierte, und sie sah in einem Metzger einen besseren Ehemann als in einem Söldner.

»Dann gebe ich das Kriegshandwerk auf«, hatte er zu ihr gesagt, als sie an diesem letzten Abend im Bett gelegen hatten.

»Du? Du willst alles aufgeben – für eine Frau?« Sie hatte sich aufgerichtet und ihn spöttisch angesehen.

»Für dich, Mary.« Der Name passte zu ihr. Sie war ihm vorgekommen wie eine Madonna, wie sie lächelnd neben ihm gesessen und mit ihrem Haar gespielt hatte.

»Nein. Du würdest dich sehr schnell langweilen. Eine

einzige Frau für einen kühnen Ritter? Diese öde kleine Stadt würde dich bald rasend machen.«

»Mary, es ist mir Ernst! Heirate mich.«

»Nein«, hatte sie lachend geantwortet, sich abgewandt und seinen Arm von sich geschoben. »Du bist ein Soldat. Ich werde die Frau eines Metzgers sein. Ich werde kochen und nähen und dem Metzger Kinder gebären, während du in der Welt herumreist und Krieg führst. Wir könnten niemals zusammen leben, wir ähneln uns zu sehr. Du würdest mich zu oft zornig machen, und ich würde dich meinen Ärger spüren lassen, bis du anfingst, mich zu prügeln; und dann würde ich dich hassen. Nein, ich brauche einen Mann, den ich beherrschen kann.«

Sir Hector schaute auf die Straße, die vor ihm lag. »Aber du konntest ihn nicht beherrschen, Mary...«

Ohne sie war es sinnlos, in die Stadt zurückzugehen. Wenn er jemals die Vision von Frieden und einem geruhsamen Leben gehabt hatte, nun war sie endgültig zerstört. Ihm blieb nur noch der Krieg.

Er dachte an seinen Besuch beim Bischof. Der Mann hatte mit ihm reden wollen und hatte ihm doch tatsächlich vorgeschlagen, diesen kleinen Bastard mitzunehmen. »Rollo ist schließlich Euer Sohn«, hatte der Kleriker gesagt.

»Und wenn schon! Kann er ein Schwert halten, kann er kämpfen? Kann er einen Burgwall erstürmen?« Ein Kind konnte er auf einem Feldzug nicht gebrauchen, noch dazu eines, das nicht einmal als Page ausgebildet worden war. »Behaltet ihn, Bischof, kümmert Euch um ihn. Ich wusste nicht, dass ich einen Sohn hatte, als ich hierher kam und wenn ich von hier fortgehe, möchte ich es auch wieder vergessen können.«

»Aber er ist Euer Fleisch und Blut!«

»Vielleicht. Und wenn ich mich mit einer Frau hier niederlassen würde, wäre ich sogar bereit, ihn bei mir aufzunehmen. So wie die Dinge liegen, kann ich nichts mit ihm anfangen.«

»Trotzdem seid Ihr sein Vater. Er gehört zu Euch.«

»Sein Vater?«, hatte Sir Hector gehöhnt. »Glaubt Ihr, der Junge wäre bei mir glücklich? Meint Ihr, sein Leben würde dann angenehmer? Er würde mich immer nur an Judith erinnern, während ich meiner geliebten Mary nachtrauere. Ich verspüre keine Zuneigung zu diesem Kind. Der Junge wäre nur ein Stachel in meinem Fleisch, der mich beständig an diese Stadt erinnern würde – und an die Frau, die ich geliebt habe. Nein, Bischof, Ihr könnt ihn behalten.«

Der Ritter schüttelte den Kopf. Stapledon wusste offenbar nichts vom Leben eines Söldners.

Langsam hellte sich seine Miene wieder auf. Es tat gut, auf dem Rücken eines Pferdes zu sitzen. Er strich über das Schwert an seiner Hüfte. Wenn er Rüstung trug und auf einem Schlachtross saß, war er ein Mann. Nur alte Frauen hockten zu Hause und kochten. Er führte das Leben eines Kriegers, und das war gut so. Noch einmal flackerte Marys Bild vor ihm auf, doch dann war es verschwunden.

Je weiter sie die Stadt hinter sich ließen, desto besser wurde seine Laune. Jetzt brach auch die Sonne durch die grauen Wolken, und Dampf stieg von der feuchten Straße auf.

Als er den Schlag im Rücken spürte, dachte er zuerst, jemand habe einen Stein nach ihm geworfen. Er sah über die Schulter. »Wer…?«, begann er, doch als er den Mann sah, verstummte er.

Will war zurückgekommen. Er hatte die Söldner eine Meile von der Stadt entfernt eingeholt und sich eine Armbrust vom Karren genommen. Jetzt stand er inmitten der Soldaten und hielt sie in den Händen. Er starrte Sir Hector mit offenem Mund an, wie auch die anderen Männer und ließ die Waffe langsam sinken.

»Nun, du Wicht? Hast du wirklich den Mut, auf mich zu schießen?« Er wollte das Pferd herumreißen und den Mann niederreiten. Seltsam nur, dass sein Arm so kraftlos herabhing.

»Ein neuer Bolzen, Will. Schieß noch mal, schnell!«, zischte einer der Söldner.

Sir Hector merkte sich den Burschen für eine spätere Bestrafung vor. Gemeinsame Sache mit einem Meuterer zu machen, verdiente unnachgiebige Härte. Aber plötzlich fühlte er sich unerklärlich schwach. All seine Kraft schien aus seinem Körper zu strömen. Sein Pferd tänzelte nervös, und der Ritter hatte große Mühe, sich im Sattel zu halten. Er sah zu, wie Will den Bogen der Armbrust spannte. Durch einen Schleier hindurch beobachtete er, wie ein anderer ihm einen Eisenbolzen reichte. Wills Gesicht war gerötet und der Schweiß lief ihm übers Gesicht. Angst und Anspannung verzerrten seine Züge.

Sir Hector gab seinem Pferd die Sporen, aber das große Tier riss nur den Kopf hoch und wieherte laut. Plötzlich breitete sich ein rasender Schmerz zwischen Sir Hectors Schultern aus. Jetzt erst begriff er, dass Will bereits vorher auf ihn geschossen hatte.

Will hob die Waffe ein zweites Mal und ließ den Eisenbolzen fliegen. Sir Hector sah, wie er sich in seine Brust bohrte, ohne dass er etwas spürte. Nur sein Kopf schien ungeheuer schwer, und er ließ das Kinn auf die Brust fallen. Sein Pferd tänzelte noch immer, als er aus dem Sattel glitt. Er schlug auf dem Boden auf und der Schmerz nahm ihm den Atem.

Die Männer zogen an ihm vorbei. Kaum einer würdigte ihn eines Blickes, doch einer versetzte ihm einen Fußtritt – dann noch einen, bis er in den Straßengraben rollte. Dort blieb er liegen und starrte seiner Truppe hinterher. Er musste schlucken, doch das Blut in seiner Kehle hörte nicht auf zu fließen.. Als er seinen rasselnden Atem hörte, erkannte er das Geräusch. Oft genug hatte er es bei anderen vernommen. Mühsam versuchte er sich aufzurichten, aber der Schmerz war zu groß. Besser, sich etwas auszuruhen, dachte er und legte den Kopf auf das kühle Gras. Er hatte das Gefühl, sich übergeben zu müssen, wusste aber, dass er es nicht konnte.

Als die Männer die nächste Biegung der Straße erreicht hatten, wandte einer von ihnen sich um. Er sah den Söldnerführer am Wegesrand liegen und zögerte kurz. Dann lief er zurück.

Er hörte, wie der Atem in den Lungen Sir Hectors rasselte, als er sich über ihn beugte. Der Ritter lag ganz friedlich da. Sir Hector konnte die Gestalt über sich nur schemenhaft erkennen und versuchte zu lächeln – ein treuer Mann wenigstens war ihm noch geblieben –, aber es gelang ihm nicht mehr. »Hilf … mir …«

Will bückte sich und zückte seinen Dolch. »Wir brauchen einen neuen Anführer«, sagte er.